अपने-अपने चेहरे

प्रभा खेतान का नाम कृष्णा सोबती, मन्नू भण्डारी और उषा प्रियंवदा के बाद की पीढ़ी की महत्त्वपूर्ण लेखिकाओं में लिया जाता है। लेखन और व्यवसाय दोनों को सफलतापूर्वक साधकर पितृसत्तावादी समाज में उन्होंने स्वयं को साबित किया है। उनकी अधिकांश रचनाओं में उनकी उपस्थिति उसी तरह झलकती है जैसे अपनी ही कहानी में लेखक ख़ुद दर्शक, सूत्रधार और चरित्र की भूमिका में दिखाई देता है। उनके सभी उपन्यासों में पितृसत्तात्मक सामाजिक व्यवस्था के बीच स्वतन्त्रता और समानता के लिए संघर्षरत विभिन्न स्त्री चरित्र दिखाई देंगे। जहाँ एक ओर उन्होंने स्त्री जीवन की विविध समस्याओं को उठाया है वहीं दूसरी ओर स्त्री के इन समस्याओं से दो-चार होने वाली सामाजिक व्यवस्था की पड़ताल भी की है।

अपने-अपने चेहरे की प्रमुख स्त्री पात्र रमा विवाहित पुरुष राजेन्द्र गोयनका से प्रेम करती है। वह उनके परिवार को ख़ुश रखने का हरसम्भव प्रयास करती है। किन्तु फिर भी राजेन्द्र का परिवार उसे नहीं अपना पाता। समाज उस पर दूसरी औरत होने का लेबल चस्पाँ कर देता है। रमा दूसरी औरत के इस लेबल को हटाने का पूरा प्रयास करती है और अपना अलग अस्तित्व स्थापित करने के लिए दिन-रात परिश्रम करती है।

पितृसत्तात्मक समाज में स्त्री शोषित होती रही है—कभी रमा के रूप में, कभी मिसेज गोयनका के रूप में तो कभी रीतू के रूप में। इस उपन्यास में लेखिका पुरुष की सहायिका से अलग स्त्री अस्तित्व के निर्माण की बात करती हैं। वे कहती हैं स्त्री का स्वयं का अस्तित्व उसकी अलग पहचान भी होनी चाहिए। उनके अनुसार स्त्री को न केवल अपने पैरों को मजबूत करना होगा बल्कि जिस ज़मीन पर वह खड़ी है वह भी मज़बूत करनी होगी तभी वह पुरुषवादी सत्ता के सामने टिक सकेगी। स्वतन्त्रता केवल धनार्जन से प्राप्त नहीं होती उसके लिए स्त्री को स्वयं अपनी, परिवार की और समाज की सोच में परिवर्तन लाने की आवश्यकता है।

अपने-अपने चेहरे

प्रभा खेतान

वाणी प्रकाशन

वाणी प्रकाशन
4695, 21-ए, दरियागंज, नयी दिल्ली 110 002
फ़ोन : +91 11 23273167 फ़ैक्स : +91 11 23275710
शाखाएँ
अशोक राजपथ, पटना 800 004, बिहार
कॉफ़ी हाउस कैम्पस, महात्मा गांधी मार्ग, इलाहाबाद 211 001, उत्तर प्रदेश
महात्मा गांधी अन्तरराष्ट्रीय हिन्दी विश्वविद्यालय, वर्धा 442 001, महाराष्ट्र
सुल्तानिया रोड, मोतिया पार्क, भोपाल 462 001, मध्य प्रदेश
www.vaniprakashan.com
marketing@vaniprakashan.in
sales@vaniprakashan.in

APNE-APNE CHEHARE
by Prabha Khetan

ISBN : 978-93-90678-14-3
Novel

प्रथम संस्करण 2021

मूल्य : ₹ 450

एशियन ऑफ़सेट प्रेस, दिल्ली-110 093 में मुद्रित

वाणी प्रकाशन का लोगो मक़बूल फ़िदा हुसेन की कूची से

"मम्मी आपका फ़ोन है। मनोरमा बुआजी का।"

"उधर से लाइन रख दे।" मिसेज़ गोयनका ने कहा। फिर कान में चोंगा लगाकर बोलीं—"हाँ बोल मन्ना, कैसी हो? इतने दिन बाद याद आयी क्या? इतनी क्या बिज़ी हो गयीं कि फ़ोन तक करने की फ़ुर्सत नहीं मिली? क्या कहा? आना चाह रही हो? गाड़ी नहीं है? अरे, तो गाड़ी की भला ऐसी क्या बात हुई? मैं अभी भेजती हूँ।" फ़ोन रखकर वे उठीं। कानों में चवन्नी-भर के बड़े-बड़े हीरे चमक उठे।

"रामू, अरे ओ रामू। ज़रा जल्दी से नीचे जाकर तिवारी से कहो कि मन्नो बहूजी को ले आये। और सुन, पहले 20 रुपये ले, कहना ज़रा शर्मा के यहाँ से दही भी लेता आये।" फिर वे चौके की ओर दौड़ीं। नाटा क़द, स्थूल शरीर, बेहद गोरा रंग। भारी शरीर की तुलना में महीन आवाज़। चौके से ही उन्होंने आवाज़ दी—"महाराज जी! अरे सुनेंगे भी या चौके में बैठे-बैठे चिमटा ही बजाते रहेंगे?"

"जी बहू जी, अभी आया।"

"आने में भी देर, खाना बनाने में भी देर। हर काम में देर। महाराज जी आपसे तो सरका ही नहीं जाता।"

''यह लीजिए बहूजी, आ गया न? कोई ख़ास काम है? कोई मेहमान आ रहे हैं?''

''मेहमान तो क्या, मेरी अपनी ननद ही कह लो। मन्नो बहूजी आ रही हैं। खाना साथ ही खायेंगे। बाबू तो आज बाहर ही खाना खा रहे हैं।''

''हाँ रमा बाई के साथ बाहर जा रहे हैं, क्लब में खाना खाने।''

''आपसे किसने कहा?''

''मुझे कौन कहता है? मैं खुद ही ख़बर रखता हूँ। रमा बाई का सेक्रेट्री बोल रिया था।''

''महाराज जी, कितनी बार कह दिया कि आप यह सब पंचायती मत कीजिए। कौन कहाँ जा रहा है? कौन क्या कर रहा है? इन बातों से आपको क्या लेना-देना?''

''बहूजी, मैं कहाँ पंचायती करने गया? वह सेक्रेट्री ही हमको फ़ोन करके बोला कि बाबू घर में खाना नहीं खायेंगे। मैं तो जानता हूँ कि बाबू घर में इस वक़्त खाना खा लें तो रमा बाई का मुँह फूल जायेगा। एक म्यान में कभी दो तलवारें समाई हैं?''

''अच्छा, अब मेहरबानी करके चुप रहिए और जाकर खाना बनाइए। और हाँ सुनिए, वह प्याज़-वाज की सब्ज़ी अलग रखियेगा। मन्नो बहूजी प्याज़ नहीं खातीं।''

''मुझे सब पता है बहूजी, कुण क्या खासी, क्या नहीं? एक बाबू को ही मेरी रसोई पसन्द नहीं आती। क्या पता, उणको रमा बाई के घर का ही खाना क्यों भाता है?'' झुकी हुई गर्दन हिलाते हुए नत्थू महाराज चौके में चले गये।

''मम्मी, ओ मम्मी! ज़रा यहाँ तो आइए।'' भीतर कमरे में से बड़ी बहू की आवाज़ थी।

''क्या है बेटा प्रेमा? क्या हो गया?''

''देखिए मम्मी अपने पोते को। घाघरा पहनकर कैसे मटक रहा है। कोई कहेगा इसको कि ये लड़का है?''

''लड़का तो है ही। बिल्कुल अपने दादा पर गया है।''

''नई, मैं दादा पर नई दादी का बेटा हूँ, बिल्कुल दादी जैसा।'' आँचल खींचते हुए नन्हा चिंटू बोला।

"अच्छा बाबा अच्छा, तू मेरा ही बेटा है।"

"मम्मी, जानती हैं यह कल क्या कह रहा था?"

"क्या?"

"तुम और पापा साथ घूमने जाते हो, साथ खाना खाते हो, साथ सोते हो, लेकिन दादा को क्या हो जाता है? कभी दादी के साथ खाना, तो कभी रमा आंटी के साथ। कभी दादी को बाहर ले जायेंगे, तो कभी रमा आंटी को।"

"अरे मेरे लाल, तू इतनी बातें करने लगा?" पोते को बाँहों में समेटते हुए वे फिर बोलीं—"प्रेमा! ज़रा इसका मुँह बन्द रखा कर। कहीं तेरे बाबूजी के कान में बात पड़ जायेगी न, तो बस महाभारत ही समझो।"

"उँह, महाभारत तो रोज़ ही इस घर में होता रहता है। मम्मी हम लोग भी आप ही का मुँह देखकर रमा आंटी की सारी बातें बर्दाश्त करते हैं, नहीं तो मन करता है...ऐसी चिढ़ उठती है, ऐसी चिढ़ उठती है कि क्या बताऊँ।"

"देख बेटा, बर्दाश्त करने में ही हम सबकी भलाई है।"

"पर हद होती है मम्मी। अभी उसी दिन पार्टी में, अरे वही इनका दोस्त है न, चौरसिया, उसी की शादी की सालगिरह थी। किसी ने ऐसा भद्दा रिमार्क किया कि क्या बताऊँ! उमेश का तो चेहरा ही गुस्से से लाल हो गया। सारे रास्ते बड़बड़ाते रहे। मम्मी, मेरा तो घर के वातावरण में दम ही घुटने लगता है।"

"सब ठीक हो जायेगा बेटा! बस, रमेश की शादी हो जाये, तब सम्हालो तुम दोनों बहुएँ अपना-अपना घर।"

"उँह क्या कोई घर सम्हाले? पार्टी में किसे बुलाया जायेगा यह भी रमा आंटी डिसाइड करेंगी। क्या बनेगा, यह भी रमा आंटी से पूछो। फूल कैसे सजाये जायें, यह भी रमा आंटी से। बस, केवल रमा आंटी और रमा आंटी। बाबू जी तो उनके वश में हैं ही, हम लोग भी गुलाम हो जायें क्या? क्या हम लोग फूहड़ हैं? हम लोगों को घर सजाना नहीं आता?"

"सजाना क्यों नहीं आता? तुमको तो सब कुछ आता है, पर इनके सामने किसी की कभी चली भी है?"

"लेकिन मम्मी...!" तब तक सामने से मनोरमा जी आती दिखीं। प्रेमा लपककर उठते हुए बोली, "आइए बुआ जी, आइए।"

“आओ मन्नो, आओ। अबकी तो बहुत दिनों बाद आयीं।”

“क्या करूँ भाभी जी? घर-गृहस्थी का लफड़ा लगा ही रहता है। आज इस ननद के पास सामान भेजना है, तो कल उस ननद के पास। आये दिन की इनकी पार्टियाँ, दोस्त, ऑफ़िसर। उस पर माँजी का झमेला, पूजा-पाठ। कभी ब्राह्मण तो कभी कोई मिसरानी आकर बैठ जाती है। कभी कोई रिश्तेदार चला आ रहा है। चलिए छोड़िए मेरी बात। आज तो मैं एक ख़ास काम से आयी हूँ।”

“क्या काम आ गया? और वह भी मुझसे, जिसे कुछ करने का शऊर ही नहीं।”

“चलिए शऊर तो है ही। इतने ख़ूबसूरत बच्चे पैदा किये। मैं तो आज आपके रमेश का रिश्ता लेकर आयी हूँ। बस, आप 'हाँ' कर दीजिए बाक़ी राजन भाईसाहब को मैं सँभाल लूँगी।”

“देखो मन्नो, मेरे को तो जैसा तुम लोग कहोगी वैसा ही करूँगी। भई, मैं ठहरी एक बेपढ़ी-लिखी गँवार औरत। लड़की तो इनको और रमेश को पसन्द होनी चाहिए।”

“लीजिए मम्मी, आप एक ख़ास व्यक्ति को तो भूल ही गयीं, रमा आंटी को... ” प्रेमा बीच में बोल उठी।

“हाँ भई हाँ, रमा को मैं कैसे भूल सकती हूँ? उसका तो पूरा हक़ बनता है रमेश पर।”

“क्यों, किसलिए बनता है? सिर्फ़ इसलिए कि रमा आंटी के पास पैसा है और वे रमेश भैया की बिज़नेस पार्टनर हैं!” प्रेमा फिर छिटकी।

“अरे बाबा! तुम दोनों सास-बहू बेकार बहस कर रही हो। मैं सारी व्यवस्था करके आयी हूँ। रमा बाई कैसे न करेंगी? ख़ुद रमा बाई की बुआ ननद का रिश्ता तो लेकर आयी हूँ।”

“बुआ की ननद? कौन-सी बुआ, मन्नो?”

“अरे उनकी जो रायगढ़वाली बुआ हैं ना? अरे वही जिसकी ननद पाटोदिया के यहाँ ब्याही है, उसी की लड़की है।”

“रमा मान जायेगी? तुम तो जानती हो, ये तो रमा के उठाये उठते हैं, बैठाए बैठते हैं।”

''अरे तो हमने भी कौन-सी कच्ची गोट खेली हैं? रमा बाई पर तो ख़ुद जब उनकी अपनी बुआजी का दबाव पड़ेगा तो चुप हो जायेगी और रमा बाई के लिए तो अच्छा ही है, कोई अराई-पराई आयेगी तो उन्हीं के लिए मुसीबत होगी। यहाँ तो घर की बेटी घर में ही आ रही है।''

''हाँ, ऐसे तो ठीक ही है। लड़की कैसी है मन्नो? समझदार है ना? मेरी प्रेमा जैसी?''

''भाभी जी! समझदार नहीं होगी तो अपने बना लेंगे। देखिए, अगले से अपने घर का हाल कुछ छुपा तो है नहीं। सारी बात पता लगा कर ही वो लोग सम्बन्ध कर रहे हैं।''

''नहीं, माने कहीं एकदम से बहू भी रमा के वश में हो जाये। माने मैं यह नहीं कहती कि, खाली मेरे को माने, दोनों का ही करे।''

''भाभी जी! आप भी क्या बच्चों जैसी बात कर रही हैं? बेटा आपका है ना? दूध आपने पिलाया है ना? तो कितना भी रमा बाई रमेश के लिए करे, वह आपकी जगह नहीं ले सकती।''

''बस, मैं तो इतना ही चाहती हूँ। बहू आये, अपना घर सम्हाले, दोनों देवरानी-जेठानी मिलकर रहें, बस लड़की होशियार ज़रूर हो। मैं तो प्रेमा को भी देखने गयी थी तो यही अच्छा लगा कि भई लड़की पढ़ी-लिखी स्मार्ट है। जैसा मुझको सुनना पड़ा, वैसा मेरी बहुओं और बेटियों को कोई न सुनाये।''

''नहीं भाभी जी, आपके बच्चे बहुत स्मार्ट हैं। अब आप अपनी रीतू को ही लीजिए। दिल्ली, इतनी दूर ब्याही गयी पर कैसा घर सम्हाल रखा है।''

''रीतू के लिए तो इनका कहना है कि, रमा ने ही सारा सहूर-सलीक़ा सिखाया।''

''कहने दीजिए। बेटी तो आपकी ही कहलाती है ना? रूप-रंग भी रमा पर गया क्या? इतनी गोरी कैसे हो गयी? रमा बाई तो साँवली हैं।''

''बाप जो गोरा है।''

''और तीखे नाक-नक्श बड़ी-बड़ी आँखें, वे किस पर हैं? बताइए तो?''

''मन्नो! तू भी बाल की खाल निकालती है। मैं गँवार औरत ठहरी। जन्म दिया पर शिक्षा तो रमा की मिली ना? कुछ भी कह मन्नो,

उसने मेरे लिए किया बहुत है। मुझे तो उस पर दया आती है। तुम्हीं बताओ, उसको क्या मिला? दुख ही पाती है ना? उसकी शादी तो देखो, इनसे हो नहीं सकती। समाज तो, अब तुम्हीं बताओ, ऐसे नाजायज़ सम्बन्धों को भला कैसे स्वीकारेगा?''

''हाँ भाभी जी, आप बात तो ठीक कह रही हैं। जो स्थान पत्नी का होता है, वह भला प्रेमिका को थोड़े ही मिल जायेगा? बेचारी रमा? सच भाभी जी किसी का करम फूटता है, तभी न वह ऐसे-वैसे रास्ते पर चलता है। कितना भी वह राजन भैया को प्यार करे, कितना भी त्याग करे, समाज की नज़र में तो ऐसे रिश्ते...?''

''हाँ, हाँ, मैं भी तो यही कहती हूँ। अरे प्रेमा, बेटा खाना लगवाओ ज़रा। और, यह ले मेरी अलमारी की चाभी, वह लांड्री से आये हुए तेरे बाबूजी के सूट रखे हैं, अलमारी में टाँग दे।''

''अच्छा मम्मी, अभी जाती हूँ।''

''भाभी जी! मेरा तो रमा को देखकर कभी-कभी सच में जी बड़ा दुखी होता है।''

''मन्नो तुम ठीक ही कह रही हो। अरे कितना भी बिज़नेस कर ले, पढ़ाई कर ले, लेकिन एक चुटकी सिन्दूर का आत्मबल ही अलग होता है। मैं तो इनसे कहती हूँ कि भई हमको कुछ नहीं चाहिए, हमको भगवान की दया से बहुत-कुछ मिला है। आप ज़रा उसकी ओर देखिए, उसका ज़्यादा ख़याल किया कीजिए। पर इनका स्वभाव तो जानती हो न? दिन-रात बिज़नेस-बिज़नेस। सुबह छह बजे से फ़ोन कान से लगाकर बैठ जाते हैं, वह रात दस बजे तक लगा ही रहता है।''

''छह बजे का फ़ोन तो रमा को करते होंगे?, मन्नो ने भेद-भरी आवाज़ में पूछा।

एक गहरी ऊब के साथ मिसेज़ गोयनका बोलीं, ''अरे क्या रखा है उस फ़ोन में? कैसी हो? नींद आयी? सब ठीक तो है ना? बीस बरस तो मुझको यही सुनते ही गये, वही रटी-रटाई एक-सी बात।''

''बात यह है भाभी जी, कि पुरुष का मन बड़ा अजूबा है। बाज़ार की चाट-पकौड़ी भी चाहिए और घर की दाल-रोटी भी।''

"अरे चाट-पकौड़ी तो एक ही दिन स्वाद बदलने के लिए खाया जाता है ना? काम तो घर की दाल-रोटी से चलता है। बेवकूफ़ है रमा तो। इतनी तो इनसे उमर में छोटी, पूरे अठारह वर्ष का फ़र्क़ है। फिर हमेशा वह पहले वाली खेंच बनी रहेगी क्या? मैं तो कहती हूँ, अब भी ब्याह-वाह कर ले, अपना घर बसा ले तो सुख पायेगी।"

"यह तो आप ठीक ही कहती हैं।"

"अरे मन्नो! अब कोई मुझे फूहड़ कहे या गँवार, पर मैं तो अपनी मोटी बुद्धि से यही समझती हूँ। अब ये मुझे मानें और न मानें, घर वालों के सामने, बच्चों के सामने, इनको तो मेरी बात माननी ही पड़ती है। तीनों बच्चे तो मेरा ही पक्ष लेंगे ना?"

"बच्चे कैसे आपके ख़िलाफ़ बोल देंगे? भाभी जी, बच्चे माँ के पहले होते हैं, बाप तो बस रुपया कमाने के लिए होता है। अब आप ही सारा दिन बच्चों के लिए खटती रहती हैं ना? राजन भैया कमा-कमा कर पैसे भले ही दे दें, पर पैसे से क्या प्यार ख़रीदा जा सकता है?"

"अब यही बात तो ये नहीं समझ पाते। सबके सामने जो बात ज़ुबान पर चढ़ जाये, बस वही उगल देते हैं—तुम गँवार हो, गधी हो, फूहड़ की तरह घर रखती हो। अब बताओ इसमें मेरा भला क्या कसूर? यदि मैं रमा की तरह पढ़ी-लिखी नहीं, स्मार्ट नहीं, तो नहीं हूँ भई। अब मैं बाल रँग कर जवान तो दिखने से रही। इनको बाल रँगना है तो ये अपने बाल रँगा करें।"

"भाभी जी, रूप तो भगवान का दिया हुआ होता है, इस पर आपका क्या वश?"

"देखो मन्नो! मैं तो तुमसे अपने मन की बात कहती हूँ और मैं तो इनसे भी यही बोलती हूँ कि मैं आप दोनों के बीच नहीं। आप में हिम्मत हो तो शादी कर लीजिए, लेकिन फिर क़ीमत चुकाइए।"

"भाभी जी! इतना आसान है क्या तलाक़ देना? देखा नहीं क्या आपने हरीश भैया को? उस अंग्रेज औरत के चक्कर में घर-बच्चे सब छूट गये।"

"मम्मी, खाना लग गया। चलिए बुआ जी।"

"हाँ प्रेमा! ज़रा हाथ पकड़ तो बेटा। भारी शरीर, मेरे से तो उठा-बैठा भी नहीं जाता। घुटनों में तो इतना दर्द होता है कि क्या बताऊँ?"

भरी हुई मेज़ को देखकर मन्नो हँस कर बोल उठी—''ए राम, इतना खाना! प्रेमा! तेरे को मैं क्या इतनी खाने वाली लगी?''

''बुआजी! कुछ भी तो नहीं बना। आज तो महाराज जी ने बनाया है, लेकिन एक दिन आइए, मेरे हाथ का बना हुआ चाइनीज़ खाकर देखिए।''

''क्या कहीं कुकिंग लेसन ले रही है?'' मन्नो ने चुटकी ली। मिसेज़ गोयनका के नथुने फड़क उठे...।

''अरे यह एक क्लास करती हो तो कोई बात है। दिन-भर कुछ-न-कुछ लगा रहता है। मैं तो कहती हूँ, ख़ूब सीख लो बेटा, जितना सीखोगी, उतना ही सुख पाओगी। मेरी जैसी गँवार तो नहीं कहलाओगी?''

''मम्मी! यह क्या आप दिन-भर अपने को गँवार बोलती रहती हैं। अच्छा नहीं लगता।''

''अच्छा कौन-सा मुझको लगता है, पर जो सुनती हूँ, वही तो बोलूँगी।''

''अब बाबूजी, आपको बोलें तो अलग बात है। मेरे पीहर में तो सब रात-दिन यही कहते हैं कि भई प्रेमा की सास जैसी कोई नहीं। बिल्कुल देवी है देवी!!''

''चल हट! बहुत हो गयी बड़ाई।'' बहू के गालों पर प्रेम से चपत लगाते हुए वे फिर मन्नो की ओर पलटीं, ''हाँ तो मन्नो! तू रमेश के रिश्ते के बारे में कह रही थी। तुम्हारी क्या राय है?''

''मेरी समझ में तो रमेश को पसन्द आ जाये तो अपने को ना नहीं करनी चाहिए।''

"रमा की भी एक बार राय ले लेते!"

"उनकी राय का महत्त्व? शादी रमेश भैया को करनी है ना?" प्रेमा फिर बीच में टपकी।

"मैं कहती हूँ ना, रमा की चिन्ता तुम लोग छोड़ दो। उनको कैसे पटाना होगा, मैं वह जानती हूँ।"

"हाँ, तुम वह हरीश भाई के बारे में क्या कह रही थीं? वे तो आजकल उस अंग्रेज़ औरत के साथ लन्दन रहने लगे ना?" मिसेज़ गोयनका ने आधी छूटी बात को फिर याद दिलाया।

"वह कोई रहने में रहना हुआ? सारी रौनक ख़त्म हो गयी। वहाँ दिन-भर अपनी कैरोलीन के लिए घास काटते हैं।"

"क्या पता, क्या हो जाता है इन पुरुषों को? तुम्हीं सोच कर देखो, क्या कमी थी बीना वर्मा में? पर नहीं, हरीश भाई ने तो उस मेमड़ी के पीछे घर-बार लुटा कर रख दिया।"

"और लुटा कर भी कौन-सा सुख मिल गया? उससे भी कहाँ पटती है। निशू कह रही थी कि मम्मी, वर्मा अंकल और कैरोलीन आंटी कुत्ते-बिल्ली की तरह लड़ते रहते हैं।"

"निशू को कैसे मालूम पड़ा?"

"अरे उसकी बड़ी ननद आजकल लन्दन में रहती है ना?"

"अच्छा...! आलू-मटर की सब्ज़ी और परोसूँ? और ये तले हुए गोभी लो ना, बिल्कुल ताज़ा हैं।"

"नहीं भाभी जी, अपना तो खाना हो गया।"

"अरे इतनी जल्दी! बस दो फुलके! तभी तू चालीस में तीस की लगती है। ये तो मुझसे कभी-कभी कहते हैं कि थोड़ा मोटापा कम करो, पर मैं ही कह देती हूँ कि मेरे से यह सब डाइटिंग-वाइटिंग नहीं होने की। कौन-सा मुझे ब्याह करना है? मेरी तो नैया किनारे लग गयी।"

"हाँ राजन भैया के पास तो एक है ना, पतली कमरवाली!'' मन्नो ने चुटकी ली। और तीनों औरतें ठहाका लगाकर हँसती हुई उठ खड़ी हुईं। हाथ धोने के बाद मनोरमा जी टिबड़ेवाल ने सौंफ़-इलायची मुँह में डाली और चप्पल पहनते हुए कहा—"अच्छा भाभी जी, अभी तो चलूँ। कल माँजी सोमोती मावस के लिए ग्यारह ब्राह्मणों को खिलायेंगी। घर जाकर सारी तैयारी करनी है।"

"तेरी सास भी एक हिटलर है मन्नो।"

"भाभी जी, आजकल तो वे बहुत दब गयीं, नहीं तो पहले वो ग़ुस्सा था कि क्या बताऊँ? ऐसे गिलास उठाकर फेंकतीं कि एक बार तो मेरे सर में लगते-लगते बचा।"

"बाई मन्नो। तू ही है जो अपनी सास को सँहाले है। मेरे को तो सच बताऊँ तो रीतू और प्रेमा में कोई फ़र्क़ नहीं लगता। रीतू तो परायी धरोधर है,

मेरे काम तो प्रेमा ही आती है।" अपने पीछे खड़ी प्रेमा को बगल में खींचते हुए मिसेज़ गोयनका का स्वर पके आम-सा रसमय था।

"भाभी जी, सब सास लोग आप जैसी सीधी हों तो कल्याण नहीं हो जाये क्या? अच्छा भाभी जी, मैं चली। आपकी तो बात ख़त्म ही नहीं होगी।"

"प्रेमा! बुआजी को नीचे पहुँचा कर आओ।"

मन्नो बुआ को नीचे तक पहुँचाकर प्रेमा लौट आयी। अलसायी दोपहर में सास-बहू बड़ी देर तक इस नये रिश्ते को लेकर बातें करती रहीं। ज़्यादा उत्साहित प्रेमा थी। घर में कुछ होगा, नया कोई आयेगा। क्या मेरी तरह? या मुझसे सुन्दर? पैसा तो ज़रूर होना चाहिए। पापा उठते-बैठते सुनाते रहते हैं—रमा कम्स फ्रॉम फर्स्ट आर्डर फैमिली। अच्छा यह 'फर्स्ट आर्डर फैमिली' क्या बला हुई, और कलकत्ते के कितने परिवार इस श्रेणी में हैं?

मिसेज़ गोयनका की आँखों के सामने एक अतीत खुलता जा रहा था। हाँ एक दिन वे भी बहू बनकर इस परिवार में आयी थीं। पति ने घूँघट उलटा और मुँह घुमा लिया, उठकर चले गये। फिर लौटे थे अपनी ग़ज़लों की कॉपी लेकर, गुनगुनाते हुए। फिर ध्यान से मेरी ओर देखा। कुल चौदह साल की तो उमर ही थी, वहाँ बेगूसराय में कौन भला सिनेमा-थियेटर थे। घर ही घर में रहना था। सुबह चक्की पीसते हुए या संझा बाती के समय अम्मा राम लाल के भजन या नानी बाई का मायरा गाते हुए आँखों में पानी भर लातीं। बाबू सात-आठ के पहले गल्लों की दुकान से उठ नहीं पाते। बड़के भैया अपनी दवा की दुकान में बैठते। शादी...? बस मुझे तो यही पता था कि जैसे सबकी शादी होती है वैसे ही मेरी भी होगी। बाबू ने जब कहा—लड़का पटना में रहकर बी.ए. फाइनल में है और देखने में बहुत सुन्दर है, घर के खाते-पीते लोग हैं, तो अम्मा ने सती दादी की कितनी बड़ी मनौती मानी थी। सब कुछ तो ठीक से ही हो गया था। बस सुहागरात के दिन ही, और एक ठण्डी साँस निकल गयी। सोच का सिलसिला फिर भी जारी था—सारे दिन की तो थकी-माँदी थी, अब मैं क्या करूँ? यदि मुझे नींद के झटके आने लगे या फिर मरी उस ग़ज़ल के बोल मुझे समझ में न आयें। मुझे किसी ने पढ़ाया क्यों नहीं, क्या यह मेरा कसूर था? लेकिन जब इन्होंने पढ़ाने की कोशिश की तब भी क्या मेरा मन लगा? मन लगता भी कैसे,

सास तो सिर पर थीं फिर जिठाणियों की ताना-बोली, तीन-तीन बच्चे, बीस की उमर तक तो लगने लगा था कि आधी ज़िन्दगी ढलान पर आ गयी हो।

मिसेज़ गोयनका काफ़ी देर चुपचाप सोफ़े में धँसी रहीं। प्रेमा उठकर जा चुकी थी। मिसेज़ गोयनका के दिमाग़ में बहुत कुछ उलझा हुआ था, कहाँ से कहाँ परिवार आ पहुँचा? जगदीश पाटोदिया के यहाँ का सम्बन्ध आया है। हम लोगों के पास क्या था जब कोडरमा से हम लोग भाइयों से अलग होकर आये थे?

लेकिन उस समय भी तो कुछ नहीं था, जब ये अकेले सप्लाई का काम करते थे। यह तो रमा के पैर क्या पड़े कि धन ही धन बरसने लगा। फिर खुद उन्हीं के मन का उत्तर था—अरे, कौन किसका भाग्य होता है? बच्चों की अपनी-अपनी तक़दीर है। बैठी-बैठी वे वहीं सोफ़े पर अधलेटी हो गयी। यों भरी दुपहरिया में लेटे-लेटे सोचना कितना अच्छा लगता है। मन ने टोका—देख सरला, अभी ये यदि तुझे सोफ़े पर लेटा देख लेंगे तो गालियों की वर्षा होने लगेगी। खुद मन ने ही जवाब दिया, होने दो, अब कहाँ से सीखूँ सलीक़ा? वह एक है ना सलीक़े वाली, इनके साथ मैं फूहड़ ही रही। जैसे अब तक पार पड़ी, आगे भी राम जी ही ख़याल रखेंगे। इनकी ही कौन-सी कम उमर है? साठी तो लगने आ गयी, पचास के ऊपर की तो मैं ही हो गयी।

"बहूजी, ओ बहूजी? ज़रा सुनिए...!!" सपना दाई उनको हिला रही थी। चौंक कर उठ बैठीं मिसेज़ गोयनका।

"अरे मेरी माँ, छह बज गये? साढ़े छह बजे तो इनके साथ अगरवालों के यहाँ ब्याह की रिसेप्शन-पार्टी में जाना है।"

"बहू जी! नीचे ऑफ़िस से दो बार बड़ा बाबू फ़ोन किया था। हम बोला, बहूजी सोता है।"

"तूने उठाया क्यों नहीं?"

"आप गहरी नींद में थीं बहूजी।"

"अरे, मैं कैसी भी नींद में होऊँ। ले, बात करा इंटरकाम से। ...हाँ जी बोलिए। मेरा चलना ज़रूरी है क्या? आप ही हो आइए।" उनका स्वर ज़रा समर्पित हुआ—"ठीक है, अब जैसा आप कहें। मेरे को तो मिसेज़ अगरवाल

ने फ़ोन करके बुलावा दिया नहीं। आप लोगों की दोस्ती है, आप ही हो आइए। रमा तो जा रही होगी? क्या कहा, रमा पहले ही चली गयी? ठीक है, अब आप ही लोग निभाइए। नहीं, मैं ग़ुस्से में नहीं बोल रही। आपको तो मेरी सीधी-सी बात भी क्या मालूम क्यों टेढ़ी लगती है? ठीक है, मैं आती हूँ तैयार होकर।"

कपड़े बदलती हुई मिसेज़ गोयनका सोच रही थीं, अपने पति के दोहरेपन पर। जहाँ समाज होगा, लोग टोकेंगे, वहाँ ये ज़रूर मुझे लेकर जायेंगे। अभी उसी दिन की तो बात है, सिंहानिया की काकटेल पार्टी की। इनका मन कहाँ था कि मुझे ले जायें? मगर वह तो मिसेज़ सिंहानिया का फ़ोन पर फ़ोन आ रहा था। झख मारकर ले जाना पड़ा। अरे, मैं कोई ऐरी-गैरी हूँ क्या? राजेन्द्र गोयनका की पत्नी हूँ। कौन नहीं जानता इनको? कहाँ नहीं है इनकी धाक? अब वहीं पार्टी में रमा अकेली-अकेली किनारे खड़ी थी। आख़िर समाज में उसका परिचय क्या कह कर दिया जाये? उसका पति होता, उसकी सन्तान, उसका घर-परिवार। बिज़नेस करती है, हूँ...यह भी भला किसी स्त्री का परिचय हुआ। पिता बहुत पहले चले गये, नहीं तो शायद...और भला कौन से उसके पिता जवाहरलाल नेहरू थे, अरे साधारण व्यापारी घर की बेटी ही, माना कि पुराना घराना है, लेकिन भला कोई बताये, इस कलकत्ते में करोड़पतियों की कमी है अली-गली में तो भरे पड़े हैं। फिर सात फेरे का बन्धन भला तुम अपने प्यार से काट दोगी? लोग इनको नमस्ते करते तो मुझे भी करते। अब वहीं श्याम सुन्दर जी कहने लगे—"अरे भाभी जी! आपके तो दर्शन भी नहीं होते?" बगल में रमा भी खड़ी थी। श्याम सुन्दर जी ठहरे घराने के आदमी, वे भला समाज में सबके सामने रमा से क्यों बात करते? कल कोई उन्हीं का नाम यदि रमा के साथ जोड़ दे! रमा का तो चेहरा उतर गया। ख़ुद मुझे भी बेचारी को देखकर दया ही आती है। मेरी रीतू में और रमा में कोई फ़र्क़ थोड़े ही है। उमेश से रमा पाँच बरस ही तो बड़ी है? बेचारी बहुत ही भली लड़की है। मेरा तो इसने किया ही किया। घर सँभाल दिया। कोल्हू के बैल-सी खटती रहती है। लेकिन है बहुत ज़िद्दी। इनसे क्या मिलता है इसको? अभी कोई और लड़की होती तो कब की छोड़ कर चली गयी होती।

नीचे सफ़ेद कान्टेसा में मिस्टर गोयनका बैठे उफन रहे थे—"सेठानी जी की क्या मजाल कभी वक़्त पर तैयार हो जायें अरे? थापा! देखो भाई, कहाँ हैं सेठानी जी?" तब तक मिसेज़ गोयनका अपना रेशमी केसरिया आँचल सँभालते हुए आगे बढ़ीं। गाड़ी में बैठते ही गोयनका जी चालू हो गये—"तुमको कितनी बार कहा है कि वक़्त पर तैयार हो जाया करो, लेकिन तुमको तो टाइम सेंस है ही नहीं। और यह क्या साड़ी पहनकर आ गयीं? इतनी चटख और भड़कीली।"

"प्रेमा की माँ ने नेग पर भेजी थी। एक तो बेचारी इतने प्यार से भेजें और फिर बेटे की ससुराल से आयी साड़ी नहीं पहनूँ? यह कैसे हो सकता है?"

"हाँ, यह कैसे हो सकता है?" शब्दों को चबाते हुए मिस्टर गोयनका सोचने लगे, इस औरत के सामने मैं इतना कमज़ोर क्यों पड़ जाता हूँ? और ग़ज़ब यह है कि सारे परिवार में इसी की चलती है। बेटे-बेटी तो इसी के, परिवार वाले, रिश्ते-नाते सब इसी के। सारा कोडरमा का परिवार कहता है—"भई राजन की बहू जैसा तो किसी का स्वभाव हो ही नहीं सकता। घमण्ड तो जैसे छू ही नहीं गया।" वे बड़े ध्यान से पत्नी के चेहरे की ओर देखने लगे, इस मोटे नाक-नक्श, छोटी गर्दन में भला क्या खासियत है? और मेरे सामने कभी बात चलाकर रमा की बुराई नहीं करती। हाँ, पहले ज़रूर जलती-कुढ़ती थी पर इन दिनों तो बिल्कुल उसकी चर्चा ही नहीं करती। बल्कि रमा ही दिन पर दिन कड़वी होती जा रही है। अब आज की शाम वह अपने फ़्लैट में अकेली पड़ी-पड़ी सारी रात रोयेगी। अब मैं भी क्या करूँ? कितनी बार तो कह दिया चलो, कहीं मन्दिर में शादी कर आयें, पर नहीं। रमा सब कुछ ऐलान करके खुलेआम करना चाहती है और इधर सेठानी तलाक़ तो देंगी नहीं। कहाँ उठाकर फेंकूँ इस औरत को? अकेली यह रहेगी कैसे? पढ़ी-लिखी भी नहीं कि ख़ुद को सँभाल ले, रमा कमा सकती है, अपने पैरों पर खड़ी है, लेकिन घुटनों के बल घिसटता हुआ यह चालीस वर्षों का साथ? बच्चों का मुँह देखकर चुप रहना पड़ता है। चुप तो, सच कहा जाये, रमा भी रहती है, मगर भविष्य? पता नहीं, भविष्य मुझे इतना आतंकित क्यों करता है?

मिसेज़ गोयनका पति का चेहरा बार-बार पढ़ती लैम्प पोस्ट की रोशनी में ध्यान से देख रही थी। साठ की उमर में भी चेहरे पर अब भी रौनक है। कैसा तो लम्बा छरहरा शरीर है, सूट कितना फबता है। जोड़ी तो इनकी और रमा की ही ठीक है। फिर मैं कहाँ पर हूँ, यहाँ इनके साथ क्या कर रही हूँ? और वे एकदम से घबराकर अपनी गुदाज हथेलियों से पति को छूकर कहने लगीं–"ए जी, क्या सोच रहे हैं? मैं तो कहती हूँ अब छोड़िए दुनिया-जहान का परपंच। रमेश का ब्याह हो जाये तो फिर चलते हैं तीरथ करने। अब ज़रा भगवत-भजन में मन लगाइए। पूजा-पाठ किया कीजिए। अब यह बाल-वाल रँगना छोड़िए।" तब तक गाड़ी एक धक्के से रुकी।

"चलो उतरो।" गोयनका जी ने कहा।

सगाई हो गयी रमेश की। पहले पहल जब लड़की के माता-पिता घर पर मिलने आये तो ड्राइंगरूम में सब थे। हल्की सादी साड़ी में रमा एक कोने में सिकुड़ी हुई थी। लेकिन समधी होशियार थे, रमा को बड़ी जल्दी खोल लिया और जब रमा को लड़की पसन्द हो तो मिस्टर गोयनका क्या बोलते। स्वीकृति के पहले चरण को धोना नहीं चाहिए, इतनी वाणिज्य बुद्धि तो उनमें थी ही। उसके ऊपर मिसेज़ गोयनका का यह कहना–"देखिए रमेश तो रमा का बेटा है, पढ़ाना-लिखाना सब कुछ तो इसी ने किया, विलायत भेजने का मेरा तो मन नहीं था, रमा ने ही समझाया, काम में भी रमा ने लगाया। रमा ने देखा–समधी जी और गद्‌गद कण्ठ से मिसेज़ गोयनका की महानता के गुण गा रहे थे। ख़ुद मिस्टर गोयनका की कृतज्ञ आँखें अपनी पत्नी पर टिकी थीं। "ओह, मैं दूसरी औरत हूँ न। माँ का हृदय? नहीं, दूसरी औरत के पास हृदय ही कहाँ? फिर ममत्व का सवाल ही कैसे पैदा होता है। क्या इस समय ऐसा सोचना ठीक है?" रमा ने ख़ुद से पूछा।

मन्नो से ही सारा काम पार पड़ा। शादी सादगी से होनी चाहिए, दहेज नहीं लिया जायेगा–यह रमा का हुकुम था। उसकी बातें माननी पड़ीं। इसमें ख़ैर लड़की वालों की साज़िश भी थी। उन्होंने रमा को ढाल की तरह आगे रखा और पीछे से तलवार चलाते रहे। लेकिन पूरी बात शुरू से आख़िर

तक अव्यावहारिक रही। किसी ने प्रशंसा थोड़े ही की? समाज ने कहा कि भीतर ही भीतर सब कुछ तो ले लिया, ऊपर से समाज-सुधारक बनते हैं।

हाँ, रमा ने बेटीवालों के घर की एक साड़ी भी नहीं पहनी लेकिन मिसेज़ गोयनका ने बड़ी नरमाई से कहा अपनी समधिन से—"जी आपने मेरे लिए जो साड़ी भेजी, बहुत अच्छी लगी। पहन कर मेरा तो मन हरा हो गया। जीवन में बड़े भाग्य से ऐसे दिन आते हैं।"

सुहागरात के दूसरे दिन मिसेज़ गोयनका ने दुलार से बेटे के सिर पर हाथ फेरते हुए पूछा—"हाँ रे, सब ठीक तो है? बहू पसन्द आयी?"

हँसते हुए रमेश चिहुँका, "आप भी मम्मी, किस ज़माने की बातें करती हैं? अरे पसन्द नहीं आती तो हम शादी थोड़े करते?"

"अब मैं गँवार औरत नये ज़माने की बात क्या जानूँ? तेरे बाबूजी तो पहली रात को ही मुझसे नाराज़ होकर कमरे से बाहर चले गये थे। हाँ रे, सच बता! बहू को अपने घर का सारा हालचाल समझा दिया है ना? कहीं नादानी में रमा का अपमान न कर बैठे?"

"मम्मी, आप भी क्या दिन-भर रमा आंटी का हौआ खड़ा किये रहती हैं? और मैंने भी उससे पहले ही कह दिया, देखो और किसी का करो न करो, पर मेरी माँ का ख़याल रखना। वे बहुत सहती हैं। बोलती नहीं हैं तो क्या हुआ? पर बाबूजी ने उन्हें कम दुखी नहीं कर रखा है।"

"क्या कहा बहू ने...?"

"वह क्या कहती? जो मैं बोलूँगा, वही तो उसे करना होगा। होगी वह बड़े बाप की बेटी। पर हमारे घर में तो हमारी माँ की ही चलेगी। आप निश्चिन्त रहिए मम्मी, आपके हाथ से आपका बेटा नहीं निकलेगा।"

"और रमा आंटी के लिए क्या कहती थी?"

"कुछ नहीं। उसको अभी इस पचड़े में मत डालिए। उसको, आपके और भाभी के पीछे चलने दीजिए।"

मिसेज़ गोयनका की मोटी-मोटी आँखें छलक आयीं। आँचल से आँख पोंछती हुई तृप्ति की एक गहरी साँस ली उन्होंने—भगवान! मेरे राम जी, तेरी बहुत-बहुत कृपा है। मेरा बेटा मेरे हाथ से नहीं निकला। नहीं तो मैं सोच रही थी, धन के ज़ोर पर कहीं बहू को रमा ख़रीद न ले!

वैसे मैं कब कहती हूँ कि बहू खाली मेरा ही करे। मैंने तो कभी प्रेमा को भी उसके साथ आने-जाने से मना नहीं किया। लड़की समझदार हो तो दोनों को सँभाल सकती है। अब पूरा का पूरा तो मैं रमा को कैसे सौंप दूँ, पेट का बेटा जो ठहरा। जाये की कसक भूल जाऊँ क्या?

दिन बीतते गये। हनीमून से छोटे बेटे-बहू लौट आये थे एक दिन। ब्रेकफास्ट टेबल पर मिसेज़ गोयनका ने फरमाया—"सुनिए, हमको रुपया भेजिए।"

"कितना चाहिए?"

"कुछ ज़्यादा चाहिए।"

"ज़्यादा किसलिए और वह भी कितना ज़्यादा?"

"आजकल हीरे के झुमकों का फ़ैशन है। दोनों बहुओं को होली पर एक-एक झुमका बनवाकर देने का मन है। अभी एक बार लाख रुपया तो दे दीजिए।"

"तुम्हारा दिमाग़ ख़राब हुआ है क्या? मेरा दिवाला पिटवाओगी? अभी तो शादी में इतना अनाप-शनाप ख़र्चा हुआ है।"

"क्या करूँ? मैं ही तो हूँ जो दिवाला पिटवाऊँगी? कमा नहीं सकती तभी न इतने बोल सुनती हूँ? कमाती होती तो मुझे क्या आपके सामने हाथ पसारना पड़ता?"

"तुम तिल का ताड़ बहुत बनाती हो, उमेश की माँ।"

"हाँ, मैं तो बुरी हूँ? गले पड़ा ढोल जो ठहरी। आपकी ज़िन्दगी में नरक घोल रखा है, यही ना? क्या अपनी बहुओं का लाड़-चाव भी न करूँ?"

कमरे के दरवाज़े पर प्रेमा का आँचल लहराया। उठते हुए मिस्टर गोयनका बोले—"ठीक है, शाम को रुपया आ जायेगा।"

तब तक प्रेमा मेज़ के पास आकर बोली—"मम्मी, हमको गहना नहीं पहनना! इस घर में रात-दिन रुपये के लिए लड़ाई होती रहती है, इसीलिए उमेश भी अलग रहना चाहते हैं। हम लोग भी कमा कर दिखा देंगे।" बात सच में कहाँ से कहाँ पहुँच गयी? छोटी बहू स्मिता ने आकर कहा—"बाबूजी, आपके दूसरे वाले कमरे में रमा आंटी का फ़ोन है।" स्मिता की आँखें आँसुओं से धुली हुई लगीं। ख़ैरियत थी कि उमेश सुबह ही निकल गया था।

ब्रेकफास्ट टेबल पर सुबह-सुबह यह सारी झक-झक सुनते हुए रमेश को भी बहुत ग़ुस्सा आ रहा था। मगर बाप के सामने अभी उसका मुँह नहीं खुला था।

"रमा से कहो मैं नीचे आ रहा हूँ। रमेश, तुम रुपया लाकर माँ को दे देना।"

"बाबूजी, हमको टाइम नहीं है। हमको अभी तुरन्त फ़ैक्टरी पहुँचना है, एक्साइज़ का इंस्पेक्टर आयेगा।"

उन्होंने आहत होकर रमेश की ओर देखा। इस घर में कोई भी अपना नहीं। इस बेटे के ऊपर मैं और रमा तो जान छिड़कते रहे। यह भी अपनी माँ के ही पक्ष में। विपक्ष में केवल वे अकेले, रमा की बैसाखी लेकर चलते हुए। कितनी दूर चल पायेंगे? लेकिन ये सहारे, और यह पत्नी? ज़िन्दगी के चालीस साल बिताने पर भी यह इतनी अपरिचित क्यों लगती है? और फिर, मैं इसको ढो क्यों रहा हूँ? किसके भय से मैं इसके साथ एक बिछावन पर सोता हूँ? साथ खाता हूँ, उठता-बैठता हूँ, समाज के लिए? वे ख़ुद ही आगे नहीं सोच पाये। सिर चकराने लगा। पता नहीं, अभी तो इस उलझन का कोई निदान नहीं दिखता। और जब कुछ समझ में नहीं आता, तब मिस्टर गोयनका के दिल की धड़कन बढ़ जाती। वे हाँफने लगते। मन के भीतर एक टीस उठती—ओह! अब और नहीं चला जाता। जिसको प्यार करता हूँ, वह केवल कर्मक्षेत्र की साथी है और ये अजनबी लोग फलों के मौसम में कहाँ से चले आते हैं, झाँके के झाँक? पूरे अधिकार के साथ?

रमेश जा चुका था। बहुएँ अपने-अपने कमरों में गुम हो गयी थीं। पत्नी से आँखें मिलते ही उन्होंने आँखें नीची कर लीं। यह औरत क्यों मुझे बार-बार बच्चों के सामने अपराधी बना देती है? इसे मैं बेवकूफ़ समझता हूँ...।

"वह मिश्रा आयेगा रुपया लेकर, रख देना। और सुनो, आगे से रुपये-पैसे की बात बहू-बेटे के सामने मत उठाया करो।"

"लो मैं उठाती हूँ। मैं तो ख़ुद ही आपसे कहती हूँ कि अब बच्चे बड़े हो गये हैं, थोड़ा अपने को सँभालिए। मेरे सामने तो आपकी मर्ज़ी चल गयी? अब इन बच्चों का मन नहीं जीत कर चलेगें तो कैसे होगा?"

"हूँ!" इसके बाद निःशब्द मिस्टर गोयनका नीचे एक तल्ले पर अपने ऑफ़िस में चले गये।

मिसेज़ गोयनका की आँखें झरने लगीं। उनको पता नहीं क्यों हमेशा खाने की मेज़ पर ही अधिक रोना आता था? बेचारी सपना चुपचाप आकर धीरे-धीरे बर्तन समेटने लगी। बड़ी बहू कमरे से निकली—"मम्मी मम्मी? कहाँ हैं?"

उनको वहीं बैठी देखकर समझ गयी कि कहा-सुनी का अन्त कहाँ हुआ होगा। और, सासूजी को रोने की आदत पड़ गयी है, यह भी वह जानती थी। पर रोते हुए व्यक्ति को छोड़कर वह कैसे घर से बाहर शॉपिंग पर चली जाये? चाहे जैसी भी हो उसकी सास है। और, उन्हीं लोगों के लिए तो बाबूजी से लड़ाई हुई? पास आकर उसने चुपचाप उनके कन्धे पर हाथ रखा—"मम्मी! आप बाबूजी से क्यों पैसे माँगती हैं?

"मुझे क्या अच्छा लगता है रे? मैं तो तुम लोगों का मुँह देखकर जीती हूँ। पढ़ी-लिखी नहीं हूँ कमाती नहीं हूँ, तभी न इतना सुनना पड़ता है?"

"अब यह तो बाबूजी की ग़लती है। ख़ामख़ाँ इतना कड़ा बोलते हैं। पैसे नहीं देने थे, बस नहीं देते। पर देंगे भी और सुनायेंगे भी।"

"अब यह तो वे ही जानें। मेरी तो ज़िन्दगी रोते-रोते बीत गयी। तुम लोगों का मुँह देखकर कलेजे पर पत्थर रख लेती हूँ। सोचती थी कि बहुओं के सामने तो ये मेरी इज़्ज़त रखेंगे, पर इनकी चाल भला बदले?"

"लेकिन मम्मी! रमा आंटी तो धड़ल्ले से ख़र्चा करती हैं और वे तो ख़र्चे के लिए बाबूजी को भी मना नहीं करतीं?"

"वह क्यों मना करने लगी? आज मैं भी कमाती होती तो क्या मुझे इतना सुनना पड़ता? बेटा, तुम लोग तो इतना मत सुनना।"

"इसीलिए तो मैं उमेश के साथ ऑफ़िस जाना चाहती हूँ। आपने ही मना कर दिया।"

"न बेटा, मैंने कब मना किया? वह तो तुम्हारे बाबूजी को पसन्द नहीं था, सो मेरे मुँह से कहला दिया। जब रमा ऑफ़िस में बैठ सकती है तो तू क्या उससे कम पढ़ी-लिखी है?"

"ठीक है। अब आप अपने कमरे में चलकर आराम कीजिए। और मम्मी, चिंटू स्कूल से आये तो उसको खाना खिला दीजिएगा। मैं ज़रा विभा मौसी के घर जाकर आऊँगी।"

"ज़रूर खिला दूँगी बेटा। तू फिकर मत कर और सुन, समय मिले तो ज़रा महादेव के यहाँ झुमकों का डिज़ाइन देखकर आना।"

झुमके के नाम से पता नहीं क्यों प्रेमा का मुँह कसैला हो गया। क्या कोई गहने लटकायेगा? किसका पक्ष लो? इतनी निरीह सास! लेकिन फिर उसको सास की निरीहता पर क्रोध क्यों आ जाता है? पता नहीं, सुबह से जो महाभारत चालू हुआ है वह रात तक चलेगा। कई बार तो रील ख़त्म होने का नाम ही नहीं लेती।

प्रेमा चली गयी। मिसेज़ गोयनका ने एक लम्बी जम्हाई ली और उठ खड़ी हुईं। मगर जायें कहाँ? मन्नो तो कलकत्ता में है नहीं। प्रेमा के साथ बाज़ार ही चली जातीं, गर्मी के लिए कोटे की साड़ियाँ ख़रीदनी थीं। दस साड़ियाँ तो रीतू ने भी मँगवाई हैं। लेकिन प्रेमा तो अपनी मौसी के यहाँ गयी है। मिसेज़ गोयनका अनायास सहज रूप से नीचे उतरीं और रमा के केबिन में बिना बोले घुस गयीं—"मैंने सोचा बहुत दिन हो गये, ज़रा तुमसे मिल ही आऊँ।"

"हाँ, हाँ आइए जीजी।"

"क्या हुआ है तुमको? इतनी बुझी-बुझी क्यों लग रही हो?"

"नहीं, बस काम की थकान है।"

"कहीं घूम आओ।"

"नहीं, बस ठीक है।"

"हाँ, तुम बेचारी बाहर कम ही जाती हो। और हाँ, माँ की तबीयत कैसी है?"

"ठीक है।"

"अच्छा है। जितने दिन मायत सर पर है। उनके रहने का बहुत बड़ा सहारा होता है। माँ, माँ होती है। माँ की जगह कौन ले सकता है?"

"हाँ यह बात तो ठीक है।"

"मैं कहती हूँ, जब तक माँ हैं, उनके पास घण्टा-दो घण्टा बैठा करो, सेवा किया करो। वैसे माँ बेचारी तुम्हारी तो बड़ाई भी बहुत करती हैं। जब वे नहीं रहेंगी, तब तुमको बहुत अकेला लगेगा।"

"हाँ, यह तो ठीक है।"

"अच्छा तो मैं चलूँ। कोडरमा वाली चाचीजी आने वाली हैं। मैं तो सबकी दिन-रात सेवा करते-करते परेशान हो जाती हूँ। कभी कोई शॉपिंग के लिए आ रहा है तो कभी कोई इलाज के लिए। अब देखो, बहुएँ तो आज की लड़कियाँ हैं, उनसे तो इतना किसी का होता नहीं। मैं तो सोचती हूँ, जितना मुझसे हो सके, उतना कर-करा दो पर आजकल तो मेहमानों को देखकर नौकर-दाइयों का भी मुँह सूज जाता है। इतना तो धोने के लिए कपड़ों का ढेर हो जाता है और यदि बरसात का मौसम हो तो जान हलकान हो जाती है। कहाँ तो सुखायें? कहाँ धरें? और कोडरमा वाले कोई एक जना आता है? चाचीजी, उनके बहू-बेटे और साथ में उनकी पोती भी आयेगी। मेरे से खुद बच्चों की चिल्लपों बर्दाश्त नहीं होती..."

अचानक मिसेज़ गोयनका को लगा कि सामने मेज़ पर बैठी औरत अपनी फ़ाइल में खो गयी है। वे एकदम से चुप हो गयीं। सन्नाटे से चौंक कर रमा ने आँखें उठायीं। मिसेज़ गोयनका भी बस उठने को पूरी तत्परता में थीं। आँखें मिलते ही हँस कर उन्होंने कहा—"तो चलूँ? समय मिले तो ऊपर आना।"

"हाँ।"

सीढ़ियाँ चढ़ती हुई वे सोच रही थीं—यह औरत कुम्हलाती जा रही है और कैसे नहीं मुरझाये? घर, पति, बच्चे कुछ भी तो नहीं इसके पास। प्यार! उँह, जिस प्यार के लिए इसने अपना सर्वस्व होम कर दिया वह भी तो इसके हाथों से फिसलता जा रहा है। इनका भी मन रमा के पास पहले जैसा कहाँ लगता है। इनके पास समय कहाँ? अचानक उन्हें अपने पति पर बहुत क्रोध आया। क्यों नहीं इसको समय देते? क्यों नहीं सँभाल कर रखते? दिन-भर क्या काम के पीछे दौड़ते रहना? शाम को अकेले अपने फ़्लैट में कैसे रमा का अकेले मन लगता है और क्या रात को रमा को इनकी कमी नहीं अखरती? फिर यह इनसे अपना हक़ क्यों नहीं माँगती? क्यों इतना सब कुछ बर्दाश्त कर रही है? क्या समाज के डर से? प्रत्येक सीढ़ी पर एक-एक ख़याल को पैरों तले रौंदती हुई मिसेज़ गोयनका ने ऊपर आते ही देखा कि उनके जेठ की बेटी मृदुला आयी है। अच्छा लगा। अपनी इस जेठूती से उनको ख़ास लगाव था। बड़े घर ब्याही थी। उनको देखते ही मृदुला बिगड़ उठी—"हम तो कब से आपके लिए बैठे हैं और आपका पता ही नहीं?"

"क्यों, बहुएँ कहाँ गयीं? ओ, मैं तो भूल ही गयी थी कि छोटी पीहर गयी हुई है, पर बड़की? वह अभी तक नहीं आयी?"

"प्रेमा भाभी अभी-अभी बाहर गयी हैं। उनको पार्टी में जाना था। पर आप कहाँ होकर आ रही हैं?"

"बस ऐसे ही। सोचा, कई दिन हो गये, चलूँ ज़रा रमा से मिल आऊँ।"

"चाची जी! आपसे यह सब कैसे बर्दाश्त होता है?"

"क्या चीज़?"

"यही चाचाजी का खुले आम प्रेमिका को रखना? मैं भी तो औरत हूँ, क्या आपकी छाती पर आरी नहीं चलती?"

"ठीक है बेटा! भगवान जो करता है, अच्छा ही करता है। ये भी क्या करें? मेरे में तो इतनी अकल भी नहीं कि इनको कम्पनी दे सकूँ। दोस्तों में हँसी-मज़ाक़ कर सकूँ। न मुझे इतनी बातें करनी आती हैं।"

"क्यों नहीं आती हैं? आप क्यों नहीं उन सबके बीच बैठतीं? ऐसी कौन-सी चाचाजी के दोस्तों की बीवियाँ बड़ी अक्ल वाली हैं? या आपसे ज़्यादा स्मार्ट हैं? वे लोग क्लब जा सकती हैं और आप नहीं जा सकतीं? आप भी चाचीजी कभी अपने दिमाग़ से नहीं सोचेंगी। चाचाजी आपको फूहड़, गँवार बोलते रहते हैं और आपने इस बात को मान भी लिया। आप नहीं जानतीं कि चार लोगों को समेट कर जितना सहूलियत से आप चलती हैं उतनी कम औरतें ही चल पाती हैं।"

मृदुला की यह मीठी डाँट-फटकार मिसेज़ गोयनका को भीतर तक मीठे से सहला गयी, लेकिन स्वयं को बड़ी जल्दी संयत करते हुए उन्होंने कहा, "भई मृदु! तू तो बहुत ही कचर-कचर करती है। कुछ बातों को सहन करना सीखो। सारे मर्द एक-से होते हैं? थोड़ा-बहुत मौज-शौक़ चाहिए ही।"

"चाची जी! आप कैसे यह सब सह लेती हैं? आज प्रदीप ऐसा करे तो मैं सच कहती हूँ, ऊपर से कूद जाऊँ।"

"सहन करना सीखो बेटा। औरत की भलाई इसी में है।"

"चाचीजी! आप तो देवी हैं।"

"चल, बहुत हुआ। अब चाय पी ले। मुन्ने को नाश्ता करवाया कि नहीं?"

खा-पीकर मृदुला चली गयी। मिसेज़ गोयनका ने नौकर से पता लगवाया—बड़े बाबू बाहर गये है, चेंबर ऑफ़ कॉमर्स की मीटिंग में और रमा बाई अपनी किसी सहेली के साथ उसके घर चली गयीं। उनको अचानक अपना घर बड़ा सूना लगने लगा। भीतर कुछ रड़कता हुआ लगा। ख़ालीपन बिसूरने लगा—बहुओं को तो रोज़ बाहर जाने को चाहिए। ये भी सात दिन में चार दिन बाहर ही खाते हैं। क्या हुआ जो इनके पीछे पीछे पार्टियों में मैं भी चली गयी? घर आते ही तो बस नाक बजने लगती है। बातें करूँ भी तो किससे? ले-देकर वह एक बेटी थी। उसको भी दूर दिल्ली में पटक दिया। पलँग पर लेटी-लेटी मिसेज़ गोयनका सोच रही थीं। आया तलवों में बादाम रोगन से मालिश कर रही थी। बिना पैर दबवाये उन्हें नींद ही नहीं आती। उन्होंने करवट बदली। एयरकंडीशन की आवाज़ कानों में गूँज रही थी। सोच का सिलसिला जारी था। पिछले बीस वर्षों से सारे सोच और चिन्तन का केन्द्र पति के जीवन में बसी हुई यह दूसरी औरत थी।

मिसेज़ गोयनका ने फिर करवट बदली। माथे पर पसीने की मोटी-मोटी बूँदें छलक आयीं। सारा शरीर जैसे कर्पूर की तरह भक् से जल उठा, ख़ासकर चेहरे पर सुलगती हुई आँच। डॉ॰ सेन से अपने इस 'सिंपटम' के बारे में उन्होंने पूछा था। मेनापॉस सिंड्राम, मासिक धर्म बन्द होने के समय अचानक ऐसे गर्मी लगती है। इसको 'हॉट-फ्लश' कहते हैं। दवा भी दी उन्होंने। फिर भी नींद आजकल कम होती जा रही है। रातों को उठकर घण्टों चुपचाप बैठी रहतीं। आजकल दिमाग़ भी जैसे सुन्न होता जा रहा है। कभी पति की नींद खुलती तो उनको यों प्रतिमा-सी बैठी देख चिढ़ जाते।

"सो क्यों नहीं जातीं?"

"नींद नहीं आ रही।"

"कॉम्पोज ले लो।"

"ले लिया था।" पति फिर करवट बदल कर सो गये।

लेटे-लेटे मिसेज़ गोयनका को रमेश की शादी वाला दिन याद आने लगा—"मम्मी देखिए, भाभी कितनी सुन्दर लग रही है?" रीतू ने प्यार से उनके गले से लिपटते हुए कहा।

"हाँ बेटा! बस तुम्हीं लोगों के लिए तो मैं ज़िन्दा हूँ।"

"मम्मी! आप ऐसे मत बोला करिए, वह भी इस शुभ घड़ी में।"

"अच्छा नहीं बोलूँगी, अब तो ख़ुश?" वे चुपचाप दुल्हन के पास वाले सोफ़े पर बैठी थीं। उन्होंने गोटे-किनारे लगी हुई लाल चुनड़ी की साड़ी पहन रखी थी। नाक में हीरे का नथ चमक रहा था। आज तो प्रेमा ने माना ही नहीं। साथ में मन्नो और चिपक गयी। नहीं, भाभीजी आप बेटे की माँ हैं, आज नहीं सजेंगी तो कब सजेंगी। ज़बरदस्ती भारी वाला जड़ाऊ सेट और लाद दिया। वे प्रेमा से कहती रहीं—बेटा ज़िद मत कर, मुझे तो भारी गहना सुहाता भी नहीं। कानों में बड़े हीरे वाले लौंग ही अच्छे हैं। और फिर मृदु का यह कहना—वाह चाचीजी, क्या ज़ोरदार साड़ी पहनी है आपने। मैं तो अर्जुन के ब्याह पर बिल्कुल ऐसी ही साड़ी बनवाऊँगी। सच्चे माल का काम है ना?

"बेटा मृदु तू तो जानती है मेरी अकल। सब प्रेमा का किया धरा है। भला मैं क्यों सबके सामने साड़ी का भाव खोलने लगी। प्रेमा को अकल है। दस का काम पच्चीस में परोसना यदि उसको आता है तो यह उसकी बुद्धि है।"

शादी के दिन रमेश कितना जँच रहा था। मेरा तो रोम-रोम कह उठा—"युग-युग जिओ मेरे लाल।" मैंने तो सपने में भी नहीं सोचा था कि इतने बड़े घर में इसकी शादी होगी। बोली-ठोली मारे बिना कोडरमा वाली जिठानी मानती नहीं। पूछने लगीं—"अरे उमेश की माँ! रमा बाई मेहँदी नहीं लगवायेगी और तुम्हारे भाइयों को तो दो चुनड़ी लानी चाहिए थीं!" मैं तो ताने-बोली के सामने गूँगी हो जाती हूँ। बात मृदुला ने ही सँभाली थी—"आप भी ताई जी, एक ही बात करती हैं। पत्नी का हक तो चाचीजी को ही मिला हुआ है ना?"

भीड़ में मेरी नज़र रमा को खोजने लगी थी। हलके रंग की रेशमी तनछुई और गले में मोती की माला। वही सादा रूप। बेचारी...? मेरे मुँह से अनचाहे निकल गया। हालाँकि रमा हँस रही थी, आये-गये की ख़ातिर-तवाजो भी कर रही थी। लेकिन क्या हँसने से चेहरे का दर्द भी कहीं छुपता है। क्या आँखें नहीं कह देतीं दिल की बात? मुझे ख़ूब पता है। ब्याह वाले दिन रमा भीतर ही भीतर कितना रो रही होगी? पर मेरी क्या ग़लती?

मैंने तो रमेश की नज़र उतारने के लिए रमा से ही कहा था। बाई ने लोगों को घुड़चढ़ी का नेग भी देने को कहा, मगर उसी ने मना कर दिया।

वर-वधू अब फेरे से उठ कर पहले मेरी ओर ही आये। समधन ने हँस कर कहा—“भाभी जी, अब सँभालिए अपना धन।” रमेश और स्मिता पैरों पर झुक आये। मैंने दोनों बाँहों में बहू-बेटे को भर लिया। इसी दिन के लिए तो मैं ज़िन्दा थी। तब तक ये और समधी जी आ गये। बहू-बेटे इनके क़दमों पर झुके। उनकी आँखें किसी को खोज रही थीं। मैं तुरन्त समझ गयी। पति के मन की बात न समझे, फिर वह कैसी पत्नी? मैंने धीरे-से रमेश के कानों में कहा—“बेटा रमा आंटी...?”

“हाँ, चले जायेंगे?” फिर दुबारा यही बात मैंने वहाँ खड़ी प्रेमा से कही। मृदुला भी थी। मृदुल तो हमेशा से वाचाल। कहने लगी—“अब चाचीजी यहाँ यह सब नाटक मत करवाइए। पैर ही तो छूना है, घर जाकर छू लेगा।” इनके चढ़े हुए तेवर देख मैं तो भीतर तक सहम गयी। सबके सामने मैं क्या बोलूँ, क्या नहीं, कुछ समझ नहीं पायी। मैं मानती हूँ कि रमा ने रमेश का बहुत किया। उसके अपने बच्चे नहीं, पर माँ की जगह वह कैसे ले सकती है? जाये की कसक तो अलग ही होती है। रमेश मेरा ही बीज है। कैसे ऐसे पाले-पोसे पेड़ को फल देने के वक़्त उसके हाथों सौंप दूँ? हाँ, मैंने तो साझे में ही चलने की कोशिश की। तुम्हारा भी करेगा और मेरा भी। वह तो कहो उसी समय डॉक्टर शोभा मुखर्जी सामने से आती हुई दिखीं।

“डॉक्टर मुखर्जी आयी हैं मम्मी!” पीछे से रीतू ने साड़ी का पल्ला खींचते हुए कुछ कहा था। मैं एकदम से डॉ. शोभा मुखर्जी से लिपट गयी।

“देखिए डॉक्टर मुखर्जी, आप ही ने इस बेटे के वक़्त मेरा ‘सिज़ेरियन’ किया था न?” डॉक्टर शोभा मुखर्जी हँसने लगी थीं।

“याद कैसे नहीं मिसेज़ गोयनका? हमको सब याद है और आपकी बहू की माँ भी मेरी ही पेशेंट थीं।” तब तक समधन हाथ में कुल्फी का कप लिए हुए आकर खड़ी हो गयी थीं।

“आज तो शोभा जी आपको कुल्फी मेरे हाथ से खानी पड़ेगी।”

“हाँ भाई हाँ, ज़रूर।”

तब तक वहाँ रमा आ गयी।

"हैलो रमा! कैसी हो?"

"बिल्कुल ठीक, डॉक्टर मुखर्जी।"

डाक्टर मुखर्जी सत्तर की उम्र में भी हट्टी-कट्टी लगती हैं, और उतना ही तेज़ दिमाग़। पूर्वी बंगाल में जनम लिया था और मछली का झोल-भात खाया था। डॉक्टर मुखर्जी के हाथों रमा अपनी माँ के घर में पहला बच्चा थी। डॉक्टर मुखर्जी मुखर्जी रमा की माँ को अपनी बहन मानती थीं, पर न जाने क्यों रमा ने अपना पारिवारिक परिचय बिल्कुल छिपा रखा है। समाज में, लोगों में, जब भी कहीं रुपया-पैसा दिखाने की बात, घर-घराने की बात, हीरे-मोती की बात होती, रमा एकदम चुप हो जाती। मानो अपने बारे में कुछ बोलने से ही उसे चिढ़ है।

रमा घूम कर दूसरी ओर चली गयी थी। मेरी नज़रें उसी का पीछा करती रहीं। मैंने देखा एक कोने में अपमानित, उपेक्षित, अकेली रमा खड़ी थी। वह कितनी भी चेष्टा करे हँसने की, किन्तु ऐसी स्थिति में क्या कोई हँस पाता है?

"बेचारी!" फिर उनके मुँह से निकला और पलँग पर लेटी-लेटी वे वर्तमान में लौट आयीं। रमेश की शादी को भी दो वर्ष हो गये। नौवें महीने बहू की गोद भी भर गयी। छोटा-सा नरम रुई-सा मुन्ना।

पोते को भी मैंने तो ज़बर्दस्ती रमा की गोद में दे दिया था। लेकिन इन बच्चों से कोई कैसे पार पाये? छोटी स्मिता नहान के नेग का एलबम दिखा रही थी। रमा ने भी एलबम देखी। पहली फ़ोटो में ये और मैं मुन्ना को गोद में लिए हुए, फिर नाना-नानी, फिर मम्मी-पापा। उमेश और प्रेमा। फिर रीतू बुआ। रमा की एक भी फ़ोटो नहीं। रमा ने चुपचाप एलबम बन्द करते हुए कहा—"हाँ, फ़ोटो बहुत ही अच्छी आयी हैं।" अब मैं भी क्या करूँ? कहाँ से पार पाऊँ? बच्चे ज़रा समझते, अरे एक फ़ोटो उसकी भी लगा देते तो कुछ बिगड़ जाता? मगर नहीं। परिवार में होने का भ्रम तो बना रहता। लेकिन यह छोटी कितने तपाक से रमा के ही सामने बोल उठी थी—"मम्मी मैं तो बस ईमानदार रिश्तों में विश्वास करती हूँ, मेरा बेटा बड़ा हो तो रिश्तों का मूल्य समझे।"

“हाँ तुम ठीक कह रही हो स्मिता।” कहते हुए रमा कितनी ख़ामोश हो गयी थी। आह! उसकी वे दर्द से उमड़ती आँखें।

मिसेज़ गोयनका को लगा कि उनकी धड़कन अचानक बढ़ गयी है। उन्होंने फिर माथे का पसीना पोंछा। एयरकंडीशन की घूँ-घूँ आवाज़, पाँवों में तेल मलती हुई सपना दाई, उन्होंने अँधेरे में ही पूछा—“कितने बज गये सपना?”

“ग्यारह बज गये हैं बहूजी!”

“अभी तक कोई आया नहीं है?”

“आते होंगे। पार्टी में जाने पर तो बारह के पहले कोई नहीं आता।”

“अच्छा तू जा और सुन, ज़रा ‘कॉम्पोज’ देना तो।”

“एक तो अभी लिया न आपने!”

“तो दूसरी और दे दे।” वे गोली खाकर करवट बदल कर लेट गयीं। मगर नींद नहीं आयी। ख़यालों का सिलसिला फिर चालू हो गया—‘इस औरत को भी इनमें ऐसा क्या आकर्षण मिला? इसकी उमर भी कम है, पढ़ी-लिखी है, अपने पैरों पर खड़ी है। इसे तो आज भी अच्छे से अच्छा आदमी मिल जाये।’ मन ने ही कहा—‘रमा राजन से प्रेम करती है।’ मन ने ही फिर उत्तर देना शुरू किया—लेकिन राजन में प्रेम के प्रतिदान की क्षमता भी है? इतना रूखा स्वभाव, डाँट-डपट, झिड़की, बच्चे तक तो पसन्द नहीं करते। उलट कर आख़िर उस दिन उमेश ने मुँह पर जवाब दे ही दिया था न? यह तो रमा है कि उसने बाप-बेटे के बीच समझौता करवाया। नहीं तो मेरा तो घर ही टूट जाता। घर की उसने ईंट पर ईंट जोड़ी ही है। लेकिन क्या करूँ मैं तो बेटे-बहुओं को समझा नहीं पाती।

मैंने तो रमेश को उसी को सौंपा था न? मगर यदि रमेश खुद न कर दे या फिर बहू की माँ कहे—देखिए भाभीजी, स्मिता को तो आप अपने पास ही रखियेगा। आप ही घर-गृहस्थी की ट्रेनिंग दे सकती हैं। रमा जी के पास कामकाज के बीच समय कहाँ? और सच बात तो यह है भाभीजी कि मुझे तो खुद ज़्यादा स्वतन्त्रता अच्छी नहीं लगती। कहीं बिगड़ न जाये? आजकल तो जिसको देखो वही ऑफ़िस जाने के लिए तैयार बैठा है।

"मैंने तो नहीं कहा कुछ? मैंने तो यही कहा था न कि रमेश को तो रमा ने ही पाला है, यह तो इन्हीं का बेटा है।" चालाक समधन ने बात को तहों में लपेटते हुए कहा था।

"यह तो आपकी उदारता है भाभी जी।"

मैंने तो कोई बात छुपा कर नहीं की थी, सारी बातें तो रमा के सामने ही की गयी थीं। लेकिन रमा चुप थी, उसने कुछ भी नहीं कहा था। आजकल तो वह और चुप रहने लगी है। कहाँ अब पहले की तरह ऊपर आती है। रमेश से भी दूर रहती है। उसके मन की पीड़ा मैं ख़ूब समझती हूँ। पर उसमें व्यावहारिकता नहीं है। घर-गृहस्थी चलाने के लिए ज़बान पर संयम रखना पड़ता है। अरे दिल की क्या सारी बातें ज़बान पर लायी जाती हैं? किससे कैसे पेश आयें, इसका भी तो ख़याल रखना पड़ता है। पेट में कुछ रख नहीं पाती। किसी का करेगी तो बहुत करेगी, अगला एक माँगेगा तो चार देगी और नहीं करेगी तो बिल्कुल नहीं। मुँह फेर कर खड़ी हो जायेगी। बच्चे भी तो उसके इसी स्वभाव से सहमे रहते हैं। मुझे तो ख़ुद उससे डर लगता है, कब क्या मूड सामने आये! गृहस्थी चलाने के लिए अपने पर संयम रखना पड़ता है। क्या मेरे भीतर कुछ नहीं दहकता? कब कहा है—देखो लोगो, मेरे जलते हुए फफोलों को देखो!

'रमा बहादुर नहीं है, वह कायर है।' सोचते-सोचते उनकी आँख लग गयी। सुबह उठीं तो देखा बाहर की धूप पलँग के पायताने चमक रही है। बगल का बिस्तर ख़ाली था। पति सुबह की सैर को चले गये हैं। अरे, इतनी देर हो गयी? वे जल्दी उठीं। उन्होंने घण्टी बजायी। कमरे में सपना चाय की ट्रे लिए घुसी। यह उनकी सदा से आदत थी। सारा धरम-करम बस इसी जगह गड़बड़ा जाता। बिना वेड-टी के वे उठ नहीं पातीं।

दोपहर तीन बजे आज वे फिर नीचे उतरीं। सीधे रमा के ऑफ़िस में घुसीं।

"कैसी हो रमा?"

"ठीक हूँ!"

"इतनी चुप क्यों हो?"

"नहीं तो।"

"देखो, मेरी कोई ग़लती हो तो बड़ी समझ कर भूल जाना। मैं ठहरी बेपढ़ी-लिखी, गँवार औरत।"

"जीजी! आप ऐसी बातें क्यों बोला करती हैं? आप तो बहुत व्यावहारिक हैं। बताइए कलकत्ते से लेकर कोडरमा तक कोई आपकी बुराई करता है?" स्वर में छुपा हुआ दर्द और कड़वाहट मिसेज़ गोयनका से छुपी नहीं थी।

वे एकदम से गुम होकर फिर सोचने लगीं। आजकल ऐसा प्रायः हो जाता है। स्थान-काल वे सब भूल जाती हैं, दिमाग़ अपने ही जाले में ताना-बाना बुनने लगता है। यहाँ तो रमा सामने बैठी है। मैं तो ऊपर भी रहूँ तो मुझे इसके मन की ख़बर रहती है। रमा का दर्द घर में किसी को समझ में नहीं आता। परिवार इसको नहीं स्वीकार रहा, समाज अपमानित करता है। लेकिन क्या करूँ? वे तो हमेशा स्मिता को समझाया करती हैं। देख, मैंने तो रमेश को जन्म दिया न। बड़ा तो रमा ने ही किया, व्यापार में भी उसी ने लगाया। उन्होंने तो उस प्रेमा से भी कहा—"देख प्रेमा! ज़रा छोटी को समझा। वह ज़रा रमा के पास आया-जाया करे।"

"अब मम्मी! आप तो सारी ग़लती स्मिता की निकालती हैं। कुछ तो रमा आंटी पर भी निर्भर करता है कि वे बहू को अपनी ओर खींच सकें। रमा आंटी का तो रमेश भैया के ब्याह के बाद मुँह ही सूजा रहता है। ठीक से बात तक नहीं करतीं। पता नहीं, उनको कौन-सा ग़म भीतर ही भीतर खाये जा रहा है?"

मैं तो चुप्पी साध गयी। क्या मुझे नहीं पता कि उसको क्या ग़म खाये जा रहा है? ग़म तो है सामाजिक स्वीकृति का। समाज तो नहीं स्वीकारता ऐसे सम्बन्धों को? भला समाज कैसे स्वीकारेगा? समाज यदि स्वीकारने लगे तो बस चल चुकी व्यवस्था। फिर सात फेरों का महत्त्व ही क्या बचा?

अरे भई? मैं ही हूँ जो बर्दाश्त कर रही हूँ, पर समाज कैसे करे? ग़लत को तो ग़लत कहा ही जायेगा। समाज की नज़रों में वह कैसे सही होगा? बच्चे भी दब जाते हैं। घर-परिवार वाले भी धन के बल पर ख़रीदे जा सकते हैं। पर समाज की कसौटी? वह तो सम्बन्ध में कहाँ-कितना खोट है, बता ही देगा। अरे एक चुटकी सिन्दूर में बड़ा आत्मबल होता है। इसने इस बात को क्यों नहीं समझा? अभी भी समझ ले तो आगे का जीवन सुधरेगा?

ये भी रमा का कौन-सा साथ देते हैं? इनमें रखा ही क्या है? ख़ुद तो बस रुपया कमाने की मशीन बनकर रह गये हैं। पर रुपयों की तो रमा को ज़रूरत नहीं, वह ख़ुद इतना कमाती है।

"और?" मिसेज़ गोयनका ने चुप्पी तोड़ते हुए पूछा।

"बस ठीक है!" रमा ने फिर चुप्पी की परत जमा दी।

"तब चलूँ, ज़रा सिंहानिया हाउस जाना है, वहाँ भागवत का प्रवचन है। ऐ रमा, तुम भी चलो ना! भागवत तो आदमी हर उमर में सुन सकता है। सुना है कि वृन्दावन से जो शास्त्री जी आये हैं, वे बोलते बड़ा अच्छा है, बहुत ही मधुर गला है।"

"भागवत मैं सुन चुकी हूँ।" रमा का संक्षिप्त उत्तर था।

"तो उससे क्या हुआ? भागवत तो बार-बार सुनी जाती है। मैंने ख़ुद ही दस बार भागवत सुनी होगी। मिसेज़ सिंहानिया ने तुम्हें फ़ोन तो किया होगा? तुम्हारा नम्बर तो वे मुझसे माँग रही थीं।"

"फ़ोन आया तो था लेकिन मैंने उन्हें अपनी असमर्थता बता दी थी।"

"जाना चाहिए न। ख़ासकर ऐसी जगहों में, सिंहानिया हाउस में गैदरिंग बहुत अच्छी होती है।"

रमा फिर ख़ामोश हो गयी। उसको पुनः ख़ामोश देख मिसेज़ गोयनका ने सोचा इसीलिए तो हम लोगों के बीच होकर भी नहीं होती। ऐसा भी क्या स्वभाव।

"अच्छा चलूँ। आरती के समय तो पहुँचना ही चाहिए।"

"हे राम जी!" कहते हुए घुटनों पर हाथों का बोझ डाल वे खड़ी हुई।

दिन बीतते जा रहे थे। मिसेज़ गोयनका से रमा की उदासी नहीं छिपी थी। एक दिन रमेश से पूछा—"हाँ रे, व्यापार तो ठीक से चल रहा है न?"

"हाँ मम्मी, बिल्कुल ठीक।"

"तेरी रमा आंटी से बात होती है।"

"नहीं, अब काम-काज के बीच समय कहाँ? फिर उनका कब कैसा मूड रहेगा। भगवान ही जानें। दूर रहना ही अच्छा है।"

उन्होंने सोचा, ठीक ही कह रहा है लड़का। लेकिन फिर भी! इस 'लेकिन' और 'फिर भी' का उनके दिमाग़ में कोई स्पष्ट रेखाचित्र नहीं था।

लड़के से आगे कुछ पूछने की उनकी हिम्मत नहीं हुई। यदि झिड़क दे? उन्हें तो बच्चों से भी डर लगने लगा है। पहले वे केवल पति से और रमा से सहमती थीं, अब बहू-बेटों से भी।

छोटी बहू को एक दिन उन्होंने बगल में प्यार से बैठाया था। फिर से पूछा था—"बेटी स्मिता! रमा आंटी के पास जाती हो?"

"हाँ, कभी-कभी।"

"वे तेरा लाड़-चाव करती हैं ना?"

"अब लाड़-चाव से कोई क्या समझे? चार साड़ियाँ पकड़ा दीं या एक गहना दे दिया तो लाड़-चाव हो गया? हमें नहीं पहननी उनकी दी हुई साड़ियाँ। वे क्या सोचती हैं, पैसे से प्रेम ख़रीदा जाता है?"

बेचारी मिसेज़ गोयनका को काठ मार गया। अब अपने ही जाये यह सब बोलने लगे? प्रेमा कम-से-कम चुप तो रह जाती थी। वह व्यावहारिक भी है। रमा का ख़राब मूड ठीक भी कर लिया करती थी। पर यह छोटी? अरे, क्या बात हुई कि जो मन में हो, वही मुँह पर? मन में क्या मेरे नाराज़गी नहीं? पर क्या मन की सारी बातें ऐसे उगली जाती हैं? कुछ बातों पर तो सजावट के लिए चाँदी का वरक भी लगाना पड़ता है। मेरी तो हिम्मत नहीं होती। कभी रमा के सामने इस छोटी के मुँह से कुछ निकल जायेगा तो कयामत हो जायेगी।

दस दिन बाद सावन का सिंधारा था। मृदुला, मन्नो सभी आयी हुई थीं। छोटी बहू स्मिता भी बैठी हुई थी। मृदुला कहने लगी—"कुछ भी कहिए चाची जी। समाज में बड़ाई आपकी होती है। लोग कहते हैं, भई राजेन्द्र गोयनका की बहू तो एकदम गऊ है गऊ!"

मिसेज़ गोयनका ने बात तहों में लपेटते हुए कहा—"अरे नहीं, ऐसी बात नहीं।"

"बात कैसे नहीं? आख़िर बेटा-बहू तो आपने सौंप ही दिया।"

तब तक छोटी बहू बोल उठी—"मृदुला जीजी, मैं कोई सौंपने वाली चीज़ हूँ क्या? और आपने सौंप दिया और मैंने स्वीकार कर लिया? मुझे तो अपनी 'ओन' सास की ज़रूरत है।"

"अरे तो मैं कहाँ भागी जा रही हूँ बेटा?"

"नहीं, बार-बार रमा आंटी के पास जाने के लिए मुझे मत कहिए! वे जब चाहें, तब मुझे 'स्नाब' कर देती हैं। मुझे तो वह बहुत ही 'स्नाब' लगती हैं। जब बैठो तब किसी-न-किसी बात का लेक्चर।"

मिसेज़ गोयनका और प्रेमा की नज़रें टकरायीं मानो प्रेमा कह रही थी—'देख लिया न मम्मी? यह मैं ही हूँ जो बर्दाश्त करती रही। प्रेमा कम-से-कम चुप तो रहती थी। छोटी तो और दो क़दम आगे है। सब ज़माने का फ़रक़ है।'

मृदुला कहने लगी—"नहीं चाचीजी। सच में उस दिन मेरी ससुराल में भी सब आपकी ही बड़ाई कर रहे थे। मेरी सास ही कहने लगीं, "भई तुम्हारी चाचीजी के जैसा स्वभाव तो कम लोगों का होता है। बहुत ही सीधी औरत हैं। घमण्ड तो छू नहीं गया। कहीं भी मिल जायेंगी तो इतने प्यार से बातें करेंगी।"

"तू भी मृदु...ज़रा ज़्यादा ही बोलती है। अरे, मैं ठहरी गँवार, बेपढ़ी-लिखी औरत, भला मेरे को सभा-सोसाइटी में बात करनी आये?"

छोटी बहू स्मिता तपाक से बोल उठी—"तो और लोग कौन-सी ख़ास बात करते हैं? हमने तो अपनी अम्मा को भी वही बातें करते हुए सुना, जो आप कहती हैं। जीजी की सासूजी भी ग्रेजुएट हैं, कितनी बार अमेरिका-विलायत हो आयीं, वे भी तो वही बातें करती हैं।" स्मिता फिर कर्पूर की तरह भड़की। मृदुला ने हँसकर चुटकी ली—"भई, किसी को शास्त्रीय संगीत की चर्चा करनी हो या हुसैन की पेंटिंग की ख़ासियत जाननी हो तो वह रमा बाई के पास चला जाये।"

"हमको तो न शास्त्रीय संगीत समझना है और न कोई शास्त्र सीखना है।" नीचे के होंठ लटकाते हुए स्मिता का ऐलान था।

सब की सब हो-हो कर हँस पड़ीं। लेकिन मिसेज़ गोयनका हँसते-हँसते अचानक सहम गयीं। फिर सोचने लगीं, इस छोटी को तो मैं बिल्कुल नहीं समझा पाती। यह थोड़ा कम बोले तो अच्छा नहीं रहे क्या? यह तो बना-बनाया खेल बिगाड़ देगी। इनके कान में यदि बात चली गयी तो महाभारत हो जायेगा। खरी-खोटी सुनाने बैठ जायेंगे। कहेंगे, सारी आग तो तुम लगाती हो। लो भला, मैं आग लगाने लगी? जितना बर्दाश्त करती हूँ,

उतना ही ये सर पर बोलते हैं। कह तो दे कोई कि मैंने कभी रमा के ख़िलाफ़ कुछ बोला है? अब यदि कभी-कभी मन उदास हो जाये तो इस पर मेरा क्या वश? और, मैं तो ख़ुद ही बातों को ढँकने की कोशिश करती हूँ? पर बहुएँ आ गयी हैं, वे क्या नहीं समझतीं कि सास-ससुर का आपसी सम्बन्ध कैसा है? वही लोग कहती है—अब मम्मी, आप बोलें या न बोलें, हम लोगों को क्या आप इतना बेवकूफ़ समझती है? हम लोगों से तो आपका दुख देखा नहीं जाता। बाबूजी भी आपका सबके सामने इतना खुला अपमान करते हैं। बहुओं से तो मैं नहीं कहती, लेकिन मन-ही-मन सोचती हूँ कि आख़िर रमा को तो कुछ भी नहीं मिला? रीती रह गयी—न घर, न बच्चे, न समाज।

खा-पीकर बहन-बेटियाँ अपने-अपने घर चली गयीं। बहुएँ थकान मिटाने अपने-अपने कमरे में। मिसेज़ गोयनका ने दो प्लेट में नाश्ता लगवाया—“अरे नौकर से कहो नीचे रमा बाई के पास ले जायेगा।” फिर नत्थू महाराज से कहा—“आज शाम को खाना हलका बनाइयेगा।”

“क्या बनाऊँ? बाबू घर में खाना खायेंगे क्या?” नत्थू महाराज जी सुबह से आँच के सामने सुलग रहे थे, पसीना-पसीना हो रहे थे चौके वाले नौकर के सामने बड़बड़ा रहे थे। मिसेज़ गोयनका के सामने बोले—“दस साल पहले सिंधारा होता तो क्या बनाना पड़ता था? समोसा-कचौरी बना लो, मीठे में दिलखुशार की बर्फ़ी बना लो, बहुत हुआ तो बाज़ार से रसमलाई मँगा लेते थे। यह तो आजकल बिणनी जी लोगों का क़ानून बढ़ गया है। प्रेमा बिणनी जी ने दुनिया-भर का तो सामान बनवाया और खाना कुछ उठा ही नहीं। कोई आजकल खाना खाता है। सब चखते हैं, चखते।

“अच्छा बाबू के लिए आप दही का आलू बना लीजिए।”

“बाबूजी, आप पहले पूछ लीजिए। मैं बनाऊँ और वे न खायें तो क्या।

“हाँ महाराज जी, बात तो आप ठीक बोल रहे हैं।”

“मैं तो सीधी बात करता हूँ चाये कोइणे खारी लागे या मीठी।”

“अच्छा आप चौके में जाइए, मैं कहलाती हूँ कि क्या बनाना होगा। मिसेज़ गोयनका ने इंटरकाम उठाया। स्टडी रूम का तीन नम्बर बटन दबाया।

दबाती चली गयीं। कहाँ गये? बिना बोले तो ये कभी कहीं जाते नहीं। इनका एक-एक मिनट का हिसाब-किताब तो मालूम रहता है सब को।''

तब तक उधर से फ़ोन उठाते हुए मिस्टर गोयनका ने कहा—"तुम एक बार ज़रा नीचे स्टडी में तो आना।"

मिसेज़ गोयनका एकदम स्याह, बदहवास नीचे दौड़ीं। पैरों में चप्पल भी नहीं थीं। स्टडी में उन्होंने देखा—रमा और मिस्टर गोयनका आमने-सामने सोफ़े पर बैठे हुए हैं। रमा की लाल सूजी हुई आँखें। रह-रह कर फड़कते हुए नथुने, काँपते हुए होंठ। एक बार तो उनकी हिम्मत ही नहीं हुई कि पूछें तो सही क्या बात हुई? इतना तो वे समझ गयी थीं कि दोनों में ज़ोरों की झड़प हुई है। फिर भी साहस करके पूछा—"क्या हुआ रमा?"

रमा तो मानो घायल शेरनी ही तरह बिफर उठी—"देखो जीजी! मेरा और इसका सम्बन्ध अब नहीं चल सकता। मैंने बहुत सहन कर लिया। अब मुझसे नहीं सहन होता। इसके ऊपर भी यदि ये डाँट-डपट करें तो मैं यहाँ नहीं रहूँगी।"

"रमा, ऐसा मत कहो। बकने-झकने की तो इनकी आदत है। अब मुझे ही देखो, चलते-फिरते सबके सामने झिंझोड़ देते हैं।"

"जीजी, आप सहती होंगी, मैं नहीं सह सकती। और किसलिए सहूँ? मुझे मेरी रोटी ख़ुद कमानी पड़ती है। कौन क्या करता है मेरे लिए? यह भी कोई सम्बन्ध है? जब सम्बन्ध को कोई नाम नहीं दिया जा सकता तो क्या ज़रूरत है ढोने की?"

"समाज का सवाल है ना रमा! देखो, मैं तो तुमसे कभी कुछ कहती नहीं। यह तो तुम ठीक ही बोल रही हो। कोई कुछ करता तो नहीं है। लेकिन ऐसे जी छोटा थोड़े किया जाता है? थाड़ी हिम्मत से काम लो, मन शान्त रखो।"

उनका बस इतना कहना था कि रमा फूट-फूट कर रो पड़ी। उसका यों बिफरना देखकर मिसेज़ गोयनका ख़ुद परेशान हो उठीं। मिस्टर गोयनका पर ग़ुस्सा भी बहुत आया। पति से उन्होंने कहा—"क्यों जी, आप इसका कोई ख़याल क्यों नहीं रखते? क्या आपकी कोई ज़िम्मेवारी नहीं है इसके प्रति?"

पति फिर भी चुप थे। लेकिन रमा ही बोली—"क्यों नहीं करते, इसका जवाब आपको भी मालूम है जीजी! आप सब लोग स्वार्थी हो। आप लोगों का अपना-अपना दुख है। मैं मर भी जाऊँ तो किसी को क्या फ़र्क़ पड़ेगा? मुझसे अब यह जीवन नहीं सहा जाता।" और रमा की रुलाई फिर हिचकियों में बँध गयी। मिसेज़ गोयनका बड़ी देर तक उसकी पीठ पर हाथ फेरती रहीं। ख़ामोश रमा हिचकियों में टूटती रही थी। मिस्टर गोयनका बिल्कुल चुप थे।

उस दिन, रात को सोते समय मिसेज़ गोयनका ने पति से फिर पूछा—"क्यों जी, आप दोनों में ऐसी क्या बात हो गयी?"

"कुछ नहीं। मैं उसको समय-वमय दे नहीं पाता। बस इसीलिए उसका मूड ख़राब रहता है।"

"पर क्यों नहीं देते? जब उसको आपने रखा है तो कुछ उसकी तरफ़ देखिए।"

"अब क्या करूँ? मेरे भी तो दस झमेले हैं। अब इस साल चेंबर ऑफ कॉमर्स में प्रेसिडेंट बनने का टर्न है। सफलता के साथ व्यस्तता बढ़ती जाती है।"

"पता नहीं वह भी किस मिट्टी की बनी हुई है! बेवजह आप जैसे पुरुष के पीछे लगी हुई है। यह तो नहीं कि छोड़-छाड़ कर अपनी ज़िन्दगी फिर से शुरू करे। क्या दुनिया में पुरुषों की कमी है?"

"तुम दिन-भर रमा के लिए शादी का सपना देखना छोड़ दो तो। बिना सात फेरे के इतने वर्षों से मेरे साथ है तो इस चेहरे में कोई तो कारण होगा।"

"हाँ, यह तो आप ठीक बोलते हैं। और वे बड़े ध्यान से पति का चेहरा देखने लगीं। आख़िर क्या ख़ासियत है जो रमा जैसी औरत इनके पीछे पड़ी है।" वे फिर बोलीं—"आप ऐसा रूखा व्यवहार करेंगे न तो उस बेचारी का मन ही टूट जायेगा। वह आपको प्यार नहीं कर पायेगी।"

"नहीं, प्यार तो वह मुझको बहुत करती है, पर उसको कुछ भी तो नहीं मिला। घर, परिवार, बच्चे..."

"जी, मैं क्या उसका दर्द नहीं जानती? मैं तो बच्चों से भी कहती रहती हूँ, रमा आंटी के पास जाया करो। पर उस दिन रीतू ही कहने लगी—

'अब हम लोगों में उनके प्रति आप वाली 'फीलिंग' तो आयेगी नहीं। आख़िर ख़ून के सम्बन्ध का महत्त्व होता है कि नहीं?' "

"रीतू ने ऐसा कहा? रीतू को तो रमा बहुत प्यार करती है।"

"लेकिन रमा के प्यार करने से ही तो नहीं हो जाता! खून का सम्बन्ध अलग होता है।" कहते हुए उत्तेजना में मिसेज़ गोयनका अधलेटी अवस्था में उठकर बैठ गयीं। पर देखा, पति करवट बदल कर खर्राटे भर रहे हैं। मन-ही-मन खीझ उठीं अपने पति के स्वभाव पर। कोई मरे, चाहे जी, ये ठीक अपने वक़्त पर सो जायेंगे। इनसे बढ़कर कोई दूसरा स्वार्थी दुनिया में पैदा नहीं हुआ। वे देर रात तक अँधेरे में दीवारों को देखती रहीं।

दीवाली के त्यौहार पर भी रमा ने सबके साथ खाना नहीं खाया। वह अपनी माँ के घर चली गयी। मिसेज़ गोयनका एक दिन पहले नीचे जाकर कह भी आयी थीं। रमा ने कहा—"देखूँगी।"

"अरे इसमें क्या देखेगी रमा? पूजा तो हम लोगों के साथ करोगी।"

रमा चुप रही थी।

खाने की मेज़ पर सब अपने में मगन थे। मिस्टर गोयनका ने असहाय भाव से उस ख़ाली कुर्सी को देखा जिस पर रमा बैठा करती थी। मिसेज़ गोयनका ने तुरन्त कहा—"जी, मैंने तो रमा से बहुत कहा, मगर बोली कि नहीं जीजी, मैं माँ के घर खाना खाऊँगी।"

"तुमने क्या कहा?"

"अब जो कहना था, कह दिया। ज़्यादा चिरौरी तो मेरे से होती नहीं। कुछ तो उसका भी फ़र्ज़ होता है? अपना घर समझेगी, तभी न अपना घर लगेगा। मैं तो दस बार नीचे चली जाती हूँ और वह ऊपर एक बार भी नहीं आये?"

"अच्छा, अब तुम ज़रा चुप रहो तो?"

त्यौहार के दिन मिस्टर गोयनका बात नहीं बढ़ाना चाहते थे, लेकिन खाना भी गले से नहीं उतर रहा था। इतना वह जानते थे कि रमा अपनी माँ के घर नहीं गयी। फ़्लैट में अकेले खाना...उन्होंने फिर एक चुभती नज़र अपनी पत्नी और परिवार पर डाली, मगर कुछ बोले नहीं।

पूजा के बाद मिसेज़ गोयनका ने सबके सामने ऐलान किया—"मैं जाती हूँ ज़रा रमा के घर। देखूँ कैसे नहीं आयेगी।"

"मम्मी आप ही ने तो अभी कहा था कि रमा आंटी अपनी माँ के घर खाना खायेगी।"

"मुझे ख़ूब पता है वह इस समय कहाँ होगी।" कहते हुए मिसेज़ गोयनका सीढ़ियाँ उतर गयीं।

रमा के फ़्लैट की घण्टी बजाती हुई वे सोच रही थीं, अच्छा रमा इस समय क्या कर रही होगी? रात दस बजे हैं, ज़रूर अकेले लेटे-लेटे कुछ पढ़ रही होगी। या फिर कोई संगीत, हाँ रमा को संगीत बहुत प्रिय है। ख़ासकर किशोरी अमोनकर का वह गीत—'घट-घट में पंछी बोलता...' या फिर मीरा के गीतों की कोई कड़ी—'मैंने लियो तराजू तौल...' अचानक मिसेज़ गोयनका को लगा, वे इस औरत के बारे में कितना कुछ जानती हैं, रमा का उठना-बैठना, उसका सोच और चिन्तन, पसन्द-नापसन्द कितना कुछ जिससे शायद उनके पति भी अनजान हैं। इस ख़याल भर से उनके मोटे होंठों पर एक पतली मुस्कान खिंच गयी। तब तक आरती ने दरवाज़ा खोला, यों इतनी रात को और वह भी दीवाली की रात को यों अचानक मिसेज़ गोयनका को आया देख वह दरवाज़े पर ही ठिठक गयी। फिर हड़बड़ाकर बोली—"भाभी जी आप, इस समय...?"

"क्यों मुझे नहीं आना चाहिए था?"

"नहीं-नहीं आइए।"

"रमा कहाँ है?"

"यहाँ घर पर खाना खाया या माँ के यहाँ गयी थी?"

"नहीं दीदी तो इस समय खा रही हैं।"

भीतर आते हुए मिसेज़ गोयनका ने पूछा—"अभी इस समय इतनी रात को? क्यों रमा देर से घर लौटी?"

"नहीं दीदी तो घर पर ही थीं।"

भीतर मिसेज़ गोयनका ने देखा खाने की मेज़ पर कोई नहीं है और साथ ही उन्होंने यह भी देखा कि आरती की असमंजस भरी आँखें ड्रांइगरूम के दरवाज़े की ओर देख रही हैं।

"ओह, तो रमा ड्राइंगरूम में है..." कहते हुए मिसेज़ गोयनका ड्राइंगरूम का दरवाज़ा हल्के से ठेल कर भीतर चली गयीं। उन्होंने देखा रमा और उसकी तीन-चार सहेलियाँ, दो-तीन पुरुष भी थे, सभी हँसी-मज़ाक़ और ठहाकों में डूबे हुए थे। खाने-पीने का तरह-तरह का सामान चारों ओर फैला पड़ा था। अचानक मिसेज़ गोयनका को सामने देखकर ज़ोरों का ठहाका लगाती हुई रमा एकदम से अकबका उठीं—"अरे, यह क्या, जीजी आप? इस समय? सब ख़ैरियत तो है ना?"

"हाँ ठीक क्यों नहीं होगा, ये तो पूजा से उठकर ही सोने चले गये, मैंने सोचा चलूँ ज़रा तुमसे मिल लूँ, तुम तो घर पर आयी ही नहीं, खाने की मेज़ पर हम लोगों ने तुम्हारा कितना इन्तज़ार किया।"

"लेकिन जीजी मैंने तो आपसे कह दिया था कि मैं नहीं आऊँगी।"

"पर तुमने तो इनसे कहा था कि तुम अपनी माँ के घर खाना खाओगी।" मिसेज़ गोयनका के शब्दों, शब्दों के भीतर चुभता हुआ व्यंग्य रमा से छुपा नहीं था। फिर भी वह शान्त थी, स्वस्थ थी और बिल्कुल ख़ामोश थी। रमा की ही दोस्त विभा ने कहा—"बैठिए ना आंटी।"

"नहीं मैं चलूँ, ये भी मेरी राह देख रहे होंगे, मैं तो रमा को अपने घर ले जाने आयी थी, भला दीवाली के दिन भी कोई अपने वालों से नाराज़ होता है।"

"जीजी...?" रमा का स्वर आहत था, हाथ की प्लेट रख कर वह उठे इससे पहले मिसेज़ गोयनका कमरे से बाहर थीं।

गाड़ी में बैठे-बैठे उन्हें लगा मानो उनका सर्वांग ईर्ष्या से जल रहा है। लेकिन यह जलन किससे? रमा से। हाँ रमा से, रमा अपनी ही उम्र की लड़के-लड़कियों के बीच कितनी छोटी लग रही थी, "कौन हैं से सब?" फ्लैट से बाहर निकलते हुए उन्होंने आरती से पूछा भी था।

"दीदी के दोस्त लोग हैं।"

"ओह! तो अब चार दोस्तों का चक्कर शुरू हो गया है।" न चाहते हुए भी वे कह बैठी थीं, अपनी ग़लती का अहसास होते ही उन्होंने तुरन्त बात भी बदली थी, "बात यह है कि फ़्लैट में अकेले-अकेले रमा ऊब जाती होगी, अच्छा है ना कि अपना मन लगाये रखती है।"

मन? लेकिन क्या रमा का मन राजेन्द्र से विरक्त हो गया, घर जाकर पूछूँगी इनसे। सारी ग़लती इनकी है, भ्ला औरत जात को इतनी छूट देनी चाहिए, रमा को डाँटकर कह नहीं सकते थे कि रात को घर पर सबके साथ भोजन करना होगा। बस असहाय-से टुकुर-टुकुर उस मरी ख़ाली कुर्सी को देख रहे थे जिस पर कभी रमा बैठकर हम लोगों के साथ नाश्ता करती थी, कभी खाना खाती थी और खासकर मैं और ये और रमा तीनों जब साथ खाना खाना खाते तो बहुत अच्छा लगता था। इनके स्वर में छलक-छलक उठती कृतज्ञता। रमा का माधुर्य और बचपना, खाना परोसती हुई मैं, मुझे तो सच में रमा और रीतू में कभी कोई फ़र्क़ लगा ही नहीं, किन्तु यों रमा का अलग अपनी पगडण्डी बनाते हुए चलना, क्यों? मगर क्यों वह दिन-प्रतिदिन हम लोगों से दूर होती जा रही है। अब समाज ऐसे सम्बन्धों को नहीं स्वीकारे तो मैं भला क्या करूँ? बच्चे रमा का नहीं करते, कौन से वे लोग मेरा ही करते हैं? मैं ही तो रात-दिन बहुओं की चिरौरी करती रहती हूँ तभी ना मुझे पूछती हैं। रमा को दबना नहीं आता। अरे औरत तो पैरों तले दबी हुई घास है। पुरुष के क़दम उठे नहीं कि वापस वह अपनी पीठ सीधी करके उठ खड़ी होगी। इनसे आज बात करनी होगी, रमा को इतनी छूट नहीं मिलनी चाहिए। कहीं सही-ग़लत हो गया तो बाद में पछताने से क्या होगा? और इतना बड़ा कारोबार ये अकेले सँभाल लेंगे? रमेश के तो दूध के दाँत भी नहीं टूटे। थोड़ा मुझे भी झुकना चाहिए। रमा को अपनाना चाहिए। इतने वर्षों का साथ ठहरा।

ऊपर बेडरूम में आकर मिसेज़ गोयनका ने देखा, पति गहरी नींद में सोये हुए थे, छाती पर अधखुली किताब थी। सब लोग इतना असंग कैसे जी लेते हैं? क्या सबसे फ़िज़ूल मैं ही हूँ जो रात-दिन सम्बन्धों को तौलती रहती हूँ। अँधेरे में लेटे-लेटे मिसेज़ गोयनका को लगा, तकिया इतना गीला कैसे हो गया, ओह! अनजाने अनकहे आँखें बरस रही थीं।

दीवाली के दूसरे दिन रमा ऊपर फ्लैट में आयी थी। पैर छूकर, एक कप चाय पीकर चली गयी। वही ख़ामोशी, वही चुप्पी। मिसेज़ गोयनका इन दिनों बड़ी बेचैन रहतीं। सोचतीं, अरे, कोई तो इस ख़ामोशी को तोड़े! कुछ तो कहे! मगर नहीं, दीवाली की रात वाली बात पति के सामने

मिसेज़ गोयनका ने उठाई भी थी। एक ठण्डा प्रतिउत्तर था—"तो वह अकेली औरत क्या करे, दफ्न हो जाये अपने फ़्लैट में!"

झुँझलाते हुए मिसेज़ गोयनका ने कहा, "ठीक है, चुप रहो अपनी बला से। मेरे को क्या पड़ी है कि जा-जाकर रानी जी की ख़ुशामदें करूँ?" लेकिन वे प्रायः सोचतीं, आख़िर यह सम्बन्ध कैसे चलेगा? इनका भी अजीब हाल है। अब चेम्बर ऑफ़ कॉमर्स के प्रेसिडेंट हो गये हैं। वही पार्टियो का सिलसिला। कभी यह आ रहा है तो कभी वह। आज यहाँ जाना है तो कल वहाँ। अब मैं भी क्या करूँ? मुझे शौक़ लगा है कहीं जाने का? पर इनके पीछे-पीछे चलना पड़ता है। जहाँ ये ले जाते हैं, वहीं चली जाती हूँ। जहाँ बैठाते हैं, वहीं बैठ जाती हूँ। कोई नमस्ते करता है तो राजी-खुशी पूछ लेती हूँ। वैसे मेरे तो घुटने में दर्द रहने लगा है। भारी शरीर, न उठा जाये, न बैठा जाये। जाने के लिए मना करती हूँ तो बहुएँ कहती हैं—"मम्मी आप क्यों नहीं जायेंगी? आपका हक़ बनता है। नहीं जाती हैं तो हमारी 'सर्किल' के लोग पूछते हैं कि तुम्हारी सास कहीं आती-जाती नहीं क्या?"

और रमा कहीं जाती नहीं है, न ये ले जाना चाहते हैं। मैं क्या समझती नहीं कि समाज के सामने मुझको पति के संग मंच पर बैठी देख रमा को कितनी जलन होगी? मैं तो अपनी तरफ़ से अब भी उसका कुशल-क्षेम पूछने चार बार उसके ऑफ़िस में ही चली जाती हूँ। वही बुझी-बुझी रहती है। कभी घर से निकलती हुई दिख भी जाये तो मुँह फेर लेती है। इनसे मैंने ज़िक्र भी किया। ये उलटा मुझे ही धौंसने लगते हैं—"सारी आग तो तुमने लगायी है। मनहूस सूरत लिए दिन-भर पड़ी-पड़ी रोती रहती हो। बच्चों को भी रो-रोकर मेरे ख़िलाफ़ कर दिया।" मुझे भी ग़ुस्सा आ गया। मैंने भी कह दिया—"हिम्मत तो आपकी नहीं है कि सीधे समाज का सामना करें। कमज़ोर तो आप हैं, मेरी ग़लती क्यों निकाल रहे हैं? मैं पूछती हूँ कि आप उससे शादी क्यों नहीं कर लेते? पर अपने में हिम्मत होनी चाहिए। हाँ, मैं तलाक़-वलाक नहीं देने की। राजा पाण्डु की दो पत्नियाँ कुन्ती और माद्री कैसे मिल कर रहती थीं। क्या पता, सहन किसने किया? चलो बाबा, उसी का त्याग बड़ा है। वह है ना सुन्दर, मेरा ही चेहरा मनहूस है।"

"अच्छा बाबा, तुम्हारे हाथ जोड़ता हूँ। अब ज़रा तुम चुप रहो।"

"मैं कब बोलती हूँ? मैं तो हमेशा ही चुप रहती हूँ।"

"ठीक है। अब मुझे सोने दो।"

"सो जाइए, आप कब नहीं सोते? आपको तो ठीक वक़्त पर नींद आ ही जायेगी। पता नहीं, किस मिट्टी के बने हैं।"

उनका बड़बड़ाना चालू रहा। उन्होंने अँधेरे में सोये हुए पति की ओर देखा और फिर सोचने लगीं, 'कॉमपोज़' तो मैं भी लेती हूँ, लेकिन मुझे क्यों नहीं नींद आती?'

दिन बीतते गये। पति-पत्नी समानान्तर रेखा थे, साथ-साथ दौड़ते हुए, लेकिन कभी एक न होने की क़सम खाकर। जाड़े के दिन। सुबह घूम कर लौटते ही मिस्टर गोयनका बोले, "अरे भाई, चाय मिलेगी या नहीं...कहाँ हैं सब लोग, इस घर में सुबह सात बजे भी रात का बारह बजा रहता है।"

"क्या है जो सुबह से आप चीख़ना शुरू कर देते हैं। शान्ति से पूजा भी नहीं कर सकता है कोई।" हाथ में तुलसी माला लिए मिसेज़ गोयनका दौड़ी आयीं।

"चाय! सुना आपने मुझे चाय चाहिए, कहाँ मर गये सब नौकर?"

"दे रहा होगा। ग्वाला दूध लाने में देर कर देता है। जाड़े के दिन ठहरे।"

"तुम जानती हो कि मुझे चाय की कैसी चपास लगती है, मेरे तो सिर में दर्द शुरू हो जाता है।"

"अब सुबह-सुबह मत चालू होइए। यह तो नहीं कि आदमी थोड़ा भजन-पूजन... ।"

"तुम अपना टंट-घंट बाद में नहीं कर सकतीं? तुम भी तो मुझे चाय बनाकर दे सकती हो। ऐसे तो बड़ा पति-भक्ति के गीत... ।"

"हाँ, जैसे आपने ही बड़ी भारी आन निभायी।"

तब तक महेन्दर चाय लेकर आ गया। चाय के कप में चीनी डालते हुए मिसेज़ गोयनका फिर सोचने लगीं—"क्यों नहीं उसी के घर चाय भी लेते, खाना तो रात का खाते ही हैं!"

"अब तुम चाय दोगी...या चम्मच ही चलाती रहोगी।"

"लीजिए।" शान्त गोरी हथेलियों ने प्याला आगे बढ़ा दिया।"

पहले घूँट में ही मिस्टर गोयनका फिर चीख़े, "यह कैसी चाय है? थू, इतनी कड़वी! इस घर में एक कप चाय भी ठीक से नहीं मिल सकती। दो-दो बहुएँ हैं; कमरे से ही नौ बजे से पहले महारानियाँ निकलेंगी नहीं।"

"अब आप मेरी बहुओं को कुछ मत बोलिए तो। महेन्दर, अरे ओ महेन्दर!!"

"तुम्हारी आवाज़ तो मुझ तक नहीं पहुँच रही फिर चौका तो काफ़ी दूर है। उठकर घण्टी क्यों नहीं बजा देतीं।"

"मेरे घुटने में दर्द है, मेरे से तो नहीं उठा-बैठा जाता।"

"वज़न क्यों नहीं घटातीं। दिन भर पलँग तोड़ती हो।"

"ठीक है, लेक्चर मत दीजिए तो!" मिसेज़ गोयनका उठीं मगर अब वे बाथरूम का दरवाज़ा खोल रही थीं।

"वहाँ क्या करने जा रही हो?" मिस्टर गोयनका फिर चीख़े।

"नल से थोड़ा गरम पानी निकाल लाती हूँ, चाय के लिकर में मिला दूँ, कड़वाहट कम हो जायेगी।"

"तुम्हारा दिमाग़ दिन पर दिन सठियाता जा रहा है।"

"तो आप ही कौन-से जवान हो रहे हैं?"

तब तक महेन्दर अख़बार लेकर आ गया। अब मिस्टर गोयनका को सबसे अच्छा 'आउटलेट' मिला—"महेन्दर तुमको मालूम है कि हम कैसी चाय पीते हैं, बीस साल नौकरी करते हो गये। चाय भी ठीक से नहीं बना सकते...!"

"जी...!!"

"क्या जी-जी लगा रखा है। जाओ, ले जाओ सब यहाँ से। चाय न हुई नीम का पानी उबाल कर लाये हैं।"

"बहू जी, ज़रा वह चौके वाली अलमारी की चाभी दीजिए।"

"क्यों?"

"वह दार्जिलिंग वाली चाय जो बाबू पीते हैं, आपने अलमारी में रख दिया ना...?"

"बाहर ही तो रखा है।"

"नहीं अलमारी में आप ही ने तो रखवाया और कहा था कि इस अच्छी वाली चाय को ज़रा कम ख़र्च करो।"

"तुम्हारी सारी कंजूसी मेरे लिए ही क्यों चालू हो जाती है?"

"देखिए, अब सुबह-सुबह ऊँची आवाज़ मत कीजिए तो! मेरे को क्या फ़र्क़ पड़ता है, लगने दो ख़र्चा। लेकिन फिर मुझसे रोज़-रोज़ रुपये का हिसाब मत माँगा कीजिए, यह मत कहा कीजिए कि, तुम हर महीने बीस हज़ार रुपये किसमें बुकती हो?"

"क्यों नहीं बोलूँ, और आख़िर गेहूँ की रोटी ही तो खिलाती हो, कोई उसमें सोने की मोहरें चिपकाकर तो नहीं परोसतीं?"

"मेरे पास रोज़ का आने-पाई का हिसाब लिखा हुआ है, जब बोलेंगे निकालकर दिखा दूँगी। किस चीज़ का रुपया नहीं लगता? महीने का दो हज़ार का तो दूध ही आ जाता है, इस घर में कोई मौसम का फल खाता है, जैसा बाप वैसे दोनों बेटे, सब कुछ बेमौसम का बनना चाहिए। अब भला कोई कहे कहीं बारह महीने हर दिन गोभी की सब्ज़ी खायी जाती है, लेकिन नहीं बिना गोभी के क्या मजाल कि रमेश फुलके का एक कौर भी तोड़ ले। अब चाहे बीस-पच्चीस रुपये की गोभी हो, लेकिन मँगवाना ज़रूरी हो जाता है। तो स्मिता के गले खाना स्परेगास के बिना नहीं उतरता और वह भी इम्पोर्टेड वाला। कल ही तो डिब्बा मँगवाया है, पूरे ढाई सौ रुपये लगे।"

"हाँ-हाँ बिगाड़ो, ज़रूर बिगाड़ो, सिर पर चढ़ाकर रखो अपनी बहूरानी को।"

"तो क्यों लाये बड़े घर की बेटी? जैसा उसने अपने पीहर में देखा और खाया है उसी की तो माँग करेगी।" और रोष में चाभी का गुच्छा महेन्दर को देते हुए बोलीं—"जाओ चाय की पत्ती निकाल लो। वह जो पैंट्री में गोदरेज की अलमारी है उसी में रखी होगी।"

खारी चाय अब तक और कसैली हो गयी थी।

गोल्फ खेलकर अपने पूरे लाव-लश्कर के साथ रमेश कमरे में घुसा। गोल्फ सेट से बड़े से थैले को कोने में पटकते हुए रमेश जूते सहित पापा

के पास सोफ़े पर अधलेटा हो गया। हवा कुछ भारी लगी। उसने ध्यान से अख़बार में आँखें गड़ाये पिता की ओर देखा...पापा भी एक 'क़िस्म' हैं...सुबह से चालू हो जाते हैं। बेचारी मम्मी! अभी मैं स्मिता पर इतना चिल्ला-चिल्ली करूँ तो वह तो चाय का कप ही सिर पर दे मारे। मम्मी ही हैं जो सहन करती हैं। उसको माँ के ऊपर ढेर-सा प्यार उमड़ आया।

"मम्मी चाय मिलेगी।"

"पड़ी तो है सामने। अच्छा लो, मैं बनाकर देती हूँ।"

मिस्टर गोयनका चाय पीते हुए बेटे का चेहरा देख रहे थे। बिल्कुल निर्विकार और शान्त था।

"रमेश चाय कड़वी नहीं लग रही?" उन्होंने बेटे से पूछा।

"नहीं पापाजी, बिल्कुल ठीक है।"

तब क्या मैं सठिया गया हूँ। उनकी आँखें विजयोल्लास से चमकती पत्नी की आँखों से टकरायीं। धृष्ट मुद्रा में वे अब तक तनी हुई थीं, अब आँखें मिलते ही बोल उठीं, "आपको तो मैं खारी लगती हूँ तो चाय कैसे मीठी लगेगी?"

रमेश चाय का प्याला रख कर उठ खड़ा हुआ। मिस्टर गोयनका ने भरे हुए आधे प्याले की ओर नज़र डाली। ये बच्चे भी कमबख़्त माँ की तरफ़ हैं। कितना भी करो। चाय कड़वी थी। पी नहीं पाया, मगर अपनी माँ को नहीं बोलेगा। यह औरत सबको कैसे वश में रखती है? वे सोच रहे थे। आज वे कुछ ज़्यादा ही सोच रहे थे। मैंने इसको क्या नहीं दिया? बस प्रेम नहीं दे सका। मन भीतर से चिहुँका—पर मैंने तो सुहागरात के दिन ही कह दिया था कि मैं तुमसे प्रेम नहीं करता हूँ। यह विवाह मेरी मर्ज़ी के ख़िलाफ़ हुआ है। बेमेल, बिल्कुल बेमेल।

शेव करते हुए मिस्टर गोयनका ने देखा, बेसिन पर लगे शीशे में पत्नी का चेहरा झाँक रहा है। सूरज की रोशनी में कानों में बड़े-बड़े हीरे सतरंगी किरणें उछाल रहे थे। गोरा चेहरा, लाल बिंदी, चौड़े नथुने, मोटे होंठों पर एक परत चर्बी और धवल-धूसर बिखरे हुए बाल, कन्धे पर सरका हुआ पल्ला। आईने में कुछ और आगे झुकते हुए मिस्टर गोयनका ने धीरे-से कनपट्टी के पास से रेजर को घुमाया। फिर गालों को छीलते हुए उसी मुद्रा में उन्हांने पूछा—"क्या है?"

"कोडरमा से फ़ोन है।"

"तुम बात कर लो।"

"कर तो लिया, बड़ी बाईजी कलकत्ता आना चाह रही हैं, पेट का आपरेशन करवाने।"

"हाँ-हाँ, क्यों नहीं!"

"आपको 'हाँ' बोलने में क्या ज़ोर आया। शामत तो मेरी हो जाती है ना। बाईजी अकेली तो आयेंगी नहीं, साथ में जीजा जी, बेटा, बहू। कुल मिलाकर छह जन ऊपर के और।"

"तो क्या हुआ, अपने यहाँ जगह की कमी है क्या? पेंट हाउस में ठहरा देंगे।"

"पेंट हाउस में ठहरा देंगे और दवा-पानी, खाना-पीना सब नीचे से दौड़-दौड़ कर मैं ले जाऊँगी?"

"क्यों नौकर नहीं हैं क्या इस घर मे?"

"सब नौकरों की तो एक नौकर मैं हूँ।"

"यह फ़ोन किसका रखा हुआ है?" स्मिता की आवाज़ थी।

"अरे मेरी माँ, मैं तो भूल ही गयी थी कि कोडरमा की लाइन रखी हुई है।" वे बाहर की ओर दौड़ीं।

नहाते हुए मिस्टर गोयनका सोच रहे थे—गरीब बहन है, यहाँ नहीं आकर कहाँ जायेगी बेचारी! पर यह औरत...? उन्होंने बदन पोंछने के वास्ते तौलिये के लिए हाथ बढ़ाया। वहाँ तौलिया नहीं था। ओफ...हो...इस घर में किसी को मेरी परवाह नहीं है। ज़रा-सा दरवाज़ा खोलकर वे पूरी ताक़त से चीख़े—"अरे कहाँ मर गये स...ब...!!!" सारे कमरे में एक ही स्वर गूँज रहा था—तौ...लि...या...!! दौड़ती हुई मिसेज़ गोयनका आयीं।

"क्या हुआ, क्यों चीख़ रहे हैं?"

"हज़ारों बार कह दिया कि मेरा साबुन, तौलिया देख लिया करो मगर किसी को फ़ुर्सत हो तब न!"

"देखती तो हूँ। अब आज भूल गयी।"

"भूल गयी। यह 'भु...ल्ल...गयी' कौन-सी बीमारी का नाम है? अपना दिमाग़ नहीं चलता?"

“मैं कब बोलती हूँ कि मेरा दिमाग़ चलता है। एक और सेक्रेटरी रख लीजिए न, वह ऊपर का सब काम सँभाल लेगी...।”

बाथरूम के बन्द दरवाज़े के अगल-बगल खड़े पति-पत्नी का वाक्-युद्ध जारी था।

“यह लीजिए तौलिया।” महेन्दर के चेहरे पर शैतानी मुस्कुराहट थी। न जाने क्यों जब भी मिस्टर गोयनका पत्नी पर चीखते-चिल्लाते हैं तो महेन्दर को बड़ा आनन्द आता है।

“यह लीजिए तौलिया।” मिसेज़ गोयनका ने फरमाया। ज़रा-सा दरवाज़ा खोलकर मिस्टर गोयनका ने हाथ बढ़ाकर तौलिया खींचा।

“उँह गुड़ खाए, गुलगुलों से परहेज़! मुझसे ही इनको शरम आ रही है। तीन-तीन बेटे-बेटी ऐसे ही हो गये।” बेडरूम में सोफ़े पर बैठी-बैठी वे बड़बड़ा रही थीं।

“मेरा सूट कहाँ है?” तौलिया लपेटे हुए, भीगे बालों से टपकते पानी के साथ मिस्टर गोयनका सामने खड़े थे।

“महेन्दरिया आइरन कर रहा है, अभी लाता होगा।”

“मैं। तब तक ठण्ड में ठिठुरता हुआ खड़ा रहूँ?”

“पाजामा-कुर्ता पहन लीजिए।”

वे दाल की तरह खदबदा रहे थे। पत्नी सामने फ्रीज में रखे पानी की तरह ठण्डी थीं।

यह हर क़दम पर मुझसे बदला क्यों लेती है...वे सोचने लगे।

कितनी भी सेवा करूँ, ये अपना स्वभाव नहीं बदलेंगे...पत्नी सोच रही थी।

ख़ैर, तब तक महेन्दर सूट लिए आ गया। नाश्ते की मेज़ पर खाने-पीने का ढेरों सामान पड़ा था। मिस्टर गोयनका ने पहले एक चम्मच उगाये हुए मूँग का लिया फिर आधे का आधा पपीता, थोड़ा-सा दूसरा फल, आधा टुकड़ा टोस्ट, मक्खन, शहद, थोड़ा तला हुआ नमकीन फिर कॉफ़ी। उमेश जा चुका था। रमेश बैठा हुआ था।

“क्या हाल है?” उन्होंने बेटे से पूछा।

“सब ठीक।”

“कमाई?”

“अच्छी चल रही है।”

“अच्छी या बहुत अच्छी, कुछ दम लगाओ, दौड़ो।”

“दौड़ तो रहा हूँ।”

“सबकी अपनी-अपनी दौड़ होती है। बड़के तो बेचारे घर से सुबह निकलते हैं, सो रात गये...” पत्नी बीच में बोली। पत्नी की बात काटते हुए मिस्टर गोयनका ने फिर बेटे से पूछा—“वह घर के हिसाब वाला काग़ज़ बन गया?”

“अभी टाइम लगेगा!”

“कितना टाइम लगेगा? तुम तो छह महीने से हिसाब बना रहे हो।”

“अब आप एक महीने को छह महीने बोलेंगे तो कोई क्या करेगा?”

बीच में बात काटते हुए मिसेज़ गोयनका ने पति से फिर पूछा—“आप रात को खाना खायेंगे? महाराज से क्या बनाने को कहूँ?”

“जो तुम्हारा मन हो।”

“भिण्डी बनाने को बोल दूँ क्या? और दही का आलू...”

“एक सब्ज़ी गोभी की रमेश के लिए बनेगी ही,” स्मिता बीच में बात काटते हुए बोली।

“एक बस उमेश और प्रेमा के किसी बात का क़ानून नहीं है। उमेश तो हाँ कि ना कभी कुछ बोलता ही नहीं, जो भी सामने परोस दो सब ठीक है।”

“अच्छा ठीक है जो मन में हो बनवा लो। मुझसे तुम सुबह-सुबह यह सब मत पूछा करो।”

“आप ही क्यों नहीं बता देते कि क्या खायेंगे। फिर बिना बात के झक-झक होगी।”

मिस्टर गोयनका ने कॉफ़ी का प्याला रखते हुए शान्त मगर असहाय भाव से पत्नी की ओर देखा। क्या यह औरत कभी नहीं बदलेगी? शादी के चालीस वर्ष बाद भी इसको मेरी पसन्द-नापसन्द का पता नहीं।

“भरवाँ परवल बना लूँ?”

फिर वही बात, वे चौंक उठे, “हाँ बनवा लो।”

"मगर परवल महँगे बहुत हैं, बाज़ार में तो आग लगी हुई है। अच्छा तुरई और मंगोड़ी ही बनवा लेती हूँ।"

"अरे बाबा कहा न जो तुम्हारे जी में आये, बनवा लो।"

"फिर खाना खाते समय टेवल पर बड़बड़ाना मत चालू करियेगा। यह मत कहियेगा कि, क्या राँध कर रख दिया, गाय-भैंस की सानी है या किसी भले आदमी का भोजन?"

"तो तुमको क्यों तकलीफ़ होती है? मैं तो नत्थू महाराज को डाँटता हूँ। तुमसे तो कुछ कहता नहीं। तुम तो चौके में झाँकती भी नहीं।"

"हाँ, बिना झाँके ही खाना बन जाता है न।"

"ओह, इस औरत से कोई नहीं जीत सकता।'' टोस्ट चबाते हुए मिस्टर गोयनका ने सोचा, मगर वे ख़ामोश रहे। आज रमा के साथ लंच में क्लब जा रहे थे। इसको मालूम है। ज़रूर सेक्रेटरी से पूछा होगा। इस कमबख़्त सेक्रेटरी की भी सारी सहानुभूति हमारी श्रीमती जी को ही क्यों मिल जाती है। नहीं, अभी इससे उलझना ठीक नहीं मगर बर्दाश्त की सीमा होती है।

तब तक मिसेज़ गोयनका फिर बोलीं, "मैं तो महाराज को बुलाये देती हूँ, आप ही हुकुम दे दीजिए। और हाँ, बिना बात के महाराज जी पर गरजा-बरसा मत कीजिए। ऐसे ही वह जाऊँ-जाऊँ कह रहा है। महाराज जी नहीं रहेंगे, ये सोचकर मेरे तो अभी से हाथ-पाँव ठण्डे हो जाते हैं।"

"तुम बहुओं से क्यों नहीं चौका सँभालने को कहतीं?"

"मैं तो नहीं कहने की, एक तो बेचारी ऑफ़िस के काम में उलझी रहती है। दूसरी के छोटा बच्चा रह गया। गोद में बच्चे को सँभाले या फिर चौके में साग-सब्ज़ी बनवाये।"

"बच्चे को वह सँभालती है या फिर आया। और, चौके में जाकर मीनू सेट करने में कितना वक़्त लगता है? पूरे सप्ताह के मीनू सेट करके दे दो, और क्या?"

"आप क्या जानें घर-गृहस्थी के झंझट! और अभी बच्चियाँ हैं, खेलने-खाने के दिन हैं। मेरी रसोई से बच्चों को तो कोई शिकायत होती नहीं एक आपको छोड़कर।"

"ठीक है, ठीक है, अब ज़रा चुप करो तो।" कहते हुए मिस्टर गोयनका भीतर से किटकिटा उठे। उनका मन किया सामने बैठी हुई इस स्थूल औरत का चूरा बना दें। मगर नहीं, सहन करो मेरे मन सहन करो। वे होंठों ही होंठों में बुदबुदाते रहे।

"मुझे रुपया चाहिए।" मिसेज़ गोयनका ने फिर बीच में राग अलापा।

"कितना?"

"चौके-ख़र्च का। आख़िर घण्टे-भर से मैं और क्या बोल रही हूँ।"

"अभी तो महीना ख़त्म नहीं हुआ।"

"तो मैं क्या करूँ, दस दिन में तो बड़ी बाईजी आ जायेंगी। कोई घर में ठहरे तो क्या चीज़ का रुपया नहीं लगता। दूध का, फल का, साबुन, दवाई, डाक्टर..." मिस्टर गोयनका की आँखों के सामने ग़रीब बहन का चेहरा घूम गया। मन-ही-मन उन्होंने सोचा कि चुप रहना ही अच्छा है।

"कितना भेजूँ?"

"एक बार दस हज़ार अलग से भेज दीजिए।"

"दस हज़ार? दस का क्या काम?"

"फिर वही बात। घूम-फिर कर आप एक ही बात पर क्यों आ जाते हैं? रुपया माँगते ही आपको तो बस बिजली का करेंट लगता है। पैसे-पैसे का तो हिसाब लिखती हूँ और जब आपके जी से ख़र्चा नहीं होता, तब लोगों को बुलाते क्यों हैं?"

"लेकिन इतना रुपया?" मिस्टर गोयनका का व्यापारी दिमाग़ मन-ही-मन हिसाब कर रहा था। नहीं, इतना तो नहीं लगना चाहिए। यह ज़रूर रुपया बचाती होगी।

"बड़ी बाई पर किस चीज़ का रुपया नहीं लगेगा? दूध का, फल का, दवाई का..." मिसेज़ गोयनका चीज़ों के दाम गिनाने लगीं।

"पर डॉक्टर के ऑपरेशन की फ़ीस तो अलग से मैं दूँगा। बड़ी बाई और उनके बहू-बेटे दस दिन में कितना खा लेंगे?"

"अब आपको मुझ पर विश्वास नहीं है तो आप किसी और से हिसाब रखवा लीजिए।"

मिस्टर गोयनका के गले में टोस्ट फँस गया। वे खाँसने लगे। खाँसते हुए उन्होंने देखा, मेज़ पर पानी नहीं है। वे ज़ोरों से चीख़े—"पानी", फिर खाँसी का दौर...मुँह लाल हो गया, लगा कि साँस यहीं बन्द हो जायेगी। अभी उस दिन अख़बार में पढ़ा था कि खाना खाते वक़्त किसी की साँस की नली बन्द हो गयी थी। खाँसी रुक ही नहीं रही—"बैठी हो, पानी क्यों नहीं लाती..." वे फिर चीख़ते हुए खाँसने लगे।

"नौकर ला रहा है न। अब शान्ति रखिए, ज़्यादा बोलेंगे तो खाँसी और बढ़ेगी।" तब तक पानी का गिलास लिए चौके वाला नौकर जग्गू आ गया। खाँसी अब तक बन्द हो चुकी थी। फिर भी उन्होंने पानी पिया। अब वे नौकर की ओर मुखातिब हुए—"तुम लोग मेरी जान लेकर रहोगे? हज़ार बार कह दिया कि हमेशा मेज़ पर पानी रखा करो, पर नहीं...हराम की रोटी तोड़ते हो, साले सब बैल हैं बैल। खँचिया भर कर नौकर-चाकर हैं पर क्या मजाल कि कभी कोई काम ढंग से हो जाये। जग में पानी नहीं रख सकते हो?"

"जी, वह काँच वाला जग टूट गया।"

"तो दूसरा जग बाज़ार से नहीं आ सकता?"

"बड़ी बहूजी बोलीं कि वे लेकर आयेंगी।"

उन्होंने आग्नेय नेत्रों से पत्नी की ओर देखा। बिल्कुल शान्त स्वर में पत्नी का उत्तर था, "दो-एक दिन में बाज़ार जाँऊगी तब ले आऊँगी।"

"क्यों, आज क्यों नहीं?"

"अब गाड़ी मिले और रुपया मिले तो मेरा क्या, मैं आज ही ले आऊँगी।"

"तुम्हारे पास जग ख़रीदने के लिए सौ रुपया भी नहीं? वह भी जब मुझसे लोगी, तब सरकोगी?"

"ए भाई, आप बाल की खाल निकालने पर उतर आते हैं।" अब कोई चीज़ टूटती है तो बदले में दूसरी आने में पाँच-दस दिन की देरी हो जाये तो ऐसी क्या आफ़त है? अब इतनी तो मेरे में फुर्ती नहीं कि तुरन्त बाज़ार जाऊँ और तुरन्त चीज़ लेकर आऊँ।"

"तुमसे माथा लगाना बेकार है।" अब वे चुपचाप कॉफ़ी पी रहे थे। एकदम ठण्डी कॉफ़ी है। पर अभी गरम कॉफ़ी के लिए बोलूँगा तो आधा घण्टा और बरबाद होगा। नाश्ता ख़त्म होते ही नौकर दवाई लेकर खड़ा था।

"बाबू दवाई ले लीजिए।" महेन्दर ने रंग-बिरंगी गोलियाँ आगे बढ़ा दीं। मिस्टर गोयनका ने एक गोली ब्लडप्रेशर की ली, एक पेट के अल्सर की, एक गोली सुरबेक्स टी की। सिर थोड़ा भारी लगा। दर्द नहीं होगा, सुबह से तो चख-चख शुरू हो जाती है। "एक गोली एस्प्रिन की और देना तो," डॉक्टर मेहरा से चेकअप करवाये बहुत दिन हो गये। उन्होंने प्रतिक्रियाविहीन पत्नी का सपाट चेहरा देखते हुए कहा।

वैसे वे हर तीन-चार घण्टे में कुछ दवा लेते ही रहते थे। पता नहीं क्यों, दवा से उनको अजीब-सा सुकून मिलता था। एक सुरक्षाबोध। जाड़े में घुटनों में दर्द के लिए वे होमियोपैथी लेते। "अरे, च्यवनप्राश तो भूल ही गया। तुम लोग कुछ-न-कुछ तो दवा भूलोगे ही। च्यवनप्राश रहेगा तो शहद नहीं, शहद रहेगा तो च्यवनप्राश नहीं।"

"अरे, बाबू जी का जूता लाओ।" तब तक मिसेज़ गोयनका बोल पड़ीं।

"रहने दो, मैं पहन लेता हूँ।" कहते हुए मिस्टर गोयरका आगे बढ़ गये। अब वे बाहरवाली अलमारी में जूता टटोल रहे थे—"अरे भाई, मेरा जूता कहाँ गया?" वे फिर चीख़े। आसपास महेन्दर नहीं दिखा।

"जी, वहीं तो जूता रखवाया था।" डाइनिंग टेबल से बिना हिले-डुले एक शान्त और स्थिर आवाज़ आयी।

"पर मिल नहीं रहा है न।" अब पति का स्वर तेज़ हो रहा था।

"ओ...हाँ मैं तो भूल ही गयी। महेन्दर पालिश करने ले गया है।" अबकी दौड़ती हुई मिसेज़ गोयनका आयीं।

"पॉलिश करने बाहर? कहाँ पर?"

"आपकी ऑफ़िस में, नीचे। मुझे पॉलिश की बू अच्छी नहीं लगती...मैं तो आजकल सबके जूते ऑफ़िस में ही भेज देती हूँ।"

"जूते और ऑफ़िस में?"

"तो क्या हर्ज है? इस समय कोई वहाँ पर थोड़े रहता है?

अब तक वे एक ब्राउन जूता निकाल चुकी थीं। हँसते हुए पति की ओर जूता बढ़ाकर उन्होंने कहा—"इनको पहनकर जाइए।"

"काले सूट के साथ ब्राउन जूते? कमाल करती हो। क्या ख़ूब मैचिंग की है आपने।"

"अब मैचिंग-वैचिंग तो मैं समझती नहीं। एक दिन पहन ही लेंगे तो क्या फ़र्क़ पड़ता है। अब पहन जाइए ना। फिर चिल्लाइएगा कि मीटिंग में देर से पहुँचा।" मिस्टर गोयनका ने एक नज़र अपने नेवी ब्लू सूट, लाल टाई और काले मोजों पर डाली। नहीं असम्भव, ब्राउन जूता बिल्कुल असम्भव। "अरे महेन्दरिया कहाँ मर गया।" वे फिर चीख़ने लगे।

"महेन्दर च्यवनप्राश लेने दवा की दुकान पर गया है। अच्छा आप रुकिए, मैं जाती हूँ नीचे।" वे गेट खोलकर हड़बड़ाती हुई निकलीं।

"पापा जी आप यहाँ पर खड़े हैं?" अब छोटी बहू स्मिता की बारी आयी।

"जूता नहीं है।"

"ओह!" स्मिता की निष्क्रियता ने दहकती आग को और भड़का दिया। उन्होंने ग़ुस्से में स्मिता से कहा—"तुम लोग घर नहीं सँभाल सकतीं? जानती तो हो तुम्हारी मम्मी के दिमाग़ का हाल। इतनी फूहड़ और गँवार है।"

"लेकिन पापा जी मम्मी को भी तो मन लगाने के लिए कोई काम चाहिए न? ऐसे कैसे वे समय बितायेंगी। कुछ-कुछ करती रहती हैं तो उनका मन लगा रहता है।"

षड्यन्त्र, साजिश, अवसरी बुद्धि! सोचते हुए मिस्टर गोयनका ने देखा, उनकी श्रीमती जी खाली हाथ लौट रही हैं।

"अभी उसने पालिश शुरू ही नहीं किया। राम का मारा बैठा-बैठा चाय पी रहा था। जाड़ा भी कितना पड़ रहा है।"

"तो बिना पालिश किये जूते ले आती!"

"लो यह बात तो मेरे दिमाग़ में नहीं आयी।" पराजय। सम्पूर्ण रूप से। उनके कान जल उठे। माथे पर पसीने की मोटी-मोटी बूँदें चुहक आयीं। मगर क्या किया जाये, वे धीरे-धीरे काले मोज़े पर ब्राउन जूता चढ़ा रहे थे। स्मिता को फिर लगा कि पापा जी के कन्धे इतने झुकते क्यों जा रहे हैं। उसके अपने पापा के कन्धे वज़नी हैं। अजीब है यह घर भी। किसी को किसी से प्यार नहीं...। कोई सरोकार नहीं, भाभी आजकल ऑफ़िस क्या जाने लगीं, और घर से दूर हो गयीं। और जब भाभी जी जाती हैं तो मैं क्यों नहीं जाऊँ?

मैं ही क्या फालतू हूँ जो सबका हुकुम बजाती रहूँ। दस साल में मेरी भी दशा मेरी सास की तरह हो जायेगी। ओ...नो...। इन लोगों के कहे-कहे चलूँगी तो मैं बस 'टोमाटो पल्प' होकर रह जाऊँगी।

नरम-गरम होकर मिस्टर गोयनका बाहर निकल गये। पति के घर से बाहर जाते ही मिसेज़ गोयनका ने सुख की गहरी साँस ली। शान्ति। हे भगवान! सुबह छह बजे से नौ बजे तक सारे घर में तूफ़ान मचा देते हैं। यही मेरे बेटे हैं, कितने प्यार से अपनी-अपनी पत्नियों से बात करते हैं और एक ये हैं सिवाय बकने-झकने के जैसे और कुछ जानते ही नहीं। उमेश की तो, चलो मानती हूँ कि इनसे पटती नहीं, पर रमेश? अभी तो उसका बाप के सामने मुँह नहीं खुला है, पर यह ऐसे हिसाब-किताब के लिए डाँट-डपट करेंगे तो कितने दिन चुप रहेगा। वह भी बड़के की तरफ़ होगा। अच्छा है, तभी पता चलेगा। इनके साथ भला कोई चल सकता है।

नीचे उतकर मिस्टर गोयनका सबसे पहले रमा की केबिन की ओर मुड़े। डेस्क पर बैठी सेक्रेटरी के चेहरे पर एक पतली मुस्कान खिंच गयी। उसने फ़ोन उठाया और नम्बर घुमाने लगी—"हाय ऐला! क्या कहा, इतनी सुबह कैसे फ़ोन किया? अरे, साढ़े दस बज गये। सेठ अभी अपना गर्लफ्रेंड से मिलने गया है। आधे घण्टे की शान्ति। बेचारा क्या करेगा! रात में बीवी नहीं छोड़ती। अरे बहुत दिन का अफ़ेयर है। हमको समझ में नहीं आता क्या? ये मारवाड़ी लोग शादी क्यों नहीं कर लेता...बस अफ़ेयर चलाता! पक्का अफ़ेयर है यार हम सच बोलता। अच्छा औरत है। पूरा व्यापार तो वही चलाता है, फिर भी स्टेटस तो नहीं मिलेगा, शादी करना चाहिए न, अच्छा तुम रुको तो, बाहर से कॉल है...!" उसने फ़ोन का दूसरा चोंगा उठाया।

अन्दर रमा की केबिन में घुसते ही मिस्टर गोयनका ने पूछा—"क्यों कैसी हो डियर?"

"ठीक हूँ...आपकी तबीयत?"

"ठीक है, सुबह से श्रीमती जी से वही झक-झक!!"

"यह तो कोई नयी बात नहीं है, अच्छा वह बैंगलोरवाली पार्टी का पेमेंट आया है। क्या करना है?"

"तुम इतनी मशीन क्यों होती जा रही हो? तुमको भी रुपये की हाय-हाय लगी हुई है?"

"नहीं रुपये से मेरा कितना लगाव है, आप अच्छी तरह जानते हैं?"

"फिर?"

"बस ऐसे ही बात को टालना चाह रही थी।"

"क्यों?"

"जिस समस्या का कोई निदान न हो, उसकी चर्चा से लाभ?"

"मन तो करता है यहाँ से कहीं भाग जाऊँ, यह औरत मेरी ज़िन्दगी ऐसा नरक बनाये रखती है...?"

"अपनी कमज़ोरी के लिए दूसरों को दोष मत दीजिए और फिर जो निर्णय आप पिछले बीस वर्षों में नहीं ले पाये वह अब क्या लेंगे...।"

"तुम भी तो कमज़ोर हो, समाज से डरती हो। अब उसी को देखो न, उर्मिला प्रसाद को। खुले आम सबके सामने शादी कर ली ना...।"

"हाँ, और मिस्टर प्रसाद सप्ताह में तीन रात अब भी पहली पत्नी के साथ बिताते हैं। पता नहीं ऐसी शादी से कौन-सी स्टेटस बढ़ जाती है।"

"लेकिन समाज तो उसे उर्मिला प्रसाद कहता है।"

"समाज...!" कहते-कहते रमा एकदम चुप हो गयी। फिर उसने बैंगलोर वाली पार्टी का ज़िक्र किया। समर्थन में सिर हिलाते हुए मिस्टर गोयनका, रमा के साथ बही-खाते के आँकड़ों में डूब गये।

स्टेनो डिक्टेशन ले रहा था, बारह से एक रमा डिक्टेशन देती थी। आयी हुई डाक को खोलती। मिस्टर गोयनका अपनी स्टडी कम ऑफ़िस के कमरे में आये-गयों से मिलते। रिसेप्शन बीच में पड़ता था, बायीं ओर काम करने वालों के केबिन थे, दाहिनी ओर पब्लिक रिलेशन। रिसेप्शनिस्ट को मालूम था कि जान पहचान वाले जो भी आयें उन्हें दाहिनी ओर कैसे मोड़ देना है। चाय, कॉफ़ी, कोल्ड-ड्रिंक्स, शाम का नाश्ता सब उसी तरह जाया करता। उन्हें अच्छी किताबें पढ़ने का भी शौक़ था...अपनी स्टडी में बैठकर उन्हें अजीब-सा सुकून मिलता, यह एक प्रकार से साझे की स्टडी थी। रमा के साथ शाम को चाय वे यहीं पीते...यार-दोस्त भी यहीं आते।

पर आजकल स्टडी में वे बहुत कम बैठते। रमा ने ही आना कम कर दिया है। कारण? रमा के किसी भी व्यवहार और निर्णय में कार्य-कारण के सम्बन्ध को ढूँढ़ने का प्रयास व्यर्थ है। रमा, बड़े महीन कारणों को ठोस कार्यों में परिवर्तित कर देती। रमा का बदला हुआ स्वभाव, सबसे दूर-दूर रहना, किसी से छुपा नहीं था।

आज मिस्टर गोयनका ने अपने दोस्त वकील को बुलाया था। व्हिस्की के गिलास पर बातें होती रहीं। कुछ समय बाद उनके दोस्त का धीरज छूटने लगा। माना कि बड़ी उम्दा व्हिस्की है, साथ में नमकीन भी अच्छा है। मगर यह आदमी असल बात पर नहीं आ रहा।

"आख़िर तुम चाहते क्या हो? समस्या तो बीस साल पुरानी है, नया क्या घट गया जो आज तुमने मुझे बुलाया है।"

"हाँ, नया तो कुछ नहीं घटा।"

"फिर!"

मिस्टर गोयनका चिहुँके—"मुझे इस औरत से मुक्ति चाहिए, यानी अपनी बीवी से।"

"तो तलाक़ दे दो। कानून मैं देख लूँगा।"

"मगर यह गँवार और बेपढ़ी-लिखी औरत जायेगी कहाँ?"

"अरे भाई, हरजाने में अच्छा रुपया दे दो। दोनों बेटे कमाऊ हैं, अच्छी तरह सेटल्ड हैं। माँ के साथ रहेंगे।"

"मगर दोनों बेटे माँ का धन चाट जायेंगे।"

"तो तुमको क्या लेना-देना! तुमको तो मुक्ति मिलेगी।"

"ये लड़के अपनी माँ का कुछ नहीं करेंगे?"

"तुम क्यों चिन्ता करते हो?"

"वाह! चिन्ता कैसे नहीं करूँ?"

"मगर जब इतनी चिन्ता है तब शिकायत किस बात की?"

"ओ...हो, यार तुम बात की तह में नहीं जाते, बड़े वकील बनते हो।"

"कैसी बात?"

"बात यह है कि यह इतनी गँवार है कि किसी पर शासन तो करना आता नहीं, सबको इतना बिगाड़ रखा है, सब बच्चों को मेरे ख़िलाफ़।"

"सुनो, तुम्हारा छोटा लड़का पैंतीस का हो गया है और बड़ा वाला पैंतालीस का, लड़की चालीस की।"

"तो फिर?"

"फिर यही कि तुम जवान लड़के-लड़कियों कि लिए बच्चा सम्बोधन छोड़ दो।"

"यार, तू तो बेबात की खिंचाई करता है। कहाँ मैं अपनी श्रीमती जी की बात कर रहा था।"

"श्रीमती जी से तुम मुक्ति चाहते हो या फिर केवल उनकी शिकायत सुनने के लिए मुझे बुलाया है।"

"ठीक है, चलो शिकायत नहीं कर रहा। पर तलाक़ कैसे दूँ?"

"क्यों नहीं तुम नीचे ऑफ़िस वाले कमरे में कुछ दिन रहते, मसलन इसी स्टडी में...।"

"इतने बड़े फ़्लैट में मैं अकेला? और तब तो हमारी श्रीमती जी को और मज़ा मिल जायेगा। वे तो बिल्कुल क्वीन विक्टोरिया हो जायेंगी। यह बात तो जँची नहीं। व्हिस्की और चलेगी?"

"नहीं, अब तो उठूँगा।"

"अरे बैठ ना यार! हाँ, तो क्या करना चाहिए?"

"कौन-सी बात का?" वकील दोस्त के स्वर में रोष था।

"यही तलाक़ का...।"

"तुम तलाक़ नहीं देना चाहते?"

"क्या बात बोल रहे हो?"

"ठीक बोल रहा हूँ। तुम केवल सज़ा देना चाहते हो।"

"किसको?"

"सबको। ख़ुद अपने आपको भी।"

"तू साइकियाट्रिस्ट कब से हो गया? या फिर व्हिस्की ज़्यादा चढ़ा ली?"

"नहीं, मैं ठीक कह रहा हूँ। अच्छा चलूँ यार...।"

वकील दोस्त चला गया। मिस्टर गोयनका सोचने लगे—दुखी मैं हूँ... रमा अलग उखड़ती जा रही है। उनकी नज़र सामने टेबल-घड़ी पर गयी,

अरे साढ़े सात बज गये। आठ बजे डिनर पर जाना है। फ़ोन का चोंगा कान से लगाया...इंटरकाम की घण्टी बजती रही...अब जाकर किसी ने उठाया।

"कहाँ मर गये थे सब।" वे दहाड़े।

"कहाँ नहीं साहब, हम यहीं पर थे।" नौकर बोल रहा था।

"यहीं पर थे...? तो घण्टी क्यों नहीं सुनी? फ़ोन क्यों नहीं उठा रहे थे?...क्या कहा? सुना नहीं, बकवास कर रहे हो। अच्छा बहूजी को लाइन दो, हाँ...हाँ बड़ी बहूजी को...।"

दो मिनट में उनका धीरज छूटने लगा। यह औरत क्यों मेरी जान को लगी है, फ़ोन उठाने में भी इसको वक़्त लगता है।

"हलो! हलो!" उधर से अलसायी हुई आवाज़ आयी।

"अरे क्या हलो! हलो! लगा रखा है। साढ़े सात बजे से ऊपर सन्नाटा हो जाता है। कोई इंटरकाम नहीं उठा सकता। क्या कहा, सब लोग बाहर गये हैं और तुम कहाँ थीं...सो...रही थीं...इस वक़्त, तोड़ो पलँग तोड़ो...। यही तो एक काम बचा है।"

ऊपर मिसेज़ गोयनका ने रिसीवर को गोद में रख दिया। उन्हें पता था कि पति की बक-बक सुनने से कोई लाभ नहीं। उनको सच में नींद आ रही थी। फिर आज तो मंगलवार का व्रत किया था, घी के तले हुए आलू कुछ ज़्यादा ही खाये गये। वैसे भी फ़ोन विलायती था, रिसीवर रखने से भी आवाज़ तो सुनाई दे ही रही थी।

"कहाँ हो भई, फिर सो गयीं क्या...जवाब नहीं दे रहीं।"

"यहीं पर तो हूँ...क्यों चीख़ रहे हैं, क्या काम है?" चोंगा कान से वापस सटाते हुए वे बोलीं।

"जल्दी से तैयार हो जाओ, डिनर में जाना है।"

"मेरे से आपके यह डिनर-पिनर पर नहीं जाया जाता...और आज तो मंगलवार है...मैं बाहर खाऊँगी भी नहीं।"

"अरे तो मत खाना, कौन उस भीड़ में तुमको देखेगा? पर चलो तो!"

"मेरा मन नहीं कर रहा। क्या ज़रूरत है कि दुनिया को दिखाने के लिए आप मुझे लेकर जायें।"

"ठीक है, कुएँ में पड़ो, मत जाओ मेरी बला से।"

"महेन्दर!" मिस्टर गोयनका ने घण्टी बजायी—"मेरा सफारी सूट लेकर आओ। बहूजी से बोलना, जो अभी नया वाला बर्लिंगटन से सिल कर आया है वह भेज दें।"

दस मिनट में महेन्दर एक दूसरा सफारी सूट लेकर चला आया।

"साहब, बहूजी ने कहा है कि बाबू से बोलो यही पहन लें। नये वाले पर लोहा नहीं हुआ है।"

"दस दिन हो गये और अभी तक नये सूट पर लोहा नहीं हुआ, सब हराम का डकारते रहते हैं। क्या कर रहे थे तुम? दस दिन तक सूट पर लोहा नहीं किया गया?"

"अब बहूजी निकाल कर देंगे तब ना लोहा करेंगे। इसमें हमारी क्या ग़लती है?" महेन्दर का स्वर भी ऊँचा था।

"देखो, तुम ऊँची आवाज़ में जवाब मत दो। तुम माँग नहीं सकते थे? जानते हो वे भूल जाती हैं।"

"कितनी बार माँगेंगे? जब माँगते हैं तो बहूजी बोलती हैं रुक जा, निकालती हूँ। फिर भूल जाती हैं।"

"प्रेमा बहूजी को क्यों नहीं बोले?" महेन्दर सिर हिलाता रहा। उसके रुँधे गले में कुछ अस्पष्ट शब्द गरगराते रहे। मिस्टर गोयनका अपनी स्टडी में कपड़े बदलते हुए मन-ही-मन खुद पर झल्ला रहे थे। मौसम बदलते ही कपड़ों का बखेड़ा शुरू हो जाता है। पहले रमा कपड़े लाती थी, तो बनने नहीं जाता। बन जाता तो श्रीमती जी दर्ज़ी की दुकान से मँगवाती नहीं। बहू-बेटों को वे कुछ करने नहीं देंगी। अबकी बार तो मैंने ख़ुद कपड़ा ख़रीद कर, बनवा कर ऊपर भिजवा दिया लेकिन तब से सूट अलमारी में पड़ा हुआ है।

लोहा नहीं किया गया। मैं कुछ भी अच्छा सामान ख़रीदूँ...मोजे...टाइयाँ... सब ग़ायब। पता नहीं, कहाँ दबा कर रख देती हैं।

मिसेज़ गोयनका अपनी ज़िद पर अड़ी रहीं। वे नीचे नहीं उतरीं। मिस्टर गोयनका पार्टी में अकेले गये।

पार्टी में नया कुछ भी नहीं था। वही मेनू जो सबके यहाँ रहता है। पुराने बासी चेहरे। वे ध्यान से खाने की मेज़ के पास हाथों में प्लेट थामे

औरतों के झुण्ड की ओर देखने लगे। औरतें कितनी जल्दी बूढ़ी हो जाती हैं—उन्होंने सोचा। तब तक पीठ पर किसी की धौल—"क्या यार! अब भी तेरा छोरियों से मन नहीं भरा?" म्स्टिर गोयनका अचकचा कर पीछे घूमे। सुरेन्द्र चौरसिया था। पहले से और मोटा हो गया है।

"क्यों, क्या हाल है?"

"बस मौज है।" सुरेन्द्र ने फिर अपनी मोटी-मोटी हथेलियों से उनका कन्धा थपथपाया।

"अच्छा, यह बता अकेले कैसे? भाभी नहीं दिख रहीं।" सुरेन्द्र के स्वरों का व्यंग्य कोई भी समझ सकता था। लेकिन मिस्टर गोयनका ने संयत स्वर में कहा—"उनका व्रत था इसलिए नहीं आयीं।"

"तू यार, मज़े में है। साला, नसीब लेकर पैदा हुआ है। एक घर सँभालती है, दूसरी ऑफ़िस!"

मिस्टर गोयनका मन-ही-मन कुढ़ कर रह गये पर बोले कुछ नहीं। बस इतना-भर सोचा कि इस साले को क्यों जलन हो रही है। यह ख़ुद पार्क होटल या ग्रैंड में कमरा नहीं बुक कराता क्या? छिप के चोरी-चोरी मुँह मारता रहता है। अरे, हिम्मत हो तो खुले रूप से स्वीकारो। पर नहीं, समाज और घर वालों के सामने धर्मावतार बन जायेंगे। तब तक सुरेन्द्र की बीवी नीना चली आयी।

"कैसे हैं भाई साहब? आप तो भाभीजी को कभी नहीं लेकर आते। सारा मज़ा अकेले-अकेले लूटते हैं।" नीना बोली।

"हाँ, लूट तो रहा हूँ।" मिस्टर गोयनका फिर भीतर-ही-भीतर कुड़मुड़ाये। कैसे नकिया रही है। यह औरत पचास की हो गयी मगर अपने को तीस की समझती है।

"पता नहीं, भाभी जी आपको कैसे अकेले छोड़ती हैं, ये तो मेरे बिना कहीं चले जायें तो दिमाग़ ठिकाने लगा दूँ।" नीना चौरसिया ने इठलाते हुए कहा।

मिस्टर गोयनका एकदम ख़ामोश हो गये़। यह हमारी श्रीमती जी कहीं आयेंगी-जायेंगी नहीं...और लोगों से इसके लिए बिना बात के बात सुना। अब जितने लोग मिलेंगे बस एक ही प्रश्न—हाथ में प्लेट थामे,

खाना खाते हुए मिस्टर गोयनका सोचने लगे—काश, रमा मेरे साथ सब जगह आया-जाया करती, क्या ख़ूबसूरत जोड़ी होती। पर नहीं, रमा भी क्या कम ज़िद्दी है? उसका यह कहना—"जिस सम्बन्ध का कोई नाम नहीं उस सम्बन्ध को समाज में ले जाने से फ़ायदा? मेरी अलग आइडेंटिटी रहने दीजिए।"

"अलग आइडेंटिटी से तुम क्या समझती हो?"

"क्यों? क्या किसी अकेली स्त्री की अपनी कोई आत्म-तस्वीर नहीं? आपकी दोस्त हूँ, बस इतना काफ़ी है।"

"ठीक है तब दोस्त की तरह चलो।"

"जहाँ जाना होता है, वहाँ जाती हूँ।"

लेकिन रमा की इसी कमज़ोरी का फ़ायदा तो श्रीमती जी उठाती हैं, आज धड़ल्ले से सब जगह आना-जाना शुरू कर दे तो सब ठीक हो जाये ...अकल आ जाये श्रीमती जी को।

पार्टी से लौटने में दस बज गये। ऊपर फ़्लैट में सन्नाटा था। हॉल की बत्ती जला कर देखा...मिसेज़ गोयनका सोफ़े पर बैठे-बैठे सो गयी थीं। मुँह ज़रा-सा खुला हुआ था। मिस्टर गोयनका ने अचानक टपाटप हॉल की सारी बत्तियाँ जला दीं। तेज़ रोशनी में पत्नी हड़बड़ा कर उठ बैठी। मिचमिची आँखों से पति की ओर देखा।

"आप अभी आये?"

"हाँ, तुम भीतर अपने कमरे में नहीं सो सकती थीं?"

"मुझे कमरे में अकेले डर लगता है।"

"आया को सुला लिया होता।"

"वह गाँव गयी हुई है।"

मिस्टर गोयनका बिना जवाब दिये लम्बे-लम्बे डग भरते हुए अपने कमरे में चले गये। चाँदी की झारी से गिलास में ठण्डा पानी उड़ेला। कॉम्पोज़ की एक गोली के साथ गट-गट कर गिलास ख़ाली किया। अब वे बाथरूम में ब्रश कर रहे थे। आहट से चौंक कर देखा, पत्नी दरवाज़े पर खड़ी है। कुल्लियाँ करते हुए उन्होंने कहा—"सो क्यों नहीं जातीं?"

"मुझे आपसे ज़रूरी बात करनी है।"

"सुबह नहीं कर सकतीं।"

"सुबह छह बजे से रात दस बजे तक तो आप किसी और से बात करते हैं। और मेरे कुछ बोलते ही आपको नींद आने लगती है।"

विवश होकर मिस्टर गोयनका बोले—"हाँ बोलो, क्या ज़रूरी बात करना चाहती हो?"

"छोटी बहू स्मिता कालेज जाना चाहती है।"

"तो ठीक है, जाने दो। पढ़ाई-लिखाई कोई बुरी चीज़ नहीं।"

"देखिए, मैं तो गँवार औरत ठहरी। वह बड़की तो घर में टिकती नहीं और यह भी बाहर जायेगी।"

"तुम्हीं तो कह रही थीं कि तुम्हें कोई फ़र्क़ नहीं पड़ता।"

"वह तो अभी भी कह रही हूँ कि मुझे कोई फ़र्क़ नहीं पड़ता लेकिन मेरे से यह घर-गृहस्थी और पार्टी-वार्टी नहीं सँभलने की। स्मिता तो सब कुछ सँभाल लेती है।"

"तुम क्या चाहती हो?" उनके स्वर में उकताहट थी।

"अब, मेरे चाहने का कोई महत्त्व है क्या? आप ही लोगों की मर्ज़ी चलेगी न!"

"तब तुम पंचायती करती क्यों हो?"

"ठीक है, नहीं बोलूँगी।" पति की ओर से पीठ मोड़ कर चली आयी।

कमरे में पलँग पर दोनों में फिर मुठभेड़ हो गयी। मिसेज़ गोयनका बोलीं—"नींद नहीं आ रही है!"

"कॉम्पोज ले लो।"

"रोज़-रोज़ कितनी कॉम्पोज़ लूँ। मुझे कोडरमा भेज दीजिए।"

"तो चली जाओ, कौन मना करता है।"

"हाँ, आपको क्या फ़र्क़ पड़ता है। मेरे बच्चे तड़पेंगे।"

"जो जी में आये, करो।"

अब तक पति का मूड एकदम उखड़ चुका था। उन्होंने बत्ती बुझायी और पलँग पर लेट गये। देखा, पत्नी अपने पलँग पर अब बैठी हुई है। सड़क की रोशनी में सब बड़ा भुतहा लगा। ये आजकल के बेटे-बहू भी अजीब हैं। थोड़ा-बहुत अपनी माँ को कम्पनी दें तो कितना अच्छा रहे? सब भाड़ में जाओ।

क्या आदमी इतना क्रोधित होकर भी सो सकता है? पर हाँ, अब मिस्टर गोयनका की नाक बज रही थी। शायद कॉम्पोज़ का असर था।

मिसेज़ गोयनका अँधेरे में दीवारों को घूरते हुए सोच रही थीं—डॉक्टर सेन को बुलाना पड़ेगा, मेरी नींद दिन-पर-दिन कम होती जा रही है। प्रेमा कहती है, मम्मी आप दोपहर में दो-तीन घण्टे मत सोया कीजिए। सवेरे नहीं उठ सकतीं तो शाम को ही सही, टहलने के लिए विक्टोरिया चली जाइए।

मेरा तो भारी शरीर ठहरा! घुटने में दर्द अलग से बढ़ता जा रहा है, चलूँ तो कैसे चलूँ। प्रेमा के कहने में क्या ज़ोर आया कि दोपहर में मत सोइए? क्या करूँ? सूनी दोपहरिया खाँ-खाँ करने लगती है। मेरे दाई-नौकर भी घर में नहीं टिकते। सबसे फ़ालतू तो मैं ही हूँ, बाक़ी सारे तो इस घर में बिज़ी हो रहे हैं।

उन्होंने घड़ी देखी, बारह बजने में दस मिनट बाक़ी थे। धीरे-से टटोलकर एक और कॉम्पोज़ लिया और पति की ओर पीठ करके लेट गयीं। धीरे-धीरे बन्द पलकों में रात का अँधेरा समाने लगा।

आज रविवार है, सुबह आँख खुलते ही मिसेज़ गोयनका ने सोचा। वैसे रविवार हमेशा से, उनके लिए कुछ अलग ही महत्त्व रखता है। सबसे शान्ति की बात तो यह थी कि ऑफ़िस बन्द रहता है। अतः कोई हड़बड़ी नहीं सुबह से चिल्ल-पिल्ल नहीं। आजकल तो रमा भी नहीं आती। यदि कभी आती भी तो शाम को पाँच के बाद रविवार को वे सबको वश में कर पाती हैं। ख़ासकर रविवार को नाश्ता स्पेशल बनवाती हैं। पति भी घंटा-भर नाऊ से माथे में मसाज करवाते, बाल कटवाते हैं। हाँ, यह बाल रँगने वाली बात मिसेज़ गोयनका को ज़रा कम सुहाती है। इतना जवान दिखने की ज़रूरत क्या है? जैसी मैं सफ़ेद बालों में लगती हूँ वैसे सफ़ेद बाल ये क्यों नहीं रखते। वर्षों से बाल रँगे ही जा रहे हैं। सब नुस्ख़े रमा के सिखाये हुए हैं।

मिस्टर गोयनका बाथरूम से निकलते ही, "अरे भाई चाय मँगवाओ" कहें, इससे पहले उनकी श्रीमती जी ने दनादन दो-तीन बार बेल बजा दिया था। अतः आज चाय भी वक़्त पर थी...और ख़ास दार्जिलिंग वाली। सामने अख़बार भी रखा था।

"क्या प्रोग्राम है आज का?" मिसेज़ गोयनका ने पति से पूछा।

"कोई ख़ास नहीं, क्यों?"

मैंने सोचा पार्वती बाई से मिले बहुत दिन हो गये, जीजाजी को भी कई दिनों से बुख़ार चल रहा है ज़रा मिल आती।"

"ऐसा करो तुम्हीं मिल आओ, मुझे ज़रा काम है।"

"रविवार को?"

"हाँ, दिल्ली से एक वीआईपी आया हुआ है।"

"ऐसे क्या दिन-रात बिज़नेस का अड़ंगा लगाये रखते हैं?"

कमरे में तब तक रमेश और स्मिता आये।

"मम्मी हम लोग गोल्फ़ क्लब जा रहे हैं और उसके बाद विनय के घर खाना खाने जायेंगे।''

"यानी तू आयेगा कब?" मिसेज़ गोयनका ने प्यार से पूछा।

"यही कोई दो बजे।" रमेश थोड़ा अटका।

"नहीं मम्मी, हम लोग चार बजे ही आयेंगे। एक रविवार ही तो मिलता है कि हम लोग रिलैक्स कर पायें।"

"तुम लोग रविवार को भी घर पर नहीं टिक सकते?" मिस्टर गोयनका का दबा हुआ स्वर था।

"आप ही कौन-सा टिकते हैं?" मिसेज़ गोयनका ने बात काटी। उत्तर दिये बिना मिस्टर गोयनका अख़बार में खो गये।

मिसेज़ गोयनका सोचने लगीं, उमेश और प्रेमा तो कभी रविवार को घर पर रहते ही नहीं। सारे दिन ताश और ख़ाली ताश। पता नहीं, ये लोग बोर भी नहीं होते। छोटका अलग अपनी बीवी को लेकर...एक मैं ही हूँ फ़िज़ूल, जिससे सब कतराते हैं। पिछले तीन-चार महीनों से इनका भी रवैया देख रही हूँ। व्यापार के बहाने दोपहर से ही ग़ायब हो जाते हैं। ज़रूर रमा के घर जाते हैं। ड्राइवर से पूछा भी था, मगर राम का मारा कहने लगा—"बड़े बाबू को घर में शान्ति नहीं मिलती, इसलिए सर्वाधिकारीजी के घर ध्यान करने जाते हैं। झूठा कहीं का। इनका और ध्यान-पूजा में मन लगे? लेकिन ड्राइवर तो बोल रहा था। तब क्या रमा भी ध्यान करने जाती है? उँह! पाखण्ड है। लेकिन मैं अब क्या करूँ? कैसे बीतेगा सारा दिन।''

"दादी माँ! ओ दादी माँ!" चिंटू उनके गले में झूल गया।

"क्या है मेरे लाल?"

"दादी माँ, हम लोगों को चिड़ियाखाना ले चलिए।"

"दादा को बोलो।"

"उँह दादा जी, कभी चिड़ियाघर गये हैं जो अब जायेंगे। आप ही तो ले जाती हैं।"

"आज नहीं बेटा।"

"क्यों नहीं ले जातीं, तुम्हारा भी मन लग जायेगा।" मिस्टर गोयनका अख़बार से सिर उठाते हुए बोले।

"नहीं, मन नहीं है।" मिसेज़ गोयनका ने बस इतना-भर कहा। मगर भीतर चीनी का शीरा खदबदाने लगा। ख़ुद सब मौज करेंगे और मुझे इन बच्चों के साथ। सब दिन-पर-दिन शेर होते जा रहे हैं, मैं कुछ बोलती नहीं तभी न। अभी और कोई होती तो बता देती। उनका मन रोने-रोने को हो आया। चाय वैसे ही छोड़ कर वे उठ खड़ी हुईं। अख़बार से नज़र हटाकर मिस्टर गोयनका ने हताश होकर उनकी ओर देखा। यह ऐसी गेहूँ की बोरी जैसी क्यों है? क्यों इतनी निष्क्रिय? इसकी यह निष्क्रियता ही तो मुझे अच्छी नहीं लगती। पर मैं क्या करूँ? इसके साथ कैसे सारा दिन बिताऊँ? अच्छा है सर्वाधिकारीजी के घर पर मन लग जाता है, थोड़ी अध्यात्म चर्चा हो जाती है। सर्वाधिकारीजी की पत्नी का स्वभाव मीठा है।

फिर सोचने लगे—बच्चे छोटे थे, रीतू की शादी नहीं हुई थी तब भी कुछ-न-कुछ शगल रहता था। लेकिन अब तो जैसे घर काटने को दौड़ता है। वैसे रमा के साथ भी क्या करूँगा? हम दोनों के बीच भी संवाद महज़ व्यावहारिक रह गया है। कहाँ वह पहले की बातें। जब भी उसके पास से उठता हूँ...उसकी उदास आँखें कहती कुछ नहीं, पर वे कितनी अकेली हैं। यदि वह मुझे छोड़ दे, किसी और से उलझे या शादी कर ले तब भी शायद सम्बन्ध कोई और रूप ले। पर हम सभी तो अपने-अपने को बचाने में लगे हुए हैं। इसे परिवार कहूँ? अभी-अभी जो उठकर गयी है क्या उसके साथ मुझे सारी ज़िन्दगी रहना होगा। एक ख़ामोश उदासी से वे सिहर उठे। एक पूरा अतीत तैर गया।

कैसे उन्होंने राउडन स्ट्रीट वाली यह ज़मीन मल्लिक परिवार से ख़रीदी थी। मल्लिक परिवार के पास ऐसी सैकड़ों ज़मीनें हैं।

आधी ज़मीनों की दलीलें कहाँ पड़ी हैं उन्हें होश नहीं। मल्लिक परिवार के गुमाश्ते को पटाकर मिस्टर गोयनका ने बड़े सस्ते में यह ज़मीन हथियायी थी। दो तल्ले का बंग्लोनुमा मकान, नाम रखा—गोयनका हाउस'। नीचे ऑफ़िस, ऊपर छह बेडरूम वाला बड़ा-सा फ़्लैट, छत पर अलग पेंट हाउस। कभी सोचा था कि रमा इस पेंट हाउस में रहेगी। पर नहीं। रमा ने अपनी अलग पहचान का सवाल उठाया और लैंसडाउन कोर्ट में एक फ़्लैट ले लिया।

कब परिचय हुआ था रमा से? हाँ उन दिनों वे कैमक स्ट्रीट के एक छोटे से फ़्लैट में रहते थे। बस, कोडरमा से यहाँ शिफ्ट ही किया था। बच्चों के लिए एक अच्छी टीचर की ज़रूरत थी...और रमा ने अख़बार में विज्ञापन देखकर अर्ज़ी का पत्र लिखा था। इंटरव्यू में सम्भ्रान्त घराने की बाईस वर्षीय पढ़ी-लिखी इस नवयुवती को देखकर मिस्टर गोयनका चौंक उठे। क्या प्यार हमेशा प्रथम परिचय में ही हो जाता है, ऐसा ही कुछ घटा था दोनों के बीच। बातों ही बातों में कितना समय निकल गया, दोनों को पता ही नहीं चला। दस वर्ष की रीतू पहली बार में अपनी नयी दीदी से हिल गयी। रीतू को सामने बैठा कर रमा ने कुछ प्रश्न किया और मिस्टर गोयनका ने कहा था—"बस रीतू को आप अपनी जैसी स्मार्ट, शालीन, सौम्य बनाना।"

"बस-बस, ज़्यादा विशेषणों का प्रयोग मत करिए।" हँसते हुए रमा ने हाथ जोड़े।

मिस्टर गोयनका कुछ देर तक विभोर बैठे सोचते रहे। ऐसी पढ़ी-लिखी लड़की, वह भी मारवाड़ियों में? कलकत्ता बड़ा शहर है...यहाँ की औरतों में खुलापन है और हमारी श्रीमती जी हैं...किसी बात का शऊर नहीं। यह लड़की पोशाक से तो सम्भ्रान्त घराने की लगी और यह नौकरी...? पूछने पर कैसे हँसकर बात टाल गयी...औरत बिना स्वावलम्बी हुए स्वतन्त्र नहीं हो सकती। बहुत चाहते हुए भी मिस्टर गोयनका पूछ नहीं सके कि आपने अब तक शादी क्यों नहीं की...। नहीं अपनी बेटी को इतनी ही स्मार्ट बनाऊँगा ...जहाँ कोडरमा की औरतें, बिल्कुल देहाती। रमा ने शायद सात-आठ महीने ही रीतू को पढ़ाया होगा। फिर रीतू को रमा की एक सहेली पढ़ाने लगी और रमा, मिस्टर गोयनका की सेक्रेटरी से वह कब व्यापार में सलाह देने लगी और कब उसने खुद सप्लाई के काम के साथ लोहे का एक कारख़ाना और

खड़ा कर लिया—किसी को पता नहीं चला। मिसेज़ गोयनका को बरसते हुए धन और उसके साथ बदलते हुए जीवन-स्तर की भीनी-भीनी ख़ुशबू बहुत अच्छी लगी। बस एक बात अच्छी नहीं लगती थी वह थी—पति को यों दिन-प्रतिदिन रमा से प्रभावित होते चले जाना। परिवारवालों की कानाफूसी ...यार-दोस्तों का मुँह छुपाकर हँसना। जितना रोना था वे रा चुकीं...कुछ भी परिवर्तन होने से रहा, इतना वे समझ चुकी थीं।

हाँ पहले पत्नी ने समाज के माध्यम से ही बात उठाई थी—

"फलाँ की पत्नी आपके और रमा के नाम पर ऐसी बेहूदी बात कर रही थी।"

व्यापारी पति, एक ही वाक्य में सारे तर्क धराशायी कर देते—"लोग तुमसे क्यों कहते हैं, मुझसे तो कुछ नहीं कहते?"

"आपसे कहने की हिम्मत नहीं होती?"

"यह क्यों नहीं कहतीं कि बेकार की बातों को सुनने के लिए तुम ही कान पसारती हो।"

"लो मैं क्यों सुनने लगी!"

"तब उलटे मुँह जवाब क्यों नहीं दिया। बकवास करने वाली खुद ठण्डी हो जाती।"

ख़ैर, उन दिनों तो पति बाँहों में भर लेते, आपस की सारी शिकायतें दूर हो जातीं। कुछ दिनों बाद पत्नी ने घरवालों का हवाला दिया। वहाँ भी पति के पास अकाट्य तर्क थे—"अरे कोडरमा वाले तो सदा के पोंगापन्थी ठहरे, फ़िज़ूल बकते हैं।" फिर पत्नी दोस्तों का नम्बर घुमाने लगी। ज़ोरों का बवाल मचा, थुक्का-फ़ज़ीहत हुई, धमकियाँ भी दी गयीं। मगर नतीजा ठीक उलटा हुआ। पति और अधिक ढीठ हो गये। अब जब सारी बात खुल गयी तो क्या छुपाना। हाँ है अफ़ेयर तो लो क्या कर लोगे? कौन क्या कर सकता है...फिर मिस्टर गोयनका से कहा गया कि बच्चों के सम्बन्ध ठीक नहीं मिलेंगे? "क्यों नहीं मिलेंगे?" धन के ज़ोर पर तीनों को अच्छे से अच्छा सम्बन्ध मिला। हाँ पति-पत्नी की दूरी और बढ़ती चली गयी।

मिसेज़ गोयनका खुद से ही कहती—मेरी जगह और कोई होती तो इनके होश ठिकाने लगा देती। पर क्या करूँ? बच्चों का मुँह देख कर जी लेती हूँ।

पति सोचते इसने क्या नहीं किया, कम बवाल तो नहीं मचाया। जलना, कुढ़ना, मुँह फुला कॉम्पोज़ की पच्चीस गोलियाँ खाकर सो रहना। लेकिन श्रीमतीजी फिर भी ज़िन्दगी हराम किये रहती हैं। इसी के झमेले से तो रमा पीछे हटती चली जा रही है। मर्यादा का उल्लंघन तो रमा ने कभी किया नहीं लेकिन उसका दिन-प्रतिदिन और संयमित होते चले जाना। हाँ, दोस्ती निभा रही है। क्या स्त्री-पुरुष में दोस्ती नहीं हो सकती? रमा का हमेशा एक ही सवाल रहता।

ख़ैर, इसमें पत्नी की कोई विशेष ग़लती भी नहीं थी। उनकी जगह कोई और स्त्री भी यही करती जो उन्होंने किया। लेकिन इस त्रासदी का हल क्या होगा? हल तो मैं भी नहीं खोज पाया हूँ। ठण्डी साँस अनजाने निकल गयी। पत्नी उठकर कब की जा चुकी थी। रमेश का छोटावाला मुन्ना ज़मीन पर छोटे-छोटे क़दम रख रहा था। मिस्टर गोयनका से आँखें मिलते ही मुन्ने ने किलकारी मारी...डा...डा...उसकी तुतलाती हुई मीठी आवाज़ से उनका पोर-पोर भीग उठा। ये सब मेरी शाखा-प्रशाखा, मेरे फल-फूल।

बच्चा सरकता हुआ अब उनके सोफ़े के हत्थे को पकड़कर खड़ा हो गया और हाथ बढ़ाकर अख़बार को पकड़ने की कोशिश करने लगा। अख़बार को परे सरकाकर मिस्टर गोयनका ने हुलसकर बच्चे को कलेजे से लगा लिया। बच्चा अब उनके चश्मे को उतारने की कोशिश कर रहा था... उन्होंने चश्मा बच्चे की छोटी-सी नाक पर टिका दिया। फिर उतारते हुए कहा—"बोलो बेटा दादा...बच्चे ने फिर दोहराया...डा...डा... ।"

"साहब घण्टे-भर से मालिश वाला खड़ा है।" महेन्दर कमरे के दरवाज़े पर था।

"अच्छा इतनी देर हो गयी?" उन्होंने घड़ी की ओर देखा साढ़े आठ बज रहे हैं। सुबह से उठकर उन्होंने क्या कहा? कुछ भी तो नहीं फिर यह समय कैसे उड़ जाता है? बच्चा गोद से उतरने के लिए मचलने लगा...।

"साहब उसको अन्दर भेजूँ?"

"आ हाँ," आवाज़ कहीं दूर से थी, उन्होंने फिर तुरन्त महेन्दर को पीछे से आवाज़ दी...''अरे मुन्ने को इसकी माँ के पास ले जाओ।''

महेन्दर की गोद में मुन्ना रोने लगा। वे रोते हुए बच्चे को बड़ी शान्ति से देख रहे थे। अच्छा चलूँ, उठा जाये।

रमा मशीन की तरह काम करती जा रही थी। बैलेंस-शीट सही करना, चेक सही करना और एक बैंक में एकाउंट खोला जा रहा है। उसके काग़ज़ सही करने हैं। फिर एक नया ट्रस्ट बनाया गया है। रमेश के मुन्ने के नाम उसमें वह भी ट्रस्टी बनायी गयी है। वह सोच रही थी, अच्छा मुझे हर जगह ट्रस्टी क्यों रखा जाता है। वह मिस्टर गोयनका, मिसेज़ गोयनका बच्चों के ट्रस्ट में, धरम-खाते में, हर जगह! क्या परिवार वालों को मुझ पर इतना विश्वास है...क्या राजेन्द्र के बाद कोई मेरे पास झाँकने भी आयेगा? या ट्रस्ट से रिटायरमेंट के काग़ज़ों पर ही सही करना होगा। फिर राजेन्द्र मुझे जोड़ते क्यों हैं? क्या मैं गाड़ी की स्टेपनी नहीं? "ही लव्स यू!" ओह प्यार...! इस एक शब्द के साथ कितने हज़ार साल की परम्परा जुड़ी है? और स्त्री? इससे इतनी सम्मोहित क्यों हो जाती है कि जब प्यार चुक भी जाये तब भी ख़ाली जगह में कल्पना के रंग भरती रहे! सड़े और उबाऊ पच्चीस साल के इस सम्बन्ध को क्या नाम दूँ—प्यार, आबसेशन, आदत? क्यों नहीं छोड़ पाती मैं? असुरक्षा, भय...! किसका? कौन करता है मेरे लिए? राजेन्द्र की निर्भरता और मेरा बात्सल्य पर यदि लगे कि राजेन्द्र के साथ उसकी पत्नी भी इस खेल की साथी हैं कि वे बहुत सोच कर गोट रखती हैं। वे चाहती हैं कि मैं इस दूसरी औरत की भूमिका निभाती रहूँ और उनको अपनी हीनता से उभरने का मौक़ा मिले। ओह! उनके दैन्य में, निरीहता में छुपी हुई महत्त्वाकांक्षा, देवी होने की लालसा। हम तीनों में ही तो ठोस अंहकार है। कौन किसको मात दे? कौन किससे श्रेष्ठ है?

दूसरी औरत की परम्परा...वह भी तो हज़ारों साल की है...जैसे ही पुरुष ने विवाह किया होगा वही पहली रात के बाद हर रात उसे एक-सी लगी होगी। गृहस्थी का जुआ खींचने में उसके कन्धों में छाले पड़ गये होंगे... और किसी अकेली शाम बैठे-बैठे उसने सोचा होगा, क्या सब कुछ ऐसे ही चलेगा? एकरस...बार-बार, उन्हीं-उन्हीं घटनाओं की पुनरावृत्ति।

'पुनरति जनगम् मरणम्...भज गोविन्दम्।' सुब्बालक्ष्मी का मधुर स्वर कानों में बजने लगा। शायद पुरुष को पता चल गया था। शंकराचार्य भी पुरुष थे। मण्डन मिश्र की पत्नी भारती से बहस में इसी बिन्दु पर हार गये—"नहीं आर्य, आप ब्रह्मचारी हैं, जीवन का अनुभव नहीं...। रतिसुख आपने नहीं भोगा।"

और फिर शंकराचार्य अपना पार्थिव शरीर शिष्यों के सुपुर्द कर काश्मीर महाराज के शरीर में प्रवेश करते हैं। कामसुख का अनुभव, उनका वापस लौटना और मण्डन मिश्र की पत्नी का यह कहना कि अब तो आप इस शास्त्रार्थ के अधिकारी नहीं हैं क्योंकि आपने परायी स्त्री के शरीर को भोगा है। शंकराचार्य हार मानते हैं। शायद कथा का बाद वाला हिस्सा क्षेपक है। लेकिन यह दूसरी औरत, पुरुष इसके पास क्यों जाता है...? क्यों आदिकाल से जाता रहा है और क्या इसीलिए स्टेंडाल ने दूसरी औरत के लिए कहा था कि हमारे घरों की स्वच्छता के लिए मोरियों और परनालों की ज़रूरत है?

रमा ख़ुद ही चौंक गयी, एक ठण्डी साँस अनजाने में सामने रखी फ़ाइल की जमी धूल उड़ा गयी। ओ...नो...! मेरा भी दिमाग़ ख़राब हो रहा है। लेकिन मैं क्या हूँ राजेन्द्र के सन्दर्भ में...? अपने पैरों पर खड़ी स्वावलम्बी स्त्री...? प्रेमिका की भूमिका कुछ समय के लिए होती है। आजीवन कोई उसी भूमिका में नहीं रह सकता। प्रेम पैदा होता है दोपहर की धूप की तरह तपता है और फिर शाम की छाया बन जाता है। धीरे-धीरे अँधेरी रात होने लगती है। होता आया है, यही स्वाभविक है। नहीं, स्वाभाविक कहीं कुछ नहीं है। कम-से-कम मेरे जीवन में...यह कैसी ज़िन्दगी मैं जी रही हूँ...मैं छोड़ क्यों नहीं देती? मेरा परिचय क्या है इस उम्र में? किसकी पत्नी, किसकी माँ? किस घर की बहू? मैं न सधवा, न विधवा। अपनी ही आत्म-तस्वीर इतनी धुँधली क्यों लगती है? और कितने ख़ूबसूरत तरीक़े से कोई धीरे-से माँग में स्याही उड़ेल जाता है, मेरे उजले ललाट पर स्याही मल देता है। मेरे ममता के आँचल में पैवन्द गिनने लगता है। और वह भी कितनी मासूमियत के साथ। शायद कहने वाला ख़ुद नहीं जानता कि वह क्या कह रहा है। "हाँ आप तो बेचारी अकेली हैं।" बेचारी अकेली औरत,

एक बड़े से अकेले फ़्लैट में रहती हुई। और राजेन्द्र गोयनका मेरे साथ रहने भी लगे तब भी क्या होगा? एक मिसेज़ गोयनका का फ़तवा लगा लूँ तब भी क्या? ज़िन्दगी की अर्थवत्ता मिल जायेगी? बच्चे मिल जायेंगे? घर-गृहस्थी...परिवार...समाज एक बँटा हुआ आदमी अतीत के घोंसले उजाड़ कर नया घोंसला बसा पायेगा? क्या दे देगा? नहीं वह बँटा हुआ नहीं। वह तो मुझसे ताक़त लेकर अपनी गृहस्थी का जुआ खींचता है, पर क्यों? इजाज़त मैंने ही दी है, ग़लती मेरी है, दोषी मैं हूँ...! मैं ख़ुद इस पुरुष को छोड़ने का निर्णय तो ले सकती थी।

आज भी चुनाव कर सकती हूँ। नये जीवन की शुरुआत, बीस साल तक क्यों नहीं सोचा?

मन कहता है, अब सोच लो।

"नहीं मैं एक भीरु औरत हूँ यथास्थिति की पोषक।"

"फिर स्वीकारो।"

"स्वीकार तो रखा है।"

"घुटती क्यों हो?"

"कहाँ घुटती हूँ?"

"फिर ये आँसू?"

"ओ ये तो ऐसे ही बहने लगते हैं, फिर सूख जायेंगे...फिर बहने लगेंगे...!"

"क्या सब कुछ ऐसे ही चलेगा?"

"कोई रास्ता तो नज़र नहीं आता?"

"अच्छा दिन में यह आदमी तुमसे कितनी देर के लिए मिलता है?"

"एक घण्टा।"

"इस घण्टे के सहारे तुमने इतनी ज़िन्दगी गुज़ार दी। यानी तीन सौ पैंसठ घण्टे। चौबीस घण्टे का एक दिन कुल मिलाकर...इतने दिन, पच्चीस वर्ष में इतने दिन...? और सज़ा? इतनी निर्मम सज़ा! बस इस घण्टे के लिए समाज की सलीब पर टँगी हो...बेचारी दूसरी औरत...! नहीं किसी की ग़लती नहीं तुम ज़िम्मेवार हो।" रमा ने सिर झटका कर मानो खुद के मन को डाँटा। मैं किसे दोष दे रही हूँ?

वह खुद पर झुँझलायी। घड़ी देखी...साढ़े सात बज गये, इंटरकाम में सेक्रेटरी से पूछा, पता चला सेठ बाहर गये हैं। आठ बजे के भीतर आ जायेंगे, बहूजी भी गयी हैं पता नहीं, इस कमबख़्त सेक्रेटरी को हींग-जीरे का छौंक लगाने में क्या मज़ा आता है? यानी सेठ पत्नी के साथ गये हैं और आप बैठिए। प्रतीक्षा कीजिए कहलाया है कि मिलकर जाइएगा। रमा ने सोचा—आठ बोले हैं सो पौने नौ के पहले नहीं आयेंगे और साढ़े नौ तक नींद आने लगती है। हम दोनों ही थक जाते हैं...फिर साढ़े नौ बजे गाड़ी का स्टार्ट होना...बहादुर भी राहत की साँस लेकर गेट बन्द करता है। गाड़ी में बैठे हुए पीछे मुड़कर देखती हूँ, ऊपर के फ़्लैट से, ख़ासकर चौके वाले तरफ़ हलचल शुरू हो जाती है...वह जानती है नत्थू महाराज जल्दी-जल्दी खाना परोस रहा होगा, महेन्दर उबासी लेता हुआ मेज़ पर टेबल मैट्स रख रहा होगा और थोड़ी देर बाद पति-पत्नी साथ-साथ भोजन कर रहे होंगे।

नहीं, मैं इतनी अकेली नहीं। मेरी पुरानी नौकरानी आरती, मेरा नौकर बहादुर और...और तो कोई नहीं। लोगों को बुलाते और पार्टियाँ देते-देते थक गयी हूँ। क्या इतने दिनों में कोई अपना नहीं हुआ?

शायद नहीं। कारण...मेरी ग़लती...खुद को आरक्षित स्थान कहकर घोषित करते रहना। क्यों करती रही ऐसा? क्या अपने से बदला ले रही हूँ? किस बात का? औरत होने का? शिट्, क्या बकवास लगा रखी है।

वह खाना खाते हुए भी सोच रही थी...रविशंकर का कैसेट चल रहा था और ऐसे ही टीवी देखते-देखते वह सो जायेगी। बस एक वैलियम की गोली और लेनी है...हर दर्द की दवा। डॉ· लाहिड़ी से पूछा था कि वैलियम नुक़सान तो नहीं करता? नहीं! विद्वान साइकियाट्रिस्ट ने सर हिलाते हुए कहा, "अरे आपको मालूम है? प्रत्येक बड़ा आदमी यहाँ तक कि हाई कोर्ट के जज भी वैलियम लेते हैं।"

"आप?"

"मैं भी।"

और वह लेने लगी थी। राजेन्द्र को पता नहीं था। पता चले तब भी राजेन्द्र को कोई फ़र्क़ नहीं पड़ता। वह खुद भी तो कॉम्पोज़ खाता है। और उसकी पत्नी? अँधेरी रातों को पलँग पर उठकर बैठी रहती है।

परिस्थितियाँ कितनी तेज़ी से बदलती जा रही हैं। मैं निर्णय लेना नहीं चाहती, पर दूसरों के आरोपित निर्णय? क्या राजेन्द्र का परिवार मेरा अपना है? उसकी सन्तानें? मैंने तो कभी उन्हें पराया नहीं समझा। मगर अब यह परायेपन का बोध? उस दिन राज की बड़ी बहन का मुझसे यह कहना कि, इन लोगों ने तो तुम्हें कभी अपनाया नहीं। कोई अपना होता है तब लड़ाई-झगड़ा होता है, मनमुटाव होता है। लेकिन आपस में प्रेम तो होता है। जबकि यहाँ मुकाम से पीछे सरकते हुए क़दम हैं।

माँ का घर छूटा, भाइयों का परिवार भी दूर हुआ। कारण, क्या मैं नहीं जानती? कमा कर मैंने उन्हें कभी कुछ दिया, उन लोगो को ज़रूरत नहीं, उनके पास पैसा और साधन सब कुछ है। तब किसको ज़रूरत है? यहाँ भी तो सबके पास, सब कुछ है। राजेन्द्र को? जैसे जीवन में और आदतें हैं, वैसे ही उसकी एक आदत मैं हूँ। जब वह परेशान होता है, मेरे पास बच्चों की तरह दौड़ता हुआ चला आता है या फिर बड़े बेटे के प्रति एक माँ की भूमिका उसके प्रति मैं निभाने लगती हूँ। या फिर उसको मेरी ज़रूरत नहीं...

बस एक इसी बिन्दु पर रमा का सारा सोच और चिन्तन एक टसकता हुआ फोड़ा बन जाता। इस दर्द को वह सह नहीं पाती...मवाद से भरे इस फोड़े को वह देख नहीं पाती...इसको चीरने का साहस वह जुटा नहीं पाती। वह धीरे-से रुई का फाहा रख देती...और तर्कों की, झूठे आश्वासनों की पट्टी लपेटने लग जाती है। मन को समझाने लगती है। ठीक हो जायेगा, सब ठीक हो जायेगा।

सुबह ऑफ़िस पहुँचते-पहुँचते दस बज गये। वैसे सुबह नौ बजे तक रमा ऑफ़िस पहुँच ही जाती। पहले ऊपर चली जाया करती थी...मगर आजकल कम। अजीब बात है, पहले पराया नहीं लगता था मगर आजकल लगता है।

आज लगता है, घर में कोई बड़ी पार्टी है। रमा धीरे-से खिड़की से हट जाती है। कितनी जल्दी सब कुछ बदल जाता है। राजेन्द्र ने तो ऐसी पार्टी का ज़िक्र किया नहीं। लेकिन कल शाम से अभी तक तो उससे कोई बात हुई नहीं। यह भी नहीं पता कि पार्टी दोपहर की है या रात की। आजकल इन पार्टियों में जाने का दिल नहीं करता। क्या तो जाना और कौन-सा मुझे वहाँ बड़ा भाव मिलता है। पार्टी में हमारे आपस में टकराते हुए अहं,

पर सभी तो अत्यधिक आत्मसजग रहते हैं। आनेवाले ने किसको कितना दिया? इन्हीं सब बातों को दिमाग़ हर समय तौलता रहता है। यदि मेरी जान-पहचान के लोग ज़्यादा निकल गये तो जीजी कुंठित हो जाती हैं। फिर प्रेमा...क्या वह मुझसे होड़ करती है? प्रतिस्पर्धा, मगर क्यों? मैंने तो बेटी के अलावा प्रेमा को किसी और निगाह से देखा ही नहीं।

"रमा आंटी...!" रमा ने पलटकर देखा, प्रेमा थी।

"हाँ बोलो बेटा..."

"अपने मृदुला जीजी के ससुराल वाले लंच पर आ रहे हैं, मम्मी ने कहा है आप ज़रूर रहें।"

"लेकिन मुझे तो किसी के साथ लंच पर बाहर जाना है।" रमा साफ़ झूठ बोल गयी। मन-ही-मन सोचा नहीं, मृदुला की जलती निगाहें और उसके ससुराल वालों का अहंकार मैं बहुत झेल चुकी। अब और नहीं, वे कैसी निगाहों से मुझे देखते हैं? क्या मैं नहीं जानती।

"लेकिन आंटी थोड़ी देर के लिए...!"

"नहीं मैं आ जाती पर पहले से पता भी नहीं था।"

"आप तो जानती हैं कि अपने यहाँ सब कुछ लास्ट मोमेंट में फिक्स होता है। कल रात मृदुला जीजी के यहाँ कुछ डिसाइड ही नहीं हुआ। यूँ नो, सच ए कॉम्प्लेक्स फ़ैमिली...यह देवर आयेगा तो वह नहीं आयेगा फिर शादी का एटमॉस्फेयर।"

रमा ने मन-ही-मन फिर सोचा, हाँ सब पता है। मृदुला के जेठ के बेटे की शादी थी। असम से भी पूरा परिवार आया था। पर मुझे तो कार्ड तक नहीं भेजा गया। दो दिन पहले पूरा परिवार गया था पर मैं...! ख़ैर, मैं परिवार का हिस्सा हूँ भी कहाँ? आज तक तो मृदुला के ससुराल से मेरे लिए कभी बुलावा नहीं आया। रमा ने आँखें उठायीं। प्रेमा सामने वाली कुर्सी पर अब भी हाथ टेके खड़ी थी। जवाब की प्रतीक्षा में। प्रेमा को मेरा जवाब पता है मगर फिर भी मेरे मुँह से सुने बिना हिलेगी नहीं। इन सबको पता है कि रिश्तेदारों की पार्टी में मैं नहीं जाती। मगर फिर भी हमेशा वही रिचुअल दोहराया जाता है। मुझे आने के लिए कहा जायेगा बल्कि ज़ोर देकर कहा जायेगा जबकि मन-ही-मन सब जानते हैं कि मैं क्यों नहीं जाती।

"नहीं प्रेमा, मेरे लिए सम्भव नहीं होगा।" रमा के स्वर में निषेधात्मक आज्ञा थी। प्रेमा चली गयी।

दस मिनट बाद, हड़बड़ाती हुई मिसेज़ गोयनका ऑफ़िस में घुसीं। सेक्रेटरी से पूछा, "रमा बाई हैं?"

"जी।"

वे त्वरित चाल से रमा की केबिन में घुसीं..."ए रमा, यह क्या, तुम नहीं रहोगी लंच में?"

"मुझे बाहर जाना है...।"

"अब कल चली जाना, देखो इतने लोग आयेंगे और तुम नहीं रहो, भई मुझे नहीं अच्छा लगता।"

"बिज़नेस का काम है।"

"अब काम किसके नहीं लगा रहता, सभी तो बिज़नेस वाले हैं।"

"नहीं मेरा बाहर जाना ज़रूरी है।"

"मैं नहीं सुनूँगी। तुम पहले खाकर चली आना, सब तुमको पूछेंगे।"

"पार्टी के बारे में पहले से पता होता...।"

"अब सुबह तो जाकर टाइम पक्की हुई है, तुम तो जानती हो मृदुला के ससुराल वालों को...।"

रमा के भीतर एक टेप चालू हो गया था। जब कल मैं नहीं गयी तो आज रहने की ज़रूरत क्या है? वे लोग मुझे किस निगाह से देखते हैं मुझे पता नहीं क्या? शादी का कार्ड तक तो भेजा नहीं। पर पता नहीं, क्यों बोलने का मन नहीं किया। जीभ जैसे तालू से सटी हुई थी, मगर सामने बैठी हुई यह औरत...।

तब तक मिस्टर गोयनका कमरे में दाख़िल हुए। पत्नी को बैठे देख वापस लौटने लगे पर आहट से मिसेज़ गोयनका ने मुड़ कर देखा, जाते हुए पति को पुकारते हुए उन्होंने कहा—"ऐ जी, ज़रा रमा को समझाइए तो ऐसे कैसे होगा, घर में इतनी बड़ी पार्टी हो और यह न हो। मेरा तो बहुत जी दुख पायेगा।"

रमा को उनकी आवाज़ में छुपी हुई ख़ुशी की धीमी जलतरंग सुनाई दी। इतनी धीमी कि उसको केवल बहुत ही अभ्यस्त कान ही सुन सकते थे। उनके हाव-भाव को समझने के लिए एक गहरी अन्तर्दृष्टि चाहिए।

"क्यों जी, आप चुप खड़े हैं?"

"नहीं जीजी किसी को बोलने की ज़रूरत नहीं है। घर की ही तो पार्टी है।"

"वही तो मैं तब से कह रही हूँ, घर में पार्टी हो और तुम न रहो।"

रमा का मन किया चीख़ कर पूछे कि कल क्या घरवाले नहीं थे, कल घर की शादी नहीं थी?

"अच्छा तो मैं चलूँ...थोड़ा प्रेमा का हाथ बँटाऊँ। सुबह से बेचारी लड़की काम में लगी है।"

उनके जाते ही रमा फूट पड़ी।

"आपकी गृहस्थी, आपके समधी, आपकी पार्टी, क्यों ज़बर्दस्ती मेरा अपमान कराते हैं। शादी में तो उन्होंने बुलाया नहीं और आज...?" कहते हुए रमा का गला भर आया, क्षोभ, दुख, अपमान रोज़ ही तो सहना पड़ता है और वह भी इतने वर्षों से। क्या यह कभी ख़त्म नहीं होगा?

"तुम बेकार इन लोगों से डरती हो, अरे नहीं बुलाया नहीं बुलाया! पार्टी में तो हम लोगों का सर्कल है। तुम मृदुला के परिवार से बात मत करना और क्या। फिर और भी तो लोग हैं। अरे नहीं जाओगी तो इन सबों को और मज़ा मिल जायेगा।"

न चाहते हुए भी रमा को पार्टी में खड़ा होना पड़ा। मृदुला और उसके ससुराल वाले बड़े प्यार से मिले। उन्होंने बुलाया नहीं, रमा गयी नहीं, इसका कोई ज़िक्र भी नहीं था। खाना क़रीब-क़रीब ख़त्म हो रहा था। प्लेटें रखी जा रही थीं। मिसेज़ गोयनका मृदुला की सास से बात कर रही थीं, "जी हमारी प्रेमा तो इतनी होशियार है कि क्या बताऊँ? सारा काम अकेले सँभाल लेती है। इतनी बड़ी पार्टी और वह भी कल रात को ही बात हुई कि पार्टी कल होगी। मेरे तो हाथ-पैर ही फूल गये थे। लेकिन प्रेमा ने कहा—मम्मी आप बिल्कुल चिन्ता मत करिए। कब और कैसे इतने काम सल्टाया मुझे तो पता ही नहीं चला।" अचानक उनको बगल में खड़ी स्मिता का ख़याल आया। तुरन्त वे पलटीं—"काम तो मेरी स्मिता को भी बहुत आता है, पर गोद में छोटा बच्चा रह गया, क्या करे बेचारी?"

मृदुला के पति ने कहा–"प्रेमा भाभी ऑरेंज जूस लें। इट्स रियली डेलिशियस, स्टार्ट ए कैटरिंग बिज़नेस।"

"मक्खन लगाना तो जीजाजी आप से सीखना चाहिए।"

"नहीं मैं ठीक कह रहा हूँ, एकदम स्काईरूम का टेस्ट है। रियली प्रेमा आपको नयी-नयी चीज़ें बनाने का बहुत शौक़ है न?"

रमा के पास खड़ी स्मिता धीरे-से बड़बड़ायी–"बड़ाई लेना तो कोई प्रेमा भाभी से सीखे। स्काईरूम से ही तो सूफले मगँवाया गया है।"

"अच्छा...?"

"और क्या, भाभी इज़ टू स्मार्ट।"

"तुम्हारी साड़ी बहुत सुन्दर है। कहाँ से लायीं?" रमा ने बात बदलनी चाही।

"आपको पसन्द आयी, मम्मी बम्बई से लेकर आयी थीं। प्रेमा भाभी को तो इसका रंग ही पसन्द नहीं आया।"

"अपनी-अपनी पसन्द होती है।"

"और देखिए ना, ख़ुद क्या चटक ऑरेंज पहन रखा है।" रमा साड़ियों के इन्द्रधनुषी रंगों को देखने लगी। हरे लॉन की ज़मीन पर खिली हुई साड़ियाँ।

देखते-देखते दूसरी दीवाली भी बीत गयी। कैलेंडर के पन्ने बदल गये। रमा की व्यस्तता बढ़ती चली जा रही थी। परिवार से महज़ एक औपचारिक सम्बन्ध रह गया था। लेकिन उसको अपनी ज़िन्दगी भरी-भरी लगती। उसको लगता कि एक पौधा जो बौना रह गया था, अब बढ़ने लगा है। रमा को अपनी ज़िन्दगी में ज़रूरी और ग़ैर-ज़रूरी लड़ाई का भेद समझ में आने लगा था। ग़ैर-जरूरी लड़ाई थी...मिस्टर गोयनका का, उनके परिवार का, उनके समाज का हिस्सा बनने की कोशिश। ज़रूरी लड़ाई थी अपनी एक अलग व्यवस्था बनने की। उसको अपना घर, अपना लगता। वह सोचती, घर से आख़िर हम क्या समझते हैं? क्या पति-पत्नी और बच्चे? गोयनका परिवार में तो हर आदमी एक-दूसरे से अलग है।

नहीं, घर का अर्थ हुआ सर पर छत, साझेदारी, जहाँ रोटी बाँट कर खायी जाये। रमा अपने छोटे-से परिवार को देखती। वह धीरे-धीरे कितने लोगों का सहारा बनती जा रही थी। कितनी लड़कियाँ उसके पास आतीं, सलाह लेने। अपनी-अपनी समस्याओं को समझने। उसके अपने दोस्त हैं। मिस्टर गोयनका के दोस्तों की तरह करोड़पति नहीं बस इतना ही। बहुत बार रमा ध्यान से ऑफ़िस के किसी क्लर्क का चेहरा देखने लगती, अच्छा यदि यह भी महँगीवाली सफारी सूट पहने, हाथ में गोल्ड रिस्ट वॉच हो, सोने की क़लम हो, पैरों में महँगे जूते हों तो कैसा लगेगा? क्या मृदुला के पति से ज़्यादा सुन्दर नहीं? बचपन में कहीं पढ़ा था, एक राजा को नौ दर्ज़ी बनाते हैं। जीवन की अपनी विविधता है, कहीं कुछ एकता नहीं और न ही कोई इतना अकेला, मानव समाज बहुत बड़ा है। वह केवल पैसे वालों का तो समाज नहीं? रमा का मन काम में और लगने लगा था, वह सहज भाव से बड़े-बड़े निर्णय लेने लगी थी। रमा का ही सुझाव था कि एक फ़ैक्टरी मद्रास में और लगायी जाये। मिस्टर गोयनका ने कहा भी अब तुम कितना दौड़ोगी रमा?

"नहीं दौड़ना क्या, रमेश को नहीं जाना पड़ेगा, मेरे ही महीने में दो-चार बार जाने से काम हो जायेगा।"

"यानी अब मुझे यह सज़ा भी दोगी?"

"सज़ा नहीं, लेकिन मुझे अकेली यात्राएँ अच्छी लगती हैं। यहाँ की घुटन से मुक्ति!"

"ठीक है, हम दोनों ही मद्रास रहने लगेंगे।"

रमा के चेहरे पर कुछ था। क्या था...? शाम के अँधेरे में मिस्टर गोयनका देख नहीं पाये। रमा का जीवन और व्यस्त हो गया, परिवार से वह और दूर। लेकिन जब तक सम्बन्धों का सन्दर्भ बिन्दु नहीं बदले तब तक सम्बन्ध कभी पास कभी दूर चलते-फिरते रहते हैं। मिस्टर गोयनका की दूर होती हुई गृहस्थी अचानक रमा के पास फिर वापस आकर खड़ी हो गयी।

घटना! मिसेज़ गोयनका हाथ में एक खुली चिट्ठी लिए स्तम्भित पत्थर की मूरत-सी बैठी थीं। उनका मन चीत्कार कर रहा था। "यह क्या हो गया मेरे राम जी? अब तू यह भी दिन दिखायेगा?" चिट्ठी उनकी बेटी रीतू ने लिखी थी, दिल्ली से।

"मम्मी, बहुत दिनों से लिखना चाह रही थी पर लिखने की हिम्मत नहीं पड़ रही थी। मम्मी, आप लोगों ने कुणाल के साथ मुझे धन के तराजू पर तौल दिया, पर क्या धन ही सब कुछ है? मम्मी, ये मुझसे दूर होते जा रहे हैं। इनकी ज़िन्दगी में एक दूसरी औरत है। मुझे पता है, आप मुझे सहने की शिक्षा देंगी। लेकिन मम्मी, मैं और नहीं सह सकती। कुणाल चाहते हैं कि जैसे आपने रमा आंटी को स्वीकार कर रखा है वैसे ही मैं भी इस औरत को स्वीकार लूँ। बात हद से गुज़र गयी है, तभी आपको लिख रही हूँ। मम्मी, मैं भीतर-बाहर का इतना फ़र्क़ नहीं स्वीकार कर सकती। अब और नहीं मम्मी। कुणाल यों एक मैली क़मीज़ की तरह मुझे उतार फेंकेंगे, यह मैंने कभी नहीं सोचा था। मेरा इतना सुखद दाम्पत्य जीवन यों बिखर जायेगा? मम्मी, मैं रात-दिन ख़ाली रोती रहती हूँ। बस रोती हूँ। अब और मुझसे नहीं लिखा जाता। आप पापा से बात करके मुझे जवाब लिखें। पापा को मैंने सब कुछ बता दिया है। आप लोग यदि सहारा न देना चाहें तो साफ़-साफ़ लिख दीजियेगा। मैं नौकरी कर लूँगी, रूखी-सूखी खा लूँगी, पर कुणाल के साथ यों घुट-घुट कर ज़िन्दगी नहीं बिता सकती। मम्मी, मैं आपकी जैसी ज़िन्दगी नहीं चाहती। जबकि कुणाल यही कहकर ताने देते हैं कि तुम्हारे बाप की तरह तो मैंने घर में लाकर नहीं बैठाया? सच्चाई तो यह है कि पापा ने तो अपने काम के साथी को मर्यादा में रखा लेकिन यहाँ तो यह दूसरी औरत एक अलग घर की माँग कर रही है। वह खुद विवाहिता है। एक बच्चे की माँ है, पैसे वाले घर की है। पर उसको जैसे किसी का डर ही नहीं। वह मेरा तलाक़ चाहती है। मम्मी, मुझे वापस बुला लीजिए।

आपकी रीतू।"

चिट्ठी ख़त्म होते ही पुनः एक गहरी साँस अकुला कर बाहर निकली। उनकी हथेलियाँ पसीज गयीं। सारा शरीर एक अशान्त भय से सिहर उठा। हे राम जी! अब तू और क्या दिखायेगा? मेरी ज़िन्दगी की तो आहुति हो गयी। क्या कमी थी मेरी बेटी में। मैं तो चलो, पढ़ी-लिखी नहीं, शऊर-सलीक़ा नहीं। कोई निकालना चाहे तो दस कमियाँ निकाल ले।

पर मेरी रीतू। सुन्दर, सुशील, पढ़ी-लिखी सब है। क्या करना चाहिए? किससे सलाह लूँ? बहुओं से तो इस विषय पर बातचीत ठीक नहीं। और मुझ पर ही आयेगी। बेटी, बेटी होती है। उसकी ज़िन्दगी की पोथी बहुओं के सामने कैसे बाँचने बैठ जाऊँ? कह देंगी माँ की तरह बेटी भी पति को नहीं सँभाल पायी। मृदुला से पूछने का सवाल ही नहीं उठता। मन्नो आधी धरती में, आधी बाहर। मुँह पर बड़ा मीठा बोलती है, लेकिन भीतर ही भीतर तो हमारे धन-दौलत से जलती ही है। रमा से बात करूँ? अरे, वह तो बड़ी ख़ुश होगी सुनकर। यही ना सोचेगी कि क्यों, अब तक मुझ पर ताने कसे गये? लो देखो, भगवान ने कैसा बदला लिया? कैसी हाय लगी। अचानक उनको मिस्टर गोयनका पर बेहद ग़ुस्सा आया। सारी ग़लती तो इनकी ही है। न इन्होंने ये सब करम किये होते और न ही ऐसे मेरी बेटी की ज़िन्दगी बर्बाद होती।

वे हाथों में खुली चिट्ठी लिए नरम सोफ़े में जड़-सी धँसी रहीं। कुछ नहीं समय में आ रहा। रीतू ने यदि मुझे लिखा है तो बाप को भी मालूम होगा और इनके पेट में भला बात पचती है? ज़रूर रमा को बतलाया होगा।

चिंटू और विक्की स्कूल से आ गये थे।

"दादी माँ, ओ दादी माँ, आप ऐसे क्यों बैठी हुई हैं?"

"अरे चार बज गये? प्रेमा तो ऑफ़िस से लौटने में छह बजा देती है। स्मिता ने आजकल फिर से कालेज जाना शुरू कर दिया है। वह भी आती होगी। किससे बात करूँ? कौन मुझे सलाह देगा? बहुओं से! नहीं, कभी नहीं! बात फैलने में क्या देर लगेगी? समाज, गाँव, दुनिया क्या कहेगी? क्या कमी थी रीतू की ज़िन्दगी में? अकेली बहू, हथेलियों पर रखने वाले सास-ससुर, इतना बड़ा घराना और रीतू की यह दशा? बारह वर्ष का प्यारा-सा बेटा। अट्ठारह की उमर की वह ससुराल गयी थी। अब शादी के पन्द्रह वर्ष बाद वह कहती है कि कुणाल उसको प्यार नहीं करता।

"दादी माँ?" छोटा विक्की फिर उनका पल्ला खींच रहा था।

"क्या है रे?" वे एकदम झुँझला उठीं।

"हमको भूख लगी है।"

"तो खा ले मुझे ही।"

"तुम तो इतना बड़ी हो।" पोते ने हाथ फैलाते हुए कहा। विक्की की बात पर उनको हँसी आ गयी। पोते को गोद में उठाये कमरे से बाहर निकलीं। ये मरे दाई-नौकर भी क्या मजाल कभी चार बजे टाइम से आ जायें? तब तक उनको सपना दिख गयी।

"ए सपना, ज़रा बच्चों को दूध और नाश्ता तो दे।"

पोते को आया के हवाले कर वे फिर इंटरकाम पर बैठ गयीं। आज तक मिसेज़ गोयनका ने अपने-आपको इतना अकेला कभी नहीं महसूस किया था। पति नहीं मानते, नहीं मानें। अपनी बला से! पर सोना तो ऊपर कमरे में ही पड़ता है। आँखों के सामने तो रहते हैं। अरे पति, पति होता है! सात फेरों का बन्धन क्या ऐसे तोड़ा जाता है? सिन्दूर का रिश्ता जन्म-जन्म का होता है। ये चाहे मुझे कितना ही डाँटें-डपटें, अपमानित करें, रमा के साथ कितना भी नाटक रचें पर अग्नि की साक्षी तो मैं ही हूँ। क्यों रमा इतनी अकेली है? क्यों नहीं समाज उसको स्वीकारता? ये आजकल की छोरियाँ ज़रा-सी पढ़-लिख क्या गयीं, बस आसमान में ही चढ़ गयीं—मम्मी! मैं कुणाल के पास नहीं रह सकती। मुझे बुला लीजिए। अरे, ऐसे छोड़कर भागोगी तो कुणाल को और मज़ा मिल जायेगा। पुरुष की ज़िन्दगी में ख़ालीपन रहता है क्या? वे फिर नीचे चली गयीं। हमेशा रमा से पूछ कर ही उसके पास जाती थीं। आज इतने दिनों बाद, बिना किसी सूचना के यों अचानक उनको सामने पाकर रमा भी चौंक गयी।

"आइए जीजी, क्या बात है?"

"मैं समझ नहीं पा रही कि क्या बताऊँ?"

"क्यों, कोई ख़ास बात है?"

"क्या बोलूँ?" और तब तक मिसेज़ गोयनका की आँखें बरस उठीं। रमा के हाथों ने आगे बढ़कर उनको सँभाला...।

"क्या बात है जीजी? मुझे अपना समझिए...।"

"तभी तो आयी हूँ। रीतू की चिट्ठी आयी है।"

"मुझे मालूम है।"

"क्या मालूम है तुम्हें...?"

"यही कि कुणाल के जीवन में कोई और स्त्री है।"

"तुमसे किसने कहा? इन्होंने?"

"नहीं, मुझे यह बात रीतू ने दो साल पहले कही थी और तबसे..."

"तुमने मुझे यह बात बतायी भी नहीं?"

"रीतू नहीं चाहती थी।"

अब रमा का धीरज टूटा जा रहा था। उसने यथासम्भव संयत स्वर में कहा, "जीजी, यह क्या पूछताछ का वक़्त है? बात क्या है? यह तो बताइए? रीतू ठीक तो है ना?"

"ठीक क्या है? यह रही उसकी चिट्ठी।"

चिट्ठी पढ़कर रमा की आँखें छलछला आयीं। ओह, तो बात इस हद तक बढ़ गयी है? कागज़ मोड़ते हुए उसने मिसेज़ गोयनका से पूछा, "आपका क्या ख़याल है?"

"अब मैं तो देखो पुराने ख़यालों की हूँ। पुरानी बात ही करूँगी। ऐसे कैसे पति को छोड़ दे। और, यहाँ भी क्या रह पायेगी? कौन करेगा उसका?"

"जीजी, हम लोगों के रहते रीतू का करने वाला कोई नहीं?"

"अरे तो कौन से माँ-बाप ज़िन्दगी भर बैठे रहते हैं? और भाइयों के घर में कैसे रयेगी? इतनी तो सीधी रीतू भी नहीं कि भाइयों दबकर रहे?"

"रीतू पढ़ी-लिखी है, जीजी। काम में लगा देंगे, वह अपने फ़्लैट में अलग रहेगी।"

"लो, वह भी कोई ज़िन्दगी हुई? अरे कुणाल उसको नहीं मानता है तब भी मैं तो कहती हूँ एक चुटकी सिन्दूर में बहुत ताक़त है। घर वाले तो रीतू का करेंगे ही। दस बरस में मुन्ने का ब्याह हो जायेगा। बहू आ जायेगी।"

तब तक दरवाज़े पर मिस्टर गोयनका दिखायी दिये। पत्नी को देखकर वे पलटकर जाने लगे। रमा ने हाथ के इशारे से रोका। एक ठण्डी साँस के साथ वे कुर्सी पर आ बैठे। चेहरे पर एक उदासी थी। मिसेज़ गोयनका उनकी ओर पलटीं। "क्यों जी, आपका क्या मत है?" उन्होंने पूछा।

"किस विषय पर?" मिस्टर गोयनका ने रमा से पूछा।

"रीतू के बारे में!" कहते हुए रमा ने चिट्ठी बढ़ा दी।

"यह क्या कोई बहस का मुद्दा है जो तुम मतदान बटोरने चली हो?" मिस्टर गोयनका ने पत्नी को झिड़कते हुए कहा।

"मुझे सबके सामने झिड़कने में आपको आनन्द मिलता है।" और फिर उनकी आँखें बरसने लगीं।

"देखो, तुम सीन क्रिएट मत करो, उमेश की माँ!"

तब तक रमा ने बीच में टोका, "सुनिए, यह वक़्त क्या आपसी झगड़े का है? सवाल तो रीतू की ज़िन्दगी का है!"

"वही तो मैं भी कहती हूँ।" आवाज़ आक्रामक थी। आँसू सूख गये थे।

"भई मैं तो कहूँगा सीधे-सीधे तलाक़ देकर छोड़-छाड़कर चली आये। मैं कल दूसरा विवाह कर दूँगा।"

"आपकी मति मारी गयी है। बिल्कुल सठिया गये हैं।"

"देखो उमेश की माँ, अब तुमने मुँह से एक भी शब्द निकाला न..."

"तो क्या कर लीजियेगा मेरा? मैं कोई ख़रीदकर लायी गयी हूँ कि उठाकर घूरे पर फेंक दी जाऊँ?"

"आप चुप नहीं रह सकते?" रमा के स्वर का वह अर्थ मिस्टर गोयनका समझते थे।

"ठीक है रमा, तुम्हीं बोलो, क्या करना चाहिए?"

"देखिए, यदि रीतू मेरे पेट की बेटी होती तो मैं उसको एक दिन भी नहीं छोड़ती। मैंने रीतू को हमेशा यही समझाया कि रीतू या तो सारी स्थिति स्वीकार लो या फिर ग्रेसफुली छोड़ दो। लेकिन पति के गले में हार बनकर लटकी रहो और किसी भी क़ीमत पर लटकी रहो, इस बात में मेरा विश्वास नहीं।"

"छोड़ेगी तो वह नहीं। मैं अपने पेट की बेटी को नहीं जानती क्या?"

"तब कुणाल छोड़ देगा। आपको पता है जीजी? कुणाल पिछले एक साल से घर में खाना नहीं खा रहा क्योंकि उस स्त्री को वह घर में नहीं ला सकता।"

"अरे वह कब तक बाहर खायेगा? और साल-छह महीने नाच-कूद लेगा। अपने आप ही अक्ल आ जायेगी।"

"जीजी, रीतू कुणाल से प्यार करती है। वह दिन-रात रोती होगी। रीतू को आश्रय की कमी नहीं है। पर उसको अपना जीवन सार्थक तो लगे?"

"अरे सार्थक तो पति का साथ होता है। छोड़कर यहाँ आ जाये ताकि कुणाल को और मौज करने का मौक़ा मिले?"

"सुनो रमा, इस औरत से माथा पचाना बेकार है। मैं सोचता हूँ दिल्ली जाकर हम लोगों को रीतू के सास-ससुर से बात करनी चाहिए। कुणाल ने यह क्या तमाशा बना रखा है?"

"जी, आप और जीजी को जाना पड़ेगा।"

"भई, मैं तो इतनी बात नहीं समझती। वहाँ कुछ का कुछ बोल आऊँगी। जब ये तुम्हें ले जाना चाहते हैं तो तुम्हीं जाओ इनके साथ।''

"जीजी, आप जानती हैं कि रीतू की ससुराल मैं आज तक नहीं गयी। वे लोग पुराने ख़यालों के हैं।"

"हाँ, सो तो है। क्यों जी, एक बार श्यामसुन्दर जी से राय-बात नहीं लेनी चाहिए क्या?"

"अव तुम चुप करो तो? ठीक है, कल सुबह की फ़्लाइट से हम लोग दिल्ली चलते हैं।" कहते हुए मिस्टर गोयनका उठ गये।

रमा की आँखों ने आज मिस्टर गोयनका की पीठ को कुछ और झुका पाया। वह सामने पड़े काग़ज़ों को उलटने लगी। पाँच मिनट बाद आँखें उठायीं। मिसेज़ गोयनका टेबल पर कोहनी टिकाये हथेलियों में गोल चेहरा टिकाये उसी की ओर देख रही थीं।

"कुछ और कहना है जीजी?"

"रमा, मेरे को कुछ समझ में नहीं आ रहा?"

"जीजी, ज़िन्दगी-भर समाज के डर से रोते रहने की ज़रूरत क्या है?"

"मुझे तो कुछ नहीं समझ में आता। अच्छा, चलूँ ऊपर!"

वे उठीं। फिर उठते हुए बोलीं, "रमा! बहुओं से तो हमें बात नहीं करनी चाहिए ना? यही तो कहेंगी कि जैसी माँ वैसी बेटी। हे राम जी! तुम मुझे यह दिन भी दिखलाओगे, ऐसा पता नहीं था।"

रमा को उनकी चाल में हलकापन लगा। उनकी पीठ कभी दायें, कभी बायें झूमती हुई जा रही थी।

दिल्ली से लौटकर मिसेज़ गोयनका सीधे रमा के ऑफ़िस में आयीं। रमा को उनके चेहरे पर एक शैतान बच्चे का चेहरा चिपका हुआ लगा।

"क्या हुआ जीजी? रीतू कैसी है?"

"अरे क्या होना था? इनकी तो आदत तुम जानती हो। बाप-बेटी दोनों एक-से। रीतू कहने लगी, मम्मी, मैं ऐसे घुट-घुट कर ज़िन्दगी नहीं बिता सकती। मैं तो धक् से रह गयी। इस रीतू को भी क्या हो गया? सास-ससुर के सामने ऐसी बात?"

''अच्छा! वे लोग भी बैठे थे क्या?''

"और क्या? फिर अपने पापा को गोद में मुँह छिपाकर सुबक-सुबककर ऐसी रोयी, ऐसी रोयी है कि मैं क्या बोलूँ? और इनका तो स्वभाव तुम जानती ही हो। एकदम आपे से बाहर। शाह जी से कहने लगे, मैं आपके बेटे को जेल भिजवा कर मानूँगा। ईंट से ईंट बजा दूँगा। एडलटरी का केस करूँगा?"

"शाह जी क्या बोले?"

"अरे ऐसे कोई बात सँभाली जाती है? वह तो कहो मुझे ग़ुस्सा नहीं आता। तभी ना इस गृहस्थी की गाड़ी चलती है। मैंने इनसे कहा—जी ऐसे आपे से बाहर होने से काम नहीं चलेगा। हम लोगों को मिल-जुलकर समस्या का समाधान करना होगा। शाह जी ठहरे भले आदमी, बोले—आप ठीक कह रही हैं भाभी जी। सब ठीक हो जायेगा। रीतू ज़रा-सा बर्दाश्त कर ले। मैं तुम्हें क्या बताऊँ रमा, मुझे रीतू से ऐसी आशा नहीं थी।"

"क्यों क्या हुआ?"

"अरे लगी ज़ोर-ज़ोर से बोलने, मैं तो नहीं सह सकती, मैंने आज तक किसी के सामने मुँह नहीं खोला। ये घर में खाना नहीं खाते, मुझसे बात तक नहीं करते, एक पलँग पर सोते नहीं। फिर यह कैसी शादी।"

"रीतू ने ठीक ही कहा जीजी।"

"अरे क्या ठीक कहा? मैं तो उठाकर उसको कमरे में ले गयी। फिर कसकर डाँटा। मैंने तो कह दिया मेरे घर में जगह नहीं है। रहना है तो यहीं रह, नहीं तो कुएँ में पड़।"

"जीजी... " रमा की आवाज़ काँप उठी थी।

"अरे, कोई मन से कही यह बात? एक बार तो डाँटे बिना बच्चे वश में नहीं आते। बाद में रीतू ज़रा शान्त हुई तब दो घण्टे तक बैठी मैं,

उसको समझाती रही—देख बेटा, अकेली ज़िन्दगी काटे नहीं कटेगी। वह आज नहीं तो कल लौट आयेगा तेरे पास। ये सब अफ़ेयर चलते हैं क्या? ज़रा धीरज से काम ले। आज तो सिर पर ससुर जी हैं, मुन्ने के लिए बड़ा-सा ट्रस्ट बना देंगे। करोड़ों की बात है। कुणाल तुमसे बात नहीं करता, नहीं करे, क्या फ़र्क़ पड़ता है? तू तो आराम से खा-पी और ख़ुश रहा कर। ख़ूब खरच कर और सास-ससुर की सेवा कर। सब ठीक हो जायेगा।"

"हाँ जीजी, सब ठीक हो जायेगा, पर रीतू का टूटा हुआ प्यार वापस मिल जायेगा?"

लेकिन मिसेज़ गोयनका कहती रहीं—"मैं तो बस इतना समझती हूँ कि पति को वश में रखना है तो झुककर चलो। मैंने तो बार-बार रीतू को यही समझाया कि देख ज़्यादा तेज़ बोलेगी तो कुणाल और बात नहीं मानेगा। रमा तुम समझती नहीं क्या मरद की जात को? अरे पहले दबोगी तब ना दबा सकती हो। अब तुम्हीं बताओ यह कौन-सा तरीक़ा हुआ कि रीतू कहे कि वह और घर में ही न आ सके। उसने एक पेंटिंग भेजा तो कुणाल को बिना बताये रीतू ने दुछत्ते पर रखवा दिया, उसने कुणाल के लिए कोई खाने-पीने का सामान भेजा होगा, रीतू ने नाले में फिंकवा दिया। इतनी छोटी-छोटी बातों को लेकर बहस उठायेगी तो चल चुकी गृहस्थी। अरे, औरत तो गृहस्थी के पैरों तले दबी घास है। मरद के क़दम उठें तुम वापस सिर ऊँचा कर लेना। लेकिन जब उसके क़दम पड़े तो तुम तलुओं के नीचे बिछ जाओ।''

रमा का मन औरत एवं मर्द की इस पुराणगाथा से उकता रहा था। उसने बस इतना कहा—"जीजी ऐसे सम्बन्धों में प्रेम नहीं हो सकता है। पति को वश में रखने के नुस्ख़े सीख कर क्या होगा? क्या टूटा हुआ मन जुड़ जायेगा? खोया हुआ प्रेम मिल जायेगा?"

"रमा! तुम कैसी बात कर रही हो? रीतू को यही सब सीख तुमने दी होगी।"

"लेकिन इसमें उसकी क्या ग़लती है? वह उसके साथ ज़िन्दगी चाहती थी। ऐसे तनाव को रीतू नहीं झेल सकती?''

"मैं बीस साल से कोई तनाव नहीं झेल रही? मेरी ज़िन्दगी में कौन-से अरमान पूरे हुए?"

रमा को लगा मानो फिर उसे कठघरे में खड़ा कर दिया गया है। सामने बैठी हुई औरत माँ नहीं, किसी की पत्नी नहीं, बस एक औरत है। मैं पहली औरत हूँ, तू दूसरी है। मेरी माँग में सिन्दूर है, तेरी माँग में नहीं। समाज साक्षी है कि, मैं उसकी अर्धांगिनी हूँ। तू क्या है? क्यों बिना पूछे इस घर में चली आयी? क्यों मेरे पति को मुझसे छीना? क्यों, किसलिए और फिर मुझसे कहती है कि बेटी को भी अपने अधिकार छोड़ने के लिए कह दूँ?

रमा ने दोनों हथेलियों में सिर झुका लिया, आँखें भीग आयीं, नहीं अब और कैफ़ियत मैं नहीं दे सकती। प्रेम करने वाला अधिकार की लड़ाई नहीं लड़ सकता। और जो अधिकार के लिए लड़ता है वह प्रेम करना नहीं जानता। माना, कि एक औरत अपना हक़ क्यों छोड़े, लेकिन जहाँ प्रेम ही नहीं वहाँ फिर दर-मुलाई करने वाली औरत को किस नाम से सम्बोधित किया जाये? अधिकार मिल सकता है लेकिन वहाँ फिर संग्रही प्रवृत्ति होगी, शक्ति का संचय होगा। कितना लिया, कितना दिया, इसका हिसाब-किताब होगा। लेकिन सत्ता और सुरक्षा का आपस में सम्बन्ध? जिसके पास जितनी सत्ता है वह उतना ही अधिक आशंकित है। वह क्यों हमेशा भयभीत रहता है कि, कोई उसका कुछ छीन न ले।

औरत हिसाब-किताब करती है? मगर क्यों? शायद आत्मबल की कमी है। और पुरुष? रमा की आँखों के सामने न जाने कितने पुरुषों के चेहरे घूम गये। रमा को वे हमेशा कापुरुष लगे। उनका असली चेहरा इतना विकृत क्यों लगा? क्या हज़ारों साल की परम्परा ने पुरुष को इतना असुरक्षित कर दिया है कि वह अब हिताहित का ज्ञान भी भूल गया? कुणाल के जो मन में आ रहा है वह कर रहा है। लेकिन जिस औरत के साथ कर रहा है वह स्वयं किसी की पत्नी है और यदि रीतू ने यही किया होता तब? क्या कुणाल, रीतू के प्रेमी को इसी तरह स्वीकारता? शायद नहीं। और यदि स्वीकारता तो आसपास का समाज, कुणाल को क्लीव की संज्ञा देता। अजीब है ये विशेषण भी। अपने लिए इसका एक उपयोग, दूसरे के लिए दूसरा। तराज़ू के दो पलड़ों का अलग-अलग वज़न, फिर न्याय-अन्याय का द्वन्द्व हम क्यों उठाते हैं? न्याय है ही कहाँ? स्त्री-पुरुष में समानता है कहाँ? एक सत्ता की कुर्सी पर बैठा हुआ अपने पूरे सामर्थ्य के साथ,

दूसरा आँचल पसारे न्याय की भीख माँगती हुई, उसके चरणों में झुकी हुई। कुणाल जो रीतू को रुला सकता है, वह कल इस दूसरी औरत को नहीं रुलायेगा, ऐसा तो नहीं कि मिसेज़ गोयनका अपने पति के सामने नहीं रोयी होंगी? या फिर मैं नहीं रोयी। लेकिन मिस्टर गोयनका को जो करना था वही उन्होंने किया। मिसेज़ गोयनका ने अपना अलग ढाँचा तैयार कर लिया, मैंने अलग। लेकिन रीतू का? रीतू जैसी और लड़कियों का? इस आने वाली पीढ़ी का कौन-सा ढाँचा होगा?

"ए रमा! क्या सोचने लगीं? मैं कब से तुम्हारी ओर देख रही हूँ कि तुम अब बोलो, तब बोलो।"

"क्या कहूँ जीजी? कुछ कहने को बचा भी क्या है?" छलछलायी आँखों से मिसेज़ गोयनका की ओर देखते हुए रमा ने कहा।

"अरे हिम्मत हारने से कैसे होगा? समस्या का निदान तो करना होगा। फिर तुम्हारी पढ़ाई-लिखाई से फ़ायदा?"

"जीजी एम. ए. की किताबों में इन समस्याओं का कोई ज़िक्र भी नहीं है और न होगा। यदि होता तो शायद मैं आपसे इस बारे में कुछ कह सकती।"

मिसेज़ गोयनका खिलखिलाकर हँस पड़ीं। टेबल पर हाथ मारते हुए बोलीं–"अब हुई ना काम की बात। अरे पोथी ज्ञान से व्यवहार जगत चलता है?"

"नहीं!" कहते हुए रमा वापस अपनी फ़ाइलों में खो गयी।

"अच्छा मैं चलूँ, अभी तक तो बहुओं से नहीं मिलना हुआ है। अब कुछ तो उनको भी बताना होगा।"

मिसेज़ गोयनका चली गयीं। नीचे आकर प्रेमा दबे गले से रीतू के बारे में रमा से पूछ गयी। यह भी सुना गयी कि, "आंटी, आप रीतू जीजी को समझदार समझती हैं, मुझे तो वे कभी समझदार नहीं लगीं, बिल्कुल मम्मी के ऊपर गयी हैं।"

रमा चाहकर भी कुछ बोल नहीं सकी कि, प्रेमा आख़िर तुम लोग टूटती हुई औरत को और क्यों तोड़ देती हो। मानवीय संवेदना की वह कौन-सी कड़ी है जो तुम लोगों के मन से छिटक कर दूर जा गिरती है? तुम भी औरत हो और वह भी, एक ग़ुलाम दूसरे ग़ुलाम की भाषा क्यों नहीं समझता,

वह अचानक क्यों मालिक की भाषा में दूसरे ग़ुलाम से बात करने लगता है, तुम बेवकूफ़ हो, अपने पति को नहीं सँभाल सकीं। ए फेलियर, मैं सफलता की प्रतीक हूँ। देखो ना पति की नकेल को कितनी ख़ूबसूरती से थाम रखा है।

स्मिता सब कुछ जानकर भी अनजान बनी रही। बड़ों की इन भारी-भरकम बातों को न समझने की चेष्टा या नाटक। रमा ने इस बात में माथा पचाने की कोशिश ही नहीं की। बस एक छोटा-सा पत्र रीतू को लिखा—

"रीतू, जीवन सार्थक बन सके इसका प्रयास करो। विवाह, पति, बच्चे से परे भी औरत है, उसका अस्तित्व है। उसका सामाजिक अवदान हो सकता है इस पर सोचो। पति सर्वस्व नहीं, अपने स्व को पहचानो।"

दिन बीतते गये। रमा बिखरी फ़ाइलों, फैले काग़ज़ों और अपनी ज़िन्दगी को समेटती रही।

एक दिन अचानक नीचे से मिस्टर गोयनका का फ़ोन था। एक थरथराती हुई गहरी आवाज़, "उमेश की माँ सुनो! अभी-अभी रीतू आयी है।"

"क्या? क्या कहा आपने रीतू आयी है, मेरी रीतू।"

"हाँ, घबराओ नहीं, वह सीधे एयरपोर्ट से आ रही है। अभी वह रमा के पास बैठी हुई है।"

"रमा के पास! मेरे पास क्यों नहीं आयी, मैं उसकी माँ नहीं?"

"सुनो यह बहस का टाइम नहीं है। हम लोगों को मिल-जुलकर समस्या सुलझानी चाहिए।"

"क्यों? आज किसलिए मेरी ज़रूरत पड़ गयी?"

"तुमने अब एक शब्द भी और कहा तो मैं ज़बान खींच लूँगा। और रीतू को लेकर ऊपर आ रहा हूँ। उससे अभी कोई बात नहीं करनी है। हाँ, उसका कमरा ठीक करवाओ।"

मिसेज़ गोयनका रिसीवर पटककर उठ खड़ी हुईं। एक अबूझ-सी सुखद उत्तेजना! पता नहीं, क्यों उत्तेजित स्थितियाँ, झगड़ा, झमेला उन्हें हमेशा अच्छा लगता है। उनको लगता मानो वे अभी जीवित हैं और इस परिवार को उनकी ज़रूरत है। लेकिन यह रीतू? रीतू ऐसे कैसे आ गयी?

क्या बात हो गयी? सामने से प्रेमा आती दिखी...प्रेमा से तो कहूँ। घर की बड़ी बहू है, लेकिन प्रेमा मुझ पर हँसेगी नहीं? जैसे ये मेरे वश में नहीं वैसे रीतू भी पति के मामले में कमज़ोर निकली। बेटे तो दोनों ही अपनी-अपनी बहुओं के इशारे पर नाचते हैं। एक मेरी रीतू को ही हारना था? और समाज? क्या कहेगा समाज? बेटी ससुराल से वापस आ गयी। कोडरमा वालों को मैं क्या मुँह दिखाऊँगी?

प्रेमा कुछ बोले इससे पहले वे मानो दौड़ती हुई कमरे में चली गयीं। नहीं!... अभी नहीं...!! अभी पूरी बात समझे बिना किसी से कुछ नहीं कहना है और रीतू कौन-सी हमेशा के लिए वापस आ गयी है। मैं उसे दो-एक दिन में वापस भेज कर मानूँगी। कहीं ऐसे घर छोड़ा जाता है? बिल्कुल बेवकूफ़ है यह रीतू। यह सब इनके कारण हुआ है। जो बात आज तक मैंने नहीं सुनी वही सब कुछ मेरे घर में घट रहा है।

कमरे में मिसेज़ गोयनका इधर-से-उधर चहलक़दमी कर रही थीं। उनके दोनों हाथ पीछे बँधे हुए थे और सिर सामने की ओर झुका हुआ। उनका सारा सोच इसी एक ही बात पर केन्द्रित था कि, भाइयों के बीच रीतू इस घर में कैसे निभायेगी? बिना बात के खटपट होगी कि नहीं। और फिर बाप और बेटी एक तरफ़, मैं एक तरफ़। बाप और बेटी को शह मिलेगी रमा से, मैं जानती नहीं क्या? रमा के आधुनिक विचार। वह तो पहले से ही कह रही थी कि जीजी रीतू और कुणाल के बीच अब घृणा की दीवार बहुत ऊँची होती जा रही है। उसने तो रीतू से यह भी कहा था कि रीतू या तो तुम ठीक से अपनी भूमिका निभाओ और नहीं तो सम्मान के साथ दूसरी राह का चुनाव करो। मैंने ही न रीतू को समझाया था कि कभी रमा की बातों में मत आ जाना। मेरी ओर देख! क्या कर लिए तेरे पापा! अरे ऐसे प्रेम-प्रसंगों को भला समाज कभी स्वीकारता है, फिर कुणाल जिस औरत से उलझा है वह तो खुद विवाहिता है। एक बच्चे की माँ है, थोड़ा सहन करके चलोगी तो क्या बिगड़ जायेगा? लेकिन अरे मेरी माँ, रीतू ने ही तो रो-रो कर क्या कुछ नहीं सुनाया।

"सहन कहो, सहन करो! मैं नहीं आपकी जैसी सहन करने वाली, भीतर ही भीतर जलो, कुढ़ो और ऊपर से हँसने का नाटक करो।"

"तो तू क्या कर लेगी?"

"देखा जायेगा। लेकिन मेरे से यह सब नाटकबाज़ी नहीं स्वीकारी जाती। मम्मी, आप समझती क्यों नहीं? आपके और पापा के बीच कभी प्यार था ही नहीं। सुहागरात के दिन ही तो पापा कमरे से बाहर निकल गये थे।" मैं तो एकदम चौंक गयी थी, यह सब बातें रीतू को किसने बतायीं, ज़रूर इनका या रमा का काम होगा। लेकिन मैं कुछ बोलूँ इससे पहले ही वह बोलती चली गयी थी।

"मेरी और कुणाल की शादी...।" वह फिर रोने लगी थी, "मम्मी हम लोगों के बीच परफ़ेक्ट लव था। कुणाल कभी एक दिन मेरे बिना खाना नहीं खाता था। मेरा सिर भी दुखे तो ऑफ़िस नहीं जाता था और आज वह व्यक्ति किसी दूसरी औरत के साथ!"

"आँख बन्द करके चला कर।"

"कहाँ तक आँखें बन्द करूँ? मम्मी आप ही बोलिए, कहाँ तक? वह आधी-आधी रात तक तो फ़ोन में बात करती रहती है, सवेरे लोधी गार्डन में सबके सामने कुणाल के साथ घूमती है। मम्मी कितना ह्यूमिमलियेटिंग लगता है, आप नहीं समझ सकतीं। वह मेरे ससुरजी के सामने तक तो संकोच नहीं करती। खुद कांटेसा चलाकर आती है और सबकी आँखों के सामने से...। विश्वास कीजिए मम्मी, सबकी आँखों के सामने, कुणाल को बगल में बैठा कर निकल जाती है। उस औरत का पति भी न मालूम किस मिट्टी का लोंदा है कि कुछ भी नहीं बोलता।"

"और उसके घरवाले?"

"वह कहाँ अपने घरवालों की परवाह करती है। मम्मी वह बहुत बोल्ड है। पार्टी-वार्टी में सब जगह तो इनके साथ जाने लगी है।"

"तू क्यों नहीं जाती? तेरा अधिकार तो पहले है।"

"मेरे से नहीं होता, वह रानीजी सबके सामने नाचती रहें और मैं कोने में टुकुर-टुकुर खड़ी देखती रहूँ। सारे समाज से तो उसका परिचय है। किसको वह नहीं जानती?"

"ऐसे हारने से कैसे होगा! ऐसे रो-रोकर तो तेरा शरीर और सूख जायेगा।"

"क्या करूँ, मम्मी? आप ही बताइए? उस औरत के सामने तो मैं एकदम छोटी पड़ जाती हूँ।"

"सुन्दर तो तू भी है मेरी लाडो।"

"नहीं मम्मी। उसका ग्लैमर ही अलग है। वह बिल्कुल देखने में रति अग्निहोत्री की जैसी लगती है।"

"यह रति अग्निहोत्री कौन है?"

"फ़िल्म स्टार।"

"तो फ़िल्म स्टार जैसी औरत कितने दिन टिकेगी...? तू मेरी ओर देख इतने वर्षों से तेरे पापा को बाँध रखा है ना?"

"मम्मी, आप बार-बार अपनी बात क्यों ले आती हैं? आप लोगों की ज़िन्दगी की अलग मर्यादा है। फिर रमा आंटी की आहुति को आपकी उपलब्धि कैसे माना जाये? यहाँ तो वह औरत ज़रा-सा भी त्याग करने को तैयार नहीं।"

ख़ैर, पिछली बार तो ठीक से रीतू को समझा दिया था। लेकिन इस बार? इस बार न जाने क्या हुआ और वह भी रीतू का यों बिना कुछ कहे-सुने अकेले चले आना। ज़रूर कोई बड़ी बात हुई है। लेकिन ये लोग नीचे ही बैठे रहेंगे क्या? ऊपर क्यों नहीं आ जाते?

तब तक मिसेज़ गोयनका को मिस्टर गोयनका का परेशान, बुझा हुआ चेहरा दिखा, साथ में रीतू थी। पीछे-पीछे प्रेमा। बहू को देखते ही मिसेज़ गोयनका को काठ मार गया। नहीं बहुओं के सामने पंचायती नहीं होनी चाहिए। उन्होंने तुरन्त प्रेमा से कहा—"प्रेमा, महाराज जी से भोजन की तैयारी करने को कहो। और हाँ, सपना से कहो, रीतू जीजी के कमरे में एयरकंडीशन चला दे और बेड ठीक करे!"

"रीतू जीजी आयी हैं? ऐसे अचानक?" प्रेमा पूछे बिना नहीं रह सकी।

"अचानक नहीं बेटा। सुबह उसका फ़ोन आया था, मैं तो तुम लोगों को बताना भूल गयी थी।"

"तो एयरपोर्ट कौन गया था? रीतू जीजी को लेने?"

"तेरे पापा।"

"अच्छा!" प्रेमा ने गहरी आँखों से अपनी सास की ओर देखा और

सोचने लगी, जैसे मैं जानती ही नहीं कि रीतू जीजी क्यों आयी हैं? पर मम्मी इतने भोलेपन से झूठ कैसे बोल लेती हैं?

प्रेमा के जाते ही उन्होंने सोचा, प्रेमा कुछ ज़्यादा ही समझती है। इससे कुछ छुपा थोड़े ही है। स्मिता ने कल ही तो कहा था, "मम्मी, भाभी, रीतू जीजी की बहुत बुराई कर रही थीं। कह रही थीं कि उनको बिल्कुल अकल नहीं है। बुरा तो मुझे बहुत लगा लेकिन मैं चुप लगा गयी, चुप रहने में ही भलाई है। दोनों तरफ़ भावज लगती हैं।"

मेरा तो सिर भन्ना जाता है। किसी सुनूँ और किसी भूलूँ? अब वे बेटी की ओर पलटीं। मिस्टर गोयनका कुछ बोले इससे पहले ही रीतू ने कहा—"देखिए मम्मी, मुझसे कुछ मत पूछियेगा। बस मैं कुछ दिनों के लिए आयी हूँ, फिर अलग फ़्लैट लेकर रहूँगी।" उत्तर से पहले ही मिस्टर गोयनका नें बेटी से कहा—"रीतू बेटा, तुम अपने कमरे में जाओ, कल सुबह बात करेंगे।"

रीतू के जाते ही कमरे में भूचाल था।

"सब तुम्हारी करनी से हुआ है।"

"इसमें मेरी क्या ग़लती है?"

"तुम्हीं तो रीतू को समझाती रहीं, जमी रहो वहाँ ससुराल की देहरी पर। शीतला माई-सी जमी रहो। जब कुणाल घर से बाहर रहने लगा था, दीवाली-होली पर भी घर पर खाना नहीं खाता था, तब भी तुमको होश नहीं आया। रीतू की सास ने भी तुमसे कहा था कि रीतू को कुछ दिनों के लिए बुला लीजिए। लेकिन तुम्हारा यह दकियानूसीपना, तुम्हारी ज़िद कि रीतू वहाँ से हटी नहीं कि वह दूसरी औरत राजधानी मेल-सी धड़धड़ाती हुई घर में चली आयेगी।"

"लेकिन आज क्या बात हुई?"

"बात क्या होनी थी? दोपहर को कुणाल घर पर आया और उसने रीतू से कहा, तुमसे बात करनी है, कमरे में चलो। कमरा बन्द करते ही वह ग़ुस्से में चिंघाड़ता हुआ रीतू पर झपटा। गाली-गलौज, मार-पीट। रीतू के गले पर तो हाथ रख ही चुका था। यह तो ख़ैरियत थी कि दोपहर का समय था और बगल के कमरे में रीतू की सास थी। नहीं तो आज मेरी रीतू नहीं बचती।"

"लेकिन रीतू ने घर क्यों छोड़ा?"

"क्यों?" उनकी आँखें विस्फारित थीं।

"हाँ और क्या, ठीक कह रही हूँ। पति ज़रा-सा हाथ उठा दे तो औरत घर छोड़ दे?"

"ओह! तुम चुप करो तो, मुझे ज़रा सोचने दो। मैं कुणाल को जेल में बन्द करवा के मानूँगा।"

"जो मन में आये करिए!" कहते हुए मिसेज़ गोयनका सोफ़े में धँस कर हाँफने लगीं–"हे रामजी सारा झमेला मेरे ही घर में क्यों होता है? और कौन सँभालेगा इतनी बड़ी ब्याही हुई बेटी को।"

"मम्मी चलिए उठिए, खाना खा लीजिए।" प्रेमा के स्वर में अपनी निरीह सास के प्रति असीम प्यार था। उन्होंने कृतज्ञ दृष्टि से बहू की ओर देखते हुए कहा, "तुम लोग खा लो बेटा! मेरे से तो नहीं खाया जायेगा।"

"आपके खाना नहीं खाने से तो रीतू जीजी भी नहीं खायेंगी।"

तब तक बाथरूम से निकलते हुए मिस्टर गोयनका बोले, "अब तुम अपनी नाटकबाज़ी बन्द करो तो...।"

"हाँ, मैं नाटक करती हूँ न!"

"पापाजी यह लड़ने का समय नहीं है ना, इससे समस्या तो सुलझेगी नहीं।"

"तब तुम लोग क्यों नहीं इस औरत को समझार्ती। अच्छा प्रेमा कुणाल ने जैसा व्यवहार रीतू के साथ किया, वैसा ही यदि उमेश तुम्हारे साथ करता तो तुम क्या करतीं? अपने माँ-बाप से तुम्हारी क्या अपेक्षा होती?"

"मैं...? मैं तो पापाजी एक दिन क्या एक मिनट भी इस घर में उमेश के साथ नहीं रहती।"

"तुम नहीं सहतीं ना?"

"एकदम नहीं। सवाल ही नहीं उठता है।"

"तब तुम लोग रीतू की पीड़ा समझने की चेष्टा करो। जो व्यवहार तुम नहीं सह सकतीं, वैसी सहनशक्ति की अपेक्षा दूसरों से मत करो।"

प्रेमा की गर्दन झुकी हुई थी।

"लेकिन मैंने आपको पच्चीस वर्ष सहन किया है।" मिसेज़ गोयनका का इतराया हुआ स्वर था।

"क्या सहन किया तुमने, बोलो? जितना उत्पात करना चाहिए था तुम कर चुकीं। मैं भावनात्मक रूप से चाहे कहीं भी जुड़ा रहा, लेकिन मैंने कभी पत्नीत्व के हक़ से तुम्हें वंचित किया? तुम्हारे बच्चों से तुम्हें दूर हटाया? तुम्हें रुपये-पैसे की तकलीफ़ दी?"

"जैसे इसी से सब कुछ हो जाता है?"

"तो इससे अधिक मैं तुम्हें कुछ दूँगा, इसका वादा न मैंने कभी किया और न ही करूँगा।"

"ओ...हो...! पापाजी आप लोग अब आपस में लड़ने लगे। चलिए, उठिए!"

"नहीं मैं नहीं जाऊँगी, ये जो मन में आता है, बक देते हैं। वह भी सबके सामने।"

"अच्छा बाबा, चलो देवी जी! तुम्हारे हाथ जोड़ता हूँ, चलो...।"

मिस्टर गोयनका दाँत किटकिटाते हुए बोले।

मिसेज़ गोयनका रात को सो नहीं पा रही थीं। बरसती हुई आँखें पूछ रही थीं, क्या सच में सम्बन्ध टूट गया? क्या ऐसे सम्बन्ध टूटा करते हैं? और, ये भी बेचारे क्या करें? बेटी का दुख किस बाप से देखा जाता है। और, शाहजी ने फ़ोन भी नहीं किया। अजीब हैं रीतू के ससुराल वाले! क्या मैंने उन्हें मुफ़्त में बेटी को सौंपा था? लेकिन रीतू कैसे रहेगी, यहाँ पर? अकेली पहाड़-सी ज़िन्दगी कैसे कटेगी? पता नहीं, इस रीतू के दिमाग़ को क्या हो गया। बस, एक ही बात की रट लगाये रखती है, "मम्मी, कुणाल मुझसे प्यार नहीं करता। वह किसी और का है।" रीतू को समझा नहीं पाती कि बिना सात फेरे के कोई किसी का हो ही नहीं सकता। ये कितना भी रमा-रमा करें, लेकिन हैं तो मेरे ही। मिसेज़ गोयनका को अचानक पति पर ढेर-सा प्यार उमड़ आया। ठीक वैसे ही जैसे उमेश या रमेश के प्रति उमड़ आया करता है। उन्होंने अपनी ठण्डी गुदाज हथेली हलके से पति के सिर पर रखी। मिस्टर गोयनका अँधेरे में उठ बैठे। फिर बेडलाइट जलाते हुए बोले, "क्या हुआ, तुम सोयी नहीं?"

"आप भी तो नहीं सोये?"

"क्या करूँ? समझ में नहीं आ रहा? अपमान से मेरा रोम-राम जल रहा है। मैं सब सालों को जेल भिजवाकर मानूँगा।"

"गुस्सा थूक दीजिए और समझ से काम लीजिए। कोर्ट-कचहरी करेंगे तो ख़ाली उनकी इज़्ज़त उछलेगी? लोग रीतू में दोष नहीं निकालेंगे?"

"क्या कमी है मेरी बेटी में?"

"यही तो मैं भी नहीं समझ पाती। जहाँ तक मेरा सवाल है, मैं तो गँवार थी, पढ़ी-लिखी नहीं थी।"

"फिर तुम अपना रोना रोने लगीं। चुप करो तो, मुझे ज़रा सोचने दो।"

"क्या सोचने दूँ?"

"यही कि रीतू को कैसे सेटल किया जाये। वह ससुराल तो वापस जाने से रही।"

"तब यहाँ कैसे निभायेगी, भाइयों के घर में? और मुन्ना? वह तो दादा-दादी को छोड़कर यहाँ आने से रहा।"

"अच्छा, अब सो जाओ।"

"आप सो जाइए। मेरे से नहीं सोया जायेगा।"

और रात सच में ही आँखों में ही बीती थी। सुबह नाश्ते की मेज़ पर सबके सामने उनसे नाश्ता भी नहीं किया गया। सभी उदास थे, लेकिन रीतू के प्रति व्यवहार में सभी सजग। मिसेज़ गोयनका बार-बार अपनी घड़ी देख रही थीं। आज दस बजने का नाम नहीं ले रहे थे। ख़ैर, दस बजते ही पहले मिस्टर गोयनका सीढ़ियाँ उतरे, पीछे-पीछे मिसेज़ गोयनका। वे अपने ऑफ़िस की ओर मुड़े और मिसेज़ गोयनका रमा के ऑफ़िस की ओर।

"आइए जीजी।"

"तुमसे सलाह करनी है।"

"किसके बारे में? रीतू के बारे में?"

"हाँ, क्या करना चाहिए?"

"आप मेरी राय माँग रही हैं?"

"हाँ।"

"लेकिन सवाल रीतू की अपनी ज़िन्दगी का है। क्या अच्छा नहीं होगा कि वह स्वयं अपना निर्णय ले।"

मिसेज़ गोयनका को लगा कि रमा उनका मखौल उड़ा रही है। रमा को लगा अब और राय देने की ज़रूरत क्या है? जब मैं बार-बार समझा रही थी कि रीतू को बुला लीजिए, यहाँ काम में लगा देंगे। कम-से-कम रीतू का आत्मविश्वास तो बचा रहेगा।

मगर औरत के आत्मविश्वास की चिन्ता है किसी को? क्या कभी यह भी सोचता है कि एक ही साथ कई-कई स्तरों में वह कितना-कितना टूटती है। और रीतू का यह टूटना किसलिए? अपना घर बचाने के लिए? चारों ओर से बस एक ही सलाह—न रीतू, तुम लड़ती रहो। आख़िरी दम तक लड़ती रहो लेकिन घर मत छोड़ो। घर? औरत का कब कौन-सा घर हुआ है? वह रीतू के पति का घर है, यह पिता का, फिर भाइयों का।

"क्या हुआ रमा! तुम इतनी चुप क्यों हो?"

"कुछ नहीं जीजी, बस कुछ समझ में नहीं आ रहा।"

"देखो रमा, मैं रीतू से यही कहूँगी कि ससुराल वापस चली जाये, अपने पति के पैर पकड़कर माफ़ी माँग ले, कह दे मुझसे भूल हुई।"

"क्या?"

"हाँ, और क्या! इसी में सबकी भलाई है।"

"मुझसे क्या करने के लिए कहती हैं?" रमा के स्वर में थकान थी।

"तुम रीतू को समझाओ ताकि वह कुणाल के पास वापस चली जाये।"

"कुणाल से पिटकर भी? और कल दोपहर से अब तक दिल्ली से उसके सास-ससुर ने फ़ोन भी नहीं किया! और उसके बाद भी रीतू को समझाया जाये कि वापस चली जाओ।"

"रमा, तुम समझती क्यों नहीं कि जवान बेटी छाती पर बैठी अच्छी नहीं लगेगी। और क्या हुआ, यदि पुरुष ने ज़रा-सी चपत लगा ही दी..."

"सवाल मारपीट का नहीं, सवाल तो रीतू और कुणाल के बीच किसी और की उपस्थिति का है। उसके प्रेम के टूटने का है।"

"हाँ, इस ओर तो मेरा ध्यान गया ही नहीं। रीतू उस दूसरी औरत को स्वीकार नहीं पा रही। यदि स्वीकार कर लेती तो घर बना रहता।"

कहती हुई मिसेज़ गोयनका उठ खड़ी हुईं। रमा को मिसेज़ गोयनका का नाटा क़द आज ज़रा ऊँचा लगा। यथास्थिति के पोषक कितने सुखी हैं। कहीं कोई ख़तरा नहीं। ख़तरा तो मैं जो बोलती हूँ, उसमें है। लेकिन क्या हम लोग पढ़े-लिखे हैं? इलाइटेड होने का दावा करें? अपनी बेटी को नहीं सँभाल सकते और दुनिया-जहान की बेटियों की बातें करें? छिः! यह कैसा समाज है? औरत बस खटाल में बँधी गाय की तरह डकराती रहे। ख़ुद मैंने ही क्या किया अपनी ज़िन्दगी में? एक अफेयर और वह भी कितना अधकचरा? बस, दो पैसे कमाये और स्टेपनी की तरह सेठ की गाड़ी में पड़ी रही, वक़्त-ज़रूरत काम पर आने के लिए। मगर क्या? किसने कहा था तुमसे? किसी ने नहीं। लेकिन क्या औरत की ज़िन्दगी सिर्फ़ पुरुष की तलाश बन कर रह जाये? अपने-आप में उसकी कोई सार्थकता नहीं? अकेली औरत क्या समाज का कोई उपयोगी हिस्सा नहीं बन सकती? लेकिन औरत आज अकेली होती जा रही है। शादियाँ टूटती जा रही हैं। परिवार बिखर रहे हैं, बच्चे साथ नहीं देते। वह क्या करे? किसके पास जाये? और रमा फिर अपनी फ़ाइलों में खो गयी।

शाम को मिस्टर गोयनका दिल्ली से फ़ोन का इन्तज़ार करते रहे। बड़बड़ाते रहे, हवा में मुट्ठियाँ उछालते रहे। लेकिन ढलते हुए सूरज के साथ उनके ग़ुस्से की तपिश भी कम होती जा रही थी। शाम के घिरते हुए अँधेरे के साथ वे एकदम से सिहर उठे, हथेलियाँ पसीज गयीं। उन्हें लगा मानो उनकी छाती को कोई रस्सी से बाँधे चला जा रहा है। एक अजीब-सी जकड़न का अहसास। बायीं ओर सीने में भीतर, गहरे बहुत गहरे मानो कोई पिन चुभाता जा रहा है। आह! यह कैसी पीड़ा। बायीं हथेली से छाती को मसलते हुए वे उठ कर अपनी स्टडी में जा बैठे। घड़ी देखी सात बज रहे हैं। उनका वकील दोस्त साढ़े सात बजे आयेगा। वे सोचने लगे आधा घण्टा क्या करूँ? रमा कहाँ होगी? अपने ऑफ़िस में या फिर अपने फ़्लैट में चली गयी? रीतू के कारण मेरे और रमा के बीच भी दूरी बढ़ती चली गयी। अब कहाँ रमा मेरी प्रतीक्षा करती है, आँखों की चमक न जाने क्यों धुँधली हो गयी। लेकिन रमा तो अब कोई शिकायत नहीं करती। कभी नहीं कहती कि आपके बिना मैं अधूरी हूँ। बस अपने काम में पूरी तरह जुटी रहती है,

"लेकिन सवाल रीतू की अपनी ज़िन्दगी का है। क्या अच्छा नहीं होगा कि वह स्वयं अपना निर्णय ले।"

मिसेज़ गोयनका को लगा कि रमा उनका मखौल उड़ा रही है। रमा को लगा अब और राय देने की ज़रूरत क्या है? जब मैं बार-बार समझा रही थी कि रीतू को बुला लीजिए, यहाँ काम में लगा देंगे। कम-से-कम रीतू का आत्मविश्वास तो बचा रहेगा।

मगर औरत के आत्मविश्वास की चिन्ता है किसी को? क्या कभी यह भी सोचता है कि एक ही साथ कई-कई स्तरों में वह कितना-कितना टूटती है। और रीतू का यह टूटना किसलिए? अपना घर बचाने के लिए? चारों ओर से बस एक ही सलाह—न रीतू, तुम लड़ती रहो। आख़िरी दम तक लड़ती रहो लेकिन घर मत छोड़ो। घर? औरत का कब कौन-सा घर हुआ है? वह रीतू के पति का घर है, यह पिता का, फिर भाइयों का।

"क्या हुआ रमा! तुम इतनी चुप क्यों हो?"

"कुछ नहीं जीजी, बस कुछ समझ में नहीं आ रहा।"

"देखो रमा, मैं रीतू से यही कहूँगी कि ससुराल वापस चली जाये, अपने पति के पैर पकड़कर माफ़ी माँग ले, कह दे मुझसे भूल हुई।"

"क्या?"

"हाँ, और क्या! इसी में सबकी भलाई है।"

"मुझसे क्या करने के लिए कहती हैं?" रमा के स्वर में थकान थी।

"तुम रीतू को समझाओ ताकि वह कुणाल के पास वापस चली जाये।"

"कुणाल से पिटकर भी? और कल दोपहर से अब तक दिल्ली से उसके सास-ससुर ने फ़ोन भी नहीं किया! और उसके बाद भी रीतू को समझाया जाये कि वापस चली जाओ।"

"रमा, तुम समझती क्यों नहीं कि जवान बेटी छाती पर बैठी अच्छी नहीं लगेगी। और क्या हुआ, यदि पुरुष ने ज़रा-सी चपत लगा ही दी..."

"सवाल मारपीट का नहीं, सवाल तो रीतू और कुणाल के बीच किसी और की उपस्थिति का है। उसके प्रेम के टूटने का है।"

"हाँ, इस ओर तो मेरा ध्यान गया ही नहीं। रीतू उस दूसरी औरत को स्वीकार नहीं पा रही। यदि स्वीकार कर लेती तो घर बना रहता।"

कहती हुई मिसेज़ गोयनका उठ खड़ी हुईं। रमा को मिसेज़ गोयनका का नाटा क़द आज ज़रा ऊँचा लगा। यथास्थिति के पोषक कितने सुखी हैं। कहीं कोई ख़तरा नहीं। ख़तरा तो मैं जो बोलती हूँ, उसमें है। लेकिन क्या हम लोग पढ़े-लिखे हैं? इलाइटेड होने का दावा करें? अपनी बेटी को नहीं सँभाल सकते और दुनिया-जहान की बेटियों की बातें करें? छिः! यह कैसा समाज है? औरत बस खटाल में बँधी गाय की तरह डकराती रहे। ख़ुद मैंने ही क्या किया अपनी ज़िन्दगी में? एक अफेयर और वह भी कितना अधकचरा? बस, दो पैसे कमाये और स्टेपनी की तरह सेठ की गाड़ी में पड़ी रही, वक़्त-ज़रूरत काम पर आने के लिए। मगर क्या? किसने कहा था तुमसे? किसी ने नहीं। लेकिन क्या औरत की ज़िन्दगी सिर्फ़ पुरुष की तलाश बन कर रह जाये? अपने-आप में उसकी कोई सार्थकता नहीं? अकेली औरत क्या समाज का कोई उपयोगी हिस्सा नहीं बन सकती? लेकिन औरत आज अकेली होती जा रही है। शादियाँ टूटती जा रही हैं। परिवार बिखर रहे हैं, बच्चे साथ नहीं देते। वह क्या करे? किसके पास जाये? और रमा फिर अपनी फ़ाइलों में खो गयी।

शाम को मिस्टर गोयनका दिल्ली से फ़ोन का इन्तज़ार करते रहे। बड़बड़ाते रहे, हवा में मुट्ठियाँ उछालते रहे। लेकिन ढलते हुए सूरज के साथ उनके ग़ुस्से की तपिश भी कम होती जा रही थी। शाम के घिरते हुए अँधेरे के साथ वे एकदम से सिहर उठे, हथेलियाँ पसीज गयीं। उन्हें लगा मानो उनकी छाती को कोई रस्सी से बाँधे चला जा रहा है। एक अजीब-सी जकड़न का अहसास। बायीं ओर सीने में भीतर, गहरे बहुत गहरे मानो कोई पिन चुभाता जा रहा है। आह! यह कैसी पीड़ा। बायीं हथेली से छाती को मसलते हुए वे उठ कर अपनी स्टडी में जा बैठे। घड़ी देखी सात बज रहे हैं। उनका वकील दोस्त साढ़े सात बजे आयेगा। वे सोचने लगे आधा घण्टा क्या करूँ? रमा कहाँ होगी? अपने ऑफ़िस में या फिर अपने फ़्लैट में चली गयी? रीतू के कारण मेरे और रमा के बीच भी दूरी बढ़ती चली गयी। अब कहाँ रमा मेरी प्रतीक्षा करती है, आँखों की चमक न जाने क्यों धुँधली हो गयी। लेकिन रमा तो अब कोई शिकायत नहीं करती। कभी नहीं कहती कि आपके बिना मैं अधूरी हूँ। बस अपने काम में पूरी तरह जुटी रहती है,

"लेकिन सवाल रीतू की अपनी ज़िन्दगी का है। क्या अच्छा नहीं होगा कि वह स्वयं अपना निर्णय ले।"

मिसेज़ गोयनका को लगा कि रमा उनका मखौल उड़ा रही है। रमा को लगा अब और राय देने की ज़रूरत क्या है? जब मैं बार-बार समझा रही थी कि रीतू को बुला लीजिए, यहाँ काम में लगा देंगे। कम-से-कम रीतू का आत्मविश्वास तो बचा रहेगा।

मगर औरत के आत्मविश्वास की चिन्ता है किसी को? क्या कभी यह भी सोचता है कि एक ही साथ कई-कई स्तरों में वह कितना-कितना टूटती है। और रीतू का यह टूटना किसलिए? अपना घर बचाने के लिए? चारों ओर से बस एक ही सलाह—न रीतू, तुम लड़ती रहो। आख़िरी दम तक लड़ती रहो लेकिन घर मत छोड़ो। घर? औरत का कब कौन-सा घर हुआ है? वह रीतू के पति का घर है, यह पिता का, फिर भाइयों का।

"क्या हुआ रमा! तुम इतनी चुप क्यों हो?"

"कुछ नहीं जीजी, बस कुछ समझ में नहीं आ रहा।"

"देखो रमा, मैं रीतू से यही कहूँगी कि ससुराल वापस चली जाये, अपने पति के पैर पकड़कर माफ़ी माँग ले, कह दे मुझसे भूल हुई।"

"क्या?"

"हाँ, और क्या! इसी में सबकी भलाई है।"

"मुझसे क्या करने के लिए कहती हैं?" रमा के स्वर में थकान थी।

"तुम रीतू को समझाओ ताकि वह कुणाल के पास वापस चली जाये।"

"कुणाल से पिटकर भी? और कल दोपहर से अब तक दिल्ली से उसके सास-ससुर ने फ़ोन भी नहीं किया! और उसके बाद भी रीतू को समझाया जाये कि वापस चली जाओ।"

"रमा, तुम समझती क्यों नहीं कि जवान बेटी छाती पर बैठी अच्छी नहीं लगेगी। और क्या हुआ, यदि पुरुष ने ज़रा-सी चपत लगा ही दी..."

"सवाल मारपीट का नहीं, सवाल तो रीतू और कुणाल के बीच किसी और की उपस्थिति का है। उसके प्रेम के टूटने का है।"

"हाँ, इस ओर तो मेरा ध्यान गया ही नहीं। रीतू उस दूसरी औरत को स्वीकार नहीं पा रही। यदि स्वीकार कर लेती तो घर बना रहता।"

कहती हुई मिसेज़ गोयनका उठ खड़ी हुईं। रमा को मिसेज़ गोयनका का नाटा क़द आज ज़रा ऊँचा लगा। यथास्थिति के पोषक कितने सुखी हैं। कहीं कोई ख़तरा नहीं। ख़तरा तो मैं जो बोलती हूँ, उसमें है। लेकिन क्या हम लोग पढ़े-लिखे हैं? इलाइटेड होने का दावा करें? अपनी बेटी को नहीं सँभाल सकते और दुनिया-जहान की बेटियों की बातें करें? छिः! यह कैसा समाज है? औरत बस खटाल में बँधी गाय की तरह डकराती रहे। ख़ुद मैंने ही क्या किया अपनी ज़िन्दगी में? एक अफेयर और वह भी कितना अधकचरा? बस, दो पैसे कमाये और स्टेपनी की तरह सेठ की गाड़ी में पड़ी रही, वक़्त-ज़रूरत काम पर आने के लिए। मगर क्या? किसने कहा था तुमसे? किसी ने नहीं। लेकिन क्या औरत की ज़िन्दगी सिर्फ़ पुरुष की तलाश बन कर रह जाये? अपने-आप में उसकी कोई सार्थकता नहीं? अकेली औरत क्या समाज का कोई उपयोगी हिस्सा नहीं बन सकती? लेकिन औरत आज अकेली होती जा रही है। शादियाँ टूटती जा रही हैं। परिवार बिखर रहे हैं, बच्चे साथ नहीं देते। वह क्या करे? किसके पास जाये? और रमा फिर अपनी फ़ाइलों में खो गयी।

शाम को मिस्टर गोयनका दिल्ली से फ़ोन का इन्तज़ार करते रहे। बड़बड़ाते रहे, हवा में मुट्ठियाँ उछालते रहे। लेकिन ढलते हुए सूरज के साथ उनके ग़ुस्से की तपिश भी कम होती जा रही थी। शाम के घिरते हुए अँधेरे के साथ वे एकदम से सिहर उठे, हथेलियाँ पसीज गयीं। उन्हें लगा मानो उनकी छाती को कोई रस्सी से बाँधे चला जा रहा है। एक अजीब-सी जकड़न का अहसास। बायीं ओर सीने में भीतर, गहरे बहुत गहरे मानो कोई पिन चुभाता जा रहा है। आह! यह कैसी पीड़ा। बायीं हथेली से छाती को मसलते हुए वे उठ कर अपनी स्टडी में जा बैठे। घड़ी देखी सात बज रहे हैं। उनका वकील दोस्त साढ़े सात बजे आयेगा। वे सोचने लगे आधा घण्टा क्या करूँ? रमा कहाँ होगी? अपने ऑफ़िस में या फिर अपने फ़्लैट में चली गयी? रीतू के कारण मेरे और रमा के बीच भी दूरी बढ़ती चली गयी। अब कहाँ रमा मेरी प्रतीक्षा करती है, आँखों की चमक न जाने क्यों धुँधली हो गयी। लेकिन रमा तो अब कोई शिकायत नहीं करती। कभी नहीं कहती कि आपके बिना मैं अधूरी हूँ। बस अपने काम में पूरी तरह जुटी रहती है,

बल्कि काम में मेरा ही मन नहीं लगता। मन लगे भी तो कैसे? मेरी किसी को ज़रूरत ही कहाँ रही? बेटे अपना व्यापार सँभाल रहे हैं। रमा ने अपनी फ़ैक्टरी अलग कर ली है। अपना सोशल सर्कल भी अलग, छुट्टियाँ भी अलग। मेरे प्रति उसके व्यवहार में उपेक्षा नहीं, बस शिथिलता आ गयी है।

"बाबू, वकील साहब आये हैं।" महेन्दर की आवाज़ से मिस्टर गोयनका चौंक उठे, "अरे, साढ़े सात बज गये और मुझे पता ही नहीं चला।"

"क्या पता नहीं चला?" कहते हुए उनका वकील दोस्त भीतर आ गया। बात शुरू हो गयी बिना किसी औपचारिकता के।

"तुम क्या करना चाहते हो?"

"तलाक़! यार, तुम रीतू का तलाक़ करवाओ ताकि उसकी दूसरी शादी करके मैं निश्चिन्त हो सकूँ।"

"और रीतू यदि तलाक़ नहीं देना चाहे?"

"उसे डराओ-धमकाओ, जैसे भी हो, जिस तरह भी हो। अपने को यह काम करना है। एक अकेली औरत कैसे दुनिया में रहेगी? तुम जानते हो मेरी श्रीमतीजी का हाल? वे बस भल्ल-भल्ल रोना जानती हैं। कुछ कर तो सकती नहीं और मेरे बाद ये दोनों बेटे रीतू का कुछ करने से रहे।"

"लेकिन रीतू अभी ट्रॉमा में है। अभी उस पर किसी भी तरह का दबाव डालना ग़लत होगा।"

मिस्टर गोयनका ने चिढ़कर अपने वकील दोस्त की ओर देखा—"साला, एक नम्बर का औरतबाज़ है। रोज़ नयी लड़कियों को लेकर घूमता है। पता नहीं, कहाँ-कहाँ से जुटाता रहता है। और, यहाँ चला आया है मुझे लेक्चर देने!"

"मैं जानता हूँ, तुम अभी मेरे बारे में बहुत घटिया बात सोच रहे हो।" वकील दोस्त ने हँसते हुए कहा।

"नहीं...नहीं...तो।" वे हकला उठे।

"घबराओ नहीं। मेरे पास दो तराज़ू हैं। एक घर के लिए और दूसरा बाहर के लिए। रीतू मेरी बेटी है। अपने ऐसा तो कुछ नहीं कर सकते जिससे रीतू का नाम अख़बारों में उछल जाये। अपने अभी कुछ भी करने में असमर्थ है। कहो तो मैं सारे परिवार के नाम पुलिस केस कर दूँ। लेकिन इससे फ़ायदा...?

कल अपनी रीतू से कौन ब्याह करेगा? लोग तुमसे सहमेंगे नहीं? तुम क्या सोचते हो, ख़ाली अपने पक्ष में बोलने वाले लोग हैं? उनके साथ कोई नहीं?"

"फिर क्या करना चाहिए?" मिस्टर गोयनका की डूबती हुई आवाज़ थी।

"सोचने दे यार, ज़रा शान्ति से सोचने दे।" मुँह में पकौड़ी रखते हुए वह फिर बोले, "मैं बस यही सोच रहा हूँ कि अफ़ेयर तो एक आम बात हो गयी, हर घर की कहानी। ख़ासकर अपने समाज का जो ऊपरी तबका है न, वहाँ तो लड़का-लड़की दिन पर दिन उद्दण्ड होते जा रहे हैं।"

"तू कहना क्या चाह रहा है?" मिस्टर गोयनका के स्वर में बेसब्री थी। वे अभी इस वक़्त समाज के किसी भी विश्लेषण के लिए तैयार नहीं थे।

"मैं सोच रहा था कि क्यों नहीं एक बार अपने तीनों, यानी तुम, मैं और रमा बैठकर बातें करते। आख़िर रमा समझदार है, स्वतन्त्र विचारों की है। यानी मैं कहना चाहता था कि स्वावलम्बी स्त्री है। वह किसी पर बोझ नहीं है।"

"तो?" मिस्टर गोयनका को पता नहीं क्यों, इस समय रमा के बारे में ज़िक्र उठाना अच्छा नहीं लगा। उनको रमा के विचार पता थे। उसके कहे हुए वाक्य कानों में गूँज रहे थे, "आप लोग क्यों इस निरीह लड़की का जीवन उलझा रहे हैं? सम्बन्ध तो बिगड़ा हुआ था, आप सबको पता था। फिर रीतू का वहाँ ज़बर्दस्ती पड़े रहना और अब जब रीतू आ ही गयी तो आप लोग सोच रहे हैं कि कैसे जल्दी उससे पिण्ड छुड़ाया जाये।" लेकिन रीतू की उमर? रमा से आठ साल ही तो छोटी है, मगर देखने में कितनी कोमल लगती है। उफ़! इस मासूम से कुणाल ने ऐसा बदला लिया। बेटी, मेरी अपनी बेटी की ज़िन्दगी को अकेले सलीब पर टाँग दिया। वे फिर भीतर-ही-भीतर खौल उठे, "समाज का डर है, नहीं तो मैं...!"

"क्या सोचने लगे?" मुँह में एक और पकौड़ी डालते हुए वकील दोस्त ने पूछा।

"नहीं, बस ऐसे ही। रमा को इन पारिवारिक बातों में क्यों घसीटा जाये।" मिस्टर गोयनका ने थोड़ा संकोच से कहा।

"क्यों, वह तुम्हारे परिवार में नहीं?"

“होकर भी नहीं है, तुम यही समझो। उसने धीरे-धीरे अपने आपको सबसे काट लिया है। शायद उसको किसी की ज़रूरत नहीं, या फिर औरों को उसकी ज़रूरत नहीं।”

“यह शायद-शायद क्या लगा रखा है? साफ़-साफ़ क्यों नहीं बोलते यार? क्या रमा का कोई और चक्कर है? आख़िर औंरते अकेली रह तो सकतीं नहीं?”

“नहीं-नहीं, ऐसी कोई बात नहीं है। वह अपने आप में पूरी औरत है। उसके जीवन में मुझे पुरुष की कोई भूमिका ही नज़र नहीं आती। मैं उसे आख़िर क्या दे सकता हूँ?”

“मुक्ति, समझे मुक्ति! रमा जैसी स्त्री हमारी-तुम्हारी मुट्ठी में नहीं समा सकती।”

“क्यों?”

“रमा में देने की, किसी के लिए कुछ करने की अपार क्षमता है। फिर क्यों उसकी शक्ति तुम तक समर्पित होकर रह जाये? क्यों नहीं वह और बड़ा सामाजिक दायित्व सँभालती?”

“लगता है, तुमने व्हिस्की ज़्यादा पी ली। आज पहली बार तुम्हारे मुँह से रमा की प्रशंसा सुन रहा हूँ। नहीं तो हमेशा तुम्हारे मन में रमा के प्रति बेरुखी देखी है। तुमको उसकी स्वतन्त्रता अच्छी नहीं लगती थी।”

“अच्छा आज उठूँ। फिर किसी दिन बात करेंगे।”

“अरे, ऐसे कैसे? रीतू का क्या करना होगा?”

“तू भी यार ग़ज़ब की बात करता है? यह क्या तेरा ‘एक्साइज़’ या ‘सेल्स टैक्स’ का केस है? मानवीय रिश्तों की उलझन क्या है तुमने अब तक नहीं समझा।”

मिस्टर गोयनका ने असहाय नज़रों से अपने दोस्त की ओर देखा। उनको अचानक लगा मानो वे कुछ भी नहीं जानते। उनका वकील दोस्त पढ़ा-लिखा है, उसने दुनिया देखी है। क्या तभी वह रोज़ नयी-नयी लड़कियों को पटा लेता है। वे फिर सोचने लगे।

रात भर मिस्टर गोयनका को ठीक से नींद नहीं आयी। रीतू इतनी सुन्दर है। बत्तीस साल की उम्र भी भला कोई उम्र होती है? कैसे अकेले ज़िन्दगी काटेगी? कहीं इधर-उधर उलझ जायेगी तो और मुसीबत।

नहीं, मुझे उसकी शादी करनी है, किसी भी क़ीमत पर। चाहे दहेज में एक करोड़ ही क्यों न देना पड़े। लेकिन मुन्ना, रीतू का बेटा बारह साल का हो गया। मैं उसे गोद ले लूँगा। रीतू के ससुराल वालों को तो बच्चे से ऐसा कोई लगाव नहीं है। रीतू की सास तो पहले ही कह रही थी कि बच्चे को लेकर रीतू कुछ दिन कलकत्ता रहे। यह तो हमारी श्रीमतीजी नहीं मानीं। उस समय मान जातीं तो कितना अच्छा होता? रीतू की ऐसी दुर्दशा नहीं होती। दोस्त ने ठीक समझाया, मामला-मुक़दमा तो करो मत। बात दोनों तरफ़ उछाली जायेगी। चुपचाप म्यूचुअल सेटलमेंट। हाँ, बस यही ठीक है। कल सुबह ही रीतू से बात करूँगा। बस सारी समस्या का एक यही निदान हो सकता है रीतू की फिर से शादी।

उन्होंने सिरहाने की बत्ती जलायी, घड़ी रात के दो बजा रही थी। बगल में सोयी पत्नी की नाक बज रही थी। मन किया कि एक बार झकझोर कर उठा दें, लेकिन भीतर से तुरन्त ही मन ने कहा—अभी यह फिर रीतू का रोना रोने बैठ जायेगी।

उन्होंने 'कॉम्पोज़' की एक गोली और ली। बायीं ओर सीने में थोड़ी चुभन लगी, मानो कोई पिन चुभा रहा हो। कल डॉक्टर सेन से भी बात करनी पड़ेगी। कार्डियोग्राम करवा लेना चाहिए। यदि मुझे कुछ हो गया तो मेरी बेटी को कौन सँभालेगा। एक अनजाने भय से वे पसीना-पसीना हो गये। पत्नी की ओर देखा, वह वैसे ही खर्राटे भर रही थी। ऐसी त्रासदी में कोई कैसे सो लेता है? सोचते-सोचते ख़ुद मिस्टर गोयनका गहरी नींद में सो गये।

सुबह उठने में देर हो गयी। आज सुबह घूमने भी नहीं गये। मन भी नहीं किया। रीतू का वापस आना अपने आप में एक घटना है। भीतर-ही-भीतर झमेला चल रहा है, यह बात तो सभी को मालूम भी। किन्तु अब तो सब कुछ एक खुला खाता था, जिसका जितना मन हो उतने ऑकड़े गिन लो। लोग पूछे बिना मानेंगे नहीं, और ऐसे शर्मनाक हादसे के बारे में किसी से क्या कहा जाये?

कमरे में सबसे पहले चाय लेकर महेन्दर आया।

"बहूजी कहाँ हैं?"

"रीतू बाई के कमरे में!"

"क्या रीतू बाई उठ गयीं? दोनो को यहाँ बुला लाओ!"

"रीतू बाई तो सुबह से ही रो रही हैं। बहूजी समझा-बुझा रही हैं।"

"अरे मेरी रीतू रो रही है।" कहते हुए मिस्टर गोयनका तेज़ी से उठ खड़े हुए।

"बाबू आप बैठिए, हम बोल कर आते हैं।"

"नहीं-नहीं, तुम चाय रीतू के कमरे में लेकर आना।"

कमरे में जाते ही उन्होंने देखा, माँ की गोद में मुँह छुपाये रीतू फफक-फफककर रो रही है। पत्नी उसकी पीठ पर हाथ फेरते हुए समझा रही थीं। लेकिन आँखें तो उनकी भी बरस रही थीं।

"क्या हुआ? हमारी रानी बिटिया को, क्या हुआ?" कहते हुए मिस्टर गोयनका ने बेटी को गले से लगा लिया।

"यह कह रही है कि मम्मी मुन्ना को बुला दीजिए। मैं मुन्ना के बिना नहीं रह सकती।"

"मुन्ना कहाँ जायेगा? मुन्ना को तो यहाँ आना ही पड़ेगा। बच्चा भला माँ के बिना रह सकता है?"

"लेकिन पापा, मुन्ना कुणाल से बहुत जुड़ा हुआ है। अपनी दादी से भी। वह कलकत्ता नहीं आने का।"

"तुम ऐसा क्यों कह रही हो, बेटा तो आख़िर अपनी माँ का होगा न। क्या तुमने कभी मुन्ना से इस विषय में बात की थी?"

"हाँ, पापा तीन-चार दिन पहले ही मैंने मुन्ना से कहा था कि तुम डैडी के साथ मेरे बिना बाहर जाते हो मुझे अच्छा नहीं लगता, तब जानते हैं उसने क्या कहा—मम्मी तेरे को अच्छा लगे या न लगे। मैं तो तुम दोनों का ही कहा माना करूँगा और अलग-अलग तुम दोनों के साथ बाहर भी आऊँगा-जाऊँगा। लड़ाई तुम दोनों की है, मेरी नहीं। मैं तो दोनों को ही प्यार करता हूँ।"

"अच्छा, मुन्ना ने यह कहा। बारह वर्ष के बच्चे की इतनी बुद्धि, ज़रूर कुणाल ने उसका दिमाग़ ख़राब किया है।"

"पापा, मुन्ना तो कुणाल के पूरे वश में है। उसकी तो शिकायत मुझसे है कि मैंने क्यों नहीं 'एडजस्ट' किया। हर समय कहता रहता है—नानी को देखो, नानी ने कभी तुमको 'होमलेस' किया!"

खिड़की से आती धूप में मिसेज़ गोयनका का चेहरा चमक उठा। आँखों की कालिमा और गहरा उठी। उन्होंने एक नज़र पति की ओर डाली यह कहते हुए कि देखा और फिर बड़े ही मुलायम स्वर में रीतू से कहा, "रीतू बेटे, मुन्ने को तो वश में रखना चाहिए था? उसको ऐसे कुणाल के हवाले करना?"

रीतू की गर्दन झुक गयी। उसने धीरे-से कहा, "मम्मी, बच्चे के बिना रह लूँगी लेकिन उसको टुकड़ों में नहीं तोड़ूँगी। मुन्ना का अपने पिता के प्रति लगाव अच्छा है न। नहीं तो वह भी भैया लोगों की तरह उद्दण्ड हो जायेगा।"

"अभी इसका दिमाग़ ठीक नहीं।"

"अभी इसको ज़रा शान्त होने दीजिए। अपन फिर बात कर लेंगे।" मिसेज़ गोयनका ने बात की धार मोड़ते हुए कहा।

सब लोग उठ गये।

दूसरे दिन एक बैठक और हुई, नीचे स्टडी रूम में। पति-पत्नी ने सोचा, श्यामसुन्दर जी को बुलाया जाये। घराने के आदमी हैं। उन्होंने दुनिया देखी है, ठोस सलाह देंगे। श्यामसुन्दर जी ने कहा, "देखिए गोयनका जी, दस-पन्द्रह वर्षों में अपना समाज बहुत बदल गया है। यह तो कहिए अपने कलकत्ता में थोड़ी हया-शरम बची है। लेकिन दिल्ली, बम्बई में तो सब कुछ खुलेआम चलता है। कौन किसके साथ रहता है? किसका कहाँ अफ़ेयर है? कोई नहीं जानता। शादियाँ टूट नहीं रहीं क्या? आये दिन तलाक़ हो रहे हैं। फिर वापस शादी भी हो रही हैं।"

"आपकी क्या सलाह है?" मिस्टर गोयनका ने ज़बर्दस्ती बीच में बात काटी। नहीं तो श्यामसुन्दर जी जब बोलना शुरू करते हैं तो रुकने का नाम ही नहीं लेते। मिस्टर गोयनका को उनका यह प्रवक्ता वाला रूप कभी अच्छा नहीं लगा। पर क्या किया जाये? अभी तो मजबूरी है। कल बीच-बचौवल के लिए पंचों की ज़रूरत पड़ेगी तो उसमें श्यामसुन्दर जी सबसे प्रमुख होंगे। क्यों नहीं अभी से उन्हें पटा कर रखा जाये।

"लेकिन भाईजी! आपकी राय क्या है? आप एक बार रीतू के ससुरालवालों से बात करके देखते। आपकी बात का वज़न पड़ेगा।"

"देखिए, वज़न तो क्या पड़ेगा? इन मामलों में आजकल कौन किसकी सुनता है। फिर बाहरवालों को बीच में डालने से समस्या और बढ़ जायेगी। मेरा तो देखिए नाम भी सामने नहीं आना चाहिए। मेरी वाइफ़ रीतू की सास की चचेरी बहन लगती है। आप भूल गये क्या?"

"कुछ नहीं भूला।" मन-ही-मन मिस्टर गोयनका ने सोचा—भला आदमी कितनी सफ़ाई से अपने आपको अलग रख रहा है।

"मैं तो कहूँगा, तलाक़ करवा दीजिए और बेटी की फिर से शादी...।"

"लेकिन रीतू कहती है कि क्या गारंटी है कि दूसरा पुरुष भी मुझे धोखा नहीं देगा? उसके साथ एडजस्टमेंट की समस्या नहीं खड़ी होगी?"

"देखिए एडजस्टमेंट तो करना पड़ता है और करना चाहिए भी। मैं तो अपनी बहू-बेटियों से कहता हूँ एकोमोडेट करो, सब को लेकर चलो। जगह की जगह सब चाहिए, चूड़ी भी, कंगन भी, पैरों में बिछिया। सारे श्रृंगार चाहिए। है कि नहीं भाभीजी?"

मिसेज़ गोयनका गालों पर हाथ रखे तल्लीनता से श्यामसुन्दर जी का श्रृंगार दशक सुन रही थीं।

श्यामसुन्दर जी चले गये। मिस्टर गोयनका मन-ही-मन कुड़मुड़ाते रहे। उन्होंने पत्नी से कहा—"देखा उमेश की माँ! भला आदमी चाशनी में लपेट कर कैसे आराम से मुझे कुनैन की गोली खिला गया। ऊँह, क्या ज़ोर आया बोलने में कि मैं तो बहू-बेटियों को छूट देने में विश्वास नहीं करता। जैसे इनकी बहू-बेटियाँ बड़े बन्धन में हैं? मैं जानता नहीं क्या? इनके छोटे बेटे की बहू खुलेआम अपने जीजा के साथ घूमती है। और कैसा तो पिद्दी-सा बेटा है। बेटी रात बारह-बारह बजे तक पिक एलेफेंट में नाचती है। वह भी न जाने किस-किसके साथ। जँवाई का बखेड़ा अलग चलता है। भले आदमी अपना घर तो बाँध कर नहीं रख पाये और चले हैं मुझे समझाने को।"

"छोड़िए, अपने को क्या? अपनी तो रीतू कहीं सेटल हो जाये?"

तब तक रीतू कमरे में आयी। कमरे में पापा-मम्मी को अपनी शादी के बारे में चिन्तित देख अपने सारे आवेग से वह कह उठी।

"पापा, शादी! शादी!! आप लोगों को इसमें ऐसा क्या दिखता है मेरी समझ में नहीं आ रहा? शादी करने से क्या मिल गया मुझे? दस साल बाद एक आदमी नौकरी भी छोड़ता है तो हर्ज़ाना माँगता है, क़ानून और सरकार उसकी सहायता करती है। आपने बिना कारण जब उस पुराने क्लर्क सरकार बाबू को छोड़ दिया था तब कितना बड़ा जुलूस आया था, कितने लाल झण्डे, सरकार बाबू के साथ और भी न जाने उनके कितने संगी-साथी, धरना दिये बैठे रहे, आपने थाना-पुलिस करके क्या कर लिया? अन्त में डी. सी. साहब ने बीच-बचाव किया। सरकार बाबू को हर्जाने में एक मोटी रकम मिली लेकिन ख़ुद अपनी पत्नी को जी चाहे जब उठाकर फेंक दे और समाज में सिर उठाकर चले।"

मिस्टर और मिसेज़ गोयनका कुछ नहीं बोले। रीतू और मिसेज़ गोयनका चुपचाप कमरे से बाहर चले गये। उनके जाने के बाद विचारों की धुन्ध और गहरी होकर मिस्टर गोयनका के सामने आ गयी। रीतू का ब्याह? कैसे करवा दूँ और वह भी किससे? रीतू ठीक कहती है, "पापा, ऐसे कैसे मैं शादी कर लूँ। और चलिए मैं मानती हूँ कि मुझे पति मिल जायेगा लेकिन? उसके इस लेकिन में छुपा हुआ सन्देह कैसा? यह कहना, क्या ज़रूरी है कि मुन्ना को सौतेले पिता से प्यार भी मिलेगा, असम्भव है पापा, बिल्कुल असम्भव। भारतीय पुरुष अमेरिकन नहीं। वह तो ख़ाली अपना ख़ून पहचानता है।"

मानता हूँ रीतू सब कुछ बिल्कुल ठीक कहती है। वैसे पति की ज़रूरत होती है यह तो रीतू भी मानती है। नहीं तो वह क्यों कहती। लेकिन मैं भी क्या करूँ? किससे सलाह लूँ। रमा कहाँ पर है इस समय? पता नहीं वह क्यों इतनी जल्दी घर चली जाती है? और घर जाकर वह क्या करती है? अकेले-अकेले उसका कैसे मन लगता है?

पाँच-सात दिन में बात थोड़ी सहज होने लगी। दिल्ली से कोई ख़बर नहीं आयी और न ही कोई पत्र आया। रीतू ने फ़ोन पर मुन्ने से बात की थी। वह ठीक है। रीतू ने भी मानो अपना मन स्थिर कर लिया। वह पहले जैसा बरसती नहीं। कल शाम को उमेश ने ही पूछा, "पापा जी, रीतू को कैसे सेटल किया जाये?"

"तुम बोलो क्या करना चाहिए?"

"देखिए, सबसे पहले उसको 'ऑकोपेशन' की ज़रूरत है। ऐसे ख़ाली बैठी रहेगी तो पगला जायेगी।"

"तुम अपने साथ ऑफ़िस ले जाओ।"

"आप तो जानते हैं कि मेरा ऑफ़िस कितना छोटा है। और, ट्रेडिंग के काम में कितने लोगों की ज़रूरत पड़ेगी? प्रेमा भी जाती है। दोनों महिलाएँ एक ऑफ़िस में? अपने को 'सिचुएशनल क्लैश' से बचना चाहिए।"

"हाँ बचना चाहिए।" कहते हुए मिस्टर गोयनका फिर भीतर-ही-भीतर धुआँने लगे। दोनों बेटों के हाथ में सारा व्यापार सौंप कर ही मैंने ग़लती की। कैसे मज़े से कह गया कि अपने को 'सिचुएशनल क्लैश' से बचना चाहिए।

रात को पत्नी ने कहा, "आप से एक राय करनी थी।"

"क्या?"

"अपनी रीतू को पेंट हाउस में रख दें तो?"

"क्यों? नीचे के पाँच बेडरूम कम पड़ गये क्या?"

"आप ज़रा हिसाब लगाइए। दो-दो बेडरूम तो दोनों बहुओं के पास हैं। एक उनका अपना, एक बच्चों का। एक कमरा अपना है।"

"बच्चों का एक कमरा कम कर दो और एक कमरा रीतू को दे दो।"

"मैंने स्मिता से बात की थी। कहने लगी—मम्मी, चिंटू बारह साल का है, विक्की चार साल का। विक्की को हर समय आया की ज़रूरत है। और भाभी का स्वभाव आप जानती हैं! वे तो चिंटू के कमरे में एक मिनट आया को नहीं जाने देंगी।"

"तो हमारे तीनों बच्चे दो कमरे के फ़्लैट में कैसे बड़े हुए?" मिस्टर गोयनका एकदम से झल्ला गये।

"कैसे-क्या बड़े हुए, वह ज़माना और था।"

"नहीं, रीतू पेंट हाउस में नहीं रहेगी। स्मिता से कहो विक्की को अपने कमरे में सुलाये, या फिर चिंटू और विक्की एक कमरे में सोयें।"

"मेरी तो हिम्मत नहीं कि मैं किसी से कुछ कहूँ।"

"तो मैं कह दूँगा। जिसको रहना है मेरी शर्त पर मेरे घर में रहे, नहीं तो अपना फ़्लैट अलग लेकर चला जाये।"

"क्या बच्चों जैसी बात कर रहे हैं। बेटी के लिए अब अपना घर तोड़ दूँ क्या?"

"अच्छा उमेश की माँ तुमको रीतू से प्यार नहीं?"

"प्यार क्यों नहीं? जगह की जगह सब ठीक है। हाँ, आपके जितना उफान मेरे में नहीं कि बस आगे-पीछे नहीं सोचूँ और रात-दिन रीतू-रीतू करती रहूँ। भाभियाँ जो थोड़ा-बहुत रीतू का करती हैं वह भी नहीं करेंगी।"

"नहीं करो, कुछ मत करो। तुम सब स्वार्थी हो। उस बेसहारा लड़की को मार दो। हाँ, मार दो, जान से मार दो।" मिस्टर गोयनका आग होकर बरस रहे थे।

"आप चुप रहिए, मैं आपके हाथ जोड़ती हूँ, ज़रा चुप रहिए। मुझे तकलीफ़ नहीं हो रही क्या? लेकिन बहू-बेटों से दुश्मनी मोल ले लूँ क्या?"

अचानक मिस्टर गोयनका ने देखा, कमरे में रीतू थी। अँधेरे में वह कब कमरे में आयी, पत्ता नहीं चला। वे कुछ बोलें इससे पहले रीतू कह रही थी, "पापा आपकी तेज़ आवाज़ सुनकर ही मैं चली आयी। आई एम सॉरी पापा। लेकिन, भीतर-ही-भीतर मुझको लेकर आप लोग क्यों खुसुर-फुसुर कर रहे हैं? जो कहना है, सामने कहिए ना?"

"नहीं बेटी, तुम अपने कमरे में जाओ। यह तो हम मियाँ-बीवी की आपसी तकरार थी। कोई नयी बात नहीं हुई। जाओ मुन्ना जाओ अपने कमरे में जाओ।" यथासम्भव स्वर को संयत करते हुए मिस्टर गोयनका ने कहा। लेकिन उनको लगा कि मानो किसी ने नंगा नहाते हुए देख लिया है। क्रोध से जलती निगाहें उन्होंने पत्नी पर डालीं और उठ कर चाँदी की झारी से गिलास में ठण्डा पानी उड़ेलने लगे।

रीतू वापस अपने कमरे में चली आयी थी। लेकिन आँखों में नींद कहाँ?

पिछले दो वर्षों से वह एक अजीब-सी विस्थापित स्थिति झेल रही थी। दिल्ली में अपने घर में रहकर भी वह वहाँ की नहीं थी। कुणाल के कहे ये शब्द, "निकल जाओ तुम यहाँ से। यह तुम्हारे बाप की ज़मींदारी नहीं है!"

"कुणाल ज़बान सँभाल कर बात करो। मैं तुम्हारी ख़रीदी हुई बाँदी नहीं हूँ। सात फेरों के बाद आयी हूँ, तुम्हारी पत्नी हूँ।"

"पत्नी? हूँ...देख लिया तुम्हारा पत्नीत्व! जब तक मैंने तुम्हें प्यार दिया, तुम्हारे हर इशारे पर नाचता रहा, तुम पत्नीत्व का फ़र्ज़ अदा कर रही थीं, प्यार जता रही थीं। और ज़रा-सा लकीर से क्या हटा कि तुम्हारा असली चेहरा सामने आ गया।"

"लेकिन कुणाल तुम जो कर रहे हो ठीक नहीं है। नैतिक नहीं है, जिससे उलझे हो वह तुम्हारी ब्याहता नहीं है।"

"तो! क्या हुआ? कौन-सा ग़लत हुआ? कृष्ण की राधा भी तो ब्याहता नहीं थीं।"

"क्या बकवास कर रहे हो?"

"बकवास क्या, ठीक कह रहा हूँ। मैंने ऐसा कोई अनोखा काम नहीं किया है। परम्परा से स्त्री-पुरुष का सम्बन्ध इसी तरह चला आ रहा है।"

"तुम परम्परा और मर्यादा का मतलब समझते हो?"

"हाँ-हाँ? मैंने मर्यादा रखी है। कम-से-कम तुम्हारे बाप से भला हूँ। घर में लाकर तुम्हारी छाती पर तो नहीं बैठा रखा।"

"तुम्हारा वश चलता तो तुम वह भी कर लेते और...और..." नहीं, इस और के परे रीतू सोच नहीं पा रही, आँखों से आँसू फिर झरने लगे, लेकिन यहाँ, यहाँ पर कौन-सा मेरा बड़ा स्वागत हुआ है?

पापा की परेशानी, मम्मी की बेचैन आँखें! भाभियों की आपसी खुसुर-फुसुर। मृदुला जीजी का यह कहना, रीतू तुम्हारी तकदीर अच्छी है कि सब लोग तुम्हारा इतना ख़याल तो कर रहे हैं। नहीं तो ससुराल से लौटी लड़की को उसी गाड़ी से वापस ही भेज दिया जाता है।

क्या मेरा यहाँ कोई नहीं? नहीं, नहीं...रीतू को लगा कमरे की एक-एक चीज़ कह रही है, तुम हमारी नहीं हो। तब मम्मी का कहना कि सहन करके चलो। लेकिन मम्मी ने क्या सहन किया? बस मम्मी ने सहन करने का नाटक किया। मगर वे पढ़ी-लिखी नहीं तो क्या? मुझसे अधिक सफल रहीं, तब क्या मुझे मम्मी के बताये रास्ते पर चलना चाहिए था?

इससे आगे रीतू सोच नहीं पायी, समझ नहीं पायी। उसका सिर चकराने लगा। आँखों से झरती हुई मोटी-मोटी बूँदें। वह घबराकर उठ खड़ी हुई, कोई देख न ले। उठकर वह खिड़की के पास आकर खड़ी हो गयी।

सामने दूर तक सन्नाटा था। सड़क पर गाड़ियाँ कम हो गयी थीं। पैदल चलने वालों के चेहरे बदलने लगे थे। उसने घड़ी देखी, ग्यारह बज रहे थे। नीचे पोर्टिको से नौकरों की आवाज़ आ रही थी। लगता है, ताश खेल रहे हैं। रीतू ने पलटकर सपना दाई की ओर देखा। वह बेहोश सो रही थी। काश! मैं भी सो पाती। फिर रीतू ने सोचा, अच्छा सपना भी तो बाल-विधवा है। वह कितनी छोटी थी जब वह यहाँ आयी थी। कुल बीस बरस की। एक बार नत्थू महाराज ने सपना का हाथ पकड़ लिया था। बाप रे, वह बवाल मचा कि क्या बतायें। सपना ने साक्षात् रणचण्डी का रूप धारण कर लिया। नत्थू महाराज कि वह पिंटाई की, वह पिटाई की कि वे सपना के पैरों पर गिर पड़े, "अरे मेरी काली मैया, अब तू चुप हो जा, शान्त हो जा!" मगर सपना बिना पुरुष के कैसे रह लेती है, लेकिन सपना को अपनी माँ का कितना सहारा है? उसका छोटा भाई महीने के महीने आकर सँभाल जाता है। सपना कितने ठसके से अपनी तनखाह के तीन सौ रुपये भाई के हाथ में रखती है और सौ रुपये अपनी माँ के लिए अलग। लेकिन यहाँ? रीतू ने गहरी साँसें लीं। बाहर पसरी रात को देखा और वापस पलँग पर आकर लेट गयी। नींद कब आयी पता नहीं चला।

सुबह उठकर रीतू ने मिस्टर गोयनका के साथ चाय पी। उठने में देर हो गयी थी। लेकिन वह सहज थी। ब्रेकफास्ट टेबल पर सब ख़ामोश थे। एक-एक कर सब उठ गये। रीतू को लगा कि अब उसे भी उठना चाहिए। लेकिन उठकर भी कहाँ जाऊँ? आख़िर करने के लिए कुछ तो होना चाहिए। मम्मी के साथ सारा दिन बिताना और दिन काटना पहाड़-सा लगता है। पहले दिन कितनी जल्दी बीत जाया करते थे। बस पलक झपकते ही शाम हो जाया करती थी। कुणाल गाड़ी से उतर कर कैसे जल्दी-जल्दी सीढ़ियाँ चढ़ता था। कभी यदि वह तैयार नहीं मिलती तो तुरन्त उसको बाथरूम में बन्द कर देता, कहता, "मुझे महकता हुआ फूल चाहिए।"

रीतू धूप भरी बाल्कनी में आ गयी। सामने गेट से रमा आंटी की गाड़ी दिखी। अब रमा आंटी उतर रही हैं। रीतू ने झाँक कर नीचे देखा, रमा आंटी कितने आत्मविश्वास से चलती हैं। अब वे अपने काम में मशगूल हो जायेंगी लेकिन अचानक उसको रमा आंटी का चेहरा बदलता नज़र आया।

वहाँ, वहाँ 'दूसरी औरत' थी। वही 'दूसरी औरत' जो कुणाल की ज़िन्दगी में थी, वही 'दूसरी औरत' जिसने उसे बेघर कर दिया, जिसने उसका सर्वस्व छीन लिया। रीतू के मुँह का स्वाद कसैला हो गया। रीतू ने मन-ही-मन सोचा, माना कि रमा आंटी मुझे बहुत प्यार करती हैं। लेकिन वे मेरी माँ नहीं, मेरी अपनी नहीं। वे पापा की बैसाखी हैं। पापा खुद इस बैसाखी को समाज की गद्दी पर बैठते ही छिपाकर कोने में डाल देते हैं। हम लोग देखकर भी अनदेखा करते हैं और मम्मी? बेचारी मम्मी! न जाने क्यों रीतू को अचानक रमा पर बेहद गुस्सा आया। उसका मन दूध के झाग-सा उफन आया। उसने फिर सोचा, क्या पापा की इसी कमज़ोरी का लाभ कुणाल ने नहीं उठाया? यदि पापा की ज़िन्दगी में यह 'दूसरी औरत' नहीं होती, यदि मेरे पापा सच्चरित्र होते, यदि हम लोगों का बचपन इतने तनाव में नहीं बीता होता। ओह! मम्मी को रोते देख कितना हम लोगों का जी घुटता था। मन करता था कि घर से भाग जायें। रीतू को बचपन की एक घटना याद आ गयी, उसने देखा रमेश कोने में गुमसुम बैठा हुआ था, "क्या हुआ? भैया बताओ ना, भैया!"

"रीतू मेरा मन करता है मैं ऊपर से कूद जाऊँ! पापा-मम्मी की लड़ाई, रात-दिन की झक-झक और वह सब भी रमा आंटी के कारण।"

"लेकिन भैया, पापा और मम्मी दोनों ही तो हम लोगों को प्यार करते हैं।"

"नहीं, बिल्कुल नहीं। दोनों ख़ाली नाटक करते है। हाँ-हाँ प्यार का नाटक। आख़िर क्यों खाने की मेज़ पर पापा चिल्लाते हैं? क्यों मम्मी सारे दिन पलँग पर पड़ी-पड़ी रोती हैं? ओह रीतू! आई फील सो गिल्टी।"

"और इन सबका कारण रमा आंटी हैं। है ना भैया?"

"हाँ, बिल्कुल।"

"लेकिन, तब तुम रमा आंटी के साथ काम क्यों करते हो?"

"पापा के डर से।"

"तुमको पापा से डर लगता है?"

"और क्या।"

"लेकिन उमेश भैया तो नहीं डरते?"

"मैं ज़रा मज़बूत हो जाऊँ। काम सीख लूँ, तब मैं भी नहीं डरूँगा।"

लेकिन यह सब किसकी ग़लती थी? रमा आंटी, हाँ रमा आंटी की। उन्हीं के कारण पापा को हम लोग प्यार नहीं कर पाये। कम-से-कम दोनों भैया लोग तो नहीं ही। फिर मेरा बेटा, मुन्ना कैसे कुणाल को प्यार करता है? बारह साल के टिंकू का यह कहना, "प्लीज़ मम्मी डोंट क्राई, डोंट सल्क। डैड ने ऐसा क्या अपराध किया है? डैड तो कहते हैं सब लोगों ने ही अपनी-अपनी ज़िन्दगी में शादी के बाद भी प्यार किया है।"

"सब लोग यानी?"

"यानी, नाना, सुरेश दादा। हाँ मम्मी! डैड कह रहे थे कि मेरे अपने दादाजी भी रात को देर से घर लौटते थे। वे भी किसी को प्यार करते थे।"

"मुन्ना, तू क्या बक रहा है?"

"हाँ मम्मी, डैड झूठ नहीं बोलते, डैड कभी झूठ नहीं बोलते! डैडी ने मुझे उस औरत का फ़ोटो भी दिखाया जिसको दादाजी प्यार करते थे। दादाजी ने तो उसको दरियागंज का मकान भी बनवाकर दिया था। लेकिन दादी ने कभी कुछ नहीं कहा, कभी नहीं। डैड कहते हैं, कि तुम फैक्ट्स को, सच्चाई को स्वीकार नहीं पातीं।"

और मैंने टिंकू को एक थप्पड़ लगाया था, कसकर। ओह! फूल-सा बच्चा कैसे तड़प उठा था—"तुमने मुझे मारा, मम्मी तुमने मुझे मारा। डैड ठीक कह रहे थे, दैट यू आर ए जेलस पर्सन!"

"मुन्ना!" मैं चीख़ उठी थी। और वह भी चीख़ रहा था। अलमारी से अपने कपड़े खींच-खींच कर फेंक रहा था। मैं नहीं रहूँगा, मैं नहीं रहूँगा। तुम्हारे साथ। तुम मुझे मारती हो, डैड से लड़ती हो। तुम्हारे कारण डैड घर में खाना नहीं खाते, तुम्हारे कारण मेरे डैड घर छोड़ कर चले गये। ऊँ...ऊँ ...ऊँ...और उसकी आसुँओं में पिघलती हुई रुलाई कमरे की दीवारों को भी हिला रही थी। सैलाब-सा उमड़ता नफ़रत का दरिया।

लेकिन मैं तो अवाक् केवल यही सोच रही थी क्या यह उचित है, कुणाल का यों टिंकू की आस्था को तोड़ना। इस बच्चे के पास क्या कभी कोई मूल्य साबुत बचेगा? देहरी पर सास खड़ी थीं, यह कहती हुई, "तुम मियाँ-बीवी की लड़ाई में यह बच्चा बेचारा पिस गया। क्यों नहीं समझौता कर लेते।"

"माँ, किससे समझौता करूँ? आप ही बताइए? कुणाल तो मेरे से बात भी नहीं करता।"

"रीतू, तुम्हें बुरा लगे या भला, ग़लती तुम्हारी है। तुमने बीच में किसी को बोलने ही नहीं दिया। पहले कहती रहीं—आप चुप रहिए, हम लोगों का यह व्यक्तिगत मामला है। अरे, साँप काटे इससे पहले ही उसका फन कुचल देना चाहिए। तुम्हें पहले बोलना चाहिए था न!"

"माँ, मैं पहले बोलती तो आप कहतीं कि बिना बात के इल्ज़ाम लगाती है। शक करती है। क्या है यदि ज़रा-सा किसी के साथ हँस-बोल लिया तो!"

"ठीक है जो मन में आये सो करो।" कहती हुई सासूजी गुस्से में बाहर चली गयी थीं। टिंकू मेरे गले से लगकर रोता रहा था, ओह, उसका वह रोना...'आई एम सॉरी मम्मा...आई आई' और मेरी छाती में कुछ पिघलता जा रहा था, हाँ वह टिंकू था मेरा मुन्ना, इसको मैंने कितने नाज़ों से पाला है। मैंने और कुणाल ने एक साथ कितने-कितने सपने टिंकू के लिए देखे थे। और अब, सब कुछ यों काँच की किरचों-सा बिखर गया। टिंकू का उस दिन का कहना—"नहीं मम्मी, आप झूठ बोलते हो, डैड ने आपको नहीं मारा। वे कभी किसी पर हाथ नहीं उठा सकते। ही इज़ सो ऑनेस्ट!" मैं बक्से में कपड़े रखकर चली आयी थी। और करती भी क्या? मौत का डर सभी को होता है। बर्दाश्त करती रही अपने बच्चे के कारण, लेकिन मेरा बच्चा भी जब कुछ नहीं समझे, उलटे मुझे ही समझाने की चेष्टा करे...

सास का कहना—मम्मी का कहना, सम्पर्क में आने वाले प्रत्येक रिश्तेदार का कहना, कम-से-कम बेटे को तो वश में रखना चाहिए।

लेकिन बच्चे को कैसे वश में रखती? कुणाल की तरह मैं निर्मम नहीं हो सकती। रात-दिन कान भर-भर कर कुणाल ने टिंकू का दिमाग़ ख़राब कर दिया और ऊपर से ससुरालवाले यह कहें—"तुम उसे कौन-सा भविष्य दे सकोगी?"

हाँ, एक अकेली औरत अपने बच्चे को आख़िर कौन-सा भविष्य दे सकती है! टिंकू का यह कहना, "नानी, विक्की और चिंटू भैया की तरह मुझे थोड़े ही प्यार करेंगी? वे लोग गोयनका हैं, मैं गुप्ता हूँ। इस घर का अकेला वारिस। आफ्टर ऑल आई एम गुप्ता। जानती हो मम्मी, दादी ने मेरी जन्मपत्री दिखायी थी। पण्डित जी कह रहे थे कि मेरा कुलदीपक योग है।"

"तू कुलदीपक का माने भी समझता है?"

"हाँ, दादी ने मुझे समझाया था। मुझसे कहा था—कुलदीपक वह जो अपने परिवार की लकीर को ज़िन्दा रखे। परिवार का नाम रोशन करे।"

लेकिन टिंकू को अच्छा नहीं लगा था। कुणाल की ज़रा-सी बुराई भी उसे अच्छी नहीं लगती। कैसी अजीब बात। टिंकू बोलता चला जा रहा था, "डैड की जन्मपत्री भी अच्छी है, बहुत अच्छी। ख़ाली पत्नी का स्थान छोड़कर।" फिर मेरे गले से लिपट कर कहने लगा, "मम्मी सब कुछ पहले जैसा क्यों नहीं हो जाता। मैं, तुम और डैडी साथ घूमने जाते थे, खाना खाते थे, दादी भी तब कितनी खुश रहती थीं।"

रीतू ने स्वयं से ही पूछा—क्या सारी ग़लती मेरी है? मन का ही उत्तर था—नहीं, सारी ग़लती उस 'दूसरी औरत' की है। उसने कुणाल का माथा घुमा रखा है। वश में कर रखा है। सुनती हूँ आजकल उसका पति भी किसी और के साथ घूमता है। पता नहीं लेकिन यह औरत...?

फिर मन के भीतर एक और प्रतिउत्तर था—पापा तो रमा आंटी के वश में नहीं। और न ही पापा ने कभी हम लोगों को ऐसे टुकड़ों में तोड़ा। न कभी किसी बात की कमी होने दी। पापा-मम्मी के बीच इतना बड़ा गैप था। पापा 'चें-चाँ' करके चुप हो जाते हैं, बस इतना ही तो। लेकिन हम लोग बड़े हुए मम्मी का पक्ष लेकर ही। आज भी यदि कोई बहस हो तो हम लोग मम्मी को ही बचाने में लगे रहते हैं। हम लोगों की नज़र में पापा अपराधी हैं। लेकिन फिर टिंकू की नज़र में मैं क्यों अपराधी हो गयी? कि वह फ़ोन पर मुझसे कहे—"मम्मी, मैं दादी के पास बिल्कुल ठीक हूँ, तू चिन्ता मत कर।"

"कलकत्ता नहीं आयेगा?"

"गरमी की छुट्टियों में!" कितनी शान्ति से टिंकू ने उत्तर दिया था। विश्वास नहीं होता कि टिंकू मेरे बिना रह लेगा? लेकिन रह तो रहा है। मैं ही उसके बिना रह नहीं पाती।

इतना सब होने के बावजूद फिर भी पापा ने निभाया। पापा यदि कुणाल जैसे होते तब क्या होता? और यदि रमा आंटी उसी दूसरी औरत की तरह हम लोगों का घर तोड़ देतीं...नहीं रमा आंटी ने अपने लिए कुछ

भी नहीं बचाया। रमा आंटी के बिना पापा बहुत बिखर जाते। हम लोगों में वह पॉलिश ही नहीं आती।

"ऐ रीतू, यह क्या? नहाई-वहाई नहीं अभी तक? बाई ऐसे कैसे चलेगा?"

"हाँ जा रही हूँ।" कह कर वह बाथरूम की तरफ़ चल पड़ी। बाथरूम में घुसते ही प्रश्नों के दायरे उसे फिर घेरने लगे। कैसा नहाना? बाथटब पर बैठी-बैठी रीतू का अपना आत्मालाप फिर चालू हो गया। रीतू ने अपने आप से कहा—ऐसे कैसे चलेगा? यों अधर में लटके रहना। मैं कहीं भी तो स्वीकृत नहीं। व्यवस्था को स्वीकारो। स्वीकारा तो था, पति का सहारा लेकर उसका हाथ पकड़कर चली तो थी, मगर न जाने वह हाथ कब, कहाँ छूट गया। नहीं छूट नहीं गया, उन हाथों ने स्वयं मुझे ही झटक कर छोड़ दिया, और किसको अपनाया? उस दूसरी औरत को?

यह दूसरी औरत ब्याहता है, दो बच्चों की माँ है। बड़े घर की बहू है। इसके सास-ससुर सब देख-सुन कर भी कैसे अनदेखा करते हैं? और इसका पति? वह भी तो कुछ नहीं बोलता, इतनी बेशर्म! हर पार्टी में हर जगह कुणाल के साथ जाती है, लेकिन यह तो मेरी दोस्त बन कर मेरे घर आयी थी। तब तो यह और इसका पति हम चारों में खूब पटती थी। फिर यह अकेले हमारे घर आने लगी। सारे-सारे दिन पड़ी रहती और कुणाल... नहीं, मुझे उसी समय रोकना चाहिए था। उसी समय इस औरत से दोस्ती तोड़ लेनी चाहिए थी। लेकिन मैं समझ क्यों नहीं पायी? शायद समझ रही थी, पर बोल नहीं पायी। बोलने में कोई मनाही नहीं थी। फिर...फिर क्या कारण था? कुणाल का अत्यधिक प्रेम भरा व्यवहार, तब तो ये दोनों ही मुझसे डरते थे। मेरे इशारे पर चलते थे। मैं कुणाल के साथ विदेश गयी तब एयरपोर्ट पर इसका चेहरा देख कर मुझे समझना चाहिए था। बात तो चारों के साथ जाने की थी। पता नहीं क्यों, उसका पति ना कर गया। बस कहने लगा—"नहीं जाऊँगा, मेरा मन नहीं है।"

और फिर विदेश में। जहाँ जाओ, वहाँ मानो वह साथ हुआ करती। रोज़ नियम से उसका फ़ोन आना। कुणाल को टिंकू की फ़रमाइश याद नहीं थी, पर उसके बेटे के डेनिम की साइज़ याद थी। जूते के नम्बर मालूम थे।

साड़ियाँ ख़रीदते समय उस औरत की पसन्द का रंग याद था। मेरे साथ होकर भी कुणाल मेरे साथ नहीं था। आख़िर वापसी में लन्दन पहुँचते-पहुँचते हम लोगों में ज़ोरों का झगड़ा हो ही गया।

"कुणाल, तुमने एक बार भी नहीं पूछा कि तुम्हें क्या चाहिए?"

"तुम्हारे पास चेकबुक है जो चाहो ख़रीदो। क्या मैंने कोई आपत्ति की है?"

"मगर तुमने तो अपनी तरफ़ से कुछ भी ख़रीदने को नहीं कहा।"

"अब तुम्हारे साथ हूँ, यही काफ़ी है।"

"बस क्या इतने से ही स्त्री का काम चल जायेगा, चेकबुक के सहारे?"

"रीतू तुम बहुत डिमांडिंग हो। अब शादी के पन्द्रह साल बाद भी मुझे तुम्हारी ख़ुशामद करनी पड़े। रात-दिन कहना पड़े—यू आर लवली, यू आर ग्रेट। इट इज़ जस्ट इम्पॉसिबल।"

मैं कट कर रह गयी।

विदेश से लौटने के बाद उस औरत का सारा गुस्सा अपने पति पर। रात-दिन कुणाल के सामने अपने पति की शिकायतें और केवल शिकायतें।

और फिर सब कुछ तो शुरू हो गया था। इस औरत का मुझसे कहना—"रीतू यू आर सो लकी टू हैव कुणाल विथ यू।" मैं फिर भी क्यों नहीं समझी? मेरी सास ने कहा भी था—"यह तुम चारों का रात-दिन का साथ अच्छा नहीं है।"

मैंने अपनी सास से कितनी बहस की थी—"माँ आप पुराने विचारों की हैं। कौन-से घरवाले काम आते है? फ्रैंड्स ही तो काम आते हैं।" सास चुप हो गयीं।

यह औरत अलग से व्यवसाय के बहाने, रोज़ कुणाल के ऑफ़िस में आने-जाने लगी। फिर वहाँ से अलग लंच में, कभी इस होटल में तो कभी उस होटल में। लेकिन मुझे शक क्यों नहीं हुआ? क्यों? शायद मैंने सोचा था, ब्याहता औरत अपने पति को छोड़ दूसरे की ओर आँख नहीं उठा सकती। या फिर उसकी आत्मीयता की सीमा है। या फिर मेरे भीतर बैठा मम्मी का स्वर, मन्नो बुआ को कहता हुआ, "मैं रीतू का ब्याह जल्दी करूँगी। ज़्यादा पढ़ाने में कोई फ़ायदा नहीं। कहीं इधर-उधर क़दम फिसले तो और आफत।"

मम्मी का इशारा हमेशा रमा आंटी की ओर रहता। मम्मी के अनुसार केवल अकेली औरत ही चरित्रहीन हो सकती है। एक बार ब्याह कर दो, खूँटे से बाँध दो। बस, सारी समस्या हल। लेकिन रमा आंटी मुझे कभी अच्छी लगतीं, कभी बहुत बुरी लगतीं। रमा आंटी के प्रति मेरे मन में यह दोहरी भावना क्यों? क्या केवल इसलिए कि उनके कारण मम्मी रोती रहती थीं। शादी के बाद मैं तो दिल्ली रहने लगी। कुणाल ने ही कभी मुझे समझाया था–"रीतू, तुम हर बात को फेस वैल्यू पर मत लिया करो, समझ से काम लो। सच में देखो तो रमा आंटी ने ही त्याग किया है। उनकी ममता, उनका समर्पण!"

और मैं चीख़ उठी थी–"कुणाल, तुम कुछ नहीं समझते, त्याग मेरी मम्मी का है। बेचारी मम्मी उनको सहन करती हैं। रमा आंटी को क्या करना पड़ता है, प्यार मम्मी का टूटा है।"

"ओके...ओके...रीतू। जो तुम कह रही हो, वही ठीक है। चलो, इस बात को भूल जाओ। कम-से-कम हम लोगों की ज़िन्दगी में ऐसा त्रिकोण नहीं होगा। लेकिन मैं इतना कहना चाहता हूँ कि रमा आंटी डिज़र्व्स बेटर लाइफ़ दैन व्हाट शी हैज़।"

"यह उनकी कमज़ोरी है, क्यों नहीं छोड़ देतीं मेरे पापा को? सारा झमेला मिट जाये।"

"रीतू तुम बस इतना जान लो कि तुम्हारे पापा को तुम्हारी मम्मी नहीं सँभाल सकतीं। वे बहुत महत्त्वाकांक्षी हैं। वे हमेशा एक नयी सीढ़ी पर पैर रखते हैं। पति-पत्नी में बहुत बड़ा गैप है, बहुत बड़ा!"

"तो इसके लिए इस तीसरे बिन्दु की ज़रूरत है?"

"शायद? और यह तीसरा बिन्दु महज़ दोस्त है। एक बहुत क़रीबी दोस्त!"

"तुमको क्या मालूम?"

"रीतू मैं पुरुष हूँ, मैं नहीं समझता कि किसी सम्बन्ध का क्या आधार है?"

लेकिन मेरी ज़िन्दगी में यह तीसरा बिन्दु क्यों? मेरे में और कुणाल में कहाँ गैप था? जिसको भरने के लिए यह औरत आ पहुँची। मैंने रमा आंटी से दो साल पहले पूछा था। रमा आंटी ने मुझे टाल्सटाय का

'अन्ना कैरेनिना' पढ़ने को दिया था। और कहा था–"रीतू, यह कोई नयी घटना नहीं, ऐसा सदियों से घटता आया है और घटता रहेगा।"

"यानी दूसरी औरत।"

"देखो रीतू, पुरुष की व्यवस्था ने हर गुनाह के लिए औरत को ज़िम्मेवार ठहराया है। जबकि गुनाह .खुद पुरुष करता है। यह व्यवस्था उसने बनायी है। यह रीति-रिवाज, रिश्ते-नाते सब उसके खेल हैं। हम तो केवल बिसात में बिछी मोहरे मात्र हैं।"

"नहीं आंटी, मैं इस बात को नहीं मानती। कुणाल का माथा उस औरत ने ख़राब किया है।"

"रीतू क्यों बच्चों जैसी बात करती हो? क्या कुणाल दूध पीता बच्चा है? जिसकी उँगली पकड़कर वह औरत तुम्हारे घर से निकल गयी? तुम औरत होकर औरत को क्यों दोष दे रही हो?"

"लेकिन हमारे समाज में...? तब क्या मेरी ग़लती है?"

"नहीं, मैं तुम्हें भी दोष नहीं दे रही। हर समाज में होता है और होता रहेगा। पहले बहु-विवाह की प्रथा थी। आज यदि एक पत्नी की बात है तो ठीक है। लेकिन बहुतों का व्रत टूट सकता है, इसे मानवीय कमज़ोरी कह सकती हो। उसे पुरुष की भूल कहो। लेकिन वह अपराधी नहीं इसके लिए उसे फाँसी की सज़ा नहीं दी जा सकती।"

"क्यों नहीं? क़ानून में एडलटरी की कड़ी सज़ा है।"

"और सज़ा देने वाला पुरुष? तुम्हारे हक़ में लड़ने वाला पुरुष? उस 'दूसरी औरत' के हक़ में भी कोई पुरुष ही लड़ेगा। तुम इन पुरुषों से पार पाओगी? इसी पुरुष ने तलाक़ का भी क़ानून बनाया है। वह जानता है कि एकपत्नीत्व पर आधारित विवाह की संस्था में टूटन आ ही सकती है; बल्कि वह संस्था तो आज हर जगह टूट रही है।"

"आंटी, आप तो व्यवस्था विरोधी बात कर रही हैं।"

"नहीं रीतू, मैं यथास्थिति की पक्षधर नहीं। सँस्थाएँ टूटती हैं, टूटने की प्रक्रिया में आदमी के सम्बन्ध छिन्न-भिन्न होते हैं। सब कुछ बड़ा अस्त-व्यस्त लगता है। लेकिन फिर भी एक स्थिरता, एक नयी व्यवस्था स्वतः आकार ग्रहण करने लगती है। निरन्तर बदलते जाना ही विकास की प्रक्रिया है,

प्रकृति का नियम है। यही सहज और स्वाभाविक है। अस्वाभाविक तो हमारी अपनी चेतना की जड़ता है। हमारी यह सोच कि जो है, जैसा है, ठीक है।"

एक झटके से रीतू उठ खड़ी हुई। कपड़े उतारते हुए फिर सोचने लगी—रमा आंटी की वे बड़ी-बड़ी बातें मेरी समझ में नहीं आतीं। मैं काले को काला और सफ़ेद को सफ़ेद समझती हूँ। सम्बन्ध पति-पत्नी का होता है। प्रेम पति-पत्नी का होता है, इससे बाहर जो कुछ भी होता है, वह प्रेम नहीं, वासना है। पाप है, अनैतिक है। लेकिन रमा आंटी का कहना, "रीतू, प्रेम और वासना में फ़र्क़ है। प्रेम त्याग है, वह बस देना जानता है, यह हमारी वासना है, हमारा अहंकार है जो अधिकारों की लड़ाई लड़ता है।"

रमा आंटी मैं कुणाल की ब्याहता हूँ। मैं अपना अधिकार कैसे छोड़ दूँ। लेकिन मेरी सास का कहना—"तू तो दिन भर कुणाल के पीछे पड़ी रहती है, जैसे वह मर्द नहीं आम का मुरब्बा हो। 'मेरा-मेरा' लगाये रखती है। मर्तबान में बन्द करके रख ले।"

और रमा आंटी की चिट्ठी की वह लाइन—"रीतू, तुम मुन्ने के बारे में चिन्तित हो। तुमने लिखा वह कलकत्ते में नहीं रहेगा। त्याग, तुम और कुणाल माँग रहे हो उस छोटे से बच्चे से? तुम उसकी बोर्डिंग भेजना चाहती हो? जड़ से उखाड़ा हुआ पौधा गमले में कुम्हला जायेगा या फिर क़द से बौना रह जायेगा। क्यों नहीं, उसको उसकी दादी के पास रहने दो? रीतू, वहाँ दिल्ली में टिंकू के अपने दोस्त हैं, उसका अपना घर है। दादा-दादी का प्यार है। तुमने लिखा है कि दादी के प्यार ने मुन्ना को बिगाड़ कर रख दिया है। मैं कहती हूँ तुम लोगों का आपसी टकराव उस बच्चे को तोड़ कर रख देगा। क्यों नहीं, तुम शान्ति से अलग होकर ख़ुद को समझने की चेष्टा करती हो? हर प्यार की उम्र हुआ करती है, कभी वह कुछ क्षण तो कभी सप्तर्षि का घेरा बनता है। लेकिन ख़त्म ज़रूर होता है। प्यार शाश्वत नहीं। कम-से-कम जैविक धर्म पर आधारित स्त्री-पुरुष का प्यार तो नहीं!"

तब जो पति-पत्नी ताउम्र एक-दूसरे के साथ रहते हैं, क्या वह प्यार नहीं? रमा आंटी के ही पत्र की आख़िरी लाइन—"तुम जिसे प्यार समझती हो, वहाँ वह नहीं रहता। वे एक-दूसरे की आदत बन चुके होते हैं,

और हमें अपनी-अपनी आदतों से बेहद प्यार होता है। रीतू तुम पूछोगी—तब शाश्वत क्या है? मैं कहूँगी—मानवीय करुणा! करुणा का अर्थ है—एक-दूसरे की ज़रूरत की समझ, वहाँ केन्द्र में हम नहीं होते, वह दूसरा होता है। यह समझने की ज़रूरत होती है कि वह दूसरा क्या चाहता है? रीतू तुम मुझे पोंगापन्थी कहोगी। यही तो कहोगी कि प्यार की बात करके क्या औरत अपने को मिटा दे, ख़त्म कर दे? हम उस दूसरी की जगह पर होते तो क्या करते?

''रीतू जो अपने प्रति आश्वस्त नहीं, ज़रा-सा देने में ख़ाली होने लगे, वह फिर किसी दूसरे से इतनी आशा क्यों करें कि वह दूसरा तुम्हारे ऊपर मर मिटे। देखो रीतू, तुम्हारा प्यार शर्त पर आधारित है। तुम मेरे मन का करोगे तभी मैं तुम्हारे मन का करूँगी। किन्तु ज़िन्दगी तो 'बारगेन काउंटर' नहीं हुआ करती।"

"यदि ऐसे ही औरतें अपना अधिकार छोड़ने लगीं तब चल चुकी घर की व्यवस्था।" मैंने झल्लाकर रमा आंटी से कहा था।

"तब लड़ो, लड़ती रहो। अधिकारों की लड़ाई पत्नी लड़ती है, लेकिन रीतू, तुम तो केवल पत्नी नहीं, इससे भी अधिक कुछ हो। नया कुछ और अर्जित कर सकती हो। मानती हूँ तुम्हारे भीतर प्रेम टूटा है। और तुम्हारे भीतर वही प्रेमिका प्रतिहिंसा की आग में जल रही है।"

"क्या कुणाल की कोई ग़लती नहीं?"

"पहले अपनी ग़लती समझो, फिर दूसरे को सुधारो। तुम्हारा प्रेम तो टूट चुका। यदि प्रेम चाहिए तो उसे कहीं और खोजो। और यदि व्यवस्था की सुरक्षा चाहिए तो कुणाल के साथ रहो। रीतू, यह व्यवस्था पुरुष की बनाई हुई है, स्त्री की नहीं। इस व्यवस्था के साथ हज़ारों साल की परम्परा जुड़ी हुई है।"

"तो कोई विद्रोह नहीं करे?"

"क्यों नहीं, लेकिन मज़बूत तो बनो। पुरुष की ज़मीन पर खड़े होकर पुरुषों के ख़िलाफ़ बोलोगी तो उठाकर फेंक दी जाओगी। अपनी ज़मीन तैयार करो।"

और सच में कुणाल ने मुझे उठाकर फेंक दिया। जैसे मैं घूरे का कचरा थी। रीतू का रोम-रोम जल उठा। एक अजीब-सी लपट।

मिसेज़ गोयनका ने जब कमरे में अबकी तीसरी बार झाँका और देखा कि रीतू नहीं है तो एकदम से घबरा गयी। यह घण्टा भर से बाथरूम में बन्द क्या कर रही है? कहीं...? नहीं...। मेरे रामजी ऐसे मत करना। ऐसे नहीं। और, वे बदहवास दोनों हाथों से दनादन बाथरूम का दरवाज़ा पीटने लगीं—''रीतू...रीतू...ए...रीतू...रीतू...!" ज़ोरों से चीख़ीं। उनकी चीख़ सुनकर नौकर, महाराज दौड़े आये। क्या हुआ बहूजी? क्या हुआ?

अपनी माँ की आवाज़ सुनकर भी रीतू का मन किया कि दरवाज़ा न खोले। चीख़ो, सब लोग चीख़ो! उसको एक अजीब-सा आनन्द महसूस हुआ। उसको लगा कि उसकी माँ के मन में उसके प्रति ममता बची है। वह इतनी बोझ नहीं कि यहाँ भी उठाकर फेंक दी जायेगी। उसने जल्दी से पूरा नल खोला और ठण्डे पानी के नीचे बैठ गयी। अबकी दरवाज़े पर और ज़ोरों की थाप पड़ रही थी। "रीतू बाई...! रीतू...बाई..." सपना दाई चीख़ रही थी। मिसेज़ गोयनका बुक्का फाड़कर रो रही थीं, "ऐ मेरी रीतू ने कुछ खा लिया रे...अरे मैं दुनिया को क्या मुँह दिखाऊँगी?"

नत्थू महाराज नीचे गोयनका जी के ऑफ़िस की ओर दौड़े। तब तक बाज़ार से शॉपिंग का थैला लिए स्मिता हॉल में घुसी...उसको देखते ही सपना चीख़ी, "रीतू बाई बाथरूम में घण्टा भर से बन्द हैं। बहूजी रो रही हैं।"

इतने में स्मिता ने देखा, बाथरूम के दरवाज़े पर रीतू गाउन पहने खड़ी थी। और मिसेज़ गोयनका उससे चिपटी सिसकियाँ ले रही थीं। लेकिन रीतू? उसका वह शान्त, निर्विकार चेहरा...।

"क्या हुआ मम्मी? क्या हुआ जीजी...!" स्मिता ने घबराये स्वर में पूछा।

"कुछ नहीं, मुझे नहाने में देर हो गयी और मम्मी को लगा...?"

"अरे, मैंने तो सोचा, यह कहीं..."

"सुनिए मम्मी, आप एक बात के लिए निश्चिन्त रहिए, मैं यों ज़हर खाकर मरने वाली नहीं।'' रीतू ने बड़े ठण्डे स्वर में कहा।

मिसेज़ गोयनका ने असहाय भाव से छोटी बहू स्मिता की ओर देखा। स्मिता का मन किया, दोनों माँ-बेटी का सर आपस में भिड़ा दें। घर नहीं हुआ, मानो कोई 'स्टेज' हुआ। रोज़ नया ड्रामा। लेकिन ऊपर से वह शान्त बनी रही—"रीतू जीजी, सन्तरे का रस ले आऊँ?"

"मुझे रस नहीं पीना है!"

"ऐ बेटा, ऐ मेरी लाड़ो, थोड़ा-सा पी ले, नहीं तो शिकंजी ले ले!"

स्मिता माँ-बेटी का प्यार देखकर भुनभुनायी, एक मैं हूँ, फल-सब्ज़ी ख़रीदकर धूप में पसीना-पसीना होकर लौटी हूँ, मेरे से तो नहीं कहा कि पानी भी पी लो। वह मन-ही-मन बड़बड़ाती हुई उलटे पैरों अपने कमरे की ओर चल दी।

रात को मिसेज़ गोयनका ने पति से कहा, "जी ऐसे कैसे चलेगा?"

"क्या चीज़?"

"यही रीतू का..."

"उमेश की माँ, तुम यह क्यों नहीं समझतीं कि रीतू अब हम लोगों की है। वह यहीं रहेगी। यह घर उसका है!"

"यह घर उसका कैसे हो जायेगा? ब्याह के अट्ठारह वर्ष बाद लौटी हुई बेटी कैसे 'एडजस्ट' करेगी? फिर रीतू का स्वभाव? मुझे तो उससे बात करने में डर लगता है। ऐसे झिड़कती है कि क्या बताऊँ?"

"अब तुम रीतू के स्वभाव की चर्चा करने बैठ गयीं। मुझे तो बेचारी लड़की पर दया आती है। घर छूटा, पति छूटा, बच्चा भी पास नहीं..."

"दया तो मुझे भी आती है। लेकिन घर में बैठी-बैठी यह तो पागल हो जायेगी।"

और मिसेज़ गोयनका ने सुबह की सारी घटना पति को सुना दी—"मैं तो डरती हूँ, मेरा तो कलेजा ऐसे धक-धक करने लगा था कि क्या बताऊँ? कहीं कुछ खा ली होती, या कहीं कुछ और कर बैठती तो अपन दुनिया को क्या मुँह दिखाते?"

"हूँ!" मिस्टर गोयनका भी गहरी सोच में डूब गये। इसका ब्याह करके मैं कितना निश्चिन्त था। लेकिन अब? वे फिर बोले, ''रीतू तलाक़ के लिए भी तो राज़ी नहीं होती।"

"मैंने भी उससे कहा था। तब कहने लगी—मम्मी, अब मुझको दुबारा शादी करनी नहीं है, तो मैं क्यों कुणाल को तलाक़ दूँ। बस इसलिए कि वह और स्वतन्त्र हो जाये?"

"तलाक़ नहीं देगी, दुबारा शादी नहीं करेगी, तब वह करेगी क्या?"

"मैं तो कहती हूँ, उसको कोई काम-वाम में लगा दीजिए। ख़ाली बैठे-बैठे तो और बवाल मचायेगी।"

"लेकिन किस काम में लगा दूँ? उसको कोई व्यापार का अनुभव है नहीं। उसने कभी घर से बाहर पैर तो रखा ही नहीं।"

"कोई दुकान करा दीजिए। मृदुला कह रही थी कि चाचाजी आजकल लड़कियाँ सलवार-क़मीज़ की बुटिक खोल देती हैं। फिर चाचाजी के पास पैसा भी तो है।"

मिस्टर गोयनका गहरे सोच में डूब गये। हाँ, पैसा है। सब कहने भर के लिए। एक-एक चीज़ पर बेटों का हक़ है। मैं ज़रा-सा इधर-उधर करूँ तो मेरा हाथ काटकर रख देंगे। उमेश तो पहले से ही उद्दण्ड है। कहता ही रहता है—आपने मुझे क्या दिया? जो कमाया वह मेरा कमाया हुआ है, और आजकल तो रमेश भी खिंचा-खिंचा रहता है। उसकी ज़बान कतरनी-सी चलने लगी है। कल ही मुझसे कितनी बहस कर रहा था। मैंने उससे इतना ही तो कहा था कि छह महीने की बैलेंसशीट बना कर दे। कैसे बिदककर बोला—आप क्या सोचते हैं? बैलेंसशीट से आप प्रॉफ़िट-लॉस पकड़ लेंगे? मैं यदि बेईमानी करना चाहूँ तो आपको पता भी नहीं चलेगा। आप ऑफ़िस में बैठते ही कितनी देर हैं? सारा काम तो मुझे ही करना पड़ता है। बीस बरस की उम्र से ही तो कोल्हू का बैल बना इस कुएँ का चक्कर लगा रहा हूँ।

"नहीं, तू तो पैदा होते ही कमाने लगा था!"

"पापा, आप बेकार की बहस तो करिए मत..."

"क्यों नहीं करूँ? फ़ैक्टरी तूने लगायी थी या मैंने?"

"आपने भी कहाँ लगायी थी...!"

"तब किसने..."

रमेश दाँत पीसता हुआ चुप हो गया था। मैं भी गुम होकर सोचने लगा—मेरे कर्म की साथी तो रमा थी। सारा काम तो पर्दे के पीछे से रहकर वह करती रही थी। पर्दे के पीछे वह रहती नहीं, उसको तो रखा गया।

"ए जी, क्या सोच रहे हैं?"

"यही कि यदि मैं भी कुणाल की तरह बोल्ड होता तो तुम लोगों को मालूम हो जाता।"

"लो, अब कहाँ की बात कहाँ ले गये? आप तो एकदम से सठिया गये हैं। मेरी ही मति मारी गयी थी कि मैं रीतू की बात उठाने गयी।"

"तो मैं क्या करूँ? बेटे तो धन निकाल कर देंगे नहीं। मेरे पास जो दस-बीस लाख हैं वह भी रीतू के लिए स्वाहा कर दूँ।"

"जब कोई दम नहीं तो आप आगे बढ़-बढ़ कर इतनी बात ही क्यों करते हैं? क्यों सारा दिन रीतू-रीतू लगाये रखते हैं? मेरी तो ममता नहीं मानती..."

और मिसेज़ गोयनका की आँखें टपकने लगीं। वे पल्ले से नाक पोंछने लगीं। मिस्टर गोयनका ने झल्लाकर कहा, "तुम्हारे पास रूमाल नहीं है क्या? यह क्या साड़ी के पल्ले में नाक सुड़क रही हो!"

आज बहस किये बिना मिसेज़ गोयनका चुपचाप उठीं और बाथरूम से जाकर तौलिया ले आयीं। मिस्टर गोयनका ने फिर सोचा—यह औरत कभी मेरे कहे पर नहीं चलेगी। रूमाल के बदले श्रीमती जी अब बड़ा वाला तौलिया लेकर निकली हैं। लेकिन मन तुरन्त सँभल गया। जो भी है, है तो बेटी की माँ! यही तो रो रही है। बाक़ी सब आराम से सो रहे हैं। पत्नी का हाथ पकड़ते हुए वे बोले, "अच्छा सुनो, बिना बात के जी ख़राब मत करो। रीतू हम लोगों की बेटी है। उसके प्रति हम दोनों की ज़िम्मेवारी है। तुम ठीक ही कह रही थीं कि रीतू को 'पेंट हाउस' में रख देते हैं। और ऐसा करूँगा कि तुम्हारे हिस्से का मकान रीतू के नाम कर दूँगा।"

"यह कैसे हो सकता है? मैं समूची रीतू की कैसे हो जाऊँ? बहुएँ क्या कहेंगी कि देखो, मम्मी ने कैसे 'दूभात' किया। अपनी जायदाद बेटी को पकड़ा दी। कल आपको कुछ हो गया तो? वे लोग तो मेरा कुछ करने से रहीं।''

"तुम रीतू के साथ रहोगी। वह तुम्हारा करेगी।'

"कर चुकी रीतू। वह अपने को सँभाल ले तो वही बहुत है। और, मैं बेटी पर बोझ बन कर रहूँ? बेटी की सेवा लूँ? क्यों? किसलिए, अपने सिर पर पाप चढ़ाऊँ? चार बेटे-पोतों की माँ हूँ। समाज में सिर ऊँचा करके चलती हूँ। मैं लोगों को क्या मुँह दिखाऊँगी?"

मिस्टर गोयनका अवाक् होकर पत्नी की ओर देखने लगे। इसकी इतनी चालाक बुद्धि? ज़रूर इसको कोई समझा-बुझा रहा है। क्या प्रेमा? उन्होंने फिर कहा, "ठीक है, तुम अपना गहना रीतू के नाम कर दो।"

"क्यों कर दूँ? मेरे पोतों की बहुओं को क्या दूँगी? देखिए जी, बच्चों में भेदभाव नहीं करूँगी।"

"तो तुम बेटी को कुछ नहीं दोगी?"

"दूँगी क्यों नहीं, ज़रूर दूँगी। जितना प्रेमा और स्मिता को दूँगी, उतना ही रीतू को।"

"तीनों की स्थिति क्या एक जैसी है?"

"अब नहीं है तो मैं क्या करूँ? अपना-अपना भाग्य होता है। पाँचों उँगलियाँ समान होने से तो रहीं। करमजली अपना घर छोड़कर यहाँ आयी ही क्यों?"

"उमेश की माँ, तुमने रीतू के लिए अब एक भी शब्द कहा न, तो मैं तुम्हारी ज़बान खींच लूँगा।"

"ज़बान क्यों मेरी गर्दन ही मरोड़ दीजिए ना। अच्छा है मुझे भी शान्ति मिले और आपका रास्ता भी साफ़ हो। अपनी रमा को लेकर शान्ति से रहिएगा। आपके करमों का फल तो हम लोग भोग ही रहे हैं। आपको देखकर ही कुणाल की इतनी हिम्मत हुई ना? जब घर के बड़े ही ऐसा करेंगे तब बच्चों की हिम्मत न बढ़े।"

क्षण-भर के लिए मिस्टर गोयनका धक्क से रह गये। गर्दन शर्म से झुक गयी। लेकिन फिर वे एकदम से बिफर उठे, "तुम मुझे कब तक सज़ा देती रहोगी? कब तक बलि का बकरा बनाती रहोगी? आख़िर मैंने ऐसा कौन-सा गुनाह किया है? बोलो उमेश की माँ, जवाब दो। चुप क्यों हो गयीं?"

"क्या बोलूँ? यह तो मैं ही हूँ जो सौत को छाती पर सहती रही हूँ। आपकी बेटी तो नहीं निभा पायी। आ गयी ना घर छोड़ कर!"

मिस्टर गोयनका वापस पलटे, "तुम रमा को सौत बोलती हो, जबकि जानती हो पिछले पन्द्रह वर्षों से हम लोगों के बीच केवल मैत्री भरा व्यावसायिक सम्बन्ध रह गया है।"

"दुनिया तो उलटा-सीधा बोलती है। पहले अपने लिए सुनती रही अब बेटी के लिए भी सुनो।"

"हाँ मेरी ही ग़लती थी कि मैं दुनिया की बात सुनने गया। कुछ नहीं मिला मुझे जीवन में। कुछ नहीं, इतना सूनापन...ओह, काश तुम मेरी पीड़ा समझ सकतीं! त्रासदी तो यह है कि रमा ने भी मुँह मोड़ लिया, वह तो अपना ऑफ़िस भी अलग खोज रही है।"

"क्या? रमा आपको एकदम छोड़ देगी? आपसे बात भी नहीं करेगी?"

मिस्टर गोयनका ने जवाब नहीं दिया। उन्होंने मद्धिम रोशनी में पत्नी की आँखों में एक अजीब-सी चमक देखी। पहले उनको लगा, यह आँखों का पानी है। फिर दुबारा ध्यान से देखने पर समझ में आया कि यह जीत की ख़ुशी है।

मिसेज़ गोयनका सोच रही थीं, आख़िर मैं फिर रमा से हार गयी। यह अकेली रह लेती है। अकेले घर सँभाल लेती है और अब सारा व्यवसाय भी अकेले। और फिर भी कैसी शान्त-स्निग्ध। इसको ताक़त मिलती कहाँ से है? और अब तो कोडरमा वाले भी इसकी बुराई नहीं करते। ख़ुद प्रेमा भी आज शाम को कह रही थी, "मम्मी, रीतू जीजी यदि घर छोड़कर आयी हैं तो उनको अपनी लड़ाई ख़ुद लड़नी होगी। फिर पढ़ने-लिखने का फ़ायदा क्या?"

स्मिता ने भी हाँ में हाँ मिलायी थी। और क्या? रमा आंटी को किसने बिज़नेस करवा के दिया? कौन-सा बाबूजी ने सहारा दिया। सब कुछ तो उनका अपना बनाया है। रीतू जीजी भी अपना संघर्ष आप ही करें।

मेरा तो बहुओं के सामने सिर नीचा हो गया। दोनों कैसे चबड़-चबड़ बोलती जा रही थीं। यह भी कोई बात हुई भला! मेरी तो बोलती बन्द हो गयी।

मिस्टर गोयनका ने पत्नी की ओर वापस देखा। उनको लगा, उनकी पत्नी वैसी ही है जैसी सुहागरात के दिन पहले-पहल कमरे में आयी थी। चौदह साल की बच्ची। बाल पक गये तो क्या हुआ, भीतर वही का वही बचपन। उन्होंने फिर ध्यान से देखा—क्या यह मेरी पत्नी है? तीन बच्चों की माँ?

तब यह बड़ी क्यों नहीं होती? इसमें समझ क्यों नहीं आती। रीतू के प्रति यह इतनी निर्मम क्यों? नहीं, यह स्वयं अपने से नफ़रत करती है? क्या इसीलिए कभी अपने को सज़ा देती है तो कभी मुझे। इस स्थिति का ज़िम्मेवार कौन है? क्या मैं? रमा? बच्चे? समाज? किस-किस को ग़लत ठहराया जाये? आख़िर कहाँ और कैसे यह घट गया। वह भी मेरे ही जीवन में।

मेरी तो ज़िन्दगी एक लकीर पर चल रही थी। फीकी और बेस्वाद एक पारम्परिक ढाँचे में बन्द। फिर रमा को पाकर जीने का शौक़ बढ़ गया। मैं भगवान से लम्बी उमर माँगने लगा। रमा मेरी ताक़त थी, लेकिन मैंने रमा को सँभाला क्यों नहीं? जब वह घण्टों मेरी प्रतीक्षा करती रहती थी, तब मैं क्यों नहीं कभी वक़्त पर उसके पास पहुँच सका? इसी परिवार के लिए, इन्हीं बच्चों के लिए मैंने उसकी इतनी निर्मम उपेक्षा की। मेरी यह असम्भव कल्पना कि रमा को यह परिवार स्वीकार लेगा। और, इसीलिए मैं रमा से कहता रहा, तुम इन लोगों का इतना करो कि ये तुम्हारे लिए बिछ जायें। नहीं, मैंने नहीं कहा था। करने-करने का रमा का अपना स्वभाव है। लेकिन रमा के बहते हुए आँसू? रो-रोकर सूजी आँखें? सिर पटकते हुए यह कहना, “नहीं राजेन्द्र नहीं! मैं तुम्हारी व्यवस्था का हिस्सा कभी नहीं बन सकती। मैं परायी हूँ उनकी नज़र में, हमेशा परायी रहूँगी। नहीं, मुझे मेरी व्यवस्था स्वयं बनना पड़ेगा। हाँ, यह ठीक है कि न केवल तुमसे प्यार किया था, बल्कि तुम्हारे हर आयाम को मैंने अपना समझा था। ये छोटे-छोटे बच्चे मुझे अपने लगे थे, लेकिन इनको मैं परयी लगी। आज तुम लोगों को मेरे कारण सिर नीचा करना पड़े। मेरा परिचय देने में तुम्हारी ज़बान लड़खड़ा जाये। अच्छा है न, अब यहाँ से चली जाऊँ! दुनिया बहुत बड़ी है राजेन्द्र। मुझे मेरे जैसे लोग मिल जायेंगे। तुम्हारे समाज में अकेली औरत कहलवाना शर्म की बात है न! लेकिन मानव समाज तो तुम्हारे समाज से बहुत बड़ा है। क्या औरत कभी अकेली रही नहीं?”

“रमा, प्लीज़ रमा! एक तुम ही मेरी व्यथा समझती हो, तुम तो कम-से-कम ऐसा मत कहो। और चलो, मैं कमज़ोर सही, तुमको तो बोल्ड होना चाहिए। तुम्हारे में ख़ुद साहस नहीं। अब कुणाल की ज़िन्दगी देखो न, वह दूसरी औरत कितने धड़ल्ले से उसके साथ आती-जाती है।”

“सुनो! खुलकर माँगने में जितना साहस चाहिए न, उससे भी बड़ा साहस जुटाना पड़ता है सहन करने में। कुछ बनाने में। मैं महान हूँ, औरों से ऊँची हूँ, यह नहीं कहती। लोग मुझे कायर या भगोड़ा कहें इसकी भी मुझे चिन्ता नहीं। मैं बस इतना जानती हूँ कि ज़िन्दगी में ऐसे हादसे हो जाया करते हैं। लेकिन हादसों को ख़ूबसूरत मोड़ देना बड़ा कठिन होता है। और आहुति? जीवन-यज्ञ की ज्वाला में तो अपना-अपना क़र्ज़ सबको चुकाना पड़ता है, इससे कौन बच सकता है?''

मेरी आँखों में आँसू थे। इस उम्र में भी मैं बच्चों की तरह फूट-फूट कर रो पड़ा था। सिर पर हाथ फेरते हुए पानी का गिलास रमा ने ही पकड़ाया था। रोने के बाद शान्ति मिली थी। एक अद्भुत शान्ति। मन कितना हलका हो गया था। और फिर रमा का यह आश्वासन—रीतू आपकी बेटी है लेकिन मेरे लिए भी तो परायी नहीं। मैं उसकी माँ की जगह तो नहीं ले सकती, लेकिन मेरी दोस्ती का हाथ उसके लिए हमेशा रहेगा।

उस दिन रमा के आश्वासन से मैं कितना हलका होकर आया था। और आज यहाँ पर श्रीमती जी से यह झक-झक। मिस्टर गोयनका को लगा मानो मुँह में सैकड़ों कुनैन की गोलियाँ घुलती जा रही हैं, बिल्कुल एक साथ। ओह, इस कड़वाहट का कभी अन्त होगा?

पति को यों शान्त, आँखें बन्द किये, तकिये के सहारे अधलेटा देखकर मिसेज़ गोयनका एकदम से डर गयीं। क्या हुआ? कहीं ये बेहोश तो नहीं हो गये? मेरी भी ग़लती है, निगोड़ी ज़बान फिसले बिना मानती नहीं! उन्होंने पति के कन्धे झकझोरते हुए हड़बड़ाकर पूछा—“ए जी, क्या हुआ? ऐसे कैसे नाड़ (गर्दन) गेर दिये?”

मिस्टर गोयनका ने धीरे-से पलकें ऊपर उठायीं। सूनी आँखें कहीं दूर देख रही थीं। पत्नी ने फिर पूछा, “क्या हुआ? कुछ तो बोलिए, मैं माफ़ी माँगती हूँ। मेरी ग़लती हुई जो मैं आपकी रीतू के बारे में बोलने बैठी। मैं माँ नहीं क्या? सोचकर देखिए, मेरा कितना जी घुटता है?”

“सो जाओ उमेश की माँ, सो जाओ! यह लो कॉम्पोज़ की गोली। इसकी भी आदत-सी पड़ गयी है।”

वैसे ज़िन्दगी भी एक आदत है। और इसके तने से फूटती हुई नयी-नयी डालियाँ भी आदत बन जाती हैं। कब पत्ते लगते हैं, कब फूल खिलते हैं और कब पतझड़ का मौसम दबे पाँव चला आता है, पता ही नहीं चलता। रीतू की ज़िन्दगी ज़मीन पर बिछे सूखे पत्तों पर चल रही थी। चरमराहट की आवाज़ से रीतू ख़ुद कभी-कभी चौंक उठती, अगल-बगल देखती नहीं! साथ कोई नहीं चल रहा, तब यह आवाज़, क्या यह मेरे अपने क़दमों की है? अकेली मैं कहाँ तक चल पाऊँगी? कितनी दूर तक? सबसे अधिक घुटन होती है जब देखती, भैया-भाभी साथ-साथ काम पर जाते, स्मिता और रमेश साथ-साथ पार्टियों में जाते। कभी किसी ने उससे नहीं कहा कि तुम भी चलो। नहीं! एक बार वह स्मिता और रमेश के साथ एक पार्टी में गयी थी। परिचित माहौल था। लेकिन हर किसी का पूछना—"कब आयी दिल्ली से?" फिर यह कहना—"हाँ! रीतू कैसी है? कब जा रही है दिल्ली?" वह क्या जवाब देती कि अब वह हमेशा के लिए कलकत्ता आ गयी है। पूछने वाले भी क्या जानें भीतर की बात। और फिर रमेश का ऐसे वक़्त पर अजीबोगरीब व्यवहार, इधर-उधर झाँकना। रमेश के चेहरे पर अपराधी-भाव...? नहीं, अपराध नहीं एक अजीब-सी शर्म। पार्टी में आधे घण्टे बाद रीतू ने देखा कि वह कोने में अकेले खड़ी है। रमेश और स्मिता के दर्जनों दोस्त। उछल-कूद। सिरदर्द का बहाना बनाकर रीतू आधी पार्टी से ही वापस आ गयी थी। मिस्टर गोयनका ने पूछा भी था, "बेटा तुम जल्दी कैसे आ गयीं?"

"पापा सिर में दर्द हो रहा था।"

"क्रोसिन लाऊँ? सपना! ए सपना! ज़रा रीतू बाई के माथे में बाम लगा दे।" मिसेज़ गोयनका ने लेटे-लेटे पलँग के सिरहाने की घण्टी बजायी।

"नहीं ठीक है मम्मी, मैं सोने जा रही हूँ।"

"अरे अभी से क्या सोओगी। आओ, यहाँ बैठो, अपन कोई अच्छी पिक्चर देखते हैं।" मिस्टर गोयनका बोले।

"नहीं पापा मैं सोना चाहूँगी।" कहते हुए रीतू कमरे से निकल गयी। मिस्टर गोयनका ने असहाय भाव से जाती हुई बेटी को देखा। उन्हें लगा जैसे भीतर से कोई उन्हें गीले तौलिए की तरह निचोड़ रहा है।

उन्होंने झल्लाकर कहा, "ये लड़के भी स्वार्थी हैं। अपने शौक़-मौज में लगे रहते हैं। बेचारी लड़की अकेले-अकेले घुट जाती है।"

"अब जो अकेलापन है वह तो झेलना ही पड़ेगा। यह ख़ुद भी तो एडजस्ट नहीं करती। फिर मुझे तो अभी से इसका इतना सज-सँवर कर बाहर जाना अच्छा भी नहीं लगता।" करवट बदलते हुए मिसेज़ गोयनका ने कहा।

"तब क्या करे? उसका सब कुछ तो छूट गया। अब तुम्हारे कहने से ज़िन्दगी के छोटे-छोटे सुखों की भी होली जला डाले।"

"मैं कब कुछ कहती हूँ? बेचारी स्मिता ले तो गयी थी।"

"ले तो गयी थी। जैसे बड़ा निहाल कर दिया न। बेचारी लड़की रोते-रोते घर आ गयी।"

"इसमें रमेश और स्मिता की क्या ग़लती है? अब सारे तो कपल्स ठहरे, उनके बीच अकेले-अकेले डोलती हुई रीतू कौन-सी बहुत अच्छी लगी होगी?"

"तो क्या करे वह?" मिस्टर गोयनका के गले में एक चीख़ घुटकर रह गयी।

"हम लोगों के साथ आये-जाये।" एक सीधा सपाट उत्तर था।

"मेरा तो ख़ुद कोई ठिकाना नहीं। मैं अब नाटक-वाटक तो जाने से रहा।"

"क्यों अब समझ में आ रहा है न कि बेटी कितना बड़ा बोझ होती है और वह भी ब्याह के पन्द्रह वर्ष बाद ससुराल से वापस लौटी हुई। मैं तो तब समझाती थी कि चुप रहिए, बीच में नहीं बोलिए तो गँवार कहलाती थी। पुराने विचारों की और फूहड़ की उपाधि मिली थी। आप ही कहते थे न, वह क्यों कुणाल से दबकर रहेगी? वह क्या देहरी का पाँवपोंछ है कि आते-जाते कुणाल तलवे रगड़ ले। अब सँभालिए अपनी आधुनिक बेटी को। आपकी वह रमा कहती थी न, रीतू ऐसे घुट-घुट कर क्या जीना। तुम और कड़वी हो जाओगी। जब तुमसे सहन नहीं होता तब शान्ति से हट जाओ, कुणाल के बिना भी ज़िन्दगी जी सकती हो। जी रही है न ज़िन्दगी।

मिस्टर गोयनका एकदम से चुप हो गये। वे सोचना चाहते थे। बिल्कुल शान्ति से रीतू के भविष्य के बारे में। लेकिन यह औरत सोचने देगी तब न।

छाती में जैसे कटार चुभाती जा रही है। अब कह रही है, "आपके रहते हुए रीतू बेटों की ज़िम्मेवारी कैसे हो जायेगी?" मिसेज़ गोयनका का प्रवचन चालू था। आख़िरी वाक्य मिस्टर गोयनका को फिर चुभ गया—"हाँ, अगर आप किसी लायक नहीं रहते तो बेटे करते।"

"क्या करते?"

"जैसी उनकी औक़ात होती, वैसा करते।"

"धन देंगे नहीं। ऑफ़िस में जगह देंगे नहीं। पार्टी में साथ ले जायेंगे नहीं और तुम दिन-रात अपने बेटों के नाम की माला जपती रहो। वे तो तुम्हारा भी कुछ करने से रहे।"

"मेरा तो वे करेंगे ही।"

"हाँ, बेबी सिटिंग करती रहो, बहुओं के पीछे घूमती रहो, तभी तक।"

"ठीक है, मैं जैसी भी हूँ, ठीक हूँ। आप ही का ठिकाना नहीं। जब बेटी को वापस लाये हैं तो करिए उसका।"

"मैं लाने गया था? या जान बचा कर खुद वह यहाँ आयी है?"

"जब झमेला चल रहा था तब क्यों बेटी से पंचायती करते थे? क्यों नहीं उससे कहा सहन करने को?"

"वह नहीं सहन कर सकती। पग-पग पर तो कुणाल उसका अपमान करता रहा।"

"मर्द की जात ही ऐसी होती है। आपने मेरा अपमान नहीं किया।"

"तो कौन-सा तुम चुप रहो?"

"घर छोड़कर तो नहीं गयी?"

"जाने की जगह भी थी क्या? कौन है तुम्हारे परिवार में!"

"ऐसे नालायक तो मेरे भाई नहीं कि दो रोटी नहीं डालते?"

"रमेश की माँ, आज की औरत केवल दो रोटी के लिए ससुराल की देहरी पर पड़ी रहे, पति की मार खाती रहे?"

"तो इतनी उच्छृंखलता भी बर्दाश्त नहीं हो सकती। रीतू भाइयों की बराबरी नहीं कर सकती।"

"तुम उस ग़रीब के पीछे क्यों पड़ी रहती हो?"

"मैं भी क्या करूँ जी? मेरा तो मन करता है कि ज़हर खाकर सो रहूँ। रात-दिन की झक-झक से मुक्ति मिले।"

"मरने के अलावा तुम कुछ और भी करने की सोच सकती हो?"

"अब क्या करूँ? मेरा तो दिमाग़ हमेशा से कमज़ोर है। ये बातें तो मैं सोच ही नहीं सकती। रीतू भी दब कर रहे, भाइयों के पीछे-पीछे चले। ज़रा भतीजों को कहीं घुमा-उमा लाये, तब ना चले। जो दबता है वही दबा सकता है।"

मिस्टर गोयनका ने कुछ नहीं सुना। बस एक ही वाक्य उनके कानों में गूँजता रहा—'जो दबता है वही दबा सकता है।' वे सोचने लगे—क्या मेरी पत्नी की सफलता का यही राज है? यह दूसरों के सामने इतनी दयनीय बन जाती है। बहुओं की हाँ में हाँ मिलाती है। मगर क्यों? सहानुभूति, दया या फिर सम्बन्धों की राजनीति? क्या ग़ुलाम के हाथों में मालिक की नकेल हुआ करती है? यह इतनी जल्दी-जल्दी कैसे रंग बदल लेती है? एक मिनट में दुनिया-जहान की समझ की बात और एक मिनट में कहने लगेगी मुझे कुछ नहीं पता, आप जानें, आपकी ज़िम्मेवारी है। मैं तो जैसे आप कहते हैं वैसे ही करती हूँ।

उन्होंने वापस फिर अपनी पत्नी की ओर देखा—चिकना सपाट चेहरा, मोटी नाक पर हीरे की लौंग की चमक। वे चुपचाप पलँग पर सीधे लेट गये। आँखों के सामने समय-समय पर लिखी गयी रीतू की चिट्ठियों के अक्षर तैरने लगे—"पापा, मैंने तो कभी आप लोगों से, किसी से, कुछ भी नहीं छुपाया था। लेकिन आप बड़े लोगों ने मुझे अलग-अलग सलाह क्यों दी? जब तक सहन कर सकती थी, करती रही। लेकिन अब और नहीं कर सकती। बस, नहीं कर सकती। इसे मेरी कमज़ोरी कह लो पापा। कमज़ोर होना कोई गुनाह तो नहीं? जहाँ भी जाती हूँ, बस खुसुरफुसुर चालू हो जाती है। क्या उत्तर दूँ? किससे अपने मन की बात कहूँ?" चिट्ठियों की फिर कुछ और लाइनें—"पापा, कुणाल ने उसको अपने ऑफ़िस में पर्सनल अस्सिटेंट की तरह रख लिया है। अब सोलह घण्टे का साथ उसका है। आठ घण्टे रात को बिस्तरे पर हम दोनों की पीठ एक-दूसरे की ओर होती है। अब कोई संवाद नहीं बचा। बात करने का अर्थ है महाभारत। कुणाल कितनी नफ़रत की निगाह से मुझे देखता है। पापा मैं समझती हूँ, मुझे मेरा घर नहीं छोड़ना चाहिए। मैं सच कहती हूँ पापा, घर छोड़ूँगी भी नहीं।

एक कुणाल को छोड़कर मुझे किसी से कोई शिकायत नहीं। लेकिन मैं अपने प्रति बहुत असुरक्षित हूँ। केवल रुपये से ही सारी सुरक्षा तो नहीं हो जाया करती। रात-दिन मेरी आँखों के सामने वह औरत घूमती रहती है। कुणाल मुझे कहीं नहीं ले जाता। मेरे साथ खाना नहीं खाता। कल मेरा जन्मदिन था और उसकी 'मैरिज-एनिवर्सरी'। कुणाल ने मौर्या में पार्टी दी थी। समझ मे नहीं आया कि यह पार्टी किसके लिए थी? कामन फ्रेंड्स थे। फूलों के गुलदस्ते हम दोनों स्त्रियों को अलग-अलग पकड़ाये जा रहे थे। लेकिन कुणाल ने शैम्पेन की बोतल खोलकर पहला गिलास तो उसको ही पकड़ाया और दूसरा गिलास मेरी ओर बढ़ाया। कुणाल की आँखों की वह चमक जो कभी मेरी सालगिरह पर हुआ करती थी, आज उसके लिए थी। और फिर घर लौटकर हम लोगों की लड़ाई। आपसी गाली-गलौज, कमरे से निकलकर कुणाल का अपने पिता और माँ के कमरे में चले जाना। दूसरे दिन सासूजी का ताना। बोलीं, रीतू कम तो तुम भी नहीं। ग़ुस्सा तो तुम्हारे भी बहुत है। बेचारा लड़का तुम्हारे लिए कुछ भी करे, तुम ख़ुश नहीं हो सकतीं।"

मिस्टर गोयनका फिर सोचने लगे, कहाँ? मेरी तो कभी हिम्मत नहीं हुई कि मैं रमा के लिए कभी कोई पार्टी दे सकूँ या जन्मदिन पर उसको कभी कोई क़ीमती उपहार दे सकूँ, इसके बावजूद तो श्रीमतीजी कोहराम मचाये रखती थीं—कभी मैंने कुछ छुपाकर करना चाहा भी तो रमा ने मना कर दिया, "क्या मैं स्त्री होने के कारण आपकी दोस्त नहीं हो सकती? और दोस्त को छुपा कर देने की क्या ज़रूरत है?"

"लेकिन रमा, लोग तो इसे नहीं मानेंगे? तुमने ख़ुद अपने मुँह से हम लोगों का प्रेम-सम्बन्ध स्वीकारा है।"

"हाँ, जब था, तब था। आज नहीं है। यदि अतीत को लोग सच मानते हैं तो मेरे वर्तमान को किसलिए शक की निगाह से देखते हैं? क्या सम्बन्ध बदला नहीं करते? मानवीय सम्बन्ध तरल हुआ करते हैं। जड़ चौखटों में उन्हें कैसे स्थित किया जा सकता है? शाश्वतता महज़ एक फ़ैंटेसी है। आरोपित कल्पना है। सम्बन्धों का स्वरूप बदलना बड़ा लाज़िमी है, चाहे वह पति-पत्नी हों या फिर प्रेमी-प्रेमिका।"

"लेकिन लोगों की निगाहों में वही अतीत बसा हुआ है। वे उसी निगाह से ही तुम्हारे मेरे सम्बन्ध को देखेंगे।"

"मैं लोगों की निगाहों से नहीं जीती। अपनी निगाहों से जीती हूँ।"

मिस्टर गोयनका ने बायीं ओर करवट ली। देखा, पत्नी गहरी नींद में बेहोश है। वे फिर सोचने लगे—अच्छा, यह रीतू के साथ जाकर नहीं सो सकती? ताकि रीतू को अकेला न लगे। उन्होंने सिरहाने लगी बत्ती जलायी। मिसेज़ गोयनका हड़बड़ाकर उठ बैठीं, "ए रामजी! क्या हुआ?"

"कुछ तो नहीं। बत्ती तो जलायी थी।"

"मैं तो एकदम से डर गयी थी।"

"वह तो रोज़ की बात है। अच्छा, उमेश की माँ, तुम रीतू के साथ क्यों नहीं सो जातीं? अच्छा लगता है क्या—बेटी अकेली सोये और हम मियाँ-बीवी एक कमरे में?"

"आप कहेंगे तो मैं चली जाती हूँ। मेरा क्या? कहीं भी पड़ी रहूँगी। लेकिन कल समाज में बात बन जायेगी कि मिस्टर गोयनका और मिसेज़ गोयनका की आपस में पटती नहीं। उनका भी तलाक़ हो गया। आप ही बताइए, बहुएँ क्या सोचेंगी? यही न कि माँ-बेटी का एक गुट है। एक कमरे में सोती हैं और दिन-रात हम लोगों का जिकरा कूटती होंगी। जो थोड़ा-बहुत वे लोग रीतू का करती हैं वह भी नहीं करेंगी।"

मिस्टर गोयनका ने धीरे-से आँखें बन्द कर लीं और बत्ती बन्द कर दी। और चुपचाप फिर सोचने लगे—कहने को मैं इस घर का कर्ता हूँ। बस, केवल कहने-भर के लिए। क्या उम्र के साथ पुरुष कमज़ोर होता जाता है? नहीं। शायद प्रेमिका के रहते पत्नी का भाव बढ़ जाता है। लेकिन फिर रीतू का यह हाल क्यों हुआ? इसलिए कि रीतू ने उस 'दूसरी औरत' को नहीं स्वीकारा। जो भी इस घर में आता है, उसको मेरी पत्नी बेचारी लगती है। एक परम दुखी औरत। मगर क्यों? अपने प्रति मेरा यह अपराध-बोध। हाँ, यह अपराध-बोध ही तो मुझे खाये जाता है। लेकिन मैं इतना अपने आपको अपराधी क्यों महसूस करता हूँ? क्यों? आख़िर क्यों? और यह समाज? इस समाज से मैं इतना डरता क्यों हूँ? मेरी श्रीमतीजी रात-दिन इसका हौआ खड़ा किये रहती हैं। उनको पूरी सामाजिक स्वीकृति है।

सबकी सहानुभूति मिली हुई है, लेकिन मुझे नहीं। वे तो मुझे अब तक बेटों के सामने अपराधी बना रही थीं। अब रीतू के लिए भी मुझे ही दोषी ठहरा रही हैं। उनके साथ समाज है। लेकिन रमा का कहना है कोई यदि खड़िया के घेरे को समाज-समाज कहे तो यह उसका समाज है, पूरा मानव समाज तो नहीं। आप जिनकी नज़र से जीते हैं, वे केवल सौ-दो सौ जोड़ी आँखे है। रमा को अब इन आँखों से डर नहीं लगता। पहले लगता था। लेकिन तब वह छोटी थी। पौधा जब पेड़ बन जाता है तो दूसरों के सिर पर छाँव बन जाता है। हाँ, शायद इसलिए वह कहती है कि अब भी यदि मुझे अपने किये की कैफ़ियत देनी पड़े, तब जहन्नुम में जायें आप और आपका समाज। मेरी अपनी पगडण्डी भली। क्या इतनी बड़ी दुनिया में मुझे अपने जैसे दो-चार लोग नहीं मिलेंगे? कोई मुझे चुनाव तो लड़ना नहीं है कि मुझे एक लाख लोगों की सहमति चाहिए। दी होगी सीता ने अग्निपरीक्षा। आज की अकेली औरत को हर रोज़ अग्निपरीक्षा देनी पड़ती है।

मिस्टर गोयनका सोचने लगे, रमा एकतरफ़ा बात करने लगी है। मैं नहीं पीड़ित हूँ? मुझे ज़िन्दगी का दोहरापन नहीं खलता। श्रीमतीजी के पास तो रोज़ एक-न-एक खर्रा चला आता है और इन खर्रों के बहाने वे अपनी भड़ास मुझ पर निकालती हैं। कहीं कुछ भी ग़लत हो जाये, वह मेरी ज़िम्मेदारी होगी। मेरी ग़लती है, यही कहा जायेगा। रीतू को मैंने बिगाड़ा है, कुणाल सारी दिल्ली में यह कहता फिर रहा है। रीतू की सास का कहना है, क्या हुआ, अफ़ेयर ही तो था। इसके लिए इतनी हाय-तौबा क्यों मचायी गयी? और फिर जब बाप दिन-भर बेटी से यह कहे कि तुमको 'सेटल' कर देंगे, काम में लगा देंगे तो बेटी क्यों नहीं उछलेगी? यह केवल रीतू की सास नहीं बल्कि यहाँ इस घर में भी यही कहा जा रहा है। और रीतू यदि मर गयी होती तब? कहीं कुछ और कर बैठती तब भी, यही कहा जाता कि बाप है या फिर कसाई? बेटी की ओर आँख उठाकर भी नहीं देखा।

अचानक कमरे में रोशनी हो गयी। मिस्टर गोयनका हड़बड़ाकर उठ बैठे। देखा, सामने रीतू खड़ी थी।

"क्या हुआ बेटा? ऐसे कैसे इस समय?"

"क्या करूँ पापा, नींद नहीं आ रही। एकदम जी घबरा रहा है। कॉम्पोज लेने चली आयी।"

तब तक मिसेज़ गोयनका की भी आँखें खुल गयीं, कमरे में बेटी को देखकर वे चौंक कर उठ बैठीं।

"अरे, रीतू इस समय? तबीयत तो ठीक है ना?"

"नींद नहीं आ रही थी मम्मी, कॉम्पोज़ लेने चली आयी।"

"मैं देती हूँ, यह लो।"

"नहीं, रमेश की माँ तुम इसको कॉम्पोज नहीं दोगी। हम लोगों की ज़िन्दगी ख़त्म हुई, सो हुई। इसकी मैं नहीं ख़त्म होने दूँगा। मैंने तुमसे कहा था न कि तुम रीतू के कमरे में सोओ।" एक घुटी हुई चीख़, कराहती हुई ज़िन्दगी का आर्तनाद था। मिसेज़ गोयनका ने एक बार आग्नेय नेत्रों से पति की ओर देखा फिर पल्ला सँभालते हुए उठ खड़ी हुई। रीतू ने कहा—"नहीं मम्मी, आप सोइए। मैं जाती हूँ।"

''नहीं, अब से तेरे साथ सोऊँगी। तेरे पापा का कलेजा ठण्डा रहेगा।''

रीतू ने कातर आँखों से अपनी माँ की ओर देखा। फिर पिता से कहा, "पापा, मम्मी मेरे पास सोयें या नहीं सोये इससे मेरा अकेलापन तो दूर होगा नहीं और न ही मुझे नींद आयेगी।" कहते हुए वह साइड टेबल की दराज खोलकर दवा टटोलने लगी। मिसेज़ गोयनका दोनों हाथों के बीच चद्दर, तकिया दबाय वैसे ही खड़ी थीं। दबा मिलते ही बत्ती बन्दर कर, रीतू कमरे से बाहर निकल गयी। मिसेज़ गोयनका ने फिर बत्ती जला दी और पूछा, "बोलिए क्या करूँ?"

"जो मन में आये।"

"ठीक है।" और वे भी कमरे के बाहर चली गयीं। मिस्टर गोयनका ने राहत की साँस ली और करवट बदल कर सो गये।

सुबह घर में तूफ़ान था। ब्रेकफास्ट टेबल पर चाय पीते हुए उमेश ने कहा, "बाबूजी! प्रेमा कह रही थी, मम्मी, ड्राइंगरूम में सोफ़े पर सो रही थीं। यह भी कोई बात हुई?"

तब तक प्रेमा ने कहा, "पापाजी, आप लोगों की यह आपसी कलह कब मिटेगी?"

"अपनी सास से पूछो।"

रमेश ने कहा, "आप हर बात में मम्मी को क्यों दोष देते हैं? आप किसी भी क्राइसिस को ठीक से हैंडल तो करते नहीं। बस, बेचारी मम्मी पर चालू हो जाते हैं।"

मिस्टर गोयनका ने रीतू की ओर देखा। बेचारी लड़की का ग्लानि से झुकता हुआ सिर टेबल में समा जाना चाहता था।

मिसेज़ गोयनका ने कहा, "नहीं, ऐसी कोई बात नहीं थी। मेरे को ही कमरे में मच्छर काट रहे थे। ए...स्मिता! ज़रा रामू से कहना कि गद्दों को धूप में डाले और अच्छी तरह पलँग के नीचे स्प्रे करे। पहले कलकत्ता में इतने मच्छर नहीं थे, आजकल मरे कहाँ से आ गये।"

टोस्ट चबाते हुए विक्की ने कहा, "दादी माँ, हम लोगों के कमरे में भी बहुत मच्छर हैं।"

"अच्छा! बेटे आपके कमरे में भी मच्छर हैं? तब आप सोये कि नहीं?" मिस्टर गोयनका ने बात हलकी करनी चाही।

तब तक स्मिता ने विक्की से कहा, "अब आप जल्दी से नाश्ता ख़त्म करिए तो। नहीं तो स्कूल में घुसने नहीं दिया जायेगा।" स्मिता का स्वर मानो मिस्टर गोयनका को झिड़क रहा था।

डाइनिंग टेबल पर मिसेज़ गोयनका और रीतू अकेली रह गयीं। बेटी से आँख मिलते ही मिसेज़ गोयनका ने कहा, "रीतू ऐसे कैसे चलेगा?"

"कैसे मम्मी?"

"यही तेरा रात-रात भर जागते रहना।"

"कौन कहता है?"

"सपना कह रही थी कि रीतू बाई बारह-एक बजे से पहले तो कभी सोती नहीं।"

"सपना को क्या पता, वह तो ज़मीन पर पड़ते ही खर्राटे लेते लगती है।"

"लेकिन फिर कल कॉम्पोज़ लेने मेरे कमरे में क्यों आयी?"

"ग़लती हुई मम्मी।"

"ग़लती नहीं, दवा लेनी थी, मुझसे अलग से माँग लेती। हर बात अपने पापा से क्यों कहती हो। मैं तुम्हारी कुछ भी नहीं लगती क्या?"

रीतू का मन किया कि कह दे—आप अपने बेटों के लिए हैं। उन्हीं की होकर रहिए। लेकिन वह चुप लगा गयी। वह सोचने लगी—आख़िर क्यों मुझे अपनी माँ इतनी परायी लगती है? मुझे तो यहाँ कोई अपना लगता ही नहीं। पापा भी कितने बदलते जा रहे हैं! कितने असहाय! पापा में वह पहले वाला रौब रहता तो ऐसे उमेश भैया की बात सुन लेते क्या? और रमेश भी कितना बोलने लगा है। बेचारे पापा इन सबके सामने कितने अकेले पड़ जाते हैं। और वह भी मेरे कारण। नहीं, मेरे कारण नहीं। इसका कारण रमा आंटी रही हैं। मम्मी ने पापा को हमेशा रमा आंटी को लेकर 'कार्नर' किया।

"ए रीतू, तू फिर क्या सोचने लगी? इतना सोचने से क्या होगा? कुणाल तो वापस मिलने से रहा।"

"मम्मी, मुझे कुणाल की याद नहीं आती। उसकी कमी मैं बर्दाश्त कर लूँगी। लेकिन मम्मी मुन्ने के बिना मैं कैसे रहूँगी?"

"अपने भतीजों में मन लगा।"

"मम्मी, इन लोगों को देखकर तो मुन्ने की और याद आती है। मैं क्या करूँ मम्मी? आप ही बताइए, मैं क्या करूँ?" और रीतू मेज़ पर सिर पटकने लगी।

मिसेज़ गोयनका ने हड़बड़ाकर बेटी को कलेजे से लगाते हुए कहा, "देख बेटा, रो-रोकर यों छलनी होने से क्या होगा? कुछ हिम्मत से काम ले, हे रामजी! मेरा जो हुआ सो हुआ, अपना दर्द पीते-पीते तो मैं नीलकण्ठ हो गयी। लेकिन बेटी का दुख? बेटा भी यहाँ आ जाता तो दस बरस में छोरी का घर बस जाता। शाख-पात बिना ऐसी ठूँठ-सी तो नहीं लगती। गाँव भी क्या कहेगा। कोडरमा वाली जिठाणीजी तो फ़ोन पर ही बात खुरचने लगी—हाँ, ए उमेश की माँ। रीतू ऐसे कैसे उठाकर फेंक दी गयी? बेटे को भी वश में नहीं कर सकी? प्रकाश तो दिल्ली से कल ही लौटा है। कह रहा था, माँ क्या बताऊँ—पूरी दिल्ली में रीतू की जो बुराई हो रही है, जो चर्चा कि एकदम जी जल उठा। रीतू को पति के सामने झुकना चाहिए था न। पैर पकड़कर माफ़ी माँग लेती तो क्या बिगड़ जाता।"

"फिर आपने क्या उत्तर दिया?" आँसू भरी आँखों से रीतू ने पूछा।

"मैं क्या जवाब देती? यही तो कहा कि मैं क्या बोलूँ जिठाणीजी मेरी तो कुछ भी समझ में नहीं आता। आप तो इनका स्वभाव जानती हैं? इन्होंने कभी मेरी सलाह मानी होती तो यह दिन देखने को मिलता?"

"फिर ताईजी ने क्या कहा?"

"यही कि, राजेन्द्र बाबू का स्वभाव तो हमेशा से ही गरम है। बेटी को सिर पर बैठा कर रखेंगे तो यही होना था। उमेश की माँ, तुम चाहे कुछ भी बोलो, यह तुम्हारा घर कुछ ज़्यादा ही 'मॉडर्न' हो रहा है। अपने परिचार की किसी बेटी के ससुराल से उलाहना नहीं आया। सच कहती हूँ रीतू, जिठाणी की बात से मेरा तो ऐसा जी जला कि क्या बताऊँ?"

"आपने फ़ोन क्यों रख दिया। आप क्यों लोगों को इतनी पंचायती करने का मौक़ा देती हैं?" रीतू का चेहरा अब भी आँसुओं में डूबा हुआ था।

"लो अब तू मेरी ग़लती निकालने बैठ गयी। बोल ले तू भी अपनी माँ को, बोल ले। तेरे पापा तो रात-दिन उठते-बैठते सुनाते ही रहते हैं।" बेटी से तुरन्त अलग होकर बगल की कुर्सी पर बैठते हुए मिसेज़ गोयनका ने कहा।

ममता की मिली हुई गरमाहट, ज़रा-से तर्क से इतनी जल्दी बर्फ़ हो जायेगी, इस बात को रीतू नहीं समझ पायी।

"मम्मी, आप नाराज़ हो गयीं? आपको 'हर्ट' करने का मेरा कोई इरादा नहीं था। मैं तो बस यह कह रही थी कि ताईजी का स्वभाव तो आप जानती हैं। आप फ़ोन पर उनको ज़्यादा बोलने का मौक़ा ही नहीं देतीं। कह देतीं कि काम है, या कोई मेहमान आ गया है, और फ़ोन रख देतीं।"

"अब इतना तो झूठ-सच मुझसे नहीं बोला जाता। इतनी मेरी अकल होती तो तू मेरे वश में नहीं रहती। मेरी बात नहीं सुनती? यह दिन क्यों देखना पड़ता।"

"मम्मी मैंने तो हमेशा ही आपकी बात सुनी है। जैसा आपने कहा, वैसा ही करती रही। लेकिन कुणाल मेरा गला दबाने पर उतारू हो गया तो मैं क्या करूँ? जान का डर तो सभी को रहता है।"

"तू अपनी सासूजी के कमरे में चली जाती। कुणाल ने ज़रा-सा हाथ उठा लिया तो इसमें बक्सा उठाकर घर से निकलने की क्या ज़रूरत थी?

उनकी इज़्ज़त लोगी, तो वे हमारी क्यों ढँकेंगे? ले भोग, अब अपनी करनी का फल। अब हो रही है न दिल्ली में चर्चा।"

"मम्मी इसमें मेरी ग़लती क्या है? आप खामख़ाँ नाराज़ हो रही हैं।"

"नाराज़ नहीं हो रही लाडो। यह सब सुनकर मेरा कलेजा फटता है। एक-एक बात तो तू अपने पापा को बोलती रहती है। बचपन से तेरी यही आदत है। और इनकी आदत? ये भला रमा से कुछ छुपायेंगे? है ना रमा मॉडर्न! कर दिया न निहाल, मेरी कभी चली है इस घर में? एक दिन भी चैन से नहीं बीतता। रीतू तूने और कुछ नहीं तो कम-से-कम अपनी माँ की ओर तो देखा होता।" कहते हुए मिसेज़ गोयनका हिचकी लेकर रोने लगीं। साथ में बड़बड़ाना चालू था, "जाओ पूछो उस रानीजी से रूठे हुए पति को कैसे मनाया जाये, टूटे हुए घर को कैसे जोड़े, जैसी खुद अकेली ठूँठ है वैसी तुमको बना दिया, अच्छा बदला लिया मेरे से।"

रीतू उठकर अपनी माँ के गले लग कर फिर रोने लगी। वह अपने को बेहद अपराधी महसूस कर रही थी, "प्लीज़ मम्मी! आप रोइए मत। मैं तो नीचे रमा आंटी के पास जाती भी नहीं। मुझे तो ख़ुद ऐसी औरतों से नफ़रत हो गयी है। मैंने कभी उनकी बड़ाई की है?"

"तो पापा के सामने क्यों चुप रहती है? क्यों नहीं कहती कि सारी ग़लती आपकी है पापा। आपको मेरे बीच में नहीं पड़ना चाहिए था। पूछ अपने बाप से, अब वह कौन-सा धन निकाल कर देंगे? रमा व्यापार करवा देगी?"

एक ठण्डी साँस लेकर रीतू ख़ामोश हो गयी। लेकिन खड़ी-खड़ी अपनी माँ के सिर पर हाथ फेरती रही। प्यार? अपराध-बोध? क्या था उसके मन में? वह ख़ुद नहीं समझ पा रही थी। किसका पक्ष ले और किसका नहीं।

ऑफ़िस जाने के लिए कमरे से तैयार होकर प्रेमा बाहर निकली, "यह क्या आप दोनों यहीं बैठे हो? रीतू जीजी...आप ऐसे रोती रहोगी तो कैसे कुछ कर पाओगी? आख़िर पढ़ाई-लिखाई से फ़ायदा!"

रीतू ने आहत दृष्टि से कमरे से बाहर जाती हुई प्रेमा को देखा। फिर मुड़कर अपनी माँ की ओर देखा।

मिसेज़ गोयनका ने झल्लाकर कहा, "ले सुन! अपनी भाभी की बोली।"

'भाभी का स्वभाव तो बोलने का है। आप जानती हैं। आप जैसी सीधी सास उनको मिली है, तब न।"

"रीतू, ग़ुस्सा तो मुझे बहुत आया। लेकिन क्या करूँ? कुछ बोलने की हिम्मत नहीं हुई।"

रीतू का मन चीत्कार कर उठा, पूछने का मन किया—क्यों नहीं हुई मम्मी? क्यों नहीं? मैं आपकी बेटी नहीं? मेरा आप पर कोई अधिकार नहीं?

रीतू की आँखों के सामने दीवारें घूम रही थीं। कुर्सियाँ लड़खड़ा रही थीं। मेज़ पर पड़े जूठे बर्तन मुँह चिढ़ा-चिढ़ाकर कह रहे थे—नहीं तुम्हारा कोई अधिकार नहीं, कोई अधिकार नहीं। देखो, हमें उठाकर देखो, हर तश्तरी पर, कटोरी पर, चम्मच पर 'गोयनका हाउस' लिखा हुआ है। तुम्हारा बेटा ठीक बोल रहा था, माँ मैं गोयनका नहीं हो जाऊँगा। मैं गुप्ता ही रहूँगा। नानी जितना प्यार चिंटू भैया को करती हैं, मुझे नहीं करेंगी। दादी कह रही थीं मेरी जन्मपत्री में कुलदीपक योग है।

'और मैं?' रीतू ने ख़ुद से ही पूछा।

उत्तर था—'तुम बुझती हुई शलाका हो रीतू, बुझती हुई शलाका।'

कौन कह रहा है मुझसे यह सब? कौन? कहाँ से आयी यह आवाज़? ओह रमा आंटी की आवाज़, हाँ रमा आंटी ने कहा था—रीतू, इन दोनों घरों के बीच मैंने अपनी ज़िन्दगी ख़त्म कर दी। सुबह नौ बजे माँ के घर से निकलना और रात को नौ बजे वापस घर पहुँचना। मैंने किसी को पराया नहीं समझा। जब जितना बन पड़ा, किया। लेकिन एक दिन समझ में आया, मेरा अपना घर नहीं है। मैं बस सड़क पर चल रही हूँ। मैं स्वीकृति की भीख माँग रही थी। बार-बार बस यही कह रही थी कि मुझे जगह दो, मेरी ओर भी आँख उठाकर देखो! लेकिन...?

लेकिन रमा आंटी आप तो शुरू से आर्थिक रूप से स्वावलम्बी थीं। आपको पहले ही अपना फ़्लैट अलग कर लेना चाहिए था।

"पहले हिम्मत नहीं होती थी और रीतू, मुक्ति केवल आर्थिक नहीं होती। ज़रूरत तो है कि औरत अपनी मानसिक जकड़न से निकले। धीरे-धीरे मुझे यही समझ में आया कि अकेला होना कोई अपराध नहीं। कोई ज़रूरी है कि हम केवल पारम्परिक सम्बन्धों को ही अपना समझें।

लेकिन इस समय मुझे रमा आंटी के लम्बे-लम्बे वाक्य क्यों याद आ रहे हैं, वे मेरी क्या लगती हैं? और रमा आंटी के लिए मैं अपनी माँ को तो नाराज़ नहीं कर सकती। पति के जीवन में दूसरी औरत का होना अपने आप में कितनी बड़ी त्रासदी है। क्या इसका अनुभव मुझे नहीं? नहीं, मुझे मम्मी का साथ देना है, मम्मी की बात सुननी है। पापा तो पुरुष हैं, वे क्या जानें औरत के मन की व्यथा।

रीतू सिर झटक कर उठी खड़ी हुई। पीछे से मिसेज़ गोयनका के गले में हाथ डालते हुए वह उनके कन्धों पर झुक आयी।

"मम्मी, लेट्स बी टुगेदर! मम्मी, आप जो कहेंगी मैं वैसा ही करूँगी। बस, अब तो ख़ुश! बोलिए, मुझे क्या करना चाहिए?"

"अभी तो तू जाकर नहा-धो। फिर मृदुला लंच पर अपने घर आने के लिए कह रही थी।"

"जीजी ने बुलाया है? वे तो टी-गार्डन गयी हुई थीं न? कब आयीं?"

"कल ही तो आयी। आते ही मृदु ने फ़ोन किया। तेरा हालचाल पूछ रही थी।"

"अच्छा, जीजी क्या कह रही थीं?"

"यही कि चाचीजी आप किसी के दबाव में आकर रीतू का तलाक़ मत करवा दीजिएगा।"

रीतू का मुँह का स्वाद कसैला हो गया। फिर वही बात। आख़िर लोग मेरे बारे में इतनी बात क्यों करते हैं? मैं तलाक़ दूँ या नहीं दूँ, इससे मृदुला जीजी को क्या मतलब? क्या मैं बच्ची हूँ? मुझे अपने बारे में निर्णय लेने का अधिकार नहीं? शायद नहीं।

"ऐ रीतू, तू फिर कुर्सी पर बैठ गयी। बेटा, मैं तो हार गयी तेरे सामने।"

माँ की झिड़की सुन रीतू घिसटते हुए किसी तरह अपने कमरे में गयी। कमरे में सारा सामान इधर-उधर फैला हुआ था। एक पलँग पर विक्की के खिलौनों का ढेर लगा था। वहीं पर नीचे बैठकर विक्की की आया कपड़ों की तह लगा रही थी। रीतू को समझ में नहीं आया कि यह उसका कमरा है या विक्की का? फिर उसको लगा कि नहीं एक पलँग मेरा है, एक अलमारी मेरी है। बस, इतना भर। मैं इस घर की एक स्थायी मेहमान हूँ, सदस्य नहीं।

मम्मी कहती तो हैं कि मैं उनकी बात नहीं सुनती। लेकिन क्या सुनूँ और कितना? उनके पीछे-पीछे चलती तो हूँ, लेकिन मिलता क्या है? अपमान, भाभियों की अवमानना! अपनी ही नज़र में छोटा हा जाना। प्रेमा भाभी का यह कहना–"अन्त में ससुराल ही काम आता है। मैं तो अपने भाई-भाभियों से कभी कोई आशा करती ही नहीं।"

इस अभिव्यक्ति में छुपी व्यंग्योक्ति क्या मुझे समझ में नहीं आती। मन तो किया था कि पलट कर जवाब दे दूँ। लेकिन मम्मी का उनकी 'हाँ' में 'हाँ' मिलाना और यह कहना कि प्रेमा तो हमेशा से समझदार है, मैं क्या जवाब देती। एक नासमझ तो मैं ही हूँ, जो ससुराल की देहरी लाँघ गयी। रीतू को लगा मानो वह फिर गहरे पानी में गोता लगाने लगी। यह निषेधक सोच और चिन्तन का यह अन्धा कुआँ, ओह! मुझे रोशनी चाहिए। यह विक्की की आया भी अजीब है। सुबह दस बजे से ही कमरे की खिड़की-दरवाज़े बन्द करके बैठ जाती है। रीतू ने हड़बड़ाकर एकदम से सारे पर्दे खींच दिये और खिड़कियाँ खोल दीं। आया ने एक नज़र उसकी ओर डाली और फिर बैठे-बैठे कहा–"रीतू बाई, एयरकंडीशन चल रहा है।"

"तो तुम बन्द नहीं कर सकतीं। बैठे-बैठे मुझ पर हुकुम चला रही हो।"

"आप हम पर क्यों ग़ुस्सा हो रही हैं? हम क्या करें? स्मिता बहूजी बोलती हैं, दस बजे के बाद खिड़की मत खोला करो। कमरा गरम हो जाता है। विक्की बाबा स्कूल से दो बजे गर्मी से आता है तो कमरे में सो नहीं पायेगा।"

"ठीक है! विक्की को उसकी माँ के कमरे में सुला दो।" कहती हुई रीतू बाथरूम में घुस गयी।

आया ने एक उपेक्षा-भरी नज़र उस पर डाली और अलमारी खोलकर विक्की के कपड़ों का ढेर पलँग पर लगा दिया। फिर वह खिलौनों की टोकरी उठाकर स्मिता के कमरे की ओर चल दी। तैयार होकर रीतू और मिसेज़ गोयनका ऐसी मार्केट शॉपिंग के लिए चली गयीं। वहाँ से मुदृला के साथ लंच पर बाहर जाने का प्रोग्राम था। आज मिसेज़ गोयनका बहुत ख़ुश थीं। रीतू यदि ऐसे उनका साथ दे तो क्या समस्या है?

किसको अपनी बेटी अच्छी नहीं लगेगी। गाड़ी में वे रीतू से कहती रहीं, "तेरे पापा का स्वभाव तो तू जानती है। बहुओं के सामने मुझे ऐसे झाड़ देते हैं कि मैं क्या बताऊँ? फिर भला बहुएँ क्यों मेरे वश में आने लगीं।"

"लेकिन मम्मी, भाभी लोग तो आपका बहुत करती हैं।"

"क्या करती हैं? तू ही बता? मैं कुछ बोलती नहीं तभी न, जब जिसका मन हो बाहर जाये। जिसके जो मन में आता है, करता है। लेकिन क्या करूँ? अपनी कमज़ोरी समझ कर बर्दाश्त कर लेती हूँ। किसके सामने मुँह खोलूँ। जहाँ बोलूँगी, वहीं इज़्ज़त ही तो जायेगी।"

"लेकिन मम्मी..."

रीतू कुछ और कहे उसके पहले ही मिसेज़ गोयनका चालू थीं—"घर है क्या? कोई खाना खायेगा या नहीं, यही मालूम नहीं रहता। खाना बनेगा दस जनों का, खायेंगे दो जन। अब यदि मैं स्मिता से कह दूँ कि तुम लोग रात को यदि बाहर खाते हो तो महाराज जी से ज़रा बोल ही दिया करो। लेकिन वह सुने, इसके पहले फटाक से जवाब पकड़ा देगी—'अब मम्मी कोई पहले से तो प्रोग्राम फिक्सड रहता नहीं।' मेरा तो ऐसा जी घुटता है कि क्या बोलूँ? बाहर जाकर रात नौ बजे फ़ोन करेगी, "मम्मी, मैं और रमेश देर से आयेंगे। महाराज जी से बोल दीजिए कि चौका उठा दें और ज़रा-सा विक्की की आया को फ़ोन दीजिए न।" मानो वह मरी आया ही सब कुछ है। उससे फ़ोन पर पूछेगी, 'विक्की ने खाना खाया या नहीं? उसे खाँसी की दवा दी या नहीं?' तू ही बता रीतू, स्मिता को आया से ये सब पूछना चाहिए? मुझसे नहीं पूछ सकती?"

रीतू अपनी माँ का चेहरा देखने लगी। एयरकंडीशन कांटेसा में भी माथे पर पसीना, उत्तप्त गाल और छलछलायी आँखें।

मिसेज़ गोयनका फिर बोलीं, "तू बेटी है। तेरे सामने कह कर जी हलका हो गया। ये सब बातें कहूँ तो किससे कहूँ?"

रीतू ने ड्राइवर की ओर देखते हुए सोचा—कहीं यह मरा, सारी बातें स्मिता भाभी को न बोल दे। उसने ड्राइवर की ओर आँखों से इशारा करते हुए धीरे-से माँ का हाथ दबाते हुए कहा, "अपन फिर बात कर लेंगे मम्मी।"

लेकिन नहीं, आज वे आवेश में थीं।

"पापा, तुम यह सब बात किसी को बोलना मत।"

"क्या बात बहूजी?"

"हम और रीतू बाईजी जो बात कर रहे थे।"

"बहूजी, हम तो कान बन्द करके गाड़ी चलाते है। फिर बिन्नी जी लोगों का हिसाब-किताब हमसे पूछिए। स्मिता बिन्नी जी दिन में कम-से-कम सौ किलोमीटर तो ज़रूर घूमती हैं। यहाँ चलो, वहाँ चलो। कभी इस सहेली के घर, तो कभी उस सहेली के घर, तो कभी माँ के घर।"

"हाँ सो तो है ही। इसके पैर तो घर में टिकते ही नहीं।"

"इस मामले में प्रेमा बिन्नी जी बिल्कुल फिट हैं। ऑफ़िस से घर, घर से ऑफ़िस।"

"उसका तो पीहर भी यहाँ नहीं है न, छोटकी के पीहर का चक्कर भी तो बहुत हो जाता है।"

समर्थन में उन्होंने रीतू की ओर देखा। रीतू को सारी बातें शुरू से आख़िर तक अजीब लग रही थीं। भला यह क्या कल्चर कि घर की बात में नौकर-चाकर को भी शामिल कर लिया जाये। कम-से-कम दिल्ली में मेरी सास इन बातों की मर्यादा तो रखती थीं। अचानक उसे बचपन याद आ गया। मम्मी का हमेशा पापा और रमा आंटी के बारे में पूछताछ करना! महेन्दर इसीलिए तो इतना जवाब पकड़ाता है।

"ए रीतू, उतर।" न्यू मार्केट के सामने वाले पोर्टिको में गाड़ी से उतरते हुए मिसेज़ गोयनका ने कहा। दो-चार दुकानों में इधर-उधर झाँक कर 'कहीं कुछ नया नहीं है' कहते हुए मिसेज़ गोयनका वापस लौट पड़ीं। सामने आती हुई मिसेज़ अग्रवाल दिखीं।

"ओह...हो...आज तो माँ-बेटी बड़े ज़ोरों की शॉपिंग कर रही हैं।"

"बस, ऐसे ही घूमने निकल गये थे।"

अब मिसेज़ अग्रवाल रीतू की ओर मुख़ातिब थीं, "अरे वाह! रीतू, क्या ख़ूबसूरत सलवार-कुर्ता पहन रखा है। दिल्ली का है न? कौन-सी बुटिक से ख़रीदा?"

रीतू कुछ बोले, इससे पहले मिसेज़ अग्रवाल फिर टूट पड़ीं, "रीतू अब की दिल्ली जाओ तो चार-पाँच ड्रेस मेरी गुड्डी के लिए भी ले आना।"

रीतू के कान लाल हो रहे थे। वह कह नहीं पा रही थी कि मैं अब दिल्ली कभी नहीं जाऊँगी और फिर अग्रवाल आंटी कैसे पिन चुभा रही हैं। इनको मालूम नहीं क्या? लेकिन आज मिसेज़ गोयनका ने पतवार सँभाली—"रीतू अब दिल्ली नहीं जायेगी। तुमसे भला क्या छुपाना विमला..."

लेकिन इससे आगे सुनना रीतू के लिए सम्भव नहीं था। उसको लगा यहाँ कलकत्ता में हर चेहरा उस पर मुँह छुपाकर हँस रहा है। रीतू के पति का किसी के साथ अफ़ेयर है, रीतू को उसके पति ने मारा, वह अपनी जान बचाकर कलकत्ता भाग आयी। इन अप्रिय बातों से बचने के लिए वह बगल की दुकान में घुस गयी।

"क्या दिखाऊँ बहनजी?" सामने खड़ा सेल्समैन पूछ रहा था।

"कुछ भी।" न जाने क्यों रीतू सूखने के लिए रस्सी पर पसरी हुई साड़ी की तरह थरथरा रही थी। सेल्समैन ने एक नज़र फिर रीतू पर डाली। रीतू ने कनखियों से देखा, अग्रवाल आंटी और उसकी माँ पेट से पेट सटाये, एक-दूसरे का हाथ पकड़े बातें कर रही थीं। रीतू को थोड़ा-सा सुकून मिला, चलो आज कम-से-कम मम्मी मेरी होकर कुछ बोल तो रही हैं और यह अग्रवाल आंटी भी अजीब हैं। सब कुछ जानते हुए भी कुछ नहीं जानने का नाटक।

"धन्यवाद! कुछ नहीं चाहिए।" कहती हुई रीतू दुकान से बाहर निकल आयी। रीतू को देखते ही दोनों महिलाएँ ख़ामोश हो गयीं।

"अच्छा, चलूँ भाभीजी। मेरे लायक कोई काम हो तो ज़रूर बोलियेगा।"

"हाँ, हाँ! इसमें क्या शक है?"

लौटने में रीतू ने देखा, मम्मी तेज़ क़दमों से सिर को सामने झुकाये चली जा रही हैं। वह पीछे-पीछे थी। माँ से कुछ पूछने का साहस नहीं हुआ। गाड़ी में बैठते ही एक भारी विस्फोट था।

"पता है, मिसेज़ अग्रवाल क्या कह रही थीं?"

"क्या?"

"भाभीजी, दिल्ली में घर-घर रीतू की ही बदनामी हो रही है। कुणाल सबसे कहता फिर रहा है कि रीतू का दिमाग़ ख़राब हो गया था। तुमने उसका हाथ काट खाया था। वह बेचारा क्या करता?

उसे अपनी जान बचाने के लिए हाथ उठाना ही पड़ा। और, तेरी सासूजी का सारा उलाहना हम लोगों पर। अकेली बेटी को सिर पर चढ़ा रखा है। बाप तो रात-दिन उकसाता रहता था। सब छोड़कर चली आओ, बिज़नेस करवा देंगे। तब भला बहू हमारे घर कैसे रहती?"

"और आप 'हाँ-हाँ, करती रहीं।"

"तो मैं क्या कहती? पूरब का सूरज पश्चिम में उगा है। यह तो नहीं कहा जा सकता।"

"मम्मी!" एक घुटी हुई चीख़ थी। बेटी के स्वर का आक्रोश मिसेज़ गोयनका से छुपा नहीं था। लेकिन आज उनका भी संयम टूट चुका था।

"भरे बाज़ार में तेरे कारण मुझे नंगा होना पड़ा। रात-दिन अपमान का कितना ज़हर पिऊँ?"

"आप क्यों ज़हर पियेंगी, मैं ही मर जाऊँ तो अच्छा है न?" कहते हुए खुली हवा के लिए रीतू ने शीशा नीचे कर दिया और सिर बाहर निकाल आती-जाती बसों को देख सोचने लगी–कितना अच्छा होता यदि अभी गाड़ी सामने से आती 'डबलडेकर' से टकरा जाये। एक भारी एक्सीडेंट! चिथड़ा शरीर! मर भी जाऊँगी और कोई यह भी नहीं बोल सकेगा कि मैंने आत्महत्या की। इन लोगों की परेशानी भी दूर हो जायेगी।

नहीं! एक मासूम चेहरा आँसू भरी आँखों के सामने घूम गया–बेटा, मेरा अपना बेटा। मेरे ख़ून का कतरा। वह तो रोयेगा अपनी मरी हुई माँ के लिए। कैसे एक बार जब मेरे और कुणाल के बीच ज़ोर से झगड़ा हुआ था और मैंने कुणाल से कहा था–ठीक है, अब तुम मेरा मरा हुआ मुँह देखोगे। मुन्ना मुझसे लिपटकर बिलख-बिलखकर रोने लगा था–मम्मी, प्लीज़ मम्मा आई लव यू। आई केयर फॉर यू, मम्मी! लेकिन मैं अपनी माँ से ऐसे क्यों नहीं जुड़ पाती? क्यों नहीं लिपट कर कह पाती–मम्मी, प्लीज़ मम्मी, अब और मुझे हर्ट मत करिए। मगर नहीं, पता नहीं क्यों साहस ही नहीं होता। मम्मी इतनी दूर क्यों लगने लगी हैं? क्या शादी के बाद माँ, बेटी को अपने नाभी-नाल से हमेशा के लिए काट देती है?

गाड़ी मृदुला जीजी के घर के सामने रुकी थी।

"ए, रीतू उतर।" मिसेज़ गोयनका के चेहरे पर अब भी खीज के भाव थे।

“मुझे नहीं उतरना। मैं घर जाऊँगी।” रीतू का ठण्डा स्वर था।

“ए बेटा, ऐसे अपनी माँ को परेशान मत कर। लोगों की तो आदत है बात बनाने की और तेरे गाल फूल जाते हैं।”

‘लेकिन आप क्यों शामिल होने गयीं?’ ऐसा कहना चाहकर भी रीतू के मुँह से बस इतना-भर निकला, “कह दिया ना, मेरा मन नहीं है।”

“ठीक है, तब मरो।” कहती हुई झटके से मिसेज़ गोयनका गाड़ी से उतर गयीं।

घर लौटकर रीतू ने कमरे में पाया कि कमरे का एक पलँग बाहर ड्राइंगरूम में रखा हुआ है। सोये हुए विक्की के पास आया बैठी हुई है। वह समझ नहीं पायी, न ही उसके दिमाग़ में सुबह की घटना आयी। सहज भाव से उसने पूछा, “यह क्या? विक्की का पलँग बाहर! उसको यहाँ गर्मी में क्यों सुला रखा है?”

“स्मिता बहूजी बोला।” एक ठण्डा सपाट उत्तर था।

“लेकिन क्यों?”

“हमको मालूम नहीं?”

“अजीब बात है। स्मिता भाभी कहाँ पर हैं?”

“अपने कमरे में, सो रही हैं। बोला, हमको तंग मत करना। विक्की बाबा का अलमारी भी ड्राइंगरूम में रखा है वह देखिए।”

रीतू फिर भी नहीं समझी कि माज़रा क्या है? वह ख़ुद ही खड़ी नहीं रह पा रही थी। सिर चक्कर खा रहा था। निढाल बिस्तरे पर गिर पड़ी।

रीतू की आँख खुली बाहर किसी के ज़ोर-ज़ोर से बोलने से। अँगड़ाई लेकर उठते ही उसने अपनी माँ की एकदम नरम आवाज़ सुनी। एक-एक शब्द मानो चीनी के शीरे में डूबा हुआ—“ए बेटा स्मिता, यह क्या बात हुई, ऐसे विक्की को बाहर गर्मी में आया ने सुला दिया।”

“तो मम्मी आया की क्या ग़लती है? रीतू जीजी को अँधेरा कमरा पसन्द नहीं। वे सब खिड़कियाँ दोपहर बारह बजे तक खोलकर रखेंगी। आया कुछ बोले तो उसको झिड़क देंगी। मैं भी क्या बताऊँ? जब विक्की को गर्मी में ही सोना है तो फिर जीजी कमरा अपने पास रख लें। मेरा बेटा हॉल में ही सो जायेगा।”

"तू भी बेटा कैसी बात करती है। यहाँ ड्राइंगरूम के गलियारे में विक्की सोयेगा?"

"ठीक है, क्या फ़र्क़ पड़ता है? रीतू जीजी तो आराम से हैं।"

"क्यों, कोई बात हो गयी रीतू से?" मिसेज़ गोयनका का स्वर घबराया हुआ था।

"नहीं, बात क्या होनी थी? जीजी के फ्रस्ट्रेशन का शिकार मेरे बेटे को ही होना था। वह आया अलग नौकरी छोड़ने को कह रही है।"

"क्यों, वह क्यों ऐसा कह रही है?"

"बोलती हैं, बहूजी हम आपका डाँट सुन लेगा लेकिन रीतू बाई का हुकुम नहीं सुनेगा।"

"आया को समझाकर रख बेटा। अभी चली जायेगी तो और परेशानी होगी।"

"अब जो होगा, सो देखा जायेगा। आया भी कहाँ तक चुप रहे। रीतू जीजी कहती हैं तुम रात को मेरा बाथरूम 'यूज़' नहीं कर सकती। अब आया तो मम्मी रात को उठ-उठकर नौकरों के बाथरूम में नीचे जाने से रही।"

"ए बेटा, आया को तो समझाया, थोड़ा तू भी समझ से काम ले।''

"आप बार-बार हमसे चुप रहने के लिए क्यों बोल रही हैं? क्यों नहीं रीतू जीजी को ही समझातीं? आया के मुँह नहीं लगती तो अच्छा रहता न।"

"अब तू तो रीतू का स्वभाव जानती ही है। एकदम अपने बाप के स्वभाव पर गयी है। इतना ग़ुस्सा है कि क्या बताऊँ!"

"ग़ुस्सा है तो ठीक है। उनका कमरा है वही रहें। मेरा बेटा कमरे से बाहर ही सही।"

रीतू से और नहीं सुना गया। इल्ज़ाम और केवल झूठे इल्ज़ाम, वह भी एकतरफा। लेंकिन मम्मी क्यों मेरे ख़िलाफ़ बोल रही हैं? और सुबह गाड़ी में वे भाभी के ख़िलाफ़ बोल रही थीं। ओह नो, शी इज़ गेटिंग सेनाईल फ्रस्ट्रेशन! पापा की ज़िन्दगी में उस दूसरी औरत क रहने का फ्रस्ट्रेशन! तब क्या मैं भी मम्मी की तरह हो जाऊँगी? मम्मी जैसी ज़िन्दगी मुझे नहीं चाहिए, मुझे कुछ नहीं चाहिए। और बाहर से हवा में तैर कर आते हुए शब्द–

स्मिता भाभी का कड़कड़ाते हुए कहना–"अच्छा नहीं रहता क्या कि रीतू जीजी का अलग अपना स्पेस होता, चाहे वह कहीं भी क्यों न हों।" और इस पर मम्मी का चाशनी लगाना। आख़िर मम्मी क्यों दबती हैं इतना? मेरी सास तो नहीं दबती थी। फिर मम्मी क्यों? क्या पापा ठीक बोलते हैं कि तुम्हारी माँ को देवी बनने का शौक़ है। लेकिन क्यों? आख़िर क्यों? इस क्यों का उत्तर वह सोच नहीं पायी। इसके पहले कानों में घुलते हुए गरम लावे जैसा मिसेज़ गोयनका का वाक्य :

"अब तुम ही बताओ स्मिता, मैं कैसे रीतू से कह दूँ कि तू ऊपर पेंट हाउस में जाकर रह। कितनी बार तो इनके सामने बात उठा चुकी हूँ। ये मेरी कोई बात सुनें तब न?"

"पापाजी को तो जीजी अच्छी लगती हैं, बाक़ी लोग चाहे भाड़ में जायें।"

नहीं! रीतू का मन आर्तनाद कर उठा। मन किया दौड़कर हॉल में जाये और चीख़-चीख़कर कहे, 'सुनो भाभी! यह मेरे पापा का घर है, तुम लोगों का नहीं। इसकी एक-एक ईंट पर पापा का नाम लिखा हुआ है। ये ईंटें पापा के पसीने से चिपकायी गयी हैं। तभी यह महल बन पाया।'

लेकिन नहीं। नहीं, मैं कुछ नहीं बोलूँगी। आज ही तो सुबह मम्मी ने कहा था, रीतू मुझे तेरा दिन-रात अपने पापा का पक्ष लेना, हर बात उनके कान में उड़ेल आना अच्छा नहीं लगता।

रीतू सिर थाम कर वापस पलँग पर बैठ गयी। बिना कुछ कहे आँसू चुपचाप चिकने गालों पर से लुढ़कते हुए गोद को भिगा रहे थे। टप...टप ...टप। आख़िर रीतू की आँखें इतनी क्यों बरसने लगती हैं। लेकिन आज के आँसुओं में आक्रोश भी था–और किसी पर नहीं, अपने पिता पर। क्यों नहीं मुझे वहीं पड़े रहने दिया–दिल्ली में। और फिर जब पापा मुझे यहाँ लेकर आये हैं तो क्या मैं उनकी ज़िम्मेदारी नहीं? लेकिन क्या सच में पापा लेकर आये हैं? नहीं, पापा के आश्वासनों से घिरी मैं ख़ुद ही दिल्ली से यहाँ चली आयी। तब क्या मम्मी ठीक कहती हैं कि मुझे ससुराल नहीं छोड़ना चाहिए था। उत्तर में क्या कहूँ, मम्मी भूल हो गयी बहुत बड़ी भूल हो गयी, लेकिन क्या इसे अपराध कहोगे, रोज़ मुझ पर कोड़े लगवाओगे। और रमा आंटी का कहना,

रीतू तुमको अर्जित करना होगा। मानती हूँ कि औरत को आज भी सहारा चाहिए लेकिन सहारे को पकड़ने के लिए हथेलियों में कसाव तो हो।

नहीं, मुझे रमा आंटी की कोई बात नहीं सुननी है। कुछ याद नहीं करना है। लेकिन अभी? और यह अपमान? भाभी को मम्मी का यह कहते हुए समर्थन देना कि मैं तो ख़ुद चाहती हूँ, यह पेंट हाउस में रह जाये। ठीक है, यही होगा। जैसा ये लोग चाहें मुझे वही करना है।

और रीतू अलमारी खोलकर धीरे-धीरे साड़ियों को पलँग पर रखने लगी। बाथरूम से अपना कॉस्मेटिक बैग लाकर रखा। चप्पलें रखीं, बाहर हॉल में निकलकर देखा, कहीं कोई नहीं था। सब अपने-अपने कमरे में थे। चौके में जाकर उसने रामू से कहा—"रामू मेरा सामान ऊपर गेस्टरूम की अलमारी में सजा दो।"

"क्यों रीतू बाई? किसलिए? ऊपर अकेली रहोगी?"

"अकेली तो हूँ ही।" कहते-कहते रीतू फिर दीवार से पीठ टिका फफक पड़ी।

"मत रोइए रीतू बाई, मत रोइए। आज बड़ा बाबू रात को सबका ख़बर लेंगे। अभी आप अपना कमरा में आराम करिए।"

"नहीं रामू, हम ऊपर जाते हैं, तुम सामान ले आओ।"

"इस घर की लीला ही न्यारी है। इतना पैसा क्या काम आयेगा यदि बेटी को नहीं सँभाल सके।" नत्थू महाराज बोले।

रीतू धीरे-धीरे पेंट हाउस की सीढ़ियाँ चढ़ रही थी।

पार्टी से मिस्टर गोयनका रात ग्यारह बजे लौटे। फ़्लैट में घुसते ही उन्होंने देखा हॉल की सारी बत्तियाँ जल रही हैं और मिसेज़ गोयनका तनी हुई मुद्रा में सोफ़े पर पालथी मारे बैठी हैं। ज़रूर कोई बड़ी बात हुई है। यह समझने में देर नहीं लगी। वे कुछ पूछें इससे पहले ही मिसेज़ गोयनका ने कहा, "मुझे वृन्दावन भेज दीजिए।"

"किस ख़ुशी में?"

"पिण्ड छूटे इस गृहस्थी से। इधर मुँह घुमाती हूँ तो बेटी थप्पड़ लगाती है, उधर मुँह घुमाऊँ तो बहू।"

"अरे बात क्या हुई? कुछ बोलो तो।"

"क्या होना था? भला ब्याह के अठारह साल बाद लौटी हुई बेटी बाप के घर निभा सकती है?"

"क्यों, पहले ज़माने में कोई दुखियारी बेटी पीहर में आकर नहीं रहती थी? अपनी बड़ी बुआजी का तो सारा जीवन ही कोडरमा में बीता।"

"तो उस ज़माने की बेटी में और आपकी बेटी में फ़र्क़ है। बुआजी जितना माँ और काकीजी से दबती थीं, उतनी आपकी रीतू दबती है क्या?"

"अरे फ़लसफ़ा ही बघारोगी या पूरी बात भी बताओगी? रीतू को कुछ हुआ है?"

"और क्या होता आपकी लाडली को! ऊपर पेंट हाउस में चली गयी है।"

"क्यों किसने उसे जाने के लिए कहा? तुमने?"

"मैं क्यों कहने लगी?"

"तुम खोलकर सारी बात बताओ तो।"

सारांश में मिसेज़ गोयनका कह रही थीं, चाहे कुछ भी हो, रीतू के स्वभाव में ग़ुस्सा बहुत है। क्या हुआ स्मिता ने कुछ कह दिया तो! लेकिन नहीं, ऊपर पेंट हाउस में जाकर मानी। अब मैं किस-किसको मनाऊँ? शाम से घर में महाभारत मचा हुआ है। न रीतू ने खाना खाया है और न स्मिता ने। रमेश अलग से बोल गया है--चाहे कुछ भी बोलिए मम्मी, रीतू जीजी पर रमा आंटी का असर है। वे अन्त में मेरा और रीतू जीजी का सम्बन्ध ख़राब करवा के मानीं।"

"इसमें रमा का ज़िक्र कहाँ से उठा। रमा रीतू से कहने गयी थी कि तुम ऊपर पेंट हाउस में जाकर रहो।"

"यह नहीं कहती तो दूसरा कुछ कहती रहती है। स्वावलम्बी बनो। अपने बारे में निर्णय लो।"

"तो क्या ग़लत कहती है?"

"स्वावलम्बी हो गयी न आपकी बेटी? अपने बारे में निर्णय ले लिया न? जवान लड़की ऊपर पेंट हाउस में अकेली रहेगी। सोचकर मेरा तो कलेजा जगह छोड़ रहा है।"

"मैं कहता हूँ तुम्हारी बुद्धि पर पत्थर पड़े थे। तुम उसे जाने से रोक नहीं सकती थीं? लेकिन नहीं। तुम क्यों उसे रोकतीं? वह तो जब से आयी है,

तुम लोगों के आँख में खटक रही है।" और हताश होकर मिस्टर गोयनका सोफ़े पर बैठ गये। क्रोध से उनका सर्वांग जल उठा। कसाई हैं इस घर में साले, सब कसाई हैं। उनको चक्कर आया ज़ोर का। लगा छाती को कोई जकड़ रहा है। हाथों से सीने को दबाते हुए उन्होंने सोचा—नहीं, यह हार्ट का दर्द नहीं है।

मिस्टर गोयनका सोफ़े पर अधलेटे हो गये, कानों को हथेलियों से दबाया, आह! कैसे टपक रहा है और कलेजे को नोचती हुई यह रुलाई? इसके लिए भी मैं क्या करूँ? उन्होंने कातर आँखों से सर्पीली गोल-गोल घूमती हुई सीढ़ियों की ओर देखा जो पेंट हाउस की ओर खुलती थीं। इन सीढ़ियों को बनवाते समय मैंने आर्किटैक्ट से कितना माथा पचाया था। आर्किटैक्ट मुखर्जी का कहना था—"गोयनका साहब, पेंट हाउस को मेन सीढ़ी से जोड़िए, ऐसे हॉल की छत मत काटिए। छत कमज़ोर हो जायेगी।"

"नहीं, मुखर्जी बाबू जैसे भी हो इन सीढ़ियों का मेरे फ़्लैट में खुलना ज़रूरी है, ताकि यदि कोई ऊपर पेंट हाउस में आये-जाये तो बाहर लोगों को पता नहीं चले।"

"क्यों?" फिर मुखर्जी बाबू पास में खड़ी रमा को देखकर चुप हो गये थे। मुखर्जी बाबू के जाते ही रमा की प्रतिक्रिया थी—"राजेन्द्र यह क्या बात हुई?"

"कौन-सी?"

"इन सीढ़ियों की?"

"अरे, तुम जब ऊपर पेंट हाउस में रहोगी, तब मैं जब मर्ज़ी तब ऊपर-नीचे आ-जा सकूँगा।" हँसते हुए यही तो कहा था मैंने। लेकिन रमा की नज़र में छुपी हिकारत, उसका यह कहना—"जिस सम्बन्ध को तुम नाम नहीं दे सकते, जिसके पास तुम्हें दुनिया से छुप कर जाना पड़े, तब उस सम्बन्ध को भूल जाना ही अच्छा।" हाँ, उस दिन रमा ने बस इतना ही कहा था, "राजेन्द्र मैं जहाँ भी रहूँगी, वह मेरा घर होगा। कोई कोठा नहीं कि तुम्हें सिर झुकाकर निकलना पड़े।"

और रमा पेंट हाउस में रहने कभी नहीं आयी। उसने अपनी लक्ष्मण रेखा अपने आप खींच ली थी। ऑफ़िस से बाहर, घर में उसने कभी क़दम ही नहीं रखा।

"ए जी, क्या सोच रहे हैं? रात के बारह बज रहे हैं?"

"ओह हाँ!" और वे हड़बड़ाकर उठ खड़े हुए। स्लीपर पैरों में डाल धीरे-धीरे पेंट हाउस की सीढ़ियाँ चढ़ गये। पीछे-पीछे दोनों घुटनों पर हाथ रखकर हाँफती हुई मिसेज़ गोयनका थीं। फैली हुई दूधिया चाँदनी में फ़र्श का सफ़ेद संगमरमर स्वप्निल-सा चमक रहा था। मिस्टर गोयनका को ग्रीन हाउस कुछ उजाड़ लगा। गमलों की सजावट कुछ कम। सुबह माली को डाँटना पड़ेगा। घर में किसी को अपने से फ़ुर्सत हो तब न आकर इस छत को सँभाले। मेहमान आते हैं और चले जाते हैं। मिलना हो तो मेहमान नीचे आये, नहीं आये तो अपनी बला से। ऊपर पड़े रहो लेकिन नीचे वाले कभी ऊपर छत पर आकर इन दो कमरों में झाँकेंगे भी नहीं।

अँधेरे कमरे का दरवाज़ा खेलकर वे भीतर गये। बत्ती जलायी। दोनों टाँगें पसारे सपना खर्राटे भर रही थी। रीतू ने दो तकियों के बीच अपना पूरा सिर छुपा रखा था। बचपन में वे रीतू से कहा करते, हमारी यह बेटी बिल्कुल शुतुरमुर्ग है, कोई कुछ भी बोल दे, जवाब नहीं दे सकती। भाइयों से पिट कर आयेगी तो बस तकिये में मुँह छुपा कर रोती रहेगी। भगोड़ी और कायर कहीं की!

रमा ने ही हँस कर कहा था, आप भी तो कायर हैं। बेटी कैसे मज़बूत बनेगी। लेकिन कभी-कभी मज़ाक़ में कही हुई बात भी कितनी सच हो जाती है। मेरी बेटी को लोगों ने घर से निकाल दिया और मैं यहाँ टुकुर-टुकुर खड़ा देख रहा हूँ। वे मानो अपने आपसे चौंक उठे। कनपट्टी के पास हथौड़ा बजने लगा—हाँ राजेन्द्र गोयनका, तुम कायर हो। बिल्कुल कायर तुम समाज के सामने रमा का हाथ नहीं पकड़ सके। आज अपनी बेटी को भी नहीं सँभाल पा रहे। वे जाकर पलँग के पायताने पर ही धम्म से बैठ गये। गहरी थकान लग रही थी। फिर कुछ सँभल कर रीतू की ओर झुके। पीठ पर हाथ रखते उन्होंने पुकारा—"रीतू, ए रीतू!"

तब तक सपना उठ गयी। सेठ-सेठानी को यों कमरे में देखकर पल्ला ठीक करते हुए बोली, "रीतू बाई बोला कि हमको जगाना मत और पापाजी आयें तो कहना कि हम सवेरे बात करेंगे।"

"लेकिन यह सोयी थोड़े ही है। लगता है रो रही है।" इतनी देर बाद मिसेज़ गोयनका ने धीरे-से फुसफुसाते हुए पति के कानों के पास कहा।

"रीतू, ए रीतू बेटे!" मिस्टर गोयनका अब रीतू के सिर पर से तकिया हटाते हुए बोले।

"क्या है पापा?" रीतू ने गीली आवाज़ में आँखें खोलकर अपने माँ और पापा की ओर देखा।

"बेटा नीचे चलो।"

"नहीं, मुझे सोने दीजिए।" कहते हुए रीतू ने फिर तकिये से अपना सिर छुपा लिया।

"लेकिन तुम सो कहाँ रही हो बेटे।" मिस्टर गोयनका तकिया हटाने लगे।

"देखिए, अब आधी रात को बवाल मचाने से फ़ायदा नहीं। यह क्या कोई कम ज़िद्दी है। चलिए उठिए।" मिस्टर गोयनका से हिला नहीं जा रहा था, लेकिन पत्नी ने हाथ पकड़ते हुए कहा, "अब उठिए भी!" पता नहीं क्यों आज ज़िन्दगी में पहली बार उनको पत्नी की गुदाज हथेलियों का स्पर्श अच्छा लगा। उन्हें लगा कि कोई उनके साथ है। उनकी तरह मजबूर है। उनकी तरह शर्मिन्दा भी।

सुबह उठकर रीतू छत पर टहलने लगी। उसको एक अजीब-सा सुकून मिल रहा था। भोर की मन्द-मन्द हवा, वह धीरे-से झूले पर बैठकर गुनगुनाने लगी। सपना चाय रख गयी। चाय का कप हाथों। में लिए रीतू ने पूछा, ''क्या पापा अभी तक घूम कर नहीं आये?"

"नहीं, बड़ा बाबू कहीं बाहर गये हैं और बड़ी बहूजी पूजा घर में हैं। रीतू बालों को उँगलियों में फँसाये सोचने लगी—पापा रात को मेरे कमरे में आये थे। उनको दुख तो ज़रूर हुआ होगा। लेकिन मैं भी क्या करूँ? उन लोगों को मेरे कारण असुविधा तो नहीं होनी चाहिए। यहाँ अकेले रहूँगी और कहीं स्कूल में नौकरी कर लूँगी। मुझे पता है पापा घर की इज़्ज़त की बात उठायेंगे। लेकिन सबकी इज़्ज़त का ठेका मैंने अकेले तो ले नहीं रखा है।

रीतू उसी तरह झूले पर बैठी-बैठी न जाने क्या-क्या सोचती रही। छत पर धूप चढ़ती जा रही थी। बायाँ गाल तपने लगा था। माली आकर गमलों की काँट-छाँट कर गया। सपना दो बार आकर रीतू को नहाने की याद दिला गयी। लेकिन वह बैठी रही। पीछे से पीठ पर हाथ रखते हुए अब स्मिता कह रही थी, "रीतू जीजी नीचे चलिए, नाश्ता कर लीजिए।"

"बाद में कर लूँगी।"

"पापा जी वेट कर रहे हैं।'' बिना पीछे घूमकर देखे, रीतू का पथरीला जवाब था, "करने दो।"

स्मिता ने एक नज़र भीतर कमरे में चारों ओर बिखरे सामान पर डाली। अलमारी के दोनों पल्ले मुँह बाये खड़े थे। जैसे-तैसे ठूँस कर रखी गयी साड़ियाँ-कपड़े भीतर से उचक रहे थे। कॉस्मेटिक का सामान वैसे का वैसा ही पड़ा था। पलँग पर एक कोने में आधा तकिया झूल रहा था। यहाँ तक कि रात को पिया हुआ दूध का गिलास भी टेबल पर पड़ा था। स्मिता का जी भन्ना गया। लोग कितने डिसआर्गनाइज़्ड होते हैं। रीतू जीजी के लिए तो हमेशा मैं सुनती रही थी कि ससुराल में सब कुछ वे ही सँभालती हैं। सारा घर सजा कर रखती हैं। लेकिन यहाँ पर क्या हो जाता है? ख़ैर, अभी तो मुँह नहीं खोलना चाहिए। एक बार फिर पूछकर देखूँ। शायद चली चलें, "चलिए ना रीतू जीजी, पापाजी की तबीयत ठीक नहीं है। सुबह चेकअप करवाने गये थे।"

"तो मैं क्या करूँ?" झूले पर से उठकर सीढ़ियों की ओर जाने के बजाय रीतू कमरे की ओर चल दी। क्षण-भर के लिए तो स्मिता अकबका गयी। यह कैसा उत्तर हुआ। और, पापाजी के पास जाकर यह सब कैसे कहूँ। मेज़ पर सभी तो बैठे हैं। बेचारा विक्की भी कह रहा है, मम्मी हम तभी नाश्ता करेंगे, जब बुआ नीचे आयेगी। आ चुकी बुआ। ज़बर्दस्ती मेरे को गिल्टी फील करा रही है। क्या सारी ग़लती मेरी थी। रीतू जीजी की नहीं। वे क्यों विक्की की आया से मुँह लगने गयी? और इतना गरम मिज़ाज रखेंगी तो घर में दाई-नौकर टिक चुके। और सारी बात ख़ाली मम्मी-पापा से करेंगी। हर समय की खुसुरफुसुर। भाई-भाभी तो जैसे कुछ लगते ही नहीं। क्या बिगड़ जाता यदि मेरे सामने अपना मन खोलती तो? मैं कोई दुश्मन हूँ? लेकिन मेरे बदले यदि प्रेमा भाभी ऊपर आती तो अच्छा था न। बड़ी चालाक हैं, जस्ट इमैजिन। खटाक से सबके सामने कह दिया, 'स्मिता तुम जाकर जीजी को बुला लाओ। पापाजी ने तो उमेश भैया से ही कहा था, उमेश डॉक्टर ने मुझे सीढ़ियाँ चढ़ने के लिए मना किया है। घुटने में दर्द है। तुम ज़रा जाकर रीतू को बुला लाओ।"

लेकिन उमेश भैया साफ़ न कर गये, पापा मैं इन सब पंचायती में नहीं। रमेश तो अपना नाख़ून चबा रहा था। एक मैं ही जैसे फालतू हूँ। सबकी ख़ुशामद करती हुई। मेरी बला से। स्मिता वापस चुपचाप आकर मेज़ पर बैठ गयी। सबकी आँखों में प्रश्न था। प्रेमा ने ही पूछा, "क्या हुआ रीतू जीजी नहीं आयीं?"

"नहीं।"

सब ख़ामोश थे। बिना कुछ कहे कॉफ़ी का प्याला रख मिस्टर गोयनका उठ खड़े हुए और पेंट हाउस की तरफ़ बढ़ गये। उनके साथ-साथ मिसेज़ गोयनका भी गोल सीढ़ियों पर हाँफते हुए बढ़ रही थीं। उनके जाते ही प्रेमा ने पूछा—"क्या हुआ रीतू क्यों नहीं आयी?"

"क्या पता भाभी! पापाजी जानें और रीतू जीजी जानें। हम लोगों से तो कोई कुछ बोलता भी नहीं और न ही कोई सलाह ली जा रही है। उनसे किसी ने कहा था ऊपर पेंट हाउस जाने को?"

"सलाह नहीं ले रहे, लेकिन पापाजी की हम लोगों से अपेक्षा कितनी अधिक है। वे सोचते हैं कि हम लोग दिन-भर रीतू जीजी के ही पीछे-पीछे घूमते रहें।"

"प्रेमा! तुम थोड़ा कम बोलोगी तो कुछ बिगड़ जायेगा? चलों उठो, ऑफ़िस का टाइम हो गया।" उमेश ने झिड़का। उनके जाते ही स्मिता रमेश पर बरस पड़ी, "देखा, आपके भैया-भाभी कितने होशियार हैं। सारा झमेला मेरे ही सिर पर। मैं ही बुरी हूँ।" अब स्मिता सिसक रही थी।

"वैसे मम्मी से मैंने भी तो कहा था, पूछ देखिए तो रीतू जीजी ऊपर पेंट हाउस में ज़्यादा आराम से रहेंगी।" रमेश ने स्मिता को शान्त करने की कोशिश की।

"मम्मी ने क्या कहा था?"

"बोली, तेरे पापा से बात करके देखूँगी।"

"कर चुकीं। मम्मी में दम होता तो रीतू जीजी यहाँ आती ही नहीं। उनको दिल्ली रहना पड़ता। मम्मी तो पापाजी से थरथर काँपती हैं।" स्मिता ने टोस्ट चबाते हुए कहा। रमेश को सारी पंचायती से उकताहट हो रही थी। हाँ, पिता का बेटी के प्रति इतना लगाव उसको भी कहीं अखर रहा था।

"पापा और मम्मी अभी तक रीतू जीजी के कमरे से नहीं निकले?" बात को मोड़ते हुए रमेश ने कहा।

"क्या पता?" स्मिता ने फिर नीचे होंठ लटका दिये। तब तक मिस्टर गोयनका आते हुए दिखाई पड़े। पीछे-पीछे हाँफती हुई मिसेज़ गोयनका थीं। पति-पत्नी दोनों बड़ी ख़ामोशी से आकर मेज़ पर बैठ गये। रीतू नीचे नहीं आयी। मिस्टर गोयनका एक प्याला कॉफ़ी का और पीकर ऑफ़िस चले गये।

मिसेज़ गोयनका की नज़र मेज़ पर पड़ते ही वे चीख़ उठीं—"अरे मेरी माँ! आज तो इन्होंने दवाइयाँ भी नहीं लीं। कहीं इनका ब्लडप्रेशर बढ़ गया या हार्ट की तकलीफ़ हो गयी तो मैं क्या करूँगी? महेन्दर अरे ओ महेन्दरिया। राम का मारा कहाँ जाकर बैठ जाता है कि दिखाई भी न दे। स्मिता बेटा, तू ज़रा अपने पापा को दवाइयाँ देकर आ जा।"

धीरे-से स्मिता उठी—उसने चौके वाले नौकर जग्गू को दवाइयाँ पकड़ाते हुए कहा—"नीचे जाकर बड़ा बाबू को यह दे आओ।"

मिसेज़ गोयनका को ससुर के प्रति बहू की यह उपेक्षा अच्छी नहीं लगी। लेकिन डर से कुछ बोली नहीं। कितना अच्छा था जब बच्चे छोटे थे। छोटी-छोटी बातों से ही खुश हो जाते थे। इन लोगों की ज़रूरत भी तो कितनी कम थी। लेकिन अब मुझे हर समय डर लगता है कि इन लोगों के सामने कहीं ग़लत न हो जाऊँ। अब इस रीतू को सँभालूँ तो कैसे सँभालूँ? इसकी तो आधी बात ही मेरी समझ में नहीं आती। मैं तो अपने पेट की बेटी को नहीं पहचान रही। रीतू तो साल में महीने-बीस दिन के लिए गर्मी की छुट्टियों में आती थी। अब क्या पता चले कि कौन कहाँ बदल गया है।

"मम्मी उठेंगी नहीं?" स्मिता का स्वर था, "रीतू जीजी तो आयी नहीं।"

"नहीं आयी तो न सही। अब मैं भी क्या करूँ? मैं तो हाथ जोड़ूँ बाप-बेटी के सामने।" मिसेज़ गोयनका के स्वर की झल्लाहट से स्मिता चौंक गयी। वापस कुर्सी पर बैठते हुए उसने कहा, "मम्मी, एक बात कहूँ?"

"क्या?"

"रीतू जीजी की फिर से शादी कर दीजिए।"

"मैं कब ना करती हूँ। लेकिन वह माने तब न।"

"आप ज़ोर देंगी तब मान जायेंगी।"

वे सोचने लगीं कि बहू के सामने तो अपनी कमज़ोरी ज़ाहिर नहीं करनी चाहिए। ये लोग तो मुझे और दबोचने बैठ जायेंगी। किन्तु बार-बार ये लोग शादी की बात क्यों उठा रहे हैं। ये भी सुबह से रीतू को दुबारा शादी करने को कह रहे थे। यह बात तो मुझे जँचती नहीं। छत्तीस वर्ष की तो रीतू हो गयी। बारह साल का मुन्ना हो गया। ऐसे कैसे पराये मर्द का हाथ थाम ले? आज रमा भी है, आख़िर अकेले ही न ज़िन्दगी काट रही है।

"मम्मी, आपने मेरी बात का जवाब नहीं दिया?"

"कौन-सी बात बेटा?" अचकचा कर मिसेज़ गोयनका ने पूछा।

"कुछ नहीं।" झल्लाकर स्मिता उठ गयी। मिसेज़ गोयनका आधे घण्टे तक वैसे ही मेज़ पर बैठी रहीं। आँखों से आँसू झरते रहे। उन्हें अपनी असमर्थता पर रोना आ रहा था। उन्होंने फिर अगल-बगल देखा। एक-एक कर सब चले गये थे। सारा घर कितना ख़ाली लगता है। ख़ासकर इस समय से लेकर शाम तक।

कोई नहीं रहता। कोई क्यों रहे एक मैं हूँ ना, इस घर की स्थायी पहरेदार। उन्होंने चिढ़कर मेज़ पर पड़ी चाभियों की ओर देखा। यह स्मिता की चाभी का गुच्छा है, यह प्रेमा का। आजकल तो चिंटू भी अपनी चाभी पकड़ाने लगा है, "दादी माँ, तुम मेरी अलमारी की चाभी विक्की को मत देना, वह बहुत नॉटी है। मेरे सारे खिलौने तोड़ देगा।" इतनी उदासी में भी पोते के ख़याल से चेहरे पर हँसी झिलमिला गयी। लेकिन यह रीतू? दस बज गये, भूखी-प्यासी ऊपर बैठी है, मगर नहीं। बस, नाश्ता नहीं करना है तो नहीं करना। जब मेरे से ही नहीं सँभलती तो स्मिता बेचारी क्या करे? हार कर उन्होंने मेज़ पर रखी घण्टी बजायी। जग्गू को देखते ही बोलीं—"रीतू बाई का नाश्ता लेकर आओ।"

अब वे फिर पेंट हाउस की सीढ़ियाँ चढ़ते हुए सोच रही थीं, कल से अब तक मेरी तो अच्छी-ख़ासी परेड हो गयी। वह भी मरी इन गोल-गोल सीढ़ियों पर उतरते-चढ़ते सिर चकराने लगता है। यह तो समझो रमा ने ही क़दम नहीं बढ़ाये। यदि वह ऊपर रहती तो? सौत को छाती पर सहना आसान है क्या? सब रीतू को दोष तो देने खड़े हो गये लेकिन बेचारी लड़की,

माँ होकर उसका दुख मैं नहीं समझती क्या कि उस पर क्या बीत रही होगी। कमरे में जाकर उन्होंने देखा रीतू क़रीब-क़रीब तैयार हो चुकी थी। शायद कमरे में निकलने ही वाली थी।

"मम्मी, आप फिर ऊपर क्यों आयीं? मैं तो आ ही रही थी। बस, भाभी लोगों को फेस करने का मन नहीं किया।"

"ठीक है। चलो, मेरी लाडो।" और वे बेटी को कलेजे से लगा कर बिलख पड़ीं।

घरवालों की आदत हो गयी। रीतू पेंट हाउस में रहने लगी। बस एक काम किया गया। वह था 'नाहर ब्रदर्स' को फ़ोन। जो भी पैसा लगे लेकिन पेंट हाउस की बढ़िया सजावट होनी चाहिए।

दो-तीन दिन बाद उनके पास मन्नो आयी। न चाहते हुए भी वे मन्नो के सामने ज़िन्दगी के पन्ने उलटने लगीं। जिन लाइनों को वे पढ़ रही थीं वहाँ प्रत्येक अक्षर से केवल खारा पानी ही रिस रहा था। उनको सब पर क्रोध आ रहा था। बेटे-बहू, रीतू और सबसे अधिक मिस्टर गोयनका पर। आख़िर बेटी को तो उन्होंने ही सिर चढ़ाया।

"बाई मन्नो, मैं तो तुम्हारे सामने कह रही हूँ। मुझे तो और किसी से बात करने में ही डर लगता है। लेकिन तू ही बता, शादी के अठारह वर्ष बाद कोई वापस आ जाये तो परेशानी नहीं होगी? मैं तो धुन की तरह पीसी जा रही हूँ। बस, रोज़ रामजी से यही माँगती हूँ, शान्ति रहे, भगवान। किसी तरह घर में शान्ति रहे। इतना तो रीतू को गुस्सा आता है। बात-बात में रोने लगती है। बहुएँ भी बेचारी क्या करें? इसके आर-पार तो घूमती रहती हैं"

"आख़िर रीतू चाहती क्या है?"

"यह तो मैं भी नहीं समझती। ये तो उठते-बैठते एक ही बात कहते रहते हैं—रीतू को समझाओ कि वह तलाक़ के काग़ज़ पर साइन करे और फिर से शादी करे।"

"आपका क्या कहना है?"

"मैं तो उससे कभी नहीं कहूँगी कि तलाक़ दे दो और न ही मैं उससे शादी करने के लिए कहूँगी। कुणाल आज नहीं तो कल लौटेगा। अब ये मेरे से दबते हैं कि नहीं। तुम क्या कहती हो मन्नो?"

"भाभीजी, मैं तो आपकी बात से सहमत हूँ। बल्कि आप लोग को तो यह करना चाहिए कि दिल्ली में कोई फ़्लैट दिला दीजिए। रीतू उसी में अपना कोई बुटिक-सुटिक खोल ले। अपने आप बेटा, माँ के पास आ जायेगा।"

"हाँ यह बात तो तुम बिल्कुल ठीक कह रही हो मन्नो। मैं रीतू से बात करूँगी।"

लेकिन बात क्या होनी थी। चर्चा उठते ही रीतू खौल पड़ी, "प्लीज़ मम्मी, आप लोग मेरी चिन्ता करनी बन्द करिए तो।"

"चिन्ता कैसे नहीं करूँ? मैं तेरी माँ नहीं क्या? मेरे से अधिक तुमको कौन प्यार कर सकता है?" रीतू ने मुँह घुमा लिया। मिसेज़ गोयनका ने बेटी को अपनी ओर खींचना चाहा। वह स्थिर बैठी रही।

"तो तुम मेरे से बात नहीं करोगी?"

"नहीं।"

"यानी तुझे मेरे से प्यार नहीं?"

"मम्मी प्यार है। लेकिन आप समझती क्यों नहीं? आपके मेरे विचार बिल्कुल अलग हैं। आपने सिर्फ़ व्यवस्था झेली है। प्यार किसे कहते हैं, वह क्या होता है, आप जानतीं नहीं। मन्नो बुआजी ने कह दिया और आप बोलने लगीं दिल्ली रह जाओ? मैं कुणाल को भूलने की कोशिश कर रही हूँ। मैं उसका नाम भी नहीं लेना चाहती और आप मुझे उसी शहर में भेजना चाहती हैं। जहाँ उठते-बैठते लोगों से मुझे यही सुनने को मिले कि मैं वंचिता हूँ, परित्यक्ता हूँ।"

"लेकिन मुन्ना तो तेरे पास रहेगा।"

"दस साल में वह बड़ा हो जायेगा। उसकी अपनी ज़िन्दगी होगी।"

"क्यों अपनी माँ को नहीं मानेगा? उसका साथ नहीं मिलेगा?"

"भैया लोगों से आपको कितनी कम्पनी मिलती है? आप बेबी सिटिंग करती रहिए। मेरे से वह सब नहीं होगा।"

बस, माँ-बेटी की बात वहीं ख़त्म हो गयी। सम्पूर्ण पराजय का भाव लेकर मिसेज़ गोयनका उठ गयी थीं। उस दिन बात वहीं ख़त्म हो गयी थी।

निरन्तर घूमता हुआ समय-चक्र इसी को कहते हैं। शायद इसके सामने कुछ नहीं रुक सकता। समय कैसे बीत रहा था, रीतू समझ नहीं पा रही थी। लेकिन बीत तो रहा था।

उस दिन शाम को रीतू उठकर झूले से खिड़की पर खड़ी हुई न जाने क्या कुछ सोचने लगी। सामने सड़क पर बहती हुई गाड़ियों का शोर था। नीचे पोर्टिको से बच्चों की किलकारियों के साथ नौकर-चाकर की आवाज़ आ रही थी। पापा बार-बार शादी करने के लिए कहते हैं। "अच्छा पुरुष खोज दूँगा, तू बस एक बार हाँ कर दे।" लेकिन कितना कठिन है पुरुष को पहचानना। एक अरेंज मैरिज तो टूट गयी। हम लोग तो दोस्तों के बीच 'परफ़ेक्ट कपल' कहलाते थे। फिर यह सब कुछ कैसे घट गया। और फिर अठारह वर्ष का यह विवाहित जीवन। मेरी उम्र कम थी। मैं समझौता कर सकती थी। लेकिन अब नहीं। अब मेरे से वापस सब कुछ नहीं झेला जायेगा बस, रीतू ऐसे ही सोचती चली गयी। पिछले आठ-दस सालों की त्रासदी। आँखों में छलकते आँसुओं को रीतू ने पीने की कोशिश की। उसको कुणाल के अंगारे से दहकते शब्द याद आ रहे थे, "निकल जाओ मेरे घर स। हाँ-हाँ मेरे घर से। यह मेरा घर है, मेरा घर। सुना तुमने या और सुनाऊँ। इस मकान की एक भी ईंट तुम्हारे बाप के पैसे से नहीं ख़रीदी गयी है।"

"देखो कुणाल, तुम मेरे माँ-बाप को बीच में मत लाओ।"

"क्यों नहीं लाऊँ? बोलो, किसलिए नहीं? वह तुम्हारी रमा आंटी क्या हैं तुम्हारे बाप की 'मिस्ट्रेस' नहीं?"

"कुणाल, रमा आंटी अपने पैरों पर खड़ी हैं। वे खुद कमाती हैं। उन्होंने आज तक किसी से एक पैसा नहीं लिया।"

"ओ...हो...आज बड़ी तरफ़दारी की जा रही है। पिछले अठारह सालों से तो तुमने सिर्फ़ रमा आंटी की निन्दा की है। मैं पूछता हूँ, जब रमा आंटी को तुम्हारी माँ सहन कर सकती है तो तुम नीना को क्यों नहीं सहन कर सकतीं?"

"कुणाल, मैं मम्मी नहीं और नीना रमा आंटी नहीं। नीना एक बच्चे की माँ है। शादीशुदा है। उसका अपना घर है।"

"और रमा आटी का?"

"उनका भी अपना घर है।"

"अकेली औरत का कैसा घर?" कुणाल घृणा के झाग उगल रहा था। नहीं, अब और नहीं सोचना चाहती। बार-बार कुणाल के वही शब्द, अकेली औरत का कैसा घर...लेकिन मैं तो ब्याहता थी। फिर मेरा घर? मेरा ही कौन-सा घर है? क्या पिता के घर कोई स्थायी अतिथि की तरह रह सकता है? यह घर भैया लोगों का है। मुझे पता है, पापा ने अपने और मम्मी के नाम में कुछ नहीं रखा। सिर्फ़ नगद रुपया। ताकि हर महीने उनके पास ब्याज आता रहे। महीने के महीने मम्मी के हाथ में फ़्लैट का भाड़ा आ जाता है। यदि आज पापा को कुछ हो जाये? मैं तो पेंट हाउस से भी उठाकर फेंक दी जाऊँगी।

और वाइफ बैटेरिंग के लिए उस दिन भैया के दोस्तों के बीच बहस। किसी दोस्त की बीवी का खुला कन्फेशन कि पति उस पर कभी-कभी हाथ उठाते रहे हैं। सारी रामायण का यही सारांश कि हर औरत को सहना पड़ता है। सहन करके जीना पड़ता है। मैंने क्यों नहीं सहन किया? कुणाल ने हाथ ही तो उठाया था। इन लोगों को पता नहीं कि कोई भी औरत पति का अतीत सह सकती है, औचक झटके यानी इधर-उधर कहीं मुँह मार आये यह भी सह सकती है मगर एक स्थायी प्रेम-सम्बन्ध नहीं। प्रेम-सम्बन्ध को कोई भी औरत नहीं सहन कर सकती। और मेरी ज़िन्दगी के धसकते कगार, बाढ़ की नदी-सी उफनती हुई नीना, विवाहित नीना। ख़ूबसूरत, शोख़। पाँच-पाँच हज़ार के सूट पहनना। आधी-आधी रात तक होटलों में चहकना। बेशरम नीना मेरे ही सामने मेरे पति के साथ कांटेसा में बैठकर जाती हुई। मेरी स्थिति तो घर की नौकरानी-आया से भी गयी-गुज़री हो गयी थी। लेकिन मम्मी क्यों इतना परेशान होती हैं? ख़ुद भी होती हैं और मुझे भी करती हैं। पापा दुखी हैं, मगर मैं क्या करूँ? कहाँ जाऊँ? इन सबकी ज़िन्दगी को उलट-पुलट करने का मेरा तो कोई इरादा नहीं था। आख़िर मैं करती तो क्या करती? दिल्ली कैसे रह जाती? कुणाल तो मेरी जान ही ले लेता। ओह! भय से रीतू का रोम-रोम सिहर उठा। शाम की गुलाबी ठण्ड में भी वह पसीना-पसीना हो गयी। क्या मैं इसी घर में बड़ी हुई थी। लेकिन तब तो बस हम लोग तीनों भाई-बहन थे। खेलते-खाते, कितनी जल्दी बड़े हो गये।

कहाँ गयी बचपन की मासूमियत। इतने वर्ष गुज़र गये। लेकिन वे शब्द, "क्या हुआ जो कुणाल ने ज़रा-सा हाथ उठा दिया। कौन तेरी जान ही ले रहा था। परेशान तो वह भी है। तकलीफ़ तो उसको भी है।"

मैं समझ नहीं पा रही। पापा के ज़रा-सा ग़ुस्सा होते ही या कुछ बोलते ही मम्मी जलधारा-सी बहने लगती हैं। और मुझसे उनकी यह अपेक्षा कि शान्ति बनी रहे। और रीतू को समझाते हुए उनके ये शब्द—"रीतू, तूने ज़रा-सा बर्दाश्त कर लिया होता। हर पुरुष ऐसा ही करता है।" जैसे मम्मी बड़ा बर्दाश्त करने वाली हैं। उन्होंने कौन-सा विरोध नहीं किया। क्या मम्मी-पापा के बीच केवल धन है? क्या इसीलिए पापा बीच-बीच में दुखी होकर कहते हैं, "रीतू मैं किसी की ज़रूरत नहीं।" मम्मी का समझाना, "रीतू थोड़ा देख कर अनदेखा करती। दस बरस में तेरा घर बन जाता। अकेली बहू है। करोड़ों की बात है। तू जगह ख़ाली नहीं करती तो वह दूसरी औरत क्या कर लेती? अरे, प्यार का उफान कब तक रहता है। और, ऐसी छिनाल औरतों से भला कोई प्यार करता है? ये लोग तो किसी एक की होकर टिक ही नहीं सकतीं।"

क्या मम्मी रमा आंटी के बारे में भी ऐसा ही सोचती हैं? शायद हाँ।

"पति को कैसे वश में रखना चाहिए, यह तो तुमको आना चाहिए था।" प्रत्येक व्यक्ति एक ही बात करता है कि पति को वश में रखना आना चाहिए। क्या पति को वश में रखने का नुस्ख़ा किसी डॉक्टर के पास मिलता है? फिर तो ऐसे अमोघ नुस्ख़े से करोड़ों कमाये जा सकते हैं। बुटिक खोलने की फिर क्या ज़रूरत? लेकिन मैं मम्मी के क़दमों पर नहीं चल सकती। उनका सुख मेरा सुख नहीं हो सकता। वे भ्रमों के सहारे जीती हैं। मैं भ्रमों की चादर उतारना चाहती हूँ। मम्मी सहन करने का नाटक करती हैं। बेकार रमा आंटी का हौआ खड़ा किये रहती है। रमा आंटी ने तो अपने हाथों से एक बगीचे को सजाकर मम्मी को सौंप दिया। अब न ये लोग 'नाहर ब्रादर्स' की बात कर रहे हैं! लेकिन मुझे याद नहीं क्या बचपन में इस घर को सजाने में रमा आंटी ने कितनी मेहनत की थी। सौ रुपया बच जाये इसके लिए वे बाहर से महाराज नहीं बुलाने देती थीं। ख़ुद महाराज के साथ चौके में पसीने-पसीने होती रहतीं। साथ ही बाहर मम्मी का हम लोगों के

सामने बड़बड़ाना चालू रहता, "अब मैं तो इतनी मॉडर्न नहीं। मुझे तो बस वही दाल का सिरा और दही बड़ा बनवाना आता है।"

पार्टी में रमा आंटी प्रायः नहीं हुआ करतीं। यदि कभी रहतीं तो उनका परिचय पापा के गले में अटक जाता। एक बार पापा ने रमा आंटी का परिचय सिस्टर-इन-लॉ कह कर दे दिया था। बाप रे, उस दिन मम्मी ने कमरे में क्या तूफ़ान मचाया था। उसको मेरी बहन क्यों कहा? वह मेरी बहन होती तो मेरी ज़िन्दगी में ऐसा नरक घोल कर रखती। इसके बाद पापा ने हमेशा रमा आंटी के लिए 'बिज़नेस पार्टनर' का सम्बोधन सुरक्षित कर दिया था। लेकिन दुनिया की नज़र नहीं बदली।

रीतू ने सिर झटकते हुए रमा को अपने ख़यालों से मुक्त किया। लेकिन फिर सोचने लगी–मुन्ना से फ़ोन पर बात करनी है, घर में रहता ही नहीं। दिन भर बाहर। मैंने अपनी सास को टोका भी था, "मम्मी, मुन्ना का रिज़ल्ट बिगड़ जायेगा।"

"वहाँ से बैठी हुकुम चला रही हो। सँभालो अपने बेटे को यहाँ पर आकर।"

आज तो पापा भी कह रहे थे, "रीतू कहो तो दिल्ली में तुम्हारे लिए फ़्लैट ले दूँ।" उमेश कह रहा था, "किसी ट्रैवेल एजेंसी से बात कर देगा।"

"पापा यहाँ पर तो आप लोग हैं। दिल्ली में सास-ससुर को छोड़कर तो मैं किसी को जानती भी नहीं। और, वे मेरा पक्ष लेने से रहे। उस घर के बाहर तो हर जगह नीना से टकराहट होगी। वह औरत मेरी जान ले लेगी, आप नहीं समझते।"

"सब समझता हूँ बेटी, सब। लेकिन यहाँ पर ऐसे दिन-भर ख़ाली बैठे रहना।" पापा के स्वर की हताशा मैं समझती नहीं क्या? रीतू ने झाँक कर देखा, गेट से बाहर मारुति निकल रही थी। ओह रमा आंटी की है। नीचे की ज़िन्दगी, रमा आंटी की ऑफ़िस की हलचल, रीतू से छुपी नहीं थी। स्टाफ की संख्या बढ़ती जा रही थी। उसके साथ समाज में रमा आंटी की स्वीकृति भी। अकेली औरत इतना कुछ कर ले। जब मैं यहाँ रहने आयी थी तब रमा आंटी ने बस इतना भर कहा था–"रीतू, घर में रह पाओगी? अपनी अलग पहचान बनाओ।"

"अलग पहचान से आपका मतलब? अब ऐसा तो मैं कुछ करने से रही कि बाप-भाइयों की इज़्ज़त उछले।" किन्तु रमा आंटी के चेहरे पर व्यथा की काली छाया थी। फिर भी संयत स्वर में उन्होंने कहा था–"रीतू अकेली हो न, इसलिए परम स्वार्थी होकर अपने बारे में सोचो। हाँ! जो अपने लिए सोच सकता है वही दूसरों पर भी रहम करता है। जो जीता है वही दूसरे को जीने देता है। सामयिक रूप से लग सकता है कि तुम परिवार के ख़िलाफ़..."

बीच में बात काट कर मैं बोल उठी थी, "नहीं, मुझे परिवार के ख़िलाफ़ जाकर कुछ नहीं करना है।"

लेकिन मैंने इन लोगों की इज़्ज़त बचायी और इन लोगों ने मेरे लिए क्या किया? पेंट हाउस में व्यवस्था हो गयी। मैं खाती हूँ या नहीं, इसकी भी चिन्ता नहीं किसी को। आज ही मम्मी कह रही थीं, "तेरा चेहरा कितना सूख गया, रीतू?" मैं एकदम से झल्ला गयी थी–"सूख गया, सूख गया तो कहती रहती हैं। चेहरा हरा हो जाये, इसके लिए क्या किया आपने?"

मम्मी का भी ग़ुस्से में एक ही जवाब था, "जब अकेले रहने की, अकेले चलने की हिम्मत नहीं थी, तब ऐसा क़दम ही क्यों उठाया। भाभियाँ नहीं करती हैं तो दब कर रहना भी तो तुमको नहीं आता। यह तो नहीं कि घर के कामों में हाथ बँटा दें।"

"यह मेरा घर नहीं है।"

"तब जाकर बात करो रमा आंटी से। उन्हीं की सलाह पर चलो।"

"आपको मेरा उनसे बात करना पसन्द नहीं तो क्या करूँ?"

"ठीक है, मैं कुछ नहीं कहूँगी। तू उसी से कह। तुझे कोई काम करवा के देगी।"

मुझे समझ में नहीं आ रहा था कि बात नाराज़गी में कही गयी है या फिर सलाह के रूप में। किन्तु रमा आंटी के पास जाने में हर्ज़ भी क्या है? पापा तो यह सुनकर निहाल हो जायेंगे। और रमा आंटी? मालूम नहीं, जब उन्होंने सहारा देने के लिए हाथ बढ़ाया तब हम लोगों ने झटक दिया। और, अब मैं क्या मुँह लेकर उनके सामने जाऊँ?

ज़मीन पर एक पैर रखकर रीतू ने धीरे-से झूले को एक झटका दिया और झूलती हुई वह फिर अधलेटी होकर सोचने लगी। शाम को ठण्डी हवा और छत का एकान्त। धुएँ से भरा हुआ आकाश। हर वक़्त का शोरगुल। चाहे कुछ भी हो कलकत्ता, दिल्ली नहीं हो सकता। आह! वह भी क्या ज़िन्दगी थी। हर शाम को तो बाहर जाना लगा रहता था। कभी-कभी तो मैं थक कर कुणाल से कह बैठती, "कुणाल प्लीज़, आज बाहर नहीं जायेंगे, बस आज घर में रहेंगे। माँ-बाबूजी के साथ खाना खायेंगे।'' लेकिन बाँहों में भरकर कुणाल कह देता, "हाँ-हाँ बिल्कुल। माँ-बाबूजी के साथ खाना खायेंगे। मगर उस समय जब हमारे भी बहू आ जायेगी और उनका बाहर जाने का सिलसिला शुरू होगा। समझी माई ओल्डी रानी।" कुणाल के मज़ाक़, उसकी छेड़खानियाँ, उसका पोजेसिवनेस कि "बस, तुम केवल मेरी हो, मेरे लिए हो।" यदि रविवार को वह घंटे भर के लिए सोता तो मेरा पल्ला पकड़कर यह कहते हुए, बस तुम ऐसे ही कमरे में बैठी रहो। क्या व्यक्ति ऐसे भी बदल जाता है कि वह किसी दिन कहे, तुम इतनी मोटी क्यों हो? इतनी बदसूरत, इतनी अनस्मार्ट कि मैं तो तुम्हारे हाथ का पानी भी नहीं पी सकता। और सच में कुणाल मेरे हाथ से पानी का गिलास भी नहीं पकड़ता था। उसकी आँखों से झरती हुई घृणा की चिनगारियाँ।

"रीतू बाई...ए रीतू बाई...सो गयीं क्या?"

"क्या है सपना?"

"बड़ा बाबू नीचे बुला रहे हैं।"

"अभी आयी।" दुपट्टा लेकर रीतू नीचे उतर आयी। ड्राइंगरूम में उसने देखा मिस्टर गोयनका किसी अधेड़ व्यक्ति के साथ बैठे हैं। "रीतू बेटे, इनको पहचाना? अरे, अपने वकील साहब थे ना?"

"ओह हाँ! नमस्ते अंकल।"

"रीतू बेटे, तुम्हारे वकील अंकल का भी कहना है कि बात जब इस सीमा पर आ गयी है, तब तलाक़ ही देना अच्छा होगा।"

"और दूसरा विवाह भी। अपने समाज में घर-घर यही हो रहा है।'' वकील साहब का उत्कण्ठित स्वर था। रीतू को हँसी आ गयी। लोग कैसे दूसरे की ज़िन्दगी का फ़ैसला देने बैठ जाते है। उसने होंठों को दबाते हुए धीरे-से पूछा, "और तलाक़ देने के बाद क्या करना होगा?"

"बस दूसरी शादी।" बड़े उत्साह के साथ मिस्टर गोयनका बोले।

"लेकिन पापा यदि दूसरा वाला भी कुणाल के जैसा निकल जाता तब?"

"क्या पागलों जैसी बात कर रही हो? हम लोग नहीं हैं क्या?"

"रीतू बेटे, तुम्हारे माँ-बाप जो भी करेंगे, सोच-समझ कर ही करेंगे।" वकील दोस्त बीच में ही बोले, "फिर हम लोग किसलिए हैं।"

"लेकिन अंकल, कुणाल से शादी भी तो बहुत सोच-समझकर ही की गयी थी। कुणाल का चुनाव भी तो मैंने नहीं किया था।"

"देखो रीतू, यह तो एक हादसा हुआ। मैं कहता हूँ—इट इज़ जस्ट एन एक्सीडेंट।" वकील अंकल साधिकार कह रहे थे।

"इट इज़ एन एक्सीडेंट, ओनली एक्सीडेंट।" मिस्टर गोयनका अपनी उत्तेजना में बहे जा रहे थे।

"पापा, माई होल लाइफ़ इज़ एन एक्सीडेंट। अंकल प्लीज़, मेरे बच्चे को मेरे पास ला दीजिए। आई ओनली मिस हिम।"

"कानून तुम्हें बच्चे की कस्टडी नहीं देगा।" वकील अकंल बोले।

"क्यों? बच्चे से ख़ून का सम्बन्ध किसका है? मेरा या कुणाल का? वह मेरे पेट से पैदा हुआ था या कुणाल के पेट से? क्या क़ानून इतना भी नहीं समझता?"

"बेटे, समझने की कोशिश करो। सन्तान में तो बाप का बीज होता है।"

"उँह, और आजकल जो बच्चे पैदा हो रहे हैं, 'ट्यूब बेबी', 'सिमेन बैंक'—इन सबके बारे में क़ानून की क्या राय है?"

"रीतू, यह सब क्या फ़िज़ूल की बहस कर रही हो, वकील साहब बेचारे क्या करें? क़ानून बनाते समय कोई इनसे तो सलाह ली नहीं गयी।"

"तब वकील अंकल आप ऐसे निर्मम क़ानून को बदलने के लिए आवाज़ उठाइए। आन्दोलन करिए।"

दोनों पुरुषों ने अर्थ भरी निगाह से एक-दूसरे की ओर देखा। "बेटा रीतू!" मिस्टर गोयनका के असहाय स्वर में कहीं छिपा हुआ क्रोध भी था—"अच्छा तुम यह सब फ़िज़ूल की बातें किससे सीख रही हो? यह बताओगी? इन बातों से तुम्हारा ही नुक़सान होगा।"

"पापा! रमा आंटी से नहीं। मैं रमा आंटी के पास पिछले साल-भर से, नीचे भी नहीं गयी। घर में जब लोगों को पसन्द नहीं तो क्या ज़रूरत है कि मैं उनके पास जाऊँ। मैं फ़ैमिली में ब्लैकशीप हूँ।"

"तुम आराम करो रीतू बेटे।" वकील अंकल ने कहा।

"अंकल, मुझे मेरा बेटा चाहिए।"

"जब इतना ही बेटे के लिए प्यार था तो उसको वश में क्यों नहीं रखा, वह ख़ुद ही आ जाता। उमेश और रमेश कैसे तुम्हारी मम्मी के वश में रहते हैं? और मैं? मुझे भी तो झख मारकर तुम्हारी मम्मी के पीछे-पीछे चलना पड़ता है।"

"तू भी यार क्या फ़िज़ूल की तुलना लेकर बैठ गया। उठो रीतू, जाओ, अपने कमरे में जाओ। जाओ बेटे।"

रीतू धीरे-धीरे ड्राइंगरूम से उठकर कमरे से बाहर जाने लगी। उसका सिर सामने झुका हुआ था। हाथों की भिंची हुई मुट्ठियाँ। पीठ से नीचे सरका हुआ दुपट्टा ज़मीन पर घिसट रहा था। दोनों पुरुषों ने उसकी ओर आँख उठाकर एक-दूसरे को ख़ामोश निगाह से देखा। बड़े चिन्तित स्वर में मिस्टर गोयनका बोले, "बिल्कुल बौराती जा रही है।"

"धीरज से काम लो। और हाँ, तुम्हें रीतू के सामने रमा की चर्चा नहीं उठानी चाहिए थी। मैंने पहले ही कहा था, यदि रीतू को कोई सँभाल सकता है तो वह रमा ही सँभाल सकती है। तुम और तुम्हारी श्रीमती जी नहीं, अच्छा मैं चलूँ।"

मिस्टर गोयनका हक्के-बक्के से जाते हुए वकील दोस्त की ओर देखते रहे। उनसे उठाकर सीढ़ियों तक भी दोस्त को पहुँचाने नहीं जाया गया। उनके कलेजे में बस एक गहरी हूक उठी—मैं किस मुँह से बेटी का दर्द लेकर रमा के पास जाऊँ? रमा, जिसका परिचय देने में भी इस खानदान को कभी शर्म आती थी। जिसको हम लोगों ने डस्टबिन की तरह एक कोने में डाल दिया। रमा, जिसने इस घर का कोना-कोना सजाया और एक दिन जब बहार का मौसम अपने चरम पर था तब हम लोगों ने उससे कहा, यह बगीचा हमारा है, तुम्हारा नहीं। कहाँ गयी थी हम लोगों की न्यायदृष्टि? किस मुँह से मैं रमा के पास जाऊँ? किस मुँह से?

और दोनों हथेलियों से वे अपनी गीली आँखें मसलने लगे ताकि कोई देख न ले। कोई कुछ कह न दे। अभी श्रीमती जी आती होंगी। यह लड़की तो एकदम पागल होती जा रही है। ओह, यह शादी कर लेती तो अच्छा था। लेकिन ज़िद्दी यह भी तो कम नहीं। इसने कब मेरी बात मानी है? माँ भी तो इसकी इतनी फूहड़, गँवार है। नहीं वह गँवार नहीं, व्यावहारिक है। क्या करूँ? किससे मन की बात कहूँ? कोई बिल्कुल अपना, एकदम क़रीब का दोस्त कोई नहीं। दूर-दूर तक कोई नहीं। रमा थी। हाँ, कभी वह मेरी थी। आज कहाँ है? हम दोनों में इतनी दूरी कैसे हो गयी? साहस का अभाव था, शायद! लेकिन क्या केवल मेरे में या फिर रमा में भी? फिर वही रमा का ख़याल। कितनी सन्नाट ज़िन्दगी। क्या पता था कि रमा यों अलग हट कर अपनी पगडण्डी बन जायेगी! कहाँ है रमा, इस समय क्या कर रही होगी, शाम कैसे बीतती है?

"ए जी...क्या सोच रहे हैं?" मिसेज़ गोयनका की गुदाज हथेलियाँ उनके कन्धे पर थीं।

"कुछ नहीं," उन्होंने भरी-भरी आँखों से पत्नी की ओर देखा।

"देखिए, मेरी मानिए तो इसको कोई काम-वाम करवा दीजिए।"

"क्या काम करवा के दूँ उमेश की माँ। तुम मेरी हालत जानती नहीं क्या? इसको लिए-लिए मैं कहाँ-कहाँ जाऊँ? तुम भी तो इसको कुछ नहीं समझा सकतीं।"

"समझा कैसे नहीं सकती! अपने पेट की बेटी को नहीं समझा सकती! कल ही मैंने इससे कहा था, तू रमा आंटी से कोई काम-वाम की सलाह क्यों नहीं लेती?"

"रमा? रीतू को रमा के पास जाने के लिए कहा तुमने?"

"हाँ, और नहीं तो क्या? रमा, रीतू को वापस नहीं लौटायेगी, उसका स्वभाव मैं जानती हूँ।"

"तुमने पहले रीतू को रमा के पास जाने से क्यों रोका था?"

"उस समय रोकने की ज़रूरत थी। आज भेजने की। अब आगे आप जैसा कहें वैसा ही करूँगी। मेरी तो साधारण बुद्धि है।"

"नहीं! नहीं!! तुमने बिल्कुल ठीक किया, बिल्कुल ठीक।'' आज ज़िन्दगी में पहली बार मिस्टर गोयनका को अपनी पत्नी समझदार लगी। वे पत्नी के हाथों का सहारा लेकर उठ खड़े हुए।

लेकिन रीतू रमा के पास नहीं गयी। इसके बदले एक दिन मिस्टर गोयनका को रमा के पास जाना पड़ा। "तुम्हारे पास घण्टे भर का समय है?" उन्होंने पहले फ़ोन पर पूछा।

"हाँ-हाँ, क्यों नहीं, आओ।"

ऑफ़िस के कमरे में मिस्टर गोयनका कुछ कहते इससे पहले रमा ने ही पूछा, "क्या बात है? तुम इतने परेशान क्यों नज़र आ रहे हो?"

"अब एक परेशानी हो तो बताऊँ! तुम तो इस अरेंजमेंट से खुश हो न!"

"कौन से अरेंजमेंट से?"

"यही हिन्दुस्तान-पाकिस्तान का। तुमने क्या बार्डर क्रास नहीं करने की क़सम खा ली है? बिल्कुल अजनबियों जैसा व्यवहार। रमा, हम लोग दोस्ती भी भूल गये?"

"क्या बात है? आज अचानक आपको पुराने दोस्त कैसे याद आये? कौन-सी समस्या उठ खड़ी हुई?"

"समस्या? क्या बिना समस्या के मैं कभी तुम्हारे पास नहीं आया?"

"पिछले पच्चीस वर्षों में याद तो नहीं पड़ता।"

"अच्छा, मैं इतना स्वार्थी हूँ?"

"चलो, बेकार की बात छोड़ो। रीतू कैसी है? ठीक है न! दिखी नहीं।"

"तुम्हारे पास भेजूँगा।"

"ज़रूर, लेकिन वह ठीक तो है न?"

"अब उसका क्या तो ठीक और क्या बेठीक होना! हम लोग चाहते थे किसी तरह वह दुबारा शादी के लिए तैयार हो जाये, नहीं तो कैसे कटेगी सारी उमर?"

"राजेन्द्र! रीतू की शादी अठारह की उम्र में हुई थी ना! और, अब वह छत्तीस साल की है। क्या अठारह साल का एक सुखद वैवाहिक जीवन इतनी जल्दी भूला जा सकता है? आख़िर दर्द से निकलने में भी समय तो लगता है।"

"कितना समय रमा? साल-भर तो रीतू को यहाँ आये हो गया और उसके पहले दो साल वहाँ दिल्ली में दिन-रात पड़ी-पड़ी रोती रहती थी। झगड़ा-झमेला मारपीट! अब उसके पास चुनाव करने को रखा भी क्या है। और, तुम्हारी तरह तो वह बोल्ड भी नहीं कि अकेले ज़िन्दगी काट ले।"

"मैं बोल्ड हूँ या मेरी अपनी कोई मजबूरी है। यह मैं नहीं जानती। किन्तु इतना-भर जानती हूँ कि स्त्री की ज़िन्दगी केवल पुरुष की तलाश बनकर नहीं रह सकती। वह प्यार तो एक बार करती है। बस एक बार। एक ही पुरुष से। कभी शादी से पहले, कभी शादी के बाद। इसके बाद तो वह केवल अपने-आपको झेलना सीखती है।"

"तुम अजीब दकियानूसी बात करती हो और फिर आधुनिक होने का दावा। किसी का पति मर जाये, वह विधवा हो जाये, तो क्यों वह दुबारा शादी नहीं करती?"

"शादी और प्यार का कैसा आपसी सम्बन्ध? और किस सम्बन्ध की बात तुम उठा रहे हो?"

"तो क्या करूँ? तुम्हीं बताओ मैं क्या करूँ—गले पड़े इस बोझ को? फिर यह इतनी तेज़ भी तो नहीं—आई मीन टु से डेरिंग, कि अपने लिए कोई पुरुष खोज ले।"

"ओफ़! पुरुष खोज ले, पुरुष से शादी कर ले। पुरुष को बाँध कर रखने का गुटका क्यों नहीं ईजाद कर पायी? पुरुष बेटे को क्यों नहीं वश में रखा? क्या बिना पुरुष के औरत इतनी अधूरी है? क्या सारे अस्तित्व का सन्दर्भ केवल पुरुष है? अपने आप में वह कुछ भी नहीं। यानी उसकी अपनी कोई भूमिका नहीं?"

"रमा, तुम बिल्कुल व्यावहारिक बात नहीं कर रही हो। मैंने तो सोचा था कि तुमसे कहूँगा।"

"क्या?"

"यही कि तुम रीतू को समझाओ। उसका ब्रेनवाश करो।"

"यानी मैं तुम्हारे परिवार की एजेंट की भूमिका निभाऊँ।"

"रमा, तुम कहाँ से कहाँ बात ले जाती हो। आख़िर अकेले वह कैसे जियेगी? तुम शुरू से हर सुख से वंचित रही, इसीलिए तुम अकेले जी लेती हो। लेकिन उसको तो सब कुछ मिला हुआ लुट गया है।"

"सुनो राजेन्द्र! अपने आप में मैं एक इकाई हूँ। पूर्ण हूँ। यानी मुझे अपने जीवन में अब पुरुष की कोई ऐसी भूमिका नज़र नहीं आती। जहाँ तक संवेदना और लगाव का सवाल है, उसे और भी कई रूपों में पाया जा सकता है। ख़ैर, मेरी छोड़ो।"

"हाँ-हाँ, मैं भी यही कह रहा था कि तुम अपने आप से रीतू की तुलना क्यों करती हो। अपना-अपना 'मेटल' होता है। रीतू तुम्हारी तरह नहीं रह सकती। वह बिना पुरुष के अधूरी है।"

"यह बात रीतू ने कही है?"

"नहीं, उसकी माँ ने कही है। कम-से-कम अपनी बेटी के बारे में उनकी समझ की सराहाना की जा सकती है।"

अवाक्, ख़ाली आँखों से रमा अपने सामने खड़े पुरुष को देख रही थी, जो आज इतने वर्षों बाद अपनी पत्नी की समझ की तारीफ़ कर रहा था। बरबस वह कह बैठी, "राजेन्द्र, मुझे विश्वास नहीं होता कि कभी मैंने तुम्हारी कोई तस्वीर अपनी ज़िन्दगी के ख़ाली कैनवास पर उकेरी थी।"

"तुम अपने से अलग हट कर रीतू के लिए नहीं सोच सकतीं?"

"नहीं राजेन्द्र! नहीं! तुम लोगों का अहं मुझे बार-बार छोटा महसूस करवाये बिना नहीं मानता। अपनी तमाम संवेदना के बावजूद मेरे लिए अच्छा होगा कि मैं तुम और तुम्हारी व्यवस्था से दूर रहूँ।"

मिस्टर गोयनका भी तमतमाकर उठ खड़े हुए। अपमान से उनका मुँह काला था। रमा से उन्हें इस बहस की और ऐसे उत्तर की आशा नहीं थी। फ्रस्ट्रेशन! टोटल फ्रस्ट्रेशन! रमा तुम अकेली हो और मेरी बेटी को भी अकेली करके मानोगी। वे तेज़ी से उठकर कमरे से बाहर चले गये। एक ठहरी साँस लेकर रमा मेज़ पर फैले काग़ज़ों को समेटते हुए सोचने लगी—क्या हर पुरुष के पास दो तराजू होते हैं? एक अपने बीवी-बच्चों के लिए और दूसरा बाहरी व्यक्ति के लिए। तब राजेन्द्र गोयनका के लिए मैं क्या हूँ? एक बाहरी व्यक्ति! शायद! शायद इसलिए कि मैं, मेरा मन मुझे बाहरी व्यक्ति नहीं मानता। वह मेरा क्या लगता है? कुछ नहीं। फिर भी उसकी तकलीफ़ से मुझे पीड़ा होती है। अनचाहे मैं अपनी ममता का आँचल उसके सिर पर पसार कर खड़ी हो जाती हूँ।

रात को मिसेज़ गोयनका ने पति से कहा, “रीतू कह रही थी, मम्मी मुझे कुछ समय चाहिए। अभी मेरे साढ़े साती की दशा है इसलिए मेरा समय ठीक नहीं चल रहा है। कुछ दिन बाद सब कुछ ठीक हो जायेगा।”

“पागल है रीतू भी। बेकार है इन लड़कियों को पढ़ाना-लिखाना।”

“रमा से बात हुई? क्या कहा उसने?”

“कुछ नहीं।” कहकर मिस्टर गोयनका एकदम से चुप हो गये।

रीतू नीचे नहीं आयी और न ही मिस्टर गोयनका ने कुछ कहा। परेशान मिसेज़ गोयनका सोच रही थीं, आख़िर रमा इतनी ख़ामोश क्यों है और वह भी रीतू के मामले में?

गाड़ी में बैठी हुई रमा धुएँ से भरे शहर की मद्धिम रोशनियों की ओर देख रही थी। पता नहीं क्यों, आज पहली बार रमा के मन में गहरी वितृष्णा थी। दूसरे के प्रति और अपने प्रति भी। किसी को न करने का स्वभाव नहीं और वह भी रीतू जैसी एक मासूम औरत को! औरत कितनी लाचार होती है, यह शायद रमा से ज़्यादा कोई नहीं जानता। क्या खुद रमा ने अपनी ज़िन्दगी में दूसरी औरत की खाल नहीं ओढ़ रखी थी। वह यह भी तो नहीं कह पा रही कि वह पहली-दूसरी कुछ भी नहीं। बस जो है, अपनी ज़मीन पर है। कहे भी तो किससे? एक साधारण व्यवसायी महिला की बात सुनेंगे भी कितने? वह किसी आन्दोलन की प्रवक्ता भी नहीं। किसी राजनीतिक पार्टी के साथ सम्बोधित नारा भी नहीं कि जन-चेतना के साथ प्रवाहित होने का दावा कर सके। न ही वह कोई फ़िल्मी नायिका थी, जिसकी ज़िन्दगी का ज़र्रा-ज़र्रा मीडिया की कवरेज हो सकता था। न किसी विशिष्ट घराने की बेटी या बहू, जो खुलकर जेहाद बोल कर किसी पत्रिका में अपनी फ़ोटो छपवा सके। वह एक साधारण रूप-रंग वाली साधारण प्रतिभा की औरत ठहरी। जीवन के पहले पड़ाव में ही आहत। वह किससे कहने जाये अपने सुख-दुख। और, आज ठीक उसी जगह रीतू को भी खड़ा किया जा रहा है। महज़ विवाहिता होने की, पत्नीत्व का गौरव झेलती वे स्त्रियाँ जिनके शरीर पर ऊपर से नीचे तक नगीने चमकते हैं, क्या रमा जैसी स्त्रियों के लिए उनके मन में कोई संवेदना हो सकती है? विवाह शायद सबसे आसान कैरियर है। रातोरात करोड़पति बनने का सरल नुस्ख़ा।

बिना कुछ कमाये मिसेज़ गोयनका के पास लाखों रुपये हैं। फिर रीतू अपने हक़ की लड़ाई क्यों नहीं लड़ती? इसके उत्तर में मिस्टर गोयनका ने ही कहा था, "रीतू कोई कम बेवकूफ़ है क्या? रुपये-गहने भी कभी अपने पास नहीं रख सकी। वह भी सास की अलमारी में थे। और मामला-मुकदमा, क़ानून की शरण रीतू नहीं चाहती। वह कुछ भी करना नहीं चाहती। उससे कुछ होगा भी नहीं। ऐसी पिद्दी-सी लड़की।"

"उफ़! उस मासूम को आप क्यों रोज़ नये-नये विशेषणों से आभूषित करते हैं?"

"और क्या करूँ मैं? यदि किसी बात का दम नहीं था, तब हंगामा क्यों मचाया? क्यों नहीं चुपचाप पड़ी रही। हमारी श्रीमती जी ने सब कुछ सहन किया तो वे कौन-सी घाटे में रहीं।" मिस्टर गोयनका ने गहरी परेशानी के साथ कहा था।

"यानी सबसे बड़ा अपराध?" रमा ने खुद से ही पूछा।

"परम्परा के ख़िलाफ़ आवाज़ उठाना!" उत्तर था।

"तब क्या करना चाहिए?" फिर प्रश्न।

"परम्परा सिखाती है सहन करना।" उत्तर था। और मन बिलखने लगा। औरत क्या-क्या सहन करे और वह भी कितना? सहन तो मैंने भी किया। ऐसा क्या मिल गया? आसुँओं में डूबा एक अतीत कह रहा था—जो मिला, वह भी नहीं मिलता। उठाकर फेंक दी जाती। जानती हो, व्यवसाय की दुनिया में भी कितने मुखौटे लगाने पड़ते हैं? तुम अच्छी तरह जानती हो कि समाज का मूल्यबोध कितना दकियानूसी है।

नहीं, एक उपयोगी तन्त्र है। जिसकी जितनी उपयोगिता हो, उससे बस उतना-भर काम।

रमा आगे कुछ सोच नहीं पायी। थके हुए क़दमों से वह गाड़ी से उतरी और अब निढाल थकी हुई अपने फ़्लैट की घण्टी बजा रही थी। दरवाज़ा जमुना ने खोला। भीतर जाते ही उसको एक गहरी शान्ति मिली। हाथ-मुँह धोकर खाने की मेज़ पर बैठते ही आरती आकर बैठ गयी।

आरती बहुत पहले उसकी स्टेनो थी। फिर आरती दूसरी कम्पनी में काम करने चली गयी। लेकिन आरती ने अपने गुरुभक्ति की दक्षिणा उस

समय चुकाई जब कम्पनी से रिटायर होकर वह रमा के पास रहने चली आयी। दीदी, आपकी देखभाल अब मैं करूँगी। आपकी तरह मैं भी अकेली हूँ। भाई को नौकरी लगा दी। उसकी शादी कर दी। अब मेरी वहाँ क्या ज़रूरत? और आरती के रहने के बाद से रमा को घर-गृहस्थी के झंझट से पूरी मुक्ति थी। कभी-कभी रमा सोचती, आरती पिछले जन्म में मेरी क्या थी? माँ, सगी बहन? दोस्त? और जमुना? खाना परोसती हुई, हँसती हुई जमुना कह रही थी, "दीदी, आज आपने शाम को फिर फलों का रस नहीं लिया न? मुँह कितना सूखा हुआ है। सारे दिन काम के पीछे पागल रहती हैं। किसके लिए कमाना? खाना तो वही एक सब्ज़ी, दाल और दो फुलके।"

"जमुना, तेरे लिए कमाना पड़ता है।"

"हूँ! मेरे लिए कमाना पड़ रहा है? बात सुनो दीदी की। अरे! मेरे पेट के तीन लड़के हैं, वह आपके दो लड़के हैं। पाँच-पाँच सौ रुपये कमायेंगे तो पन्द्रह सौ रुपये हो जायेंगे। क्यों आरती दी? पन्द्रह सौ रुपये में हम तीनों का पेट नहीं भरेगा? नून-भात भी नहीं जुटेगा?"

"बहुत हुआ! चल, ज़रा दीदी के लिए गरम फुलका सेंक कर ला तो।"

रमा ने अब आरती की ओर देखते हुए पूछा, "आरती, विभा आयी थी क्या?"

"हाँ, दीदी आयी थी।"

"कैसी है?"

"बहुत ख़ुश। कह रही थी तुम्हारी दीदी ने तो मेरी ज़िन्दगी बना दी।"

एक सर्द आह के साथ रमा सोचने लगी—पता नहीं, किस-किसकी ज़िन्दगी बन रही है, या फिर बिगड़ रही है। बस इतना जानती हूँ कि हर मुक़ाम पर जूझती हुई औरत बेसहारा है। वह धन कमा लेती है, नाम-यश भी कमा लेती है। लेकिन धन-यश से ही सब कुछ नहीं होता। ज़िन्दगी में ज़रूरत होती है, मानवीय ऊष्मा और लगाव की। कोई अपना है, यह ख़याल भर कितना अच्छा लगता है। लेकिन अपने परिवार में सिमट जाने वाले लोग दिन-रात केवल अपने और अपने बच्चों को चाटने-पोंछने में लगे रहते हैं, और ऐसे लोग कितनी महानता की बात करते हैं। जियेंगे तो बस अपने लिए। लेकिन दावा? दावा पूरे समाज को सँभालने का करते हैं।

गरम फुलके परोसते हुए जमुना पूछ रही थी, "दीदी, एक फुलका और लाऊँ?"

"नहीं। मेरा पेट भर गया है।"

"इतनी जल्दी?" आरती और जमुना के मुँह से एक साथ निकला।

"एक और लीजिए ना दीदी।"

"नहीं, बस।"

रमा देख रही थी एक स्नेह भरी निश्छल हँसी, मेहनती पसीने की बूँदों की चमक। वह फिर सोचने लगी—क्या यह मेरा परिवार है? नहीं...क्या रीतू का परिवार उसका अपना हो सका? परम्परा की टूटती हुई कड़ियाँ।

तब तक आरती ने कहा, "दीदी, सुमिता दी ने फ़ोन किया था। वापस फ़ोन मिलाऊँ, शिकायत कर रही थीं कि अरे नौकरी तो हम लोग भी करते हैं, लेकिन तुम्हारी दीदी की तरह नहीं। इतना भी क्या व्यस्त रहना!"

"लेकिन सुमिता का क्या हाल है?"

"बहुत अच्छा। अच्छा दीदी, रीतू बाई ने क्या सोचा?"

"कुछ नहीं। दुख में डूबा हुआ आदमी कभी निर्णय नहीं ले सकता। और एक बात समझकर देखो आरती, निर्णय लेना भी सीखना पड़ता है। जिसने आजीवन भ्रम पाला हो, उसके सामने अचानक खुली सम्भावनाएँ मुँह फाड़े खड़ी हो जायें तो क्या हालत होगी? वह तो बिल्कुल ही घबड़ा जायेगी।"

पलँग पर लेटी हुई रमा सोच रही थी, आज मैंने राजेन्द्र को इतना रूखा जवाब क्यों दिया। वह भी रीतू के बारे में? लेकिन क्यों नहीं देती? मैं केवल राजेन्द्र गोयनका की ज़रूरत बनकर क्यों रह गयी? कभी मुँह खोलकर कुछ कहा नहीं। अपने लिए कुछ सोचा नहीं। तब मुझमें और परम्परा में जकड़ी स्त्री में फ़र्क़?

जीवन की यह कैसी अर्थवत्ता? और इसकी गाँठ कहाँ से खोलनी शुरू की जाये? गाँठों की अगणित संख्या है। मैं तो यह भी भूल गयी थी कि सत्य को घूमते हुए कालखण्ड से निचोड़ना आसान नहीं था। उस समय तो और भी नहीं जब कानों में अतीत के संवादों की घण्टियाँ गूँजती रहें और विरोधाभासों से भरे हुए ख़यालों के छोटे-छोटे टुकड़े आपस में टकराते रहें।

आँखों में नींद नहीं। खुली पलकों से सपाट दीवारों को देखती हुई रमा सोच रही थी। इतना कुछ अर्जित करने के बावजूद आज भी अकेले जीना कितना कठिन है। कितना पीड़ादायक होता है, टुकड़ों में बँटना, आँसुओं में निचुड़ना और असावधानी में जीये गये क्षणों की क़ीमत चुकाना।

लहरों के साथ फिसलते हुए भी क्या रमा ने भी नीचे आकाश से झरती रोशनी नहीं चाही थी या फिर फूलों का बिछावन? लेकिन उसके पैरों में तो शैवाल ही उलझते चले गये। ख़ासकर समाज की नैतिक चट्टानी गुफाएँ जो उसे हर समय निगलने को तैयार थीं। जो समन्दर की लहरों के नीचे सिर झुकाये सदियों से बैठी हैं।

रमा उठकर अपनी मेज़ पर आ गयी। डायरी खोल कर कुछ लिखना चाह रही थी। मन ने कहा, नया क्या लिखोगी रमा? वही जो वर्षों से लिखती आ रही हो? नहीं, मैं बदल गयी हूँ। कहाँ? अपनी डायरी पढ़ो! डायरी में झूठ लिखा हुआ है...तुम इतने वर्षों तक झूठ लिखती रहीं। हाँ! क्या तुमने प्रेम नहीं किया या अब नहीं करती हो? नहीं, अब नहीं करती। पहले करती थी? पता नहीं।

लेकिन फिर डायरी के पन्नों में जगह-जगह नुकीले काँटों से चुभते हुए प्रश्न अपने बचाव में चाहे-अनचाहे दी गयी कैफ़ियतें, 'मैंने सोचा था।' लेकिन इस विचार का यह अर्थ है, मुझे समाज की स्वीकृति नहीं चाहिए लेकिन बार-बार इस 'लेकिन' शब्द का ज़िक्र क्यों? भय क्यों? रमा, तुम तो बार-बार कहती रहीं—मुझे समाज की ज़रूरत नहीं। इस समूह की ज़रूरत नहीं। फिर ऐसी कौन-सी बाध्यता थी, इन्हीं लोगों से जुड़े रहने की?

वही पुरानी परिचित डायरी जिसमें समय-समय पर वह कुछ लिख लिया करती थी। बेतरतीब काल-खण्ड, समय। सब कुछ बह गये थे। रह गये थे ये केवल काले अक्षर। इन्हीं पन्नों में उसकी ज़िन्दगी सिमटकर रह गयी थी।

आख़िर यह सब क्यों घटा? किसलिए? और वह भी एक विवाहित पुरुष के साथ। क्या मैं नहीं जानती कि उसकी उम्र क्या है? कि वह तीन बच्चों का पिता है। वह कभी भी मुझसे शादी नहीं कर सकता। यह सब कुछ जानते हुए भी मैंने उसका साथ क्यों चुना? कहाँ गये मेरे संस्कार?

रमा पन्ने पलटती है। डायरी के पृष्ठ-दर-पृष्ठ से उभरता हुआ अतीत–कल रात-भर मैं सो नहीं सकी। सुख कितना मादक होता है और दुख कितना ज़हरीला। रो भी रही थी और भीतर ही भीतर खुश भी थी। कोई मेरा है, मुझे चाहता है, धीरे-धीरे मेरी ज़िन्दगी की ज़रूरत बनता जा रहा है। कोई मुझे बाँहों में भर कर पूछता है, "तुम मुझे छोड़ तो नहीं दोगी? किसी और का हाथ तो नहीं पकड़ लोगी? नहीं, तुम पर अविश्वास नहीं करता लेकिन क्या मैं इतना भाग्यशाली हूँ? मुझे अपनी तकदीर पर विश्वास नहीं होता।"

विश्वास तो मुझे भी नहीं होता कि हर दिन कोई मेरे क़रीब, और क़रीब आता जा रहा है। समाज के भय से इस सरल समर्पण को ठुकरा दूँ? लेकिन क्यों?

पीछे लौटते हुए क़दम इन लाइनों में उलझ गये–एक अजाने अपराध के भय से मैं घबराई हुई रहती हूँ। लेकिन किसी को प्यार करना क्या अपराध है? शायद है। शायद नहीं!!

पन्ने उलटते जा रहे थे। एक दर्द खुलता जा रहा था। एक कसक, एक मीठापन। एक खुरदरे, मुलायम अहसास के साथ–जब किसी बात को हम छुपाकर रखते हैं तो वह पाप कहलाता है। पहली बार मुझे आज ज़िन्दगी में पापा का अहसास हुआ। जब अकारण मैंने झूठ बोला–एक झूठ को छुपाने के लिए और दस झूठ गढ़े। आख़िर उसकी पत्नी ने पूछ ही लिया, "आप लोग कल शाम कहाँ गये थे? लौटने में इतनी देर कैसे हुई?" और, मैंने कितनी सफ़ाई से झूठ बोल दिया–"कहीं नहीं गये थे...।" उसकी पत्नी की आँखों में प्रश्न वहीं का नहीं ठहर गया था। मुझसे यह कहता हुआ कि तुम कहो या न कहो, मैं तुम्हारा भेद समझती हूँ।

औचक रमा की हथेलियाँ आँखें मसल रही थीं। नहीं चाह कर भी वह रो रही थी। और टप-टप गिरते हुए आँसुओं से भीगे हुए अक्षर पीड़ा से अशान्त बहुत कुछ कहते जा रहे थे–वह कहता है उसको कभी प्रेम नहीं मिला। उसने ज़िन्दगी में इस ढलती उम्र में पहली बार महसूस किया कि प्रेम किसे कहते हैं। वह बार-बार समझाता है कि हम दोनों के बीच का यह प्रेम-सम्बन्ध धूप-किरणों के साथ सदा चमकता रहेगा। ओस की बूँदों-सा मासूम और पारदर्शी रहेगा।

उसका यह समझाना? पता नहीं वह जितना समझाता है उतना ही सब कुछ मेरी नज़रों में ग़लत क्यों होता जा रहा है।

रमा अतीत को चीरती हुई पुनः वर्तमान पर आ गयी–

इतने वर्ष बीत गये। आख़िर मैं क्यों नहीं अपने आपको बदल पायी? ऊपर का आवरण बदला किन्तु भीतर मैं वही की वही...। कौन है यह लड़की जो अपने आपको पहचानने से इनकार कर रही है? पिछले साल ही दीवाली पर लिखा था–मैंने सहन कर लिया है। सब कुछ। लेकिन क्या सच में? नहीं, कभी-कभी अकेलापन कचोटता है, बुरी तरह से कचोटता है। किसी से कहती क्यों नहीं? क्या कहूँ और किससे? क्या समाज के पास कोई और नया पैमाना है इस पीड़ा को, त्रासदी को मापने का? नहीं है। तब? क्या लाभ है कहने से? आज तुम जिस औरत से कह रही थीं कि समझ से काम लो, वह कौन-सी समझ है रमा? कम-से-कम तुम्हारी ज़िन्दगी का सच तो नहीं। अपने को तहों में लपेट साबुत बने रहने का दावा क्यों करती हो? मैं कोई दावा नहीं करती। मगर लोग मुझे 'फ्रस्ट्रेटेड औरत' के पारम्परिक चौखटे में जड़ दें, यह भी तो अच्छा नहीं लगेगा। ज़िन्दगी का एक हिस्सा दर्द से टपकता है तो क्या पूरी ज़िन्दगी को फ़ालिज का शिकार मानूँ? व्यक्तिगत प्रेम से बाहर एक और बड़ा कार्य-जगत है, क्या वह मुझे नहीं भरता? क्या इसीलिए तुमने उस लड़की से कहा था, "परम्परा में जकड़ी स्त्रियाँ भ्रमों के सहारे ज़िन्दा हैं। वे भी अकेली हैं, लेकिन अभी स्वीकारेंगी नहीं। कम-से-कम तुम अपने बारे में सोच तो रही हो। और केवल अपने बारे में कहाँ–अपने जैसी और दूसरों के बारे में।

रमा ने डायरी के और पन्ने उलटे। ज़िन्दगी के निराश चेहरे पर फूटती हुई उज्ज्वल हँसी की हरी कोंपलें। अपनी तमाम कमज़ोरियों के बावजूद रमा डायरी के पन्नों में कह रही थी–कल मिस्टर गोयनका के एक क़रीबी दोस्त के सामने मैंने यह प्रेम सम्बन्ध स्वीकार लिया। मुझे बहुत हलका लग रहा है। उसके दोस्त का यह कहना–"इस सम्बन्ध की गम्भीर क़ीमत चुकानी पड़ेगी।"

"क़ीमत तो हर चीज़ की चुकानी पड़ती है।" कहते हुए मैं उठ गयी थी। दोस्त उसको समझाता रहा था–"एक काम करो। इस लड़की की

किसी साधारण व्यक्ति से शादी कर दो। विवाहिता स्त्री के साथ सम्बन्ध रखना आसान होगा। समाज जल्दी से शक के तराजू पर नहीं तौलेगा।"

"और यदि यह न माने?"

"इसको दिन-रात अपने काम में तो साथ मत रखो।"

और मेरा उत्तर था—जो प्यार मुझे रात के अँधेरे में पहचाने और दिन के उजाले में मुँह फेर ले, वह प्यार नहीं हवस है। मैं किसी की हवस की चीज़ नहीं।

लेकिन एक मेरी समझ तो समझ नहीं है। समाज की अपनी समझ है। समाज के तराजू में क्या मैं ठहर पाऊँगी?

समाज वस्तुओं को मापता-तौलता है। समाज की नज़र में औरत वस्तु है...भोग्या है। उसकी नज़र में मैं क्या हूँ? ख़ुद अपनी नज़र में मैं क्या हूँ? किसी की वस्तु या फिर बहता हुआ दरिया, जो किसी के पहलू में ठहर नहीं सके। मुट्ठी में बन्द न हो सके।

मैं तो एक स्थायी चौखटे में बन्द हो गयी। क्यों? रमा ने एक गहरी साँस ली और सोचने लगी—चुनाव करने के बाद यदि ठहराव है, तब क्या वह मैंने पैदा किया है? नहीं! परिस्थितिगत है। परिस्थिति का दबाव सब पर पड़ता है। चाहे आप उसे स्वीकारें या फिर नहीं स्वीकारें। यदि यह व्यक्ति मुझसे शादी कर लेता तब? किन्तु ऐसा कैसे हो सकता है? आप सब कुछ जानते हुए एक विवाहित व्यक्ति से उलझ पड़े हैं। शुरू में सोचते हैं, एक-दूसरे के सामने स्वीकारते हैं कि हम विवाह नहीं करेंगे। फिर अचानक आप सारी व्यवस्था ही बदल देना चाहते हैं। मगर क्यों?

सच तो यह है कि तुम ख़ुद एक व्यामोह में फँसी हो। आत्मवंचना की शिकार हो। आख़िर किसने तुमसे कहा था कि तुम ऐसी अकेली ज़िन्दगी को जिओ? अपने सुखों के टुकड़ों की आहुति देती रहो? उसने कहा था, उसने! वह कहता रहता था, "सच मानो, यह एक बेमेल विवाह था। मेरी मर्ज़ी से नहीं, बल्कि बड़े भाई के दबाब से हुआ। प्रेम क्या होता है, यह मैंने अब जाना। यह प्रेम है रमा, सच मानो, यह प्रेम है। नहीं। तुम जैसा चाहोगी, बस वैसे सम्बन्ध रहेगा।"

वह भीरु है, कायर है, समाज से डरता है। मगर क्या बस इसीलिए वह प्रेम करने का अधिकारी नहीं? क्या समाज को चुनौती देने वाले ही सब कुछ पाने के अधिकारी हैं? साधारण स्त्री-पुरुष की अपनी कोई व्यवस्था नहीं हो सकती? पता नहीं, मैं क्या चाहती हूँ और क्या नहीं? यही नहीं समझ पाती। किन्तु गड्ढे से निकल पर ऊँचाइयों पर पैर रखना एक बड़ा निर्मम रूपान्तरण है। अपनी पहचान हाँफने लगती है।

एक औरत की हैसियत से मैं ख़ुद अपनी वैयक्तिकता के प्रति सहमी हुई हूँ। बार-बार अपने आपसे पूछती हूँ—आवाज़ उठाऊँ या नहीं? जब लोग इस सम्बन्ध के बारे में पूछते हैं, तब 'हाँ' और 'ना' की आत्म-विरोधी माँगों में पिसती हुई मैं हकलाने लगती हूँ। फिर भी टूटे बुर्ज और मीनारों के बीच इस सम्बन्ध को मैंने जिया। मगर कितना कुछ अनकहा रह गया। पूरी ईमानदारी के बावजूद कौन मुझे समझ पाया। क्या वह भी जिसको मैंने अपना सर्वस्व अर्पित किया।

हाँ, जानती हूँ कि मेरे भीतर एक ज़िद्दी अहंकार है। मोर्चे पर डटे रहने वाले सिपाही का संकल्प, जो बहुधा वापस नहीं लौट पाता और यदि लौटता भी है तो कटे हुए हाथ-पैर लेकर। लेकिन 'महावीर-चक्र' तो महज़ कुछ विशिष्ट लोगों के लिए सुरक्षित है न। वे जो अनाम मर जाते हैं, उनके हृदय के अरमानों का इतिहास कौन लिखेगा?

मैं जानती हूँ कुछ लोग हैं, मेरे ही समानधर्मा जो नैतिकता के दायरे से बाहर हमेशा किसी-न-किसी को प्यार करेंगे। ठीक वैसे ही, जैसे कोई भोर का तारा चमकता है। कोई फूल खिलता है, कोई चिड़िया चहकती है। ठीक वैसे ही, जैसे कोई किसान हल लेकर खेतों की ओर जाता है। कोई मज़दूर कारख़ाने का सायरन सुन दौड़ता है। कोई क्लर्क लोकल रेल में बैठ शहर की ओर रवाना हो जाता है। हाँ, ठीक इसी तरह कोई बच्चा नींद से उठकर अपने गणित के सवालों का जवाब लिखने के लिए कॉपी खोलता है। और ज़रूरी नहीं कि इन सब कामों का अलग से मूल्यांकन हो। मूल्यांकन करने वाला एक बहुत बड़ा झूठ जीता है। कभी वह ज़्यादा तो कभी कम मूल्य आँके बिना रह ही नहीं सकता। क्या यथार्थ से परे सपनों का अपना अलग अस्तित्व नहीं? माना कि सपनों से निराशा ही हाथ लगती है, मगर क्या इसीलिए सपने देखना छोड़ दिया जाये?

इन आलोचक व्यापारियों के साथ कैसा व्यवहार किया जाये जो यथार्थ के नाम पर ज़िन्दगी के रोमांस की चमड़ी छीलकर रख देते हैं। मैं इनसे कहना चाहती हूँ कि सुनो, सूरज को नंगी आँखों से नहीं देखा जाता। इससे आँख का पर्दा जल जाता है।

मैं अपने चारों ओर देखती हूँ। सती-साध्वियाँ हैं, हाथ में माला जपती हुई। व्रत-उपवास करती विधवाएँ हैं। विवाह की लाइन में खड़ी क़तार-दर-क़तार कुँवारियाँ हैं। मगर ये सब इतनी उदास क्यों? इतनी डरी, सहमी हुई क्यों हैं? सहज रूप से अपने प्रति आश्वस्त क्यों नहीं हो पातीं? क्या इसीलिए कि समाज को इनकी ओर कभी आँख उठाकर देखने की फुर्सत नहीं मिलती। समाज यानी पुरुष, राजनीतिक की गोट बिछाता हुआ पुरुष। हर नये सिद्धान्त को खोजता हुआ पुरुष। प्रत्येक औरत से यह कहता हुआ—"नहीं, अभी और बहुत-सी समस्याएँ हैं। अभी औरत को अपने बारे में बोलने का अधिकार नहीं। वह जहाँ है, जैसी भी है, वैसी ही रहे। जब हमें समय होगा, तब उसके बारे में बात करेंगे। अभी नहीं, अभी और भी हज़ारों समस्याएँ हैं।

मैं जानती हूँ, इस दुनिया में न्याय नहीं। सत्य की खोज व्यर्थ है। जो कुछ भी घटा, उसके लिए मैं ज़िम्मेवार हूँ। थक गयी हूँ। घिसटते हुए पैरों से चल रही हूँ। आख़िर मैं भी तो चालीस के ऊपर हो गयी। हाँ, आँखों में झिझक है। चेहरे पर थोड़ी शर्म है। हर क्षण कुछ चटकता है। इसलिए त्रस्त हूँ। हाँ, एक सुख है—जो भी हूँ, जैसी भी हूँ, अपने विरोधाभासों से परिचित हूँ और अपने इस ज्ञान के प्रति आश्वस्त भी।

रमा अचानक एकदम अपने अन्दर की पीड़ा और त्रासदी में गोते लगाने लगी। नहीं, एक बार के लिए मिली हुई इस ज़िन्दगी को फिर से नहीं जिया जा सकता। बढ़े हुए क़दम वापस नहीं लौट सकते और इन स्मृतियों के दंश को चुपचाप सहना पड़ेगा। बिल्कुल ख़ामोश। विधाता न्याय नहीं करता किसी के साथ। फिर भी, क्या प्यार जैसी कोई चीज़ बची है?

उसने उठना चाहा, लेकिन उठ नहीं पायी। वापस अपनी डायरी के पन्ने पलटने लगी।

"दीदी सोयेंगी नहीं? रात बारह बज रहे हैं।" आरती खड़ी थी।

"तुम क्यों नहीं सो जातीं।" पता नहीं क्यों रमा को गहरे ख़यालों की लहरों में आरती का यों टपक पड़ना अच्छा नहीं लगा। लेकिन आरती थी कि हिल नहीं रही थी। झल्लाकर रमा कह बैठी, "जाओ, मेरे कमरे से बाहर जाओ।"

"क्यों? मेरा कोई अधिकार नहीं कि आपसे कुछ कह सकूँ?"

"अच्छा क्या कहना चाहती हो?"

"यही कि अपनी ज़िन्दगी को बेकार मत घुलाइए। आप बेकार परेशान हो रही हैं। आपने उन लोगों के लिए सब कुछ किया। उन लोगों ने आपके लिए क्या किया? आप रीतू के लिए परेशान हो रही हैं। क्या उसको आपकी ज़रूरत है?"

"उसके पिता आये थे।"

"पिता के आने में और रीतू के आने में बहुत फ़र्क़ है।"

"कैसा फ़र्क़! आप नहीं समझतीं दीदी? आपने जिससे प्यार किया, वह आपका है। लेकिन रीतू आपको सौतेली नज़र से देखती है। मेरी समझ में आप इस उलझन में न पड़ें तो अच्छा है।"

"ठीक है, तुम्हारी सलाह वाजिब है।" कहती हुई डायरी लेकर रमा उठ खड़ी हुई। लेकिन पलँग पर लेटते हुए डायरी पढ़ते हुए वह फिर बेचैन हो गयी। आख़िर इस अतीत से मुक्ति कब मिलेगी? घटनाएँ तैरने लगीं। न चाहते हुए भी रमा ने अपनी ज़िन्दगी के काग़ज़ की नाव को अतीत प्रवाह में बहने को छोड़ दिया।

किसी पन्ने पर लिखा हुआ था–

लेकिन स्वभाव में रचा-बसा यह प्रगाढ़ प्रेम! किसी का साथ खोजते हुए हाथ। किसी से बात करने की चाह, सम्बन्धों में स्वयं को तलाशने की ज़रूरत। पर्त-दर-पर्त खुलती हुई समझ, आस्था और विश्वास की ताक़त और आपसी संवाद पर आधारित तात्कालिक सुख। क्या इसे अनैतिक कहा जायेगा? ऐसा तो मैंने कुछ नहीं किया। स्त्री-पुरुष के बीच प्रेम घटता आया है और घटता रहेगा। लहरों में डूबी नुकीली चट्टानों से पूछो, अपनी तमाम नैतिक कठोरता के बावजूद क्या वे प्रेम की आर्द्रता मिटा पायेंगी?

लोगो, तुम मुझे बदनाम करते हो। करो। हर तथ्य तुम्हारे सामने खोलती हुई भी मैं कहीं भीतर से ख़ामोश हूँ। तुम्हारे द्वारा प्रदत्त सम्बन्ध के चौखटे को देखा जा सकता है, लेकिन उन्हें जिया नहीं जा सकता। विवाह एक संस्था है। प्रेम का संस्थापन कैसे करोगे? मैं किसी के ख़िलाफ़ नहीं लेकिन क्या मेरे व्यक्तिगत अनुभवों का कोई मूल्य नहीं? अनुभव अनुभव होते हैं। उनके पीछे कोई राजनीतिक सिद्धान्त नहीं हुआ करते।

रूपान्तरण की यह प्रकिया कितनी कठिन है और कितनी अकेली यात्रा।

सबको पता चल गया। मैंने ही बताया है। हर रोज़ आख़िर कितना झूठ बोलूँ! भयानक अपराध। दूसरी औरत, एक ख़राब औरत। उसके पास हम कैसे बैठें, उसको अपने पास कैसे बुलायें, उसका परिचय कैसे दें? ठीक है। धूल का बवण्डर थोड़ा शान्त हो, हवा थोड़ी पारदर्शी हो तब एक दिन मैं वक़्त के समन्दर को टटोलूँगी। कंकड़-पत्थरों का मीनार बनाऊँगी। सीपियों से सजाऊँगी और तब हँसती-खेलती नयी उमर की लड़कियाँ आयेंगी। यह क्या है आंटी? यह घरौंदा तुमने बनाया है? वे पूछेंगी। नहीं-नहीं मासी, तुम इसे तोड़ो मत, डरो मत, हम इसे सहेज कर रखेंगे। देखो, इसकी सीपियों में मोती है। अच्छा, मोती कैसे बनते हैं। कहूँगी—आँसुओं से!

मेरी जगह यदि कोई अकेला पुरुष होता और एक विवाहित स्त्री से दोस्ती रखता तो क्या होता? क्या उसके साथ भी समाज उतनी ही सख़्ती से पेश आता? नहीं, इन मामलों में समाज यह कहकर चुप हो जाता है कि 'पति' और 'प्रेमी' के बीच का मसला है। 'पति' और 'प्रेमी' दोनों तलवार लेकर मैदाने-जंग में कूद पड़ते। जो बचता, वह महानाशक कहलाता। क़ानून सज़ा देता रहे, लेकिन समाज की सहानुभूति और समर्थन जीतने वाले की तरफ़ होता है।

मेरा महज़ अकेले जीवित रहना भी उन लोगों के लिए चुनौती है। समाज, औरत को केवल सम्बन्धों के माध्यम से जीवित देखने का आदी है। जब समाज किसी औरत के विरोध में खड़ा होता है, तब उसके पास कोई मानवीय पैमाना नहीं होता—"तुम शादी क्यों नहीं करतीं? तुम्हारा इस व्यक्ति से क्या सम्बन्ध है? तुम बेचारी अकेली औरत!" और तुर्रा तो यह है कि सबसे अधिक मुझे औरतें ही प्रताड़ित करती हैं। वे जो मेरे साथ हैं,

मेरे शुभचिन्तक हैं, उनके स्वर में भी मेरे इस सम्बन्ध के प्रति निराशा है। कोई इसे बिखराव कहता है, कोई इसे मेरा दुस्साहस कहता है। मगर सहज कोई नहीं। उनकी नज़र में सहज होना एक बने-बनाये ढाँचे में फिट होना है। क्या कोई सहजता से अपना आकार नहीं बना सकता? उन लोगों की दृष्टि में शायद नहीं।

मैं बहुत बार अपने से पूछती हूँ—जीवन में मेरा उद्देश्य क्या है? ऐसा कोई उद्देश्य लेकर तो मैं नहीं चल रही। तब इतनी पीड़ा क्यों सह रही हो? छोड़कर किसी और से शादी क्यों नहीं कर लेतीं? कहना कितना आसान है और जीना कितना कठिन? महत्त्वाकांक्षा, उद्देश्य इन सबका विकल्प निरुद्देश्य होना तो नहीं। कोई कहता है तुम्हारा शोषण हो रहा है। मुझे नहीं लगता। कल एक पुराना दोस्त मिल गया था। उसने तपाक से बहुत सारे इल्ज़ाम मुझ पर जड़ दिये—"तुम आत्म-पीड़न की शिकार हो, रोना तुम्हारा स्वभाव है, शोषित होना तुम्हें अच्छा लगता है। तुम एक सैडिस्ट के साथ हो।" मैंने पूछा—"वह जो सैडिस्ट है, क्या दूसरों को सताकर रोता नहीं? नहीं, वह खुद भी बहुत रोता है।"

बहुधा मैं उन पगडण्डियों को टटोलने की कोशिश करती हूँ जिन पर चलकर वे अफ़वाहें मुझ तक पहुँचती हैं। दिन-रात हवा में उड़ती इन अफ़वाहों पर कहाँ तक ध्यान दूँ? और वह भी मेरे बारे में लोग इतनी अफ़वाहें क्यों फैलाते हैं? क्या यह मुझ पर एक प्रकार का सामाजिक नियन्त्रण है कि इसके माध्यम से मेरे विकास को अवरुद्ध किया जा सके।

मेरे लिए हर छोटी-छोटी बात का महत्त्व है। लेकिन वह कहता है, बेकार की बातों में क्या रखा है? किसने क्या कहा इस पर ध्यान ही मत दो।

फिर आजकल हम दोनों इतने चुप क्यों रहने लगे हैं? संवाद के माध्यम से ही सम्बन्धों का विकास होता है और अलगाव को दूर किया जा सकता है। लेकिन हमारे पास संवाद के लिए समय कहाँ है?

छुट्टियाँ आती हैं और चली जाती हैं। मेरे लिए उसके पास इतना कम समय क्यों? पिछले सप्ताह मुझे उसके साथ चार घण्टे मिले यानी महीने में सोलह घण्टे। पूरे साल सिर्फ़ आठ दिन। क्या कोई प्रेम सम्बन्ध महज़ आठ दिनों के ऊपर जीवित रह सकता है? मैंने जब उससे यह कहा,

तब उसका कहना था—तुम इतनी व्यावसायिक क्यों हो? आँकड़ों में बात नहीं करनी चाहिए, जीवन की गुणवत्ता देखो।

तक़दीर का मेरे साथ कैसा क्रूर मज़ाक़! यह व्यक्ति नासमझ है या पहले दर्जे का स्वार्थी? नहीं, भीरु प्रकृति का है, समाज से डरता है। नहीं तो मुझसे नहीं कहता कि चलो हम लोग विदेश में सेटल हो जायें। मुझे लगता है प्यार का अर्थ समर्पण नहीं, प्यार हमसे अन्तहीन समझौते की माँग करता है। रियायतों का ऐसा सिलसिला जो हमारे मौलिक स्वरूप को तोड़कर रख दे।

व्यक्तिगत जीवन और सामाजिक जीवन के बीच इतनी ऊँची दीवार क्यों? और यदि इस दीवार को तोड़ दिया जाये तो कौन-सा कहर टूट पड़ेगा? वे जो मुझे व्यक्तिगत रूप से जानते हैं, वे भी सामाजिक मंचों पर, उत्सवों में मुझे पहचानने से इनकार करते हैं।

एक दीवार खड़ी होती जा रही है, मेरे और समाज के बीच। इस दीवार को लाँघना असम्भव है। झूठ की इस अनिवार्यता से मैं परेशान हूँ। मेरा यह अलगाव? लगता है पागल हो जाऊँगी। इस समाज में हर औरत स्वीकृत है, एक मेरे सिवाय। घण्टों पढ़ती रहती हूँ, कभी बिना समझे कभी समझते हुए—दोस्तोएवस्की, टॉलस्टॉय, फायरबाख, नीत्शे, मार्क्स, सार्त्र, सीमोन, आंद्रे जीद, जिया जीने, अल्बेयर कामू। पारम्परिक ढाँचे में घूमता हुआ, बिल्कुल अप्रासंगिक मानस। मैं पागल हूँ या समाज पिछड़ा हुआ है?

मेरे बारे में लोग इतनी बकवास करते हैं। इतनी अधिक कि कभी-कभी आईने में अपना चेहरा देख मैं चौंक जाती हूँ। यह क्या मेरा चेहरा है? यह क्या मैं हूँ। अपने बचाव में मेरे पास अब और कोई शब्द नहीं बचे हैं। भीड़ में लोगों के बीच मेरे गाल सुलगने लगते हैं, आवाज़ लड़खड़ाने लगती है, घबरायी हुई आँखें किसी कोने की तलाश करने लगती हैं। मुझे पता नहीं, कौन मुझसे बात करेगा और कौन नहीं? मेरे अपने परिचित आँखें बचाकर निकल जाते हैं, मैं एक दूसरी औरत हूँ। मेरी क़िस्म घटिया है। मुझे किसी विवाहित पुरुष से प्यार नहीं करना चाहिए था।

इस घुटन से छुटकारा कैसे मिले? अपने लड़खड़ाते आत्मविश्वास को कैसे सँभालूँ? सबसे अजीब बात तो यह है कि इस अपराध बोध के बावजूद,

समाज के निर्मम निष्कासन को झेलती हुई भी मैं इस व्यक्ति को छोड़ नहीं पाती। मैं अब भी इससे प्यार करती हूँ।

यह कैसा समाज है और कितने सतही लोग। प्रत्येक दूसरे के लिए उपेक्षा। भीड़ में नीचे कन्धों से ऊपरी कन्धों पर उछलते हुए सुविधावादी लोग। सिद्धान्तों की आड़ में मानवीय संवेदना को चबाते हुए जो पिच्च से सम्बन्धों को थूक देते हैं। नहीं, मुझे इस माहौल से घृणा नहीं होती, बस एक ठण्डी उपेक्षा आ गयी है मन में। क्या इसलिए कि मैं इनसे आहत हूँ, त्रस्त हूँ? इनके ऊँचे क़द से आतंकित हूँ? नहीं, इनके पास आदर्श नहीं केवल शब्दों के गुबार हैं। विद्रोह के झाग हैं। अपने से भिन्न जो कुछ है उसे मिटाकर रख देंगे, इसका दम्भ है। इनका दवा है कि मेरे जैसे अराजक तत्त्वों की इस समाज में ज़रूरत नहीं। मेरा तत्त्व कचड़ा है, उसे चाय की पत्ती की तरह छानकर कूड़े की बाल्टी में फेंक देना चाहिए। ये केवल सज़ा देना चाहते हैं। या फिर 'अपराधी' यदि सिर झुकाकर माफ़ी माँग ले तो थोड़ी-बहुत रियायत। लेकिन क्या इनकी अपनी ज़िन्दगी बेदाग है? इस समाज में ऐसा कभी घटा नहीं? यह समाज एक बृहत्तर मानव समाज का अंश नहीं?

इसमें कोई शक नहीं कि कुछ लोग अपवाद हैं, संवेदनशील मानस के हैं, खुले विचारों के हैं। मगर भीड़ में ये लोग आख़िर क्यों सबकी तरह मिमियाने लगते हैं। करोड़पति आकाओं के सामने सिकुड़ती हुई आत्माएँ।

बहस और केवल बहस। यह आपसी कलह हमें कहाँ ले जायेगा? वह अपने परिवार में अधिक सिमटता जा रहा है। मैं अपने काम में। जो कुछ भी घट रहा है एक घटिया हिन्दी फ़िल्म की खुली हुई रील है जिसकी नायिका अपने ही आँसुओं में डूबी वास्तविकता से बिल्कुल परे हट गयी है। मेरी अपनी दुनिया टुकड़ों में बँट गयी है। मैं खुद अपने को नहीं समझ पा रही। उसका आक्रोश, मेरा चीख़ना। उसकी बेबसी, मेरी प्रतिक्रिया। मैं कभी अपने अकेलेपन से आतंकित तो कभी क्षुब्ध, कभी बस एक कुण्ठित औरत अपने घेरे में बर्फ़ होती हुई।

अब आज इतने वर्षों बाद मैं बस इतना समझ रही हूँ कि मैंने स्वयं को बन्दी बनाया। मैं भावना की स्मृतियों के सहारे जीने की कोशिश कर रही थी। क्या उन पुराने आवेगों को पुनर्जीवित किया जा सकता है? वही सहजता, वही प्यार?

इतने सालों बाद आज कुछ घट गया। हम दोनों हमेशा के लिए अलग हो गये हैं। मेरी ज़िन्दगी मेरी तरह, उसकी उसके जैसी। अलग-अलग दायित्व, अलग-अलग चाहना।

आज मैं उस अतीत से निकल कर सोचती हूँ, कोई ऐसा यन्त्र होता जिससे अपनी बेबसी, अपने आँसू, अपने अकेलेपन की त्रासदी को माप सकती। होंठों पर जमी काई और आँखों से झरती धूल अब मुझे समझा रहे हैं, एकतरफ़ा समर्पण का परिणाम।

अचानक कितना ख़ाली लग रहा है। कितना सूना। एक हारे हुए जुआरी का भाव। जड़विहीन पौधा अपनी नन्ही टाँगों से ज़मीन खोजता हुआ? किससे प्रार्थना करूँ? भगवान से? क्या वह है? शायद है।

किसी दोस्त ने कहा, तुम्हारा अफ़ेयर ख़त्म हो गया। मैंने मन-ही-मन सोचा विश्वकोश में अफ़ेयर की परिभाषा ही है—वह जो शुरू होता है, ख़त्म होने के लिए। पत्नी के साथ रिश्ता होता है मगर प्रेमिका के साथ सम्बन्ध। रिश्ता कभी बदलता नहीं मगर सम्बन्ध बदलते हैं, क्योंकि वे जड़ नहीं बल्कि सतत विकासशील होते हैं। अच्छा मेरा सम्बन्ध वक़्त के साथ कौन-सा आकार ग्रहण करेगा? लोग कहते हैं, गहरा प्यार जब टूटता है तब गहरी घृणा सतह पर तैरती है। लेकिन मैं अपने में घृणा नहीं पाती, व्यथा ज़रूर है। एक त्रासदी, अपने आप में घुटती हुई बिल्कुल अकेली पीड़ा। पीड़ा जो सहना आसान नहीं। रात-रात भर जागती रहती हूँ।

हम लोगों का आपसी अलगाव उसने स्वीकार लिया है। लेकिन व्यापार में अब भी हम लोग साथ हैं। उसका घर कितना पराया लगने लगा है। बच्चे कितनी दूर।

जाने-अनजाने देखे गये सपने। मैंने तो कभी सपने में भी नहीं सोचा था कि मैं एक विवाहित व्यक्ति से प्रेम करूँगी। समाज की इतनी बड़ी भर्त्सना मुझे मिलेगी और आज अपनी तमाम ईमानदारी के बावजूद मैं यों ख़ामोश अलग हो जाऊँगी। इतने सालों तक एक सम्बन्ध जीने के बाद आपको यदि यह लगे कि जो कुछ भी अब तक जिया वह सब कुछ झूठ है तो यह केवल सूचना नहीं होती बल्कि इसके साथ जुड़ा होता है सम्बन्ध के विघटन का इतिहास, हमारा क्षय।

रमा की हथेलियाँ अनायास आँखें पोंछ रही थीं। एक ठण्डी साँस निकल गयी। वह फिर बिखरे पन्नों में डूब गयी।

मैंने त्याग, आदर्शवाद, पुरुष के प्रति पूजा भाव, सब कुछ अपनी आरती की थाली में सजाया, बिना यह समझे कि समाज का अपना एक अलग मापदण्ड है। पत्नी और प्रेमिका का स्थान एकदम अलग-अलग है। प्रेमिका, पत्नी बन सकती है, लेकिन वह जो पहले से वहाँ पर मौजूद है, अपने एकाधिकार से ख़ुश है, समझौता करके चल रही है, अकेले खड़े होने में असमर्थ है, बच्चों की माँ है, उसका अपराध क्या है? पीड़ा मैं अकेले नहीं झेल रही। वह भी पीड़ित है। नहीं दुनिया मुझे कायर कहे लेकिन बसे हुए घोंसले को मैं नहीं उजाड़ सकी। तब क्या करूँ? आत्मनियन्त्रण। अपने आचरण पर संयम। इस पथ पर इतनी दूर चली आयी हूँ कि पीछे लौटना सम्भव नहीं। समाज मुझे किस नज़र से देखता है इसकी चिन्ता नहीं। लेकिन अपनी नज़र में मेरी पहचान क्या है—इसके बारे में ज़रूर सोचना होगा। क्या हम इस सम्बन्ध का प्रारूप नहीं बदल सकते? क्या स्त्री-पुरुष में दोस्ती नहीं हो सकती? दो स्वतन्त्र पक्षी खुले आकाश में अलग-अलग उड़ते हुए।

प्रेम का विकल्प क्या केवल घृणा है? कोई और आपसी समझ पैदा नहीं हो सकती? इस सम्बन्ध के प्रति मैंने उससे अपनी निराशा छुपा ली है। जबकि मेरे पोर-पोर से निराशा रोती है। निर्णय धीरे-धीरे मानस में जड़ पकड़ता जा रहा है। अपने दायरे से बाहर अब और नहीं। काम करना है और इतना करना है कि मैं सारा अतीत भूल जाऊँ।

मैं इतनी कायर क्यों हूँ? साहस के अभाव में यह शहीदाना रुख़, सन्त होने का बहाना, ओढ़ी हुई निरीहता। मैं उससे कहती हूँ कि मैंने तुम्हारे लिए अपनी ज़िन्दगी को होम कर दिया। सारे सुखों की आहुति। कुछ नहीं मिला, लेकिन क्या सच में आज मेरी नज़र में घर-गृहस्थी का इतना बड़ा महत्त्व है? क्या मिसेज़ गोयनका के स्थान पर मैं रहना पसन्द करूँगी? रह पाऊँगी? नहीं, कभी नहीं। फिर यह बहाना क्यों? लेकिन फिर भी सब कुछ समझते हुए मैं शहीद होने का दिखावा करती हूँ। सबसे कहती हूँ मैं प्रताड़ित हूँ, लांछित हूँ, अपराध-बोध के असहनीय बोझ से कराहती हुई मेरी आत्मा।

नहीं अब कोई संवाद नहीं बचा। उससे किसी भी विषय पर बात करना असभम्व है। उसके सामने मेरे शब्द बर्फ़ हो जाते हैं। मेरी अपनी पहचान सूखे पत्तों की तरह झरने लगती है। मैं आत्मपीड़क और आत्महन्ता लेकिन उसकी यह औपनिवेशिक मनोवृत्ति, सांमन्ती व्यवहार? एक दोस्त ने मुझसे कहा, "तुम भी उसके साथ वही व्यवहार करो जैसा कि वह तुमसे करता है।"

"यानी?"

"वह दो नावों पर पैर रख कर चलता है।"

"तब क्या मैं..."

"हाँ, तुम भी उसको पति की जगह रख दो तथा फिर नया प्यार खोजो।"

"नहीं! नहीं!! मेरे से यह नहीं होगा।"

"क्या डर लगता है? प्यूरीटन माइंड, गिल्ट कॉम्पलेक्स..."

अब मन नहीं करता है? पुरुषों की दुनिया में रहती हूँ, पुरुषों का सम्पर्क अच्छा लगता है लेकिन प्यार? नहीं वह बात नहीं आयेगी। लम्बी-लम्बी प्रतीक्षा, सहज सरल समर्पण। आँखों से झरते आँसू और थरथराते होंठों का कहना, "मेरा सब कुछ तुम्हारा है। नहीं भगवान को भी मैं उतना प्यार नहीं कर सकती जितना मैंने इस व्यक्ति से किया है। अब और नहीं।" उसने कहा, "तुम ठहर गयी हो।"

लेकिन इस आयाम में ठहरने का यह अर्थ तो नहीं कि मेरी ज़िन्दगी का प्रत्येक आयाम बन्द हो गया? सुख और कहीं किसी बात में नहीं मिलता। उसने कहा—"कैसी बात करती हो प्यार के बिना औरत कैसी?"

"जैसी मैं हूँ।" और हम दोनों हँस पड़े थे।

मेरी आदत, परियोजना का अभाव, सही सवांद में अक्षम अनुभवहीनता, थोड़ा अर्जित ज्ञान, थोड़ी बहुत सिद्धान्तों की समझ, हर नये के प्रति गहरी ललक लेकिन बाद में टूटे हुए भ्रमों का नैराश्य। लेकिन फिर भी मेरे जीवन में बचा है उत्साह, आस्था, काम से मिलने वाला नया-नया आत्मविश्वास, संकल्प और नये-नये अनुभव। दुनिया में बढ़ते चले जाने की बाध्यता क्योंकि अब पीछे लौटना अम्सभव है।

उसकी पत्नी मैं और वह एक निरन्तर संघर्ष हम तीनों के बीच। ईर्ष्या की भड़कती हुई आग ताने-बोली, आँखों में छिपी हुई घृणा, उसकी पत्नी का मुँह फेर कर चले जाना। अपराध के बोझ से मेरा सिर पटकना। उसके साथ उसका समाज है, परिवार है, बच्चे हैं। मेरे हथियार भोथरे हैं। मेरे शब्द बड़े क्रूर हैं। त्रासदी तो यह है कि उसकी पत्नी को पहले मैं अच्छी लगती थी और मुझे वह।

और यह पुरुष, इसका दुस्साहस, सम्बन्धों के प्रति लापरवाही, यह तो अब अपने घर से भी भागने लगा है। मेरे पास तो मन लगने का सवाल ही नहीं? आख़िर मैं इतनी कड़वी क्यों होती जा रही हूँ? उसके सामने उसकी पत्नी की शिकायतें।

उसने कल कह दिया कि तुमको अपने पर नियन्त्रण नहीं। हर समय बस एक वही बात। मैं रोने लगी थी। उसने कहा, "रोने की तुम्हारी आदत पड़ गयी है।"

सारी बहस के बाद मैंने उससे कहा, "क्यों न हम दोस्ती का नाता रखें। उसने कहा, तुम ऐसी काल्पनिक बातें क्यों करती हो। लेकिन फिर भी यदि तुमको लगता है कि इससे तुम्हारे जीवन में सन्तुलन आ गया तो मैं सहयोग दूँगा।"

मैंने पूछा, "तुम्हारी सहमति है न?"

उसने कहा, "तुमने तो अपना निर्णय सुना दिया, मेरी राय की तुम्हें क्या चिन्ता?" मैं कट कर रह गयी। पुरुष का अहं। ख़ैर जाने दो। बात बढ़ाने से हम और उलझ जायेंगे।

अचानक बादल छँट गये। साफ़ धूप में चमकता हुआ इन्द्रधनुष मुझे समझा गया। लुका-छिपी का यह एक खेल है, न कोई हारता है न जीतता है। सबसे पहले अपने को क्षमा करना सीखो। दूसरे के प्रति तुम अपने आप सहज हो जाओगी। ज़िन्दगी के इस खेल के प्रति अब कोई भ्रम नहीं बचा। न मैंने अपने को जानने की चेष्टा की और न ही कभी अपने प्रति कोई रुचि दिखायी। निर्भय होकर अपने को टटोलना क्या मुझे आत्मरति की ओर ले जायेगा? आत्मपरकता और वास्तविकता में भेद कहाँ? जो कुछ भी बाहरी दुनिया में मैंने झेला उसको आत्मसात कर लिया। अब वक़्त आ गया है कि एक सुनियोजित ढंग से अपनी ज़िन्दगी जीना सीखूँ।

मैं सब कुछ नये तरीक़े से शुरू करना चाहती हूँ, मानवीय सम्बन्धों की यह पारम्परिक परिभाषा—एक स्त्री, पुरुष से प्रेम करती है, फिर विवाह, फिर बच्चे और फिर वे सुख से ज़िन्दगी बसर करते हैं। बिना पुरुष के औरत अधूरी है। सब कुछ कितना उबाऊ लगने लगा है। हाँ, बच्चा और वह भी छोटा बच्चा कलेजे से लग कर अजीब-सा सकून देता है। एक ऐसी ऊष्मा, गरमाहट, लगाव कि हम शायद ताउम्र हर स्पर्श में उसी सकून को तलाश करते हैं।

सम्बन्धों में सन्तुष्टि बच्चे से मिलती है, पुरुष से मिलती है, स्त्री से मिलती है, दुनिया बहुत बड़ी है। सम्पर्क में आने वाला हर व्यक्ति कुछ-न-कुछ दे जाता है। फिर एक इसी ख़ास व्यक्ति के प्रति इतना गहरा लगाव क्यों? नहीं इसे लगाव मत कहो। यह ऑबसेशन है। अपने इस ऑबसेशन से मुझे निकलना होगा। वक़्त लगेगा मगर निकल जाऊँगी।

डायरी रखते हुए रमा सोचने लगी क्या मैं अपने इस ऑबसेशन से निकल पायी हूँ, प्यार और ऑबसेशन में क्या फ़र्क़ है? जब हम समझते हैं कि लुढ़के हुए घड़े का सारा पानी बह गया है तब भी तलछट में बहुत कुछ बचा रहता है। तलछट में बचा हुआ प्यार क्या मुझे आज भी रुलाता नहीं? और क्या मन का कोई कोना बिल्कुल ख़ामोश होकर अपने आप में बन्द नहीं हो गया। निरन्तर अपने आप से प्रश्न करती रहती हूँ लेकिन मन का यह कोना, ज़रा-सा छूते ही चीत्कार कर उठता है, बौख़लाने लगता है। कभी घुड़क कर मुझसे कह बैठता है, तुमको जो करना है करो, जितने मुखौटे लगाने हैं लगाओ। लेकिन मुझे मत छेड़ो। मुझे बदलने की कोशिश मत करो। मैं वही हूँ पिछले बीस सालों से वैसा का वैसा। देखो रमा, तुम अब भी उससे प्यार करती हो, उतना ही जितना पहले। आत्मविश्लेषण की सीमा होती है, तर्कों के सहारे इस कुँवारी भावना को बाँझ नहीं बना सकती। तुमने चुप रहना सीख लिया है बस चुप रहो।

और रमा मानो अपने आप से कह बैठती है ऐसे ख़यालों में हम पलायन करते हैं। लेकिन ये कितने दोस्ताना सपने हैं कितने रहनुमा। वर्षों बाद हो सकता है, हम एक-दूसरे से एकदम दूर हो जायें लेकिन तब भी अपने-आप से कह सकूँगी—हाँ, एक ज़िन्दगी मैंने भी जी है।

एक औरत-पुरुष प्यार करते हुए भी अकेले रह गये। एक-दूसरे की बाँहों में अपनी पहचान खोजते रहे। सुरक्षा खोजते रहे। क्षणों की जो ताक़त मिली, वह दुनिया में बाँटते रहे। एक-दूसरे के जुड़े हुए हाथों की छोटी-सी पुलिया नदी के पहले बहाव में, हवा के ज़रा से झटके में टूटकर बह निकली। दोनों एक-दूसरे पर आरोप लगाते रहे, चीख़ते रहे। अरे, यह क्या किया तुमने? हाँ, तुमने यह कैसा खेल खेला? एक गहरी साँस के साथ रमा ने सोचा—हाँ, हम दोनों का अकेलापन एक यथार्थ है। अपने-आप में एक पूरी घटना। हमारा व्यक्तिगत जीवन एक सोफियाना बहस बनकर रह गया। लेकिन शिकवे-शिकायतों को मैं टालती रही। अपने-आपको काम में झोंके रही। बिना यह समझे कि भौतिक उपलब्धियाँ प्यार की जगह नहीं ले सकतीं। ज़रा-सा विरोध असफलताओं का पहाड़ खड़ा कर देता है। इस दुनिया में यदि सबसे ख़तरनाक चीज़ कुछ है तो वह है आत्मविश्वास की कमी। और, ये रोज़-रोज़ की शिकायतें, टसकता हुआ मन, ऑफ़िस के ख़ाली कमरे की छत से टकराता रहता है। ज़िन्दगी की वही क़ीमत होती है जो क़ीमत हम लगाते हैं। आह! अपनी ज़िन्दगी को इतने सस्ते में क्यों उछाल दिया।

रमा धीरे-से अपने अतीत में झाँकती है। ओह रोती हुई रमा, सर पटकती हुई रमा, अपने हिंसक विरोधाभासों में चिथड़ा-चिथड़ा होती हुई रमा, बहते आवेगों को हर पल नियन्त्रित करती हुई रमा के भीतर घुमड़ती रही सामाजिक असुरक्षा, भावनाओं का तूफ़ान। अधूरा आत्मज्ञान और अधूरी आत्मतस्वीर। हँसती हुई रमा के भीतर कोई हाहाकार करता रहा। कोमल आँखों के भीतर दर्द से नीली पड़ती हुई शिराएँ एक-दूसरे से टकराते हुए भी बेहद गुँथी हुई थीं। हाँ, अन्त में कुल मिलाकर सारी साज-सज्जा आधुनिक बनी रही।

नींद से बोझिल पलकें उसे शान्ति का सन्देश समझा रही थीं—जो कुछ भी घटा और घट रहा है वह जीवन है, सच है, तुम बिना किसी उद्देश्य के जनमीं। लेकिन संघर्ष के दौरान तुम्हारी ज़िन्दगी ने एक नया उद्देश्य ग्रहण कर लिया। अर्थहीन कर्मों के पीछे अब अर्थ चमकने लगा है। उड़ती हुई धूल और बिखरे हुए रेशे-रेशे में कोई शक्ति है जो सब कुछ सहेजने की, समेटने की ताक़त रखती है। जो नैराश्य के चरम क्षणों को राहत देती है। हाँ, रमा अपनी आत्मा के इस पहलू को कभी नहीं नकार सकेगी।

रमा ने देखा आरती फिर दरवाज़े पर खड़ी है—"सोयेंगी नहीं दीदी? रात के दो बज गये हैं।"

"हाँ, सो जाऊँगी। ज़रा एक काम करोगी? हॉट चाकलेट दोगी, सो जाती मगर नींद नहीं आ रही।"

"दुनिया जहान की चिन्ता करती रहेंगी तो नींद आयेगी कहाँ से?" कहती हुई आरती चौके की ओर चल दी।

चॉकलेट पीकर सोने की चेष्टा करती रही। लेकिन नींद कहाँ? डायरी के पन्नों में बार-बार मिस्टर गोयनका का परेशान चेहरा घूम जाता। रमा डायरी के पन्नों में वापस कुछ ढूँढ़ने लगी, अनचाहे कोई ख़याल केंचुए-सा ज़ेहन में रेंगने लगता है। नतीजा मानसिक असन्तुलन। नैराश्य के कारण पोर-पोर में उतरती हुई थकान। लेकिन फिर भी जीना और जीते चले जाना अपने आप में एक कठिन काम है। और यह काठिन्य तो जीवन प्रकिया का महत्त्व अभिव्यक्त करता है। वे जो सम्पर्क में हैं उनका सान्निध्य अच्छा लगे, लेकिन उनका आकार, उनका स्वभाव, आवाज़ें, आँखों की ख़ामोशी—क्या सुरक्षा इसी को कहते हैं। इससे अधिक कुछ भी तो वह बौद्धिक विश्लेषण है, आरोपित सत्य है।

धीरे-धीरे हम दोनों आपस में सहज हो रहे हैं। एक-दूसरे से कोई शिकायत नहीं, कोई अपेक्षा नहीं।

मगर आज उसने फिर पूछ लिया, "दोस्ती से तुम क्या समझती हो?" मेरा उत्तर था—"एक खुलापन। एक-दूसरे के प्रति पूरी ईमानदारी।" हाँ, उसको देखकर मुझे राहत मिलती है। उसकी आवाज़, चाहे वह टेलीफ़ोन पर ही क्यों न सुनी हो, कितना आश्वस्त करती है। मैं अपना दर्द उससे कह सकती हूँ। वह अपने अतीत की ग़लतियों को मुझसे कहता है। ऐसी बहुत-सी बातें जो आज तक कभी किसी से कह नहीं सका। मेरे मानस में अंकित है उसका चेहरा, उसकी आँखें, नाक, कान, होंठ, सम्बोधन में छुपा हुआ एक हलका कम्पन। एक ऐसी रागात्मकता जिसका मुझे पहले कभी अनुभव नहीं हुआ था। ख़यालों को यों एक-दूसरे के सामने अनावृत होना अपने आप में कितना सुखद है। और कभी आपसी होड़। वैचारिक संघर्ष। अहम् का टकराव, उसका नाराज़ होकर उठ जाना। कभी कुछ कह देना।

न जाने मुझे क्यों अब बुरा नहीं लगता। कहीं कुछ चटकता नहीं। बुलबुले की तरह फूटता नहीं। मैं बस हँस कर इतना ही कह पाती हूँ, "हर पुरुष बेवकूफ़ होता है।" वह मुझसे कहता है—"तुम्हारे जैसी ईडियट औरत मैंने नहीं देखी।"

बड़ा ख़ामोशी से कितने-कितने स्तरों में हम एक-दूसरे के साथ जी रहे हैं।

भविष्य अनजाना है। इस दोस्ती का परिणाम अच्छा होगा या बुरा, मैं नहीं जानती। दोस्ती शर्तों पर नहीं टिकती। परिवेश के साथ नहीं बँधती। बस इसकी केवल एक माँग है ईमानदारी। एक-दूसरे के साथ पूरी ईमानदारी। प्यार है तब भी कह दो, घृणा है तो वह भी स्वीकार लो, कम-से-कम, बेवजह की छुपी हुई एक विस्फोटक आक्रामकता से तो बच जाओगे।

दो व्यक्तियों में सही संवाद होता रहे, हो सके, इससे अच्छी स्थिति और क्या हो सकती है। लेकिन सही संवाद के लिए सतह पर जमी बर्फ़ को तोड़ना पड़ता हैं। अपने ही कहे हुए शब्द पहले हथौड़े से कानों में बजते हैं। लेकिन एक बार यदि दो व्यक्तियों में खुलापन आ जाये तो संवाद पहाड़ी नदी-सा आवेग में उमड़ने लगता है। हम कम मिलते हैं, एक-दूसरे को देखे हुए दस-दस दिन हो जाते हैं। पर मेरे मन में शान्ति है, सुकून है कि कोई मेरा बहुत क़रीबी दोस्त है। वह यहीं कहीं आसपास रहता है।

कल उसने पूछा, "तुम शारीरिक सम्बन्ध से इतना क्यों घबड़ाती हो?" मैंने कहा, "मालूम नहीं, मगर यह मुझे अपनी ही नज़र में अपराधी बना देता है। क्या करूँ, मैं अपने पारम्परिक संस्कारों से मुक्त नहीं हो पाती। उसने कहा, "तब तुम अपने को स्वतन्त्र क्यों कहती हो, आधुनिक होने का दावा क्यों?"

ओह! आधुनिक होने का दावा करते ही औरत कैसी-कैसी ग़ैर-ज़रूरी लड़ाई में अपने आप से उलझ जाती है। किन्तु ऐसा कोई भी काम क्यों, जो छुपाकर करना पड़े जिसके लिए झूठ बोलना पड़े। ख़ासकर उनसे जिन्हें हम अपना कहते हैं और हर समय हम दो के बीच एक तीसरे की उपस्थिति का अनुभव। क्या हम उस तीसरे को भूल पाते हैं? कभी नहीं।

आदमी इतना बच्चा क्यों हो जाता है कि जीवन के इस नैसर्गिक सुख के लिए वह झाड़ियों की ओट खोजता फिरे। कोई उससे पूछे, "तुम कहाँ थे अब तक?"

"कहीं नहीं, यहीं तो था।"

"किसका फ़ोन था?"

"किसी का नहीं।"

"तब घण्टी दो बार बज कर ख़ामोश क्यों हो गयी?" फिर फ़ोन उठाने पर उधर से कोई बोल नहीं रहा। पत्नी कहती है लीजिए आप ही का फ़ोन होगा। छिः-छिः धिक्कार है अपने आप पर। हम कब बालिग होंगे? एक स्वतन्त्र निर्णय लेने के अधिकारी। नहीं, सम्बन्धों के लिए अब कोई मोह नहीं।

आज जब मैंने उससे इन ख़यालों का ज़िक्र किया तब वह कहने लगा, "तुम आदर्शवादी हो, रोमांटिक हो।" मैंने उससे पूछा, "अच्छा यह बताओ, क्या इतने वर्षों साथ-साथ हम दोनों ने दुख नहीं पाया। भावनाओं की कोमलता, मांसल आवेग, आक्रामक क्रोध, हँसना-रोना, ख़ुशियों का ढेर, तो कभी ईर्ष्या के धधकते अंगारे। सीमाओं को लाँघने को कोशिश, फिर वापस उसी कठघरे में सहम-सिमट जाना। बहते हुए आसुँओं को पोंछती हुई एक-दूसरे की कभी खुरदरी, कभी कोमल हथेलियाँ। गाली-गलौज। लड़ाई-झगड़ा। कभी काली रातें तो कभी धूप भरे दिन। होंठों का मिलना। शहद का घुलना। और फिर संस्कारगत धिक्कार और भर्त्सना की तहों का जमना। संगीत, कविता। लम्बे-लम्बे प्रेमपत्र। घण्टों अकेले कमरे में प्रतीक्षा करते हुए उम्र का ढलना। घुटनों का दर्द। चश्मे का पावर बढ़ना और तुम्हारी हथेलियाँ, और उन हथेलियाँ को टटोलती हुई मैं। अतीत की छाया, लेकिन वर्तमान का उजाला। मेरा कैसा भविष्य होगा, यह मैं नहीं जानती। सोचने से डरती हूँ। कहने में कोई शर्म नहीं कि इस समाज के निर्मम चाबुक बहुत सह लिए। लेकिन अब डरती हूँ, बेहद डरती हूँ। कोई विवाहित पुरुष मुझे कितना भी आश्वासन दे मैं विश्वास नहीं कर पाती। वह इन्सान है, मेरी तरह कमज़ोर है। अतीत की छायाओं से घिरा हुआ है। क्या इसीलिए कामदेव को 'अतनू' कहा गया है। वह छुप कर डोलते फिरें,

देखें कि इस दुनिया में क्या घट रहा है। लेकिन आदमी आदिकाल से यही तो करता आया है। पुरुष हो या स्त्री, वे कब सीमाओं में बँधे? लेकिन फिर भी नैतिकता की चाबुक सटाक्-सटाक् मासूमों की पीठ पर पड़ती रही है। नीले निशानों की अपनी मजबूरी है। कोई कह रहा था—पुरुष कभी एक से बँध कर नहीं रहा। वह स्वभाव से व्यभिचारी है। एक पत्नीव्रत धारण करना असम्भव है।

मैं बस सोचने लगी, लेकिन यह सम्बन्ध किन औरतों के साथ? समाज के बाहर क्या कोई अलग औरतों का जत्था है? वह क्या करता है, किसके साथ करता है? मैं यह नहीं जानती। लेकिन हमीं लोगों के बीच में रहने वाली कोई औरत है। वह माँ है, बहन है, पत्नी है। पर सारी भूमिकाओं से परे एक औरत है। बँधकर मर्यादा में रहते हुए भी रह नहीं पाती।

ख़यालों को एक झटका लगा। “दीदी, अब आप सो जाइए। कल सुबह की फ़्लाइट से तो आपको मद्रास जाना है।”

“ओ...ह...हाँ आरती! मैं तो एकदम से भूल गयी। चलो, बक्सा लगा लें।”

“बक्सा तो मैंने सजा दिया है।”

“मेरी किताबें आरती?”

“वह भी रख दी हैं। सब कुछ ठीक है। चिन्ता मत कीजिए।”

रमा फिर भी सो नहीं सकी। मन में बहस जारी थी। रीतू को काम में लगाने के बारे में। रीतू को मना करके मैंने ठीक किया या ग़लत कहा? मगर रीतू ने तो तुमसे नहीं कहा।

क्या फ़र्क़ पड़ता है, उसके पिता ने तो कहा था।

नहीं, पिता के स्वर में आदेश था। और मैं अब और अधिक आदेशों पर नहीं चल सकती।

सुबह घर से निकलते हुए रमा की नज़र पलँग पर पड़ी डायरी की ओर गयी। अनचाहे रमा ने डायरी को उठाकर अपने बैग में डाल लिया। मानो डायरी एक क़रीबी दोस्त हो...

प्लेन में बैठे-बैठे रमा डायरी के पन्नों में उँगलियाँ फँसाये पुरानी बातों को याद करती रही। फिर उसने धीरे से एक पत्र को निकाला। बस एक यही पत्र...और इस पत्र का उत्तर रमा के पास नहीं था। कब लिखा गया था। ...कोई पाँच वर्ष पहले।

उस दिन शाम को दोनों में ज़ोरों की बहस हुई थी। और घर जाकर रमा ने फ़ोन किया था–"राजेन्द्र, मैं कल से ऑफ़िस नहीं आऊँगी।"

"क्यों?" और रमा ने बिना उत्तर दिये फ़ोन रख दिया था। सुबह ड्राइवर के द्वारा भेजा गया यह पत्र।

"यह पहला पत्र और वह भी सम्बोधनहीन। सोच नहीं पा रहा कि तुम्हारे लिए कौन-सा सम्बोधन उपयुक्त होगा। कम-से-कम इस सम्बन्ध से तुम तो परिभाषित नहीं हो सकतीं। तुम, जो स्वयं दूसरे का सहारा हो, आख़िर किस सहारे की अपेक्षा रखती हो। जानता हूँ इन अक्षरों से गुज़रते हुए तुम्हारी गहरी काली आँखों में कौन-सी पीड़ा छलक रही होगी, होंठों पर फैलती मुस्कान कहाँ ठिठक गयी होगी। सब कुछ समझते हुए भी मैं कुछ कह नहीं पाता। जानता हूँ मैं ग़लत हूँ तुम्हारी नज़र में, अपनी पत्नी की नज़र में और इस समाज की नज़र में। लेकिन अपने बचाव में बस एक बात पूछना चाहता हूँ क्या विवाहेतर सम्बन्ध मेरा अपराध है? या भूल? स्थापित उत्तर होगा–भूल है। तो सुधार लो और यदि अपराध है तो कठघरे में खड़े हो जाओ। लेकिन विडम्बना तो देखो, मेरी नज़र में मेरा यह प्यार न भूल है और न अपराध। बस यह सम्बन्ध रखना मेरे जीने की कोशिश है। मैं जीना चाहता हूँ रमा! तुमको पाकर मेरे जीने की चाह बढ़ गयी। पहले जीवन ख़ाली था, अब भरा हुआ लगता है। पत्नी सहन होने लगी है, तुम मुझे स्वार्थी कहोगी, क्या करूँ एक कमज़ोर इन्सान हूँ। कुछ भी तो छोड़ नहीं पाता। एक खिलौना उठाता हूँ, तो दूसरे की ओर ललचाई नज़र से देखने लगता हूँ। अच्छा रमा, तुमसे एक बात पूछूँ, तुम मुझे क्यों नहीं छोड़ देतीं, किसी ऐसे व्यक्ति से प्यार क्यों नहीं करने लगतीं जो तुम्हें घर दे सके, बच्चे दे सके, सामाजिक प्रतिष्ठा दे सके, मैं भी अपनी इस कचोट से मुक्त हो जाऊँगा। सच कहूँ तुम्हारी यह अकेली साधना मुझे मेरी ही नज़र में और छोटा कर जाती है। अन्तर्द्वन्द्व और प्रखर। वैसे विरोधाभास तुम्हारे में भी है रमा। तुम एक साथ बरसाती नदी और जलती रेती क्यों बन जाती हो? तुम जो दूर जाते-जाते पलट कर पास आ जाती हो, तुम बोलो रमा तुम्हारी इन हरकतों को कौन-सी संज्ञा दी जाये। और वापस लौटी हुई उमड़ती नदी किसको बहा ले जाती, फिर मैं तो एक कमज़ोर पुरुष ठहरा।

अच्छा अब यह बोलो ऑफ़िस कितने बजे आ रही हो? और एक बात समझने की चेष्टा करोगी...हम दोनों की अब अन्यथा कोई गति नहीं।

—राजेन्द्र गोयनका

अन्यथा गति नहीं इस एक वाक्य को पढ़ रमा जैसे उस दिन हँस पड़ी थी वैसे आज हँस नहीं पायी। यही सोचती रही—मेरे पास सब कुछ है फिर मैं एक पुरुष और वह भी विवाहित पुरुष के सामने इतनी विवश क्यों? मैं क्यों उसको इतना झेलती हूँ?

रमा प्लेन की खिड़कियों से बाहर नीले आकाश में चमकते सूरज को गौर से देखने लगी।

मद्रास में भी रमा का मन नहीं लगा। दिन तो काम में बँट जाता था। लेकिन रात? वही द्वन्द्व। क्या मैंने रीतू के लिए मना करके ठीक किया? एक असहाय औरत को सहारा देना कहाँ से ग़लत है? वह किसी की बेटी नहीं, बहन नहीं, पत्नी नहीं, बस औरत है। लेकिन नहीं, मैंने जब भी रीतू के लिए कुछ कहा, कुछ करने की कोशिश की, मैं ग़लत समझी गयी। फिर मन का ही उत्तर था, देखो रमा, सवाल सही-ग़लत का नहीं उठता। सवाल तो यह है कि रीतू मेरी बेटी नहीं है, मैं कुछ भी करूँ वह इसे अपने पारिवारिक अधिकार की तरह लेगी। जैसे अब तक परिवार के सब लोग अपना-अपना हिस्सा लेते आये हैं—बिना किसी कृतज्ञता के।

बार-बार करवट बदल रही थी। रह-रह कर रीतू का भोला चेहरा आँखों के सामने तैर जाता। लेकिन रीतू स्वयं मेरे पास क्यों नहीं आयी? शायद साहस नहीं हुआ होगा।

दो दिन बाद रमा मद्रास से वापस लौटी। एयरपोर्ट पर आरती का उदास चेहरा था—"दीदी जल्दी चलिए, गोयनका साहब नर्सिंग होम में भर्ती हैं।"

"क्यों, क्या हुआ उनको?"

"कल शाम को आठ बजे सीरियस हार्ट अटैक हुआ। वे अचानक अपने ऑफ़िस में बेहोश हो गये थे।"

"अभी कैसे हैं?"

"मालूम नहीं दीदी, जल्दी चलिए।"

"आरती, तुम मुझसे कुछ छुपा रही हो?"

"नहीं दीदी, मैं बस इतना जानती हूँ कि हालत ख़राब है।"

"मुझे फ़ोन क्यों नहीं किया?"

"दीदी, उन लोगों ने हमसे कुछ कहा नहीं। मुझे तो ख़बर ही देर से मिली। और मैंने सोचा कि आप सुबह की फ़्लाइट से आ रही हैं। रात नौ बजे मद्रास से कोई फ़्लाइट भी तो नहीं थी।"

गाड़ी में बैठते ही रमा ने कहा, "आरती, किसी को मेरी याद नहीं आयी? किसी ने मेरे लिए नहीं पूछा?"

दीदी, गोयनका साहब तो बेहोश हो गये थे। उन्हें उसी हालत में नर्सिंग होम पहुँचाया गया और बाक़ी लोग...हाँ कोडरमा फ़ोन कर दिया गया है। सुना है सब लोग सुबह पहुँच रहे हैं।"

"आरती, सच बताओ वे ज़िन्दा तो हैं न?"

अब आरती अपने को नहीं सँभाल सकी। दोनों हथेलियों में मुँह छुपा कर फफक पड़ी, "दीदी, आज सुबह से हालत और ख़राब हो गयी है।"

"लेकिन तुम रो क्यों रही हो? ठीक भी तो हो सकते हैं।"

"घर के लोग कह रहे थे, वे अब ठीक नहीं होंगे।"

"क्या बोल रही हो?"

उत्तर में आरती और बिलख रही थी। रमा कुछ सोच नहीं पा रही थी। एक अजीब-सा सन्नाटा, भीतर कुछ ज़ोरों से उमड़ रहा था। आँखें अपने आप बरस रही थीं। रमा की आत्मा ने वह अनदेखा देख लिया, जिसे आरती अपने मुँह से नहीं कहना चाह रही थी।

"रोइए मत दीदी, रोइए मत।" आरती ने रमा के कन्धों पर हाथ रखते हुए कहा।

अब आँसुओं का एक तेज़ बहाव था। आवेग से काँपता हुआ शरीर टुकड़ा-टुकड़ा शब्द हवा में तैर रहे थे, "मुझे रो लेने दो आरती, मुझे रो लेने दो। बाद में तो सबके सामने मैं रो भी नहीं पाऊँगी। लेकिन बस एक बार, एक बार मैं उनको देख लूँ। आरती वह मेरा इतना क़रीबी दोस्त है। भला मुझसे मिले बिना वह दुनिया से चला जायेगा!" और रमा सिर पटक रही थी। हिचकियों में टूट रही थी।

"आरती, उन्होंने मुझे ज़रूर याद किया होगा, होश आने पर जरूर मेरे लिए पूछा होगा। सच बताओ, आरती, उन्होंने मेरे लिए नहीं पूछा और उनके घरवालों ने? रीतू ने? किसी को मेरी याद नहीं आयी?"

"धीरज रखिए दीदी, धीरज। आपको मन पत्थर का करना पड़ेगा। दुनिया बड़ी निर्मम है।" रमा को अपने कलेजे से लगाये बेचारी आरती ख़ुद नहीं सँभल पा रही थी।

गाड़ी 'बेलव्यू' के बदले 'गोयनका हाउस' के सामने खड़ी थी। घर के सामने अच्छी-ख़ासी भीड़ थी। गाड़ियों की क़तार थी। रमा को समझते देर नहीं लगी। भीतर से एक आवाज़ थी, ख़तम। रमा, सब कुछ ख़तम हो गया। मुँह में पल्ला ठूँस कर रमा ने अपने को सँभाला। नहीं, मुझे नहीं रोना है, रोने से जाने वाले की आत्मा को और कष्ट होगा। भीतर पोर्टिको में रमा को देखते ही रीतू उसके गले लग कर फूट पड़ी—"रमा आंटी, पापा नहीं रहे। रमा आंटी, मैं किसके सहारे जिऊँगी? मेरे तो दोनों किनारे छूट गये।"

"रोओ मत बेटा, रोओ मत।"

"रीतू को आप सँभालिए रमाजी। यह आपसे सँभलेगी। कल से रो-रोकर पागल हो रही है।" मृदुला कह रही थी।

रमा ने सूनी आँखों से मृदुला की ओर देखा। फिर पूछा—"जीजी कहाँ हैं?"

"उधर हैं। रो-रोकर बेहाल हैं। किसी के सँभाले नहीं सँभल रही हैं। और बाक़ी लोग 'बॉडी' लाने गये हैं। ठीक दस बजे शवयात्रा है।"

ओह! शरीर, पार्थिव शरीर...यह सूना मकान, अकेला परिवार।

"जीजी कहाँ पर हैं?" वह फिर पूछ रही थी।

"उधर कोने वाले कमरे में।"

रमा ने देखा, मिसेज़ गोयनका को घेर कर उनकी ननद, देवरानी उनकी दोनों भाभियाँ बैठी हुई हैं। किसी के कधों पर सिर रखे वे सिसक रही थीं। प्रेमा समझा रही थी—"मम्मी, प्लीज़ मम्मी! अब और मत रोइए। हम लोग हैं ना आपके लिए।" रमा को देखते ही मिसेज़ गोयनका और ज़ोरों से विलाप कर उठीं। प्रेमा ने रमा का हाथ पकड़ते हुए कहा, "रमा आंटी, आप समझाइए न मम्मी को। वे कल से एकदम पागल हो रही हैं।"

"एक बार तो रोयेगी बेटा, रोये बिना कैसे रह सकती है।" मिसेज़ गोयनका की कोडरमा वाली विधवा जिठानी जी कह रही थीं। बिना कुछ कहे रमा चुपचाप बैठ गयी। उसकी आँखों में आँसू जम गये थे और दिमाग़ में साँय-साँय एक ही बात चक्कर काट रही थी—क्या जाते समय उन्होंने मुझे याद नहीं किया? क्या एक शब्द भी मेरे लिए नहीं था? धीरे-से किसी ने आकर कहा, "नर्सिंग होम से शरीर आ गया है।" घर की औरतों ने और ज़ोर से रोना शुरू किया। रमा अपने को रोक नहीं सकी। बरसती हुई आँखें पोंछ वह बाहर पोर्टिको की ओर चल दी।

दाहिनी ओर गैरेज के सामने सफ़ेद पर्दा खींचा हुआ था। बाहर अर्थी सजाई जा रही थी। वह स्थिर आँखों से अर्थी को देख रही थी। लोग अर्थी को फूलों से सजा रहे थे। सिर झुकाये अलग-अलग पुरुषों की टोली। धीरे-धीरे आपस में बतिया रहे थे। धीरे-से आरती ने कन्धे पर हाथ रखा, "दीदी, अन्दर चलिए।"

"नहीं, मुझे देखने दो।"

चुपचाप मन्नो आकर रमा के पास खड़ी हो गयी। रमा ने देखा, अब गैरेज से सफ़ेद कपड़े में लिपटे हुए शरीर को लाकर अर्थी पर लिटा दिया गया। मन चीख़ उठा, नहीं, मुझे देखना है, बस एक बार देखना है। क्या पता, वह बोल दे कि मरते समय मेरी आँखों के सामने तुम थीं। बस तुम!

पण्डितजी रस्सियों से शरीर को अर्थी से बाँध रहे थे। कीर्तन करने वालों ने राम धुन तेज़ कर दी। अर्थी को उठाकर सामने लॉन में रख दिया गया।

"जल्दी करो, टाइम हो रहा है। भीतर से औरतों को बुलाओ।"

"कहाँ ले जा रहे हैं?"

"केवड़ातल्ला। इलेक्ट्रिक वाले में।"

"क्यों, चन्दन की चिन्ता नहीं?"

"आजकल सरकार उसके लिए अनुमति नहीं देती। फिर गोयनका जी तो स्वयं आधुनिक विचारों के थे। बुकिंग करवायी है न, वहाँ लाइन में न खड़ा होना पड़े। बहुत भीड़ रहती है।"

"आप लोग चिन्ता न करें। सारा इन्तज़ाम हो गया है।"

"औरतें नहाने के लिए बाबू घाट जायेंगी क्या?"

रमा के कानों में शब्दों के गोले फूट रहे थे। उसको लगा, चक्कर आ जायेगा। नहीं, अपने को सँभालो रमा। अभी नहीं, बाद में रो लेना।

"फेरी देने के लिए औरतों को बुलवाइए।" पण्डितजी गुहार रहे थे।

"अरे पहले पुरुषों की फेरी तो हो जाने दीजिए। चाचीजी अभी से आकर और पछाड़ खायेंगी।"

"ओफ़! उमेश कितना रो रहा है।"

रमा ने देखा, परिवार के पुरुष सदस्य धीरे-धीरे एक जत्थे में अर्थी के चारों ओर गोल घूम रहे हैं। उमेश और रमेश के मुँड़े हुए सिर पर कोरा सफ़ेद कपड़ा बँधा हुआ है। इष्ट मित्रों की भीड़ अगल-बगल खड़ी थी।

"अरे अब तो औरतों को बुलाइए। देर हो रही है।"

"हे कृष्ण गोविन्द, हरे मुरारी..." गाती हुई घर की औरतें मिसेज़ गोयनका को लेकर निकलीं। मिसेज़ गोयनका का बायाँ हाथ उनकी देवरानी ने पकड़ रखा था। दाहिनी ओर प्रेमा थी, पीछे स्मिता। बिना रमा की ओर देखे वे लोग आगे बढ़ गये। एक किनारे खड़ी रमा जैसे हर क्षण पथरा रही थी। हाथों में नारियल लिए औरतें फेरी दे रही थीं। नहीं, किसी ने रमा से नहीं कहा। पच्चीस वर्ष के सम्बन्ध के बाद भी वह परिवार की नहीं थी। कोई रिश्ता नहीं था। गले में आँसुओं के गोले अटक रहे थे। कातर आँखों से वह आकाश की ओर देख रही थी। फिर उसने देखा, औरतों की फेरी ख़तम हो गयी। पण्डित जी ने फिर एक और गुहार लगायी—"इष्ट-मित्रों में, परिवार में, यदि कोई भी बचा हो तो परिक्रमा देने चला आये।"

आरती का धीमा स्वर था, "आप लोग एक बार दीदी को ले जाइए ना।"

दो-तीन औरतें ख़ामोश रहीं। लेकिन मन्नो ने कहा—"चलिए, मैं चलती हूँ आपको लेकर। आइए, मेरे साथ आइए।" भीड़ ने रास्ता दे दिया। ख़ामोश रमा ने अर्थी पर लेटे पार्थिव शरीर को देखा। वही चेहरा, वही रूप, कोई शान्ति से सो रहा था।

"मुझे माला चाहिए।"

"पण्डित जी माला दीजिए।" किसी ने कहा। हाथों में सफ़ेद माला लिए रमा आगे बढ़ी, झुक कर घुटनों के बल बैठकर उसने चरणों पर माला चढ़ाई। दोनों हथेलियों से चरणों को पकड़ अपना माथा नवाया और उठ खड़ी हुई।

रमा ने देखा, उसके पीछे-पीछे रीतू थी...उसी की तरह झुककर अपने पापा को आख़िरी प्रणाम करती हुई। रमा ने दोनों बाँहों में भर कर रीतू को उठाया और वापस किनारे हो गयी।

"चलिए, उठाइए। अरे, गाड़ियाँ आगे बढ़ाओ।"

"राम-नाम सत्य है।" अब अर्थी भीतर से बाहर जा रही थी।

"रमा आंटी, रमा आंटी, मेरे पापा को मत ले जाने दीजिए।" रीतू रमा के कन्धे पर पछाड़ खा रही थी। लेकिन कौन किसको सँभाले?

"जिनको-जिनको गंगाजी जाना है, वे लोग गाड़ियों में बैठ जायें।" किसी पुरुष की आवाज़ थी।

"आरती, मेरी गाड़ी कहाँ है?"

औरतें अपनी-अपनी गाड़ियों में बैठ रही थीं। रीतू को लेकर रमा अपनी गाड़ी में बैठी। ड्राइवर की पास वाली सीट पर आरती थी—"दीदी, क़हाँ चलना है? गंगा घाट!"

"नहीं, हम लोग अपने घर चलेंगे।"

❑❑